Kjell Eriksson

Der Tote im Schnee

Kjell Eriksson

Der Tote im Schnee

Ein Fall für Ann Lindell

Roman

Aus dem Schwedischen
von Paul Berf

Gustav Kiepenheuer Verlag

Originaltitel: Prinsessan av Burundi, Ordfront,
Stockholm 2002

ISBN 3-378-00651-X

1. Auflage 2003

Einbandgestaltung gold Fesel/Dieterich
Satz Dörlemann Satz, Lemförde
Druck und Binden Ebner & Spiegel, Ulm
Printed in Germany

www.gustav-kiepenheuer-verlag.de

1

Der Teller rutschte ihr aus der Hand und stieß gegen ein Glas, das umkippte. Milch ergoß sich über das Wachstuch.

Dabei haben wir nur noch so wenig Milch, schoß es ihr durch den Kopf. Sie stellte das Glas schnell wieder hin und wischte die Flüssigkeit mit einem Lappen weg.

»Wann kommt Papa?«

Sie fuhr herum. Justus lehnte am Türrahmen.

»Ich weiß es nicht«, antwortete sie und warf den Lappen in die Spüle.

»Was gibt es zu essen?«

In der Hand hielt er ein Buch, den Zeigefinger an der Stelle hineingeschoben, an der er aufgehört hatte zu lesen. Sie wollte fragen, was er las, aber plötzlich fiel ihr etwas ein, und sie ging zum Fenster.

»Gulasch«, sagte sie abwesend. Ihr Blick schweifte über den Parkplatz. Es hatte wieder angefangen zu schneien.

Hatte er vielleicht Arbeit gefunden? Er wollte doch mit Micke sprechen. Zum Schneeräumen müßten eigentlich Leute gebraucht werden. Es schneite immer weiter, Tag für Tag. Und schwindelfrei war er auch.

Berit lächelte bei der Erinnerung daran, wie er am Fallrohr hochgeklettert war, zu ihrem Balkon, der zwar nur im zweiten Stock lag, aber immerhin. Wenn er gefallen wäre, hätte er sich das Genick gebrochen. Wie sein Vater, dachte sie, und ihr Lächeln erlosch.

Sie war damals wahnsinnig wütend geworden, aber er hatte bloß gelacht. Dann hatte er die Arme um sie gelegt und sie so fest an sich gedrückt, wie man es ihm angesichts seines schmächtigen Körpers nicht zugetraut hätte.

Später pflegte sie, durchaus geschmeichelt, diese Anekdote über seinen Eifer zu erzählen. Es war ihre erste große gemeinsame Erinnerung.

Schneeräumen. Ein kleiner Traktor fuhr über den Parkplatz und schob noch mehr Schnee auf die bereits herabgedrückten Sträucher an der Stirnseite des Platzes. Das war Harry. Sie erkannte ihn an seiner roten Zipfelmütze, die in der Fahrerkabine leuchtete.

Harry hatte Justus Arbeit verschafft, ihm einen Sommerjob gegeben, als kein anderer zu bekommen war. Gras schneiden, Müll aufsammeln, Unkraut jäten. Justus hatte zwar gejammert, war jedoch maßlos stolz auf seinen ersten Lohn gewesen.

Berits Augen folgten dem Traktor. Schneeräumen. Der Schnee trieb in Wehen heran. Die Rundumleuchte auf dem Dach des Traktors quirlte ihr oranges Licht. Dunkelheit senkte sich auf die Häuser und den Parkplatz herab. Harry mußte hart schuften.

Wie viele Stunden hatte er in den letzten Tagen wohl gearbeitet?

»Die Schneeräumerei bringt mir einen Trip auf die Kanaren ein«, hatte er ihr zugerufen, als sie sich vor dem Haus begegnet waren.

Er hatte sich auf seine Schaufel gelehnt und sich erkundigt, wie es Justus ging. Das tat er immer.

Sie wandte sich zur Küche um und wollte von Harry grüßen, aber der Junge war verschwunden.

»Was tust du?« rief sie in die Wohnung hinein.

»Nichts!« rief Justus zurück.

Berit ahnte, daß er am Computer saß. Seit August, als John die Kartons angeschleppt hatte, klebte Justus am Bildschirm, sooft er dazu kam.

»Ist doch klar, daß der Junge einen Computer haben muß. Sonst ist man ja heutzutage völlig hinter dem Mond«, hatte John gesagt, als sie darin einen Luxus sah.

»Was hat er denn gekostet?«

»Ich habe ihn billig bekommen«, hatte er erwidert und

sich beeilt, die Quittung aus dem Elektrogroßmarkt herauszuholen, als er ihren Blick sah.

Auf der Suche nach etwas, das sie tun konnte, sah sie sich in der Küche um, aber für das Abendessen war alles vorbereitet. Sie ging zum Fenster zurück. Er hatte gesagt, daß er gegen vier nach Hause kommen würde. Jetzt war es fast sechs. Er rief eigentlich immer an, wenn er sich verspätete, aber das war vor allem so gewesen, als er noch in der Werkstatt gearbeitet hatte und viele Überstunden machen mußte. Es hatte ihm nie gefallen, so spät noch zu arbeiten, aber Sagge hatte eine Art zu fragen, die es einem im Grunde unmöglich machte, nein zu sagen. Es klang immer, als würde das Schicksal der Firma von genau diesem Auftrag abhängen.

Nach seiner Entlassung war John immer schweigsamer geworden. An und für sich hatte er nie besonders viel geredet, es war Berit, die für Unterhaltung sorgte, aber nach Sagges Bescheid war er noch wortkarger geworden.

Das hatte sich erst im Herbst wieder geändert. Berit war überzeugt, daß es mit den Fischen zusammenhing. Das neue Aquarium, von dem er jahrelang gesprochen hatte, war endlich Wirklichkeit geworden.

Er brauchte die Arbeit an seinem Aquarium. Zwei Wochen im September hatte er geschuftet. Harry hatte ihm geholfen, als es aufgestellt werden sollte. Er und Gunilla waren bei der Einweihung dabeigewesen. Berit hatte es etwas albern gefunden, ein Aquarium einzuweihen, aber es war ein schöner Abend geworden.

Ihr nächster Nachbar, Stellan, hatte hereingeschaut, genau wie Johns Mutter, und sogar Lennart war nüchtern und guter Dinge gewesen. Stellan, der sonst ziemlich zurückhaltend war, hatte den Arm um sie gelegt und eine Bemerkung darüber gemacht, wie süß sie war. John hatte nur gegrinst, denn von Stellan ging keine Gefahr aus. Ansonsten konnte John empfindlich auf so etwas reagieren, vor allem wenn er ein paar Gläser intus hatte.

Harry war inzwischen fertig mit dem Parkplatz. Das alarmierende Licht wurde in neuen Kaskaden über den Fußweg zur Waschküche und zum Gemeinschaftsraum der Siedlung geschleudert. Schneeräumen. Berit hatte nur diffuse Vorstellungen davon, was das bedeutete. Kletterte man heute noch wie früher auf die Dächer hinauf? Aus ihrer Kindheit kannte sie dick vermummte Männer mit riesigen Schneeschaufeln und Seilen, die sie in großen Schleifen über der Schulter trugen. Sie konnte sich sogar an die Warnschilder erinnern, die sie auf dem Hof und der Straße aufstellten.

War er vielleicht bei Lennart? Bruder Tuck, wie John ihn nannte. Sie mochte das nicht. Es erinnerte sie an jene vergangene Zeit mit Lennarts polternder Selbstsicherheit und Johns verbissenem Schweigen, das sie so schlecht einschätzen konnte.

Berit war erst sechzehn gewesen, als sie den beiden begegnet war. Erst lernte sie John kennen, bald aber auch Lennart. Die Brüder schienen damals unzertrennlich zu sein. Lennart, der seine langen schwarzen Haare zurückwarf, unberechenbar in seinen Bewegungen, immer auf dem Sprung, nervös fingernd und plappernd. John, blond, mit schmalen Lippen und etwas Sanftem in seiner Art, das Berit vom ersten Moment an angesprochen hatte. Eine Narbe über dem linken Auge bildete einen eigenartigen Kontrast zur hellen Haut in seinem leicht femininen Gesicht. Die Narbe stammte von einem Mopedunfall, natürlich mit seinem Bruder als Fahrer.

Berit konnte kaum glauben, daß John und Lennart den gleichen Vater hatten. So verschieden waren ihre Art und ihr Aussehen. Einmal hatte sie Aina, die Mutter der beiden, darauf angesprochen, zu später Stunde bei einem feuchtfröhlichen Krebsessen, aber Aina hatte nur den Mund verzogen und eine spitze Bemerkung gemacht.

Es dauerte nicht lange, bis Berit begriff, daß die Brüder sich ihren Lebensunterhalt nicht immer auf traditionelle Weise verdienten. Zwar arbeitete John gelegentlich in der Werkstatt, aber sie hatte das Gefühl, daß er es nur tat, um so den Schein zu wahren, vor allem Albin gegenüber, seinem Vater.

John konzentrierte sich mehr auf kriminelle Machenschaften. Nicht aus Bösartigkeit oder Gier. Es war vielmehr, als würde ihm das konventionelle Leben nicht wirklich ausreichen. Dieses Gefühl teilte er mit vielen in seiner näheren Umgebung, oberflächlich betrachtet waren sie leidlich angepaßte Jugendliche, die abends und nachts jedoch wie unruhige Tiere durch die östlichen Stadtteile Uppsalas streiften, stahlen, sich Handtaschen griffen, Mopeds und Autos klauten, in Keller einbrachen und ein paar Schaufenster einschlugen, wenn ihnen gerade danach war.

Einige gehörten ständig zur Gang, darunter John und Lennart, andere kamen und gingen, die meisten von ihnen verschwanden nach einem halben oder einem Jahr wieder.

Manche besuchten die Berufsschule und machten eine Ausbildung zum Maler, Betonbauer, Kfz-Mechaniker, oder was sonst für Arbeiterkinder Anfang der siebziger Jahre im Angebot war. Andere bekamen direkt nach der Schule einen Job. Niemand besuchte das Gymnasium. Es fehlte am Willen und an den entsprechenden Noten.

John fing in einer Werkstatt an und machte eine Ausbildung als Schweißer. Wenn viel zu tun war, mußte er einspringen, und er entwickelte sich zu einem tüchtigen Fachmann. Er war sorgfältig und wurde gelobt, nicht so sehr von Sagge, seinem Chef, aber dafür um so mehr von seinen drei Arbeitskameraden.

»Wenn es meine Kollegen nicht gegeben hätte, wäre alles den Bach runtergegangen«, hatte er einmal zu Berit gesagt.

Als er in der Werkstatt fest angestellt war, kam er weg von der Straße und der Gang. Er erhielt neben der Anerkennung ein regelmäßiges Gehalt und hatte außerdem Berit getroffen.

Abends hingen John und Lennart oft in der Billardhalle des »Sivia« herum. John war der geschickteste Spieler, aber das machte Lennart nicht viel aus, denn er trieb sich die meiste Zeit eine Etage tiefer bei den Flipperautomaten herum.

Dort im »Sivia« hatte Berit die beiden auch kennengelernt. Sie verliebte sich augenblicklich in John. Er schlich mit dem Queue in der Hand um den Billardtisch und konzentrierte sich in einer Weise auf das Spiel, die Berit sehr gefiel. Er sagte nur selten etwas.

Er hatte schmale Hände. Sie studierte seine gespreizten Finger auf dem grünen Filz. Sein Blick war auf das Queue fokussiert und sehr ernst. Diese Ernsthaftigkeit fiel ihr auf. Und seine Wimpern. Sein Blick. Sein intensiver Blick.

Warum sie an die Billardhalle denken mußte, wußte sie nicht. Sie war seit Jahren nicht mehr dort gewesen. Wahrscheinlich lag es daran, daß sie an Bruder Tuck gedacht hatte. Vielleicht war John bei ihm. Sie zögerte jedoch, ihn anzurufen. Sie tranken bestimmt. Manchmal redete John sich ein, er müsse sich mal wieder mit Lennart ordentlich einen hinter die Binde kippen. Das passierte zwar nicht mehr so oft, aber wenn er es einmal beschlossen hatte, gab es nichts, was ihn daran hindern konnte. Nicht einmal Justus. Der Junge wußte das, er kannte seinen Vater sehr gut und protestierte dementsprechend selten besonders laut oder lange.

Ein einziges Mal, Justus war damals ungefähr zwölf gewesen, hatte John sich erweichen lassen, nach Hause zu kommen. Justus hatte selber seinen Onkel angerufen und darum gebeten, mit John sprechen zu dürfen. Berit durfte nicht zuhören, der Junge schloß sich mit dem schnurlosen Telefon in der Toilette ein. John erschien eine halbe Stunde später, zwar schwankend, aber er war zu Hause.

Es kam ihr so vor, als bewirkten die seltenen Abende und Nächte mit Lennart eine sporadische Rückkehr in das frühere Leben der beiden. Es waren diese Saufabende, die die beiden Brüder zusammenschweißten. Worüber sie sich unterhielten, wußte Berit nicht. Sprachen sie über die alten Zeiten, die Kindheit im Stadtteil Almtuna, oder sonst was? Sie hatten sich ansonsten nichts großartig mitzuteilen. Sie hingen aneinander, weil sie eine gemeinsame Vergangenheit hatten.

Berit war manchmal eifersüchtig auf diese Rückentwicklung in eine Welt, die ihr teilweise fremd war. Johns und

Lennarts Kindheit – die frühen Jahre – erschienen immer wie die einzig wirklich glücklichen, wenn die beiden auf sie zu sprechen kamen. Sogar in Lennarts Stimme schlich sich eine Wärme, die ihm ansonsten abging.

»Wann kommt er?«

»Er kommt sicher bald«, rief sie als Antwort.

Sie war froh, daß Justus in seinem Zimmer war.

»Er hilft bestimmt beim Schneeräumen. Es ist unglaublich, was da runterkommt.«

Der Junge sagte nichts. Sie wartete auf eine zweite Frage. Sie wollte seine Stimme hören, aber er blieb stumm. Was tut er? Was denkt er? Sollte sie es wagen, die Küche verlassen und in sein Zimmer gehen? Aber das Halbdunkel der Küche war, was sie in diesem Moment ertragen konnte. Kein Licht, keine schnellen Computerbilder, keine fragenden Blicke von Justus.

»Vielleicht kannst du Harry helfen«, rief sie. »Dir was außer der Reihe verdienen.«

Keine Reaktion.

»Er könnte bei den Kellereinfahrten bestimmt Hilfe gebrauchen.«

»Sein Schnee kann mir gestohlen bleiben.«

Justus stand plötzlich wieder in der Tür.

»Das ist nicht nur seiner«, sagte Berit leise.

Der Junge schnaubte und streckte sich nach dem Lichtschalter an der Wand.

»Nein, laß aus!«

Sie bereute ihre Worte sofort.

»Es ist gemütlich, wenn es ein bißchen dunkel ist. Ich kann statt dessen ein paar Kerzen anzünden.«

Sie spürte seinen Blick.

»Du würdest ein bißchen Geld verdienen«, sagte sie.

»Ich brauche kein Geld. Übrigens hat Papa Geld.«

»Sicher, aber nicht sehr viel. Du hast doch davon gesprochen, daß du dir einen Fotoapparat kaufen willst.«

Justus schaute sie abweisend an. War es Triumph, was sie in seinem Blick sah?

»Ich finde, du solltest ihn auf jeden Fall fragen«, fuhr sie fort.

»Kannst du nicht endlich damit aufhören«, sagte er, drehte den Körper, wie nur er es konnte, und verschwand wieder in seinem Zimmer.

Sie hörte, wie er die Tür zuschlug, das Knacken, als er sich auf sein Bett warf. Sie trat wieder ans Fenster. Harry war mit seinem Traktor verschwunden. Im Haus gegenüber waren die meisten Fenster beleuchtet. Sie sah Familien, die sich um den Eßtisch versammelt hatten. Hinter einigen Scheiben schien bläuliches Fernsehlicht.

Ein Schatten bewegte sich zwischen den Garagen, und sie schrie vor Freude fast auf, aber kein John tauchte beim Verschlag mit den Mülltonnen auf. Hatte sie sich das nur eingebildet, oder wohin war der Schatten verschwunden? Wenn man zwischen den Garagen ging, tauchte man beim Müllverschlag wieder auf, aber niemand kam. Kein John. Berit starrte in die Dunkelheit hinaus. Plötzlich erschien er wieder. Einen Moment lang hatte sie etwas gesehen. Einen Mann in grüner Kleidung, aber es war nicht John.

Wer könnte das sein? Warum blieb er hinter dem Müllverschlag? Dann fiel ihr ein, daß es vielleicht Harrys Bruder war, der des öfteren beim Schneeräumen half. Kein John. Der Moment der Erleichterung wich einem Gefühl von Einsamkeit.

Der Topf mit den Kartoffeln war noch lauwarm. Sie drehte die Platte mit dem Gulasch an. Unterste Stufe. Bald kommt er, redete sie sich ein und legte die Hand an den Topf.

Um halb acht rief sie Lennart an. Johns Bruder ging beim fünften Klingeln an den Apparat. Er klang nüchtern. Er hatte seit Tagen nichts von John gehört.

»Er wird schon wieder auftauchen«, sagte er leichthin, aber sie hörte Besorgnis in seiner Stimme.

Berit konnte ihn vor sich sehen, wie er im Flur auf und ab tigerte.

»Ich telefonier mal rum«, sagte er. »Er sitzt bestimmt irgendwo und trinkt ein paar Bier.«

Berit verabscheute ihn für diese Worte. Ein paar Bier. Sie knallte den Hörer hin.

Sie rief Johns Mutter an, sagte ihr jedoch nicht, daß sie schon seit mehreren Stunden auf ihn wartete. Sie hatte gehofft, daß er vielleicht dort vorbeigeschaut hatte und bei ihr hängengeblieben war. Sie plauderten ein wenig, während Berit in der Wohnung umherging.

Um Viertel nach acht rief Lennart zurück.

»Es war verdammt unnötig, einfach aufzulegen«, begann er, und sie hörte, daß er ein paar Bier getrunken hatte.

»Wo kann er nur sein?« fragte sie, und jetzt brach sich ihre Verzweiflung Bahn.

Justus kam aus seinem Zimmer.

»Ich habe Hunger«, sagte er.

Sie gab ihm ein Zeichen mit der Hand, daß er still sein sollte, und beendete das Gespräch mit Lennart.

»Hast du eine Ahnung, wo der Papa sein könnte?« fragte sie.

Sie wollte es nicht zeigen, aber die Sorge ließ sie zittern. Justus machte eine unbeholfene Geste.

»Weiß nicht, aber er kommt sicher bald«, antwortete er.

Berit begann zu weinen.

»Mama, er kommt!«

»Ja, er kommt bestimmt«, sagte sie und versuchte zu lächeln; es wurde eher eine Grimasse daraus. »Ich finde es nur so ärgerlich, wenn er nichts von sich hören läßt. Die Kartoffeln sind ganz zerkocht.«

»Wir können ja schon mal essen, oder?«

Plötzlich wurde sie maßlos wütend. Lag es an Justus' Worten, die sie als eine Art Illoyalität empfand, oder war es eine Ahnung, daß etwas Schreckliches geschehen sein könnte?

Sie setzten sich an den Küchentisch. Harry war mit dem Traktor auf den Hof zurückgekehrt, und Berit wollte das Schneeräumen erneut zur Sprache bringen, verstummte jedoch, als sie den Gesichtsausdruck des Jungen sah.

Die Kartoffeln hatten eine Haut bekommen, und die Fleischstücke waren mürbe, aber nur lauwarm. Justus räumte schweigend den Tisch ab. Sie verfolgte seine mechanischen Bewegungen. Die zwei Nummern zu große Jeans hing um die mageren Beine und den kaum vorhandenen Po. Im Laufe des Herbstes hatte er Stück für Stück seine Art, sich zu kleiden, und den Musikgeschmack gewechselt, von englischer Popmusik, die Berit oft durchaus gefiel, zu einer wüsten und abgehackten Rapmusik, die in ihren Ohren einfach nur aggressiv klang. Der Kleidergeschmack hatte sich parallel zur Musik verändert.

Sie schaute auf die Wanduhr. Neun. Jetzt wußte sie, daß es spät werden würde. Sehr spät.

2

Er beobachtete die Busfahrerin. Sie fuhr zu dicht auf, beschleunigte zu schnell und mußte zu heftig abbremsen. »Weiber«, murmelte er unzufrieden.

Der Bus war halbvoll. Vor ihm saß eine Ausländerin. Bestimmt eine Iranerin oder Kurdin. Manchmal kam es ihm vor, als würden im ganzen Viertel nur noch Kanaken wohnen. Drei Plätze weiter saß Gunilla. Er lächelte in sich hinein, als er ihren Nacken sah. Sie, die mit ihren langen, lokkigen, hellen Haaren und ihren Augen, die unter dem Pony leuchteten, immer eine der schönsten gewesen war. Die Augen hatten Gunilla immer geheimnisvoll aussehen lassen, vor allem wenn sie lachte. Jetzt hatten die Haare all ihren früheren Glanz verloren.

Vor dem Kreisverkehr war der Bus viel zu schnell; das heftige Bremsmanöver brachte einen Fahrgast, der sich an die Tür gestellt hatte, ins Wanken und ließ ihn nach vorne stolpern. Seine Umhängetasche traf Gunillas Kopf, und sie drehte sich um.

Sie sieht aus wie früher, doch irgendwie auch anders, dachte er, als er ihren erschreckten, aber gleichzeitig aufgebrachten Gesichtsausdruck sah. Wie oft hatte er sie so gesehen, das Gesicht schräg nach hinten gewandt? Damals hatte etwas Lässiges und Spöttisches in ihrer Miene gelegen, als wollte sie denjenigen einladen, den sie ansah, aber ihn, Vincent, hatte sie kaum wahrgenommen und nie zu etwas eingeladen. »Zu nichts«, murmelte er.

Ihm war schlecht. Steig aus, damit ich dich nicht mehr sehen muß! Die Iranerin vor ihm hatte Schuppen. Der Bus schaukelte weiter. Gunilla war dick geworden. Ihre Lässigkeit war einer bleiernen Müdigkeit gewichen.

Steig aus! Vincent Hahns Augen starrten auf ihren Kopf. Als der Bus an der Stelle vorbeifuhr, wo in seiner Kindheit der Schrotthandel von Uno Lantz gelegen hatte, heute jedoch ein modernes Bürogebäude stand, kam ihm die Idee. So krank, so verdammt krank, dachte er, aber auch so verdammt schön.

Er lachte auf. Die Iranerin drehte sich zu ihm um und lächelte.

»Du hast Schuppen«, sagte Vincent.

Die Iranerin nickte und lächelte breiter.

»Schuppen«, sagte Vincent noch lauter.

Gunilla drehte sich ebenso um wie eine Handvoll der übrigen Fahrgäste. Vincent senkte den Kopf. Er schwitzte. Beim Buscafé stieg er aus und blieb auf dem Bürgersteig stehen. Der Bus fuhr weiter, die Kungsgatan hinunter. Er schaute auf seine Füße. Er stieg immer zu früh aus. Ihr armen Füße, dachte er, meine armen Füße, ich Armer.

Die Füße trugen ihn über die Bangårdsgatan zum Fluß und anschließend zur Nybron. Dort blieb er mit hängenden Armen stehen. Bloß seine Augen bewegten sich. Alle schienen es eilig zu haben. Nur Vincent Hahn konnte es ruhig angehen lassen. Er starrte in das schwarze Wasser hinab. Es war der 17. Dezember 2001.

Wie kalt es ist, dachte er, und der Schweiß auf seinem Rücken ließ ihn erschauern.

»Die armen Taliban«, sagte er laut. »Die armen Menschen.«

Der Verkehr hinter ihm wurde dichter. Immer mehr Menschen bewegten sich über die Brücke. Er hob den Kopf und schaute zum Kino Spegeln hinüber. Zahlreiche Menschen hatte sich auf der Straße versammelt. Ging es um eine Protestaktion oder war ein Unglück geschehen? Eine Frau lachte laut. Es war nichts anderes als ein beliebter Film, der im Kino lief und viele Zuschauer anzog. Lachen. Wenn sie sich auf der Straße bewegten, sah es aus wie eine lachende Demonstration.

Die Glocken des Doms schlugen sechs, und er kontrollierte seine Armbanduhr. Vincent lächelte triumphierend zur Kirchturmspitze hinauf. Die Kirchturmuhr ging fünfzehn Sekunden vor. Die Kälte – der kalte Luftzug vom Fluß ließ ihn die Straße überqueren und den Weg zum Stora Torget einschlagen.

»Es war so schlimm, daß ich mich nicht getraut habe ...«, hörte er einen Passanten sagen, und er wandte sich eifrig nach ihm um. Er hätte so gerne die Fortsetzung hören wollen. Was ist denn so schlimm, dachte er.

Er blieb stehen und sah dem Mann nach, von dem er glaubte, daß er die Worte geäußert hatte. Bald wird es noch schlimmer, hatte er Lust zu schreien, viel schlimmer.

3

Ola Haver hörte amüsiert lächelnd seiner Frau zu.

»Was ist denn so komisch?«

»Nichts«, sagte Haver vorsichtig.

Rebecka Haver schnaubte.

»Red weiter, ich will es hören«, sagte er und streckte sich nach dem Salzstreuer.

Sie warf ihm einen Blick zu, als wollte sie entscheiden, ob sie wirklich weitersprechen sollte.

»Er ist eine Bedrohung für die Volksgesundheit«, sagte sie und zeigte auf die Fotografie in der Mitarbeiterzeitung der Provinzialregierung.

»Jetzt übertreibst du.«

Rebecka schüttelte den Kopf, während sie erneut auf das bärtige Gesicht des Lokalpolitikers zeigte.

Unter dem Finger möchte ich lieber nicht sein, dachte Haver.

»Es geht um die Alten, die Schwachen in der Gesellschaft, die sich kein Gehör verschaffen können oder sich nicht trauen.«

Das hörte er nicht zum ersten Mal, und er hatte die alte Leier allmählich satt. Er salzte erneut sein Ei.

»Zu viel Salz ist nicht gesund«, sagte Rebecka.

Er sah sie an, stellte den Salzstreuer ab, griff nach dem Löffel und aß schweigend den Rest des allzu hart gekochten Eis.

Haver stand auf, deckte den Tisch ab und räumte Kaffeetasse, Untersetzer und Eierbecher in die Spülmaschine, wischte schnell die Spüle ab und löschte das Licht über dem Herd. Nach diesen Routinehandgriffen pflegte er auf das Thermometer zu schauen, aber an diesem Morgen blieb er mitten in der Küche stehen. Irgend etwas hemmte seine Bewegung zum Fenster, als ob eine unsichtbare Hand ihn zurückhalten würde. Rebecka sah flüchtig auf, las aber gleich weiter. Dann wußte er es. Nach dem Blick auf das Thermometer beugte er sich stets zu seiner Frau herab, küßte ihren Scheitel und sagte ihr, wie gern er sie hatte. Jeden Morgen, den sie gemeinsam am Frühstückstisch saßen.

Diesmal zögerte er, oder vielmehr sein Körper, der sich weigerte, die beiden Schritte ans Fenster zu machen. Diese Entdeckung verwirrte ihn.

Rebecka hatte aufgehört zu lesen und beobachtete ihn mit einer Art professioneller Wachsamkeit, die sie sich in ihren Jahren auf verschiedenen Pflegestationen angeeignet hatte. Er machte eine Bewegung, als wollte er die Spülmaschine schließen, aber sie war bereits zu.

»Geht es dir gut?«

»Alles in Ordnung«, antwortete er. »Ich habe nur nachgedacht.«

»Hast du Kopfschmerzen?«

Er machte eine abwehrende Bewegung. Im Herbst hatten ihn immer wieder furchtbare Schmerzen hinter dem Stirnbein gequält. Seitdem waren mehrere Wochen vergangen. Hatte sie sein Zögern bemerkt? Wohl eher nicht.

»Heute fängt ein Neuer in unserem Kommissariat an«, sagte er. »Aus Göteborg.«

»Entwaffne ihn«, meinte Rebecka kurz angebunden.

Er erwiderte nichts, sondern hatte es plötzlich eilig, verließ die Küche und verschwand im angrenzenden Zimmer, das sie als Büro und Bibliothek nutzten.

»Es wird spät werden«, sagte er halb im Wandschrank stehend. Er warf einen Trainingsanzug, ein Paar Schuhe und einen Pullover, den Rebecka gestrickt hatte, zur Seite. Unter einigen Kartons lag eine Plastiktüte von H&M. Die nahm er mit, zog die Tür zu und ging schnellen Schritts durch die Küche.

»Es wird spät werden«, wiederholte er und blieb noch ein paar Sekunden im Flur stehen, ehe er die Haustür öffnete und in den kalten Dezembermorgen hinaustrat, ein paarmal tief Luft holte, mit leicht gebeugtem Kopf gleichsam Anlauf nahm.

Dezember. Die Zeit der Dunkelheit. Für Rebecka schien die Dunkelheit so undurchdringlich zu sein wie schon seit langem nicht mehr. Haver konnte sich nicht erinnern, sie jemals so niedergeschlagen gesehen zu haben. Er hatte ihre krampfhaften Versuche beobachtet, den Schein zu wahren, aber unter der abbröckelnden Fassade lauerte die Herbstangst.

Ein paar Schneeflocken schwebten herab. Er begegnete Josefsson mit dem Pudel aus Hausnummer 3. Der Nachbar, der Polizisten bewunderte und diesem Gefühl stets überschwenglich Ausdruck verlieh, lächelte und sagte etwas über den bevorstehenden Winter. Haver war Josefssons stets enthusiastische Forschheit unangenehm, und er murmelte, er habe viel zu tun.

Er dachte an Rebecka. Sie sollte wieder arbeiten gehen.

Sie brauchte Menschen um sich herum, den Streß auf Station, den Kontakt mit Patienten und Arbeitskollegen. Die kleinen Plaudereien am Abend, wenn sie ein paar Worte darüber wechselten, was sich am Tag auf der Arbeit ereignet hatte, waren einer trüben Stimmung gewichen, und einem angespannten Warten darauf, daß etwas geschehen würde. Etwas Neues, das ihrem Leben wieder Schwung gab. Seit Sara, ihr zweites Kind, geboren worden war, hatte ihr Zusammensein viel von der Spannung verloren, die ihm bis dahin die Würze gegeben hatte.

Haver fühlte, daß die Routine auf der Arbeit nun durch eine Art einschläfernden Leerlauf daheim ergänzt wurde. Es hatte einmal eine Zeit gegeben, in der er voller Freude vom Dienst nach Hause gefahren war, voller Sehnsucht nach Rebecka, danach, ihr einfach nahe zu sein.

Lag das wirklich nur an ihr? Haver hatte lange darüber nachgedacht. Sammy Nilsson, sein Kollege im Kommissariat, meinte, es sei eine Frage des Alters. »Ihr seid in die Midlifecrisis geraten, die Zeit, in der Paare entdecken, daß sie in ihrem Leben nichts Großartiges mehr zu erwarten haben«, hatte er mit einem Lächeln gesagt. »Unsinn«, hatte Haver ihn abgetan. Er liebte Rebecka und hatte dies vom ersten Augenblick an getan. Liebte sie ihn? Er hatte einen kritischen Zug in ihrem Gesicht bemerkt, so als sehe sie ihn mit neuen Augen. Sicher, er arbeitete im Moment viel mehr als sonst, weil Ann Lindell ihren Erziehungsurlaub in Anspruch nahm, aber es hatte auch vorher schon Perioden gegeben, in denen er fast genauso viel gearbeitet und Rebecka keine ernsthaften Einwände dagegen erhoben hatte.

Das Handy klingelte.

»Morgen, ich bin's«, sagte Ottosson, der Leiter des Kriminalkommissariats. »Die Schießübung heute kannst du vergessen. Wir haben eine Leiche.«

Haver blieb stehen. Josefssons Pudel bellte etwas weiter weg. Er hatte wahrscheinlich das Labradorweibchen von Hausnummer 5 getroffen.

»Wo?«

»Libroback. Ein Jogger ist über einen Körper gestolpert.«

»Ein Jogger?«

Die Sonne hatte es gerade erst über den Horizont geschafft. Liefen die Leute schon so früh am Morgen und bei diesem Wetter?

»Die Spurensicherung ist unterwegs«, sagte Ottosson.

Er klang müde, fast ein wenig desinteressiert und abwesend, als ob dies reine Routine wäre, als würden Jogger jeden zweiten Morgen über eine Leiche stolpern.

»Ermordet?«

»Wahrscheinlich«, antwortete Ottosson, berichtigte sich jedoch unmittelbar darauf. »Auf jeden Fall. Das Opfer ist verstümmelt.« Jetzt hörte Haver die Hoffnungslosigkeit in der Stimme seines Chefs.

Es war nicht Müdigkeit, es war Niedergeschlagenheit angesichts der Bösartigkeit der Menschen, was den durch und durch liebenswerten Ottosson so uninspiriert klingen ließ.

»Wo in Libro?«

»Gleich, wenn du aus der Stadt fährst, auf der rechten Seite, hinter den Lagerhallen der Stadtverwaltung.«

Haver dachte nach, während er sein Auto aufschloß, versuchte sich zu erinnern, wie die Verlängerung der Börjegatan aussah.

»Beim TÜV?«

»Weiter draußen. Die Stadt kippt dort immer Schnee ab.«

»Dann weiß ich wo«, sagte Haver. »Wer ist noch da?«

»Fredriksson und Bea.«

Sie beendeten das Gespräch. Er hatte Rebecka bereits angekündigt, daß es spät werden würde, was mit Sicherheit stimmte, allerdings jetzt aus einem ganz anderen Grund, als er vor einer Viertelstunde angenommen hatte. Die Versammlung der örtlichen Polizeigewerkschaft würde durch eine Besprechung oder eine andere Arbeitsaufgabe ersetzt werden. Die Gewerkschaft mußte warten. Ebenso wie das Übungsschießen.

John Harald Jonsson hatte stark geblutet. Die ursprünglich helle Jacke war über und über mit eingetrocknetem Blut verschmiert. Der Tod war sicher eine Erlösung für ihn gewesen. Drei Finger fehlten an der rechten Hand, gekappt beim zweiten Glied. Die Brandmale und blauschwarzen Blutergüsse am Hals und im Gesicht bezeugten John Jonssons Leiden.

Eskil Ryde von der Spurensicherung stand einen Meter von der Leiche entfernt, schaute jedoch nach Norden. Haver fand, daß er mit seinen verbissenen Gesichtszügen, den Bartstoppeln und dem hohen Haaransatz an Sean Connery erinnerte. Ryde blickte in die Ebene von Uppsala hinaus, als wäre dort die Antwort zu finden. Tatsächlich beobachtete er jedoch einen Düsenjäger, der von seinem Stützpunkt abhob.

Beatrice und Fredriksson hockten bei der Leiche. Der Wind kam von Westen. Ein uniformierter Kollege sperrte den Tatort mit einem Band ab. Es roch auf schwer bestimmbare Art süßlich, was Haver dazu veranlaßte, sich umzusehen.

Fredriksson schaute auf, nickte Haver zu.

»Der kleine John«, sagte Fredriksson.

Auch Haver hatte den Ermordeten sofort erkannt. Vor einigen Jahren hatte er John in einem Fall verhört, in den sein Bruder verwickelt gewesen war. Der Bruder hatte John als Zeugen für sein Alibi angegeben. Soweit Haver sich erinnern konnte, war er ein recht netter Kerl gewesen, ein ehemaliger Kleinganove, der niemals gewalttätig geworden war. Wie nicht anders zu erwarten, hatte er die Aussage seines Bruders bestätigt. Haver war fest überzeugt, daß John log, fand jedoch keinen Weg, Lennart Jonssons Alibi platzen zu lassen.

Sie hatten sich über Fische unterhalten, erinnerte sich Haver. Der kleine John interessierte sich leidenschaftlich für Zierfische und von denen war es nicht weit zum Angeln.

»Oh, verdammt«, sagte Beatrice und richtete sich mit einer angestrengten Bewegung auf.

Ottossons Auto hielt am Straßenrand. Die drei Kriminalpolizisten sahen, daß der Leiter des Kommissariats mit ein paar Schaulustigen sprach, die sich bereits auf der Landstraße 272 in etwa fünfzig Meter Entfernung versammelt hatten. Er machte eine Handbewegung, um anzuzeigen, daß sie mit ihren Autos nicht einfach so am Straßenrand parken konnten.

»Wo ist der Jogger?« fragte Haver und sah sich um.

»Im Krankenhaus«, antwortete Bea. »Als er auf die Straße laufen wollte, um einen Wagen anzuhalten, ist er übel ausgerutscht. Sein Arm ist eventuell gebrochen.«

»Ist er verhört worden?«

»Ja, er wohnt in Luthagen und läuft diese Strecke jeden Morgen.«

»Und was hat er da im Schnee gemacht?«

»Er läuft auf dem Fahrradweg bis hierhin und kehrt dann wieder um. Aber vorher macht er noch ein paar gymnastische Übungen. Dafür will er etwas von der Straße wegkommen. So hat er es uns jedenfalls erklärt.«

»Hat er etwas gesehen?«

»Nein, nichts.«

»John hat bestimmt schon seit gestern abend hier gelegen«, mischte Ryde sich ein.

»Reifenspuren?«

»Massenhaft«, sagte Beatrice.

»Es ist eine Schneekippe«, meinte Fredriksson.

»Das ist mir auch schon aufgefallen«, sagte Haver.

Er betrachtete den kleinen John genauer. Der Tote war von jemandem gründlich in die Mangel genommen worden, der entweder sehr zielstrebig oder völlig außer sich vor Wut gewesen war. Die Brandmale, wahrscheinlich von einer Zigarette, waren tief. Haver bückte sich und studierte die Handgelenke des kleinen John. Dunkelrote Male deuteten auf ein fest zugezogenes Seil hin.

Die Stümpfe der gekappten Finger waren schwarz. Die Schnitte waren präzise durchgeführt worden, wahrscheinlich mit einem sehr scharfen Messer, einer Schere, vielleicht auch einer Zange.

Ottosson trottete heran. Haver ging ihm entgegen.

»Der kleine John«, sagte er bloß, und der Leiter des Kommissariats nickte.

Er sah überraschend wach aus. Vielleicht hatte die frische Luft Ottosson munter gemacht. »Ich habe gehört, daß er verstümmelt worden ist.«

»Was wußte der kleine John, das so wichtig war?«

»Wie meinst du das?«

»Ich glaube, daß er gefoltert wurde«, antwortete Haver, dem die Zierfische des Ermordeten in den Sinn kamen. Piranhas, dachte er, und es schauderte ihm bei dem Gedanken.

Ottosson zog die Nase hoch. Es kam ein Windstoß, der beide aufblicken ließ. Havers Nachdenklichkeit vom frühen Morgen war noch nicht von ihm abgefallen. Er kam sich teilnahmslos und unprofessionell vor.

»Eine Abrechnung«, meinte er.

Ottosson holte ein kariertes Taschentuch heraus und schneuzte sich lautstark. »Dieser verdammte Wind«, sagte er. »Habt ihr was gefunden?«

»Bisher noch nicht. Er dürfte mit einem Auto hierher verfrachtet worden sein.«

»Sie ist offen«, stellte Ottosson fest und nickte in Richtung einer Schranke. »Ich komme hier ziemlich oft vorbei und sehe nie jemanden hereinfahren, außer im Winter, wenn die Wagen der Stadt Schnee abkippen.«

Haver wußte, daß Ottosson etwa zwanzig Kilometer außerhalb der Stadt ein Wochenendhaus besaß, und glaubte gehört zu haben, daß es am Gysingevägen lag.

Ottosson drehte sich plötzlich um und nahm Kurs auf Fredriksson und Ryde, die sich bei der Leiche unterhielten. Bea hatte die beiden verlassen und durchstreifte die Umgebung.

»Warum bist du hergekommen?« rief Haver seinem Chef nach.

Ottosson tauchte sonst nie so schnell an einem Tatort auf.

»Ich habe den kleinen John verhaftet, als er sechzehn war. Es war sein erster Kontakt mit uns.«

»Wie alt ist er jetzt?«

»Zweiundvierzig«, sagte Ottosson und ging zu seinem Auto.

4

Sie war völlig überrascht. Sie hatte sich umgeschaut, weil es klang, als hätte auf dem Parkplatz jemand aufgeschrien. Es war der Schrei einer Frau.

Als Ann Lindell wieder nach vorne sah, stand vor ihr der Weihnachtsmann mit einem überdimensionalen Bart und einer makabren Maske.

»Gott, haben Sie mich erschreckt!«

»Frohe Weihnachten«, polterte der Weihnachtsmann und versuchte wie eine Walt-Disney-Figur zu klingen.

Fahr zur Hölle, dachte sie, lächelte jedoch.

»Nein danke«, sagte sie, so als wollte der Weihnachtsmann ihr etwas aufschwatzen, was vermutlich auch seine Absicht gewesen war, denn er verlor augenblicklich das Interesse an ihr und stürzte sich auf ein Paar mit drei Kindern im Schlepptau.

Sie betrat das Einkaufszentrum. Er sollte lieber Schnee schippen, dachte sie, damit man besser reinkommt. Sie stampfte den Schnee von den Schuhen und holte die Einkaufsliste heraus. Sie war ellenlang. Ann Lindell war bereits jetzt erschöpft.

Zuoberst standen Kerzen, dann folgte eine wüste Mischung aus Lebensmitteln und Zutaten. Sie wollte nicht, aber ihr blieb nichts anderes übrig. Es war das erste Mal, daß ihre Eltern Weihnachten in Uppsala feiern würden. Zwar hatte ihre Mutter versprochen, einige traditionelle Weihnachtsgerichte mitzubringen, aber die Liste war dennoch umfangreich.

Schon in der Gemüseabteilung geriet Ann Lindell ins Schwitzen.

»Haben Sie Grünkohl?« beeilte sie sich eine Angestellte zu fragen, die an ihr vorbeilief und als Antwort in eine unbestimmte Richtung zeigte.

»Danke«, sagte Lindell mit Nachdruck. »Danke für die präzise Auskunft.«

Eine Hand legte sich auf ihren Arm. Sie drehte sich um, und vor ihr stand Asta Lundin.

»Ann, wir haben uns ja ewig nicht gesehen«, sagte sie.

Sie ließ ihre Hand liegen, und Ann Lindell spürte den Druck. Die Vergangenheit wurde schlagartig lebendig. Asta war die Witwe von Tomaten-Anton, einem alten Gewerkschaftsfreund von Edvard Risberg. Ann war ihr ein paarmal zusammen mit Edvard begegnet. Sie hatten Kaffee in Astas Küche getrunken, und Edvard hatte der Frau später beim Umzug in die Stadt geholfen.

»Asta«, sagte sie nur und war nicht in der Lage, klar zu denken.

»Wie ich sehe, hast du was Kleines bekommen«, sagte die Frau und nickte zum Tragesack auf Anns Rücken.

»Er heißt Erik«, sagte Ann.

»Geht es dir gut?« Astas graue Haare umhüllten ihr mageres Gesicht wie eine Wolke.

Ann hätte weinen mögen. Sie erinnerte sich an Edvards Worte, daß Tomaten-Anton und Asta zwei der feinsten Menschen seien, denen er je begegnet war.

»Es geht mir gut«, antwortete Ann Lindell, aber ihr Gesicht drückte etwas anderes aus.

»Der Einkaufswagen wird ganz schön voll«, meinte Asta. »Was für ein fürchterliches Gehetze.«

Ann wollte nach Edvard fragen. Sie hatte seit anderthalb Jahren nicht mehr mit ihm gesprochen, seit jenem Abend im Krankenhaus von Östhammar, als sie ihm eröffnet hatte, daß sie ein Kind von einem anderen Mann erwartete. Sie hatte auch von anderen nichts über ihn erfahren. Es kam ihr vor, als wäre er ausgelöscht worden. Wohnte er noch auf Gräsö, als Mieter in Violas Obergeschoß? Was für einer Arbeit ging er nach? Hatte er Kontakt zu seinen Söhnen? Und, bei dem Gedanken wurde ihr schwindlig, hatte er eine neue Frau kennengelernt?

»Du siehst gut aus«, sagte Asta, »hast rote Wangen und schaust hübsch aus.«

»Danke, und wie geht es dir?«

»Meine Schwester kommt Weihnachten zu Besuch.«

»Wie schön. Meine Eltern kommen auch. Sie wollen sehen, wie groß Erik schon ist. Hast du ...«, begann Ann, konnte jedoch nicht weitersprechen.

»Ich verstehe, unser Edvard«, sagte Asta und legte wieder ihre Hand auf Anns Arm, die dadurch daran erinnert wurde, was Edvard über Asta und Anton erzählt hatte, wie sie voneinander angezogen waren, wie oft sie sich umarmt, sich geküßt hatten, auch wenn andere Menschen um sie herumstanden. In Edvards Augen verkörperten die Eheleute Lundin ein Idealbild von gegenseitiger Treue und Treue zu ihrem Leben.

»Du hörst vielleicht nichts von Gräsö«, meinte Asta.

»Wohnt er noch da?«

»Das tut er. Viola ist ein bißchen kränklich, ich glaube, sie hatte eine Thrombose letzten Herbst, aber jetzt ist sie wieder auf den Beinen.«

»Wie schön«, sagte Ann tonlos.

»Sollen wir eine Tasse Kaffee trinken?« fragte Asta.

Sie setzten sich an einen Tisch und tranken aus kleinen Pappbechern Kaffee, der gratis ausgeschenkt wurde. Erik maulte; Ann löste die Tragegurte und machte seine Jacke ein bißchen auf.

»Er sieht propper aus«, sagte Asta.

Es gab so viel, wonach Ann fragen wollte, aber sie hielt sich zurück. Es war ein seltsames Gefühl, mit der alten Frau zusammenzusitzen. Außerdem schämte sie sich. Sie hatte Edvard betrogen und damit auch seine engsten Freunde. Sie hatte ihn verletzt, ihm weh getan, das wußte sie, aber Asta ließ nichts von Verbitterung oder Wut über den Betrug spüren.

»Edvard geht es gut«, sagte Asta. »Er ist vor einem Monat bei mir gewesen. Er schaut öfter mal vorbei.«

Er ist in der Stadt gewesen, dachte Ann. Sind wir vielleicht aneinander vorbeigelaufen, hat er mich etwa gesehen?

»Ich glaube, er hat alle Hände voll zu tun«, fuhr Asta fort. »Er rackert sich ab wie eh und je. Die Risbergs sind immer schon Arbeitstiere gewesen. Ich kannte ja auch seinen Vater und seinen Großvater.«

Ann nickte. Sie erinnerte sich an Albert Risberg, den Alten im ersten Stock auf Ramnäs Gård, wo Edvard gearbeitet hatte, als sie einander zum ersten Mal begegnet waren.

»Er ist ein richtiger Schärenbewohner geworden.«

Asta verstummte, nahm einen Schluck Kaffee und sah Ann Lindell an.

»Das ist ja ganz schön schiefgelaufen«, fuhr sie fort. »Das war sehr schade.«

»Ja, das war nicht so toll«, erwiderte Ann.

»Edvard ist kein starker Mensch, das hat Anton mir oft gesagt.«

Ann wollte nichts mehr hören, und Asta schien dies zu merken, denn sie verstummte.

»Das Leben entwickelt sich nicht immer so, wie man sich das vorgestellt hat«, sagte sie und lächelte schief.

»Hat er ...«

»Nein, er lebt allein«, unterbrach Asta sie.

»Du liest meine Gedanken«, sagte Ann.

»Du bist für mich wie ein offenes Buch. Du liebst ihn immer noch?«

Ann nickte stumm. Sie wollte nicht weinen. Nicht in einem Einkaufszentrum, umgeben von zahlreichen Menschen. Sobald sie allein war, würden die Tränen kommen. Natürlich liebte sie ihn noch.

»Es muß etwas Zeit vergehen«, sagte Asta. »Du wirst sehen, dann sieht das Leben auch wieder freundlicher aus.«

Etwas Zeit, dachte Ann, hat sie mit Edvard gesprochen? Will er mich treffen, kann er mir vielleicht verzeihen? Sie wollte die Frau fragen, was sie mit ihren Worten gemeint hatte, fürchtete jedoch die Antwort.

»Kann schon sein«, sagte sie statt dessen und stand auf.

»Jetzt werde ich weiter einkaufen. Danke für das Plauderstündchen.«

Asta sagte nichts, blieb sitzen und saß auch noch da, als Ann wenig später unterwegs zur Fleischtheke war. Das graue Haar, die mageren Hände auf dem Tisch. Ann nahm an, daß sie an Anton dachte.

5

Er mochte das Moos, das unter dem Schnee hervorlugte. Wäre es Sommer gewesen, hätte er sich hingelegt. Nur für einen Moment. Sich ausgeruht. Er atmete tief ein. Einmal, zweimal. Sie hatte im Wohnzimmer Licht gemacht. Er hatte sie einen Augenblick lang sehen können.

»Ich bin ein Waldkrieger«, sagte er laut.

Der Gedanke gefiel ihm, daß er ein Wesen war, das von außen kam, aus dem Moos und der Dunkelheit, zu den warmen Fenstern.

Plötzlich ging im zweiten Zimmer das Licht an. Bis auf einen hellen BH hatte sie den Oberkörper entblößt. Sie öffnete die Schranktür, holte einen Pullover heraus und zog ihn in einer einzigen Bewegung über Kopf und Arme.

Er fluchte. Er wollte sie sehen. Wie oft hatte er von diesen Brüsten geträumt.

Sie blieb im Zimmer stehen, drehte sich, spiegelte sich, zupfte etwas zurecht. Sie trat näher an den Spiegel heran, beugte sich vor. Er mußte das gleiche tun, um sie gründlich studieren zu können. Zwischen dem Fenster und dem Baum, hinter dem er sich versteckte, lagen fünf Meter. Er roch an dem Stamm. Nässe, sonst nichts.

Sie löschte das Licht und verließ den Raum. Er wartete noch zehn Minuten, ehe er sich vorsichtig der Terrasse näherte und hinter dem großmaschigen Zaun in die Hocke ging. Wie lautete sein Plan? Die Ungewißheit darüber ließ ihn zögern. Er hatte geglaubt, eine Idee zu haben, aber einmal an Ort und Stelle, in unmittelbarer Nähe eines seiner Quälgeister, erschien sie ihm nicht mehr besonders verlockend.

Vincent Hahn hatte das Gefühl, fünfundzwanzig, dreißig Jahre zurückversetzt zu werden. Auch damals gab es große Momente, Momente, in denen er Beschlüsse faßte. Beschlüsse, die jedoch stets verwitterten, wenn sie mit der Wirklichkeit konfrontiert wurden. Sie verunsicherte ihn immer noch, was ihn innerlich vor Wut kochen ließ, aber er konnte das Gefühl von Unterlegenheit und Abhängigkeit nicht abschütteln.

6

Messer, dachte Haver. Wer tötet mit einem Messer? Die Verletzungen an Brust und Armen, die gekappten Finger, die Brandmale, er ist gefoltert worden, das steht außer Zweifel. Er kritzelte etwas in seinen Notizblock, ehe er mit dem Stuhl zum Computer rollte und anfing, einen Bericht zu schreiben. Als er die ersten Angaben eingetippt hatte, klopfte jemand an die Tür. Fredriksson schaute herein.

»Der kleine John«, sagte Fredriksson.

»Ich habe die Informationen herausgesucht.«

»Verdammt, ist das kalt geworden.« Fredriksson sah verfroren aus. »Sein Bruder ist ab und zu noch aktiv«, sagte er und setzte sich.

Haver schob seinen Stuhl vom Computer weg und schaute den Kollegen an. Er wollte den Bericht gerne fertig schreiben, sah aber ein, daß Fredriksson reden wollte.

»Aber das ist doch schon was her«, wandte er ein.

»Lennart Albert Jonsson ist noch im Frühjahr wegen Diebstahls und Androhung von Gewalt verhört worden.«

»Verurteilt?«

»Das Verfahren wurde eingestellt«, sagte Fredriksson. »Die Zeugen haben kalte Füße bekommen.«

»Sind sie bedroht worden?«

»Wir denken, ja.«

»Wir werden den Bruder wohl verhören müssen.«

»Es ist nur seltsam, daß John sich viele Jahre nichts hat zuschulden kommen lassen«, meinte Fredriksson. Er stand auf, lehnte sich an einen Aktenschrank und sah nun ausgesprochen entspannt aus, so als wäre ein Mord mit einem Messer genau das, was er in der Vorweihnachtszeit brauchte. »Du weißt, daß er verheiratet war? Ich habe die Frau mal kennengelernt, ein echter Volltreffer. Sie haben einen Jungen. Er heißt Justus.«

»Wie zum Teufel kannst du dir das alles nur merken?«

»Da war was an dieser Familie, das mir gefallen hat. Die Frau des kleinen John war eine spezielle Donna. Hübsch, meine ich, aber nicht nur das. Da war noch mehr.«

Haver wartete auf eine Erläuterung, was dieses »mehr« bedeutete, aber Fredriksson hatte den Gedanken offenbar bereits wieder fallenlassen.

»Dann sind Volltreffer und Donna also das gleiche?«

»So ungefähr«, erwiderte Fredriksson und lächelte.

»Bea ist dort«, sagte Haver. Er war froh, daß ihm das erspart blieb, obwohl er Bea eigentlich hätte begleiten sollen. Die erste Begegnung mit einem nahen Angehörigen konnte wichtige Informationen und Einsichten bringen.

Er erinnerte sich noch an die Frau eines Selbstmörders. Der Mann hatte sich hinter einer Scheune in der Nähe von Hagby in die Luft gesprengt, und als Haver und eine Kollegin, Mia Rosén, bei der frischgebackenen Witwe an die Tür klopften, um ihr die traurige Nachricht zu überbringen, begann sie schallend zu lachen. Sie hatte eine halbe Minute lang ununterbrochen gelacht, bis Rosén sie packte und ordentlich schüttelte. Daraufhin beruhigte sie sich ein wenig und murmelte etwas Entschuldigendes, konnte die Genugtuung über den Tod ihres Mannes jedoch nicht verbergen.

Es stellte sich heraus, daß der Mann vollkommen betrunken gewesen war, 2,8 Promille, und es nicht auszuschließen war, daß jemand die Sprengladung an seinem Körper angebracht hatte. Es gab Reifenspuren auf einem schmalen und lehmigen Feldweg hinter der Scheune. Ein Auto war dorthin gefahren und hatte anschließend zurückgesetzt. Wahrscheinlich handelte es sich um einen blau lackierten Wagen, denn es gab Lackspuren an einer beschädigten, jungen Kiefer am Wegrand.

Als sie einige Tage später die Frau ein weiteres Mal verhörten, war ein Mann im Haus. Er besaß einen roten Audi.

Havers Gedankengang wurde von Fredriksson unterbrochen.

»Wer mordet mit einem Messer?« fragte er und griff damit Havers Überlegungen auf.

»Entweder jemand, der betrunken ist, bei einer Schlägerei, die ausartet, oder bei einem Kampf zwischen zwei Gangs.«

»Oder aber ein eiskaltes Schwein, das zu viel Lärm vermeiden will«, sagte Fredriksson.

»Er ist vor seinem Tod mit einem Messer traktiert und geschlagen worden.«

»Was sollen wir von den Fingern halten?«

»Das erste, woran ich gedacht habe, war Erpressung«, sagte Haver. »Ich weiß, ich gucke zuviel Fernsehen«, ergänzte er, als er Fredrikssons Blick bemerkte. »Ich glaube, daß der kleine John über Informationen verfügte, die jemand furchtbar gerne haben wollte.« Er rollte noch ein Stück zurück.

»John war ein schweigsamer und zäher Bursche«, meinte Fredriksson. Er ging ein paar Schritte auf das Fenster zu, drehte sich jedoch unmittelbar darauf wieder um und sah Haver an. »Hast du was von Ann gehört?«

»Ist schon ein paar Wochen her. Sie läßt grüßen.«

»Vor ein paar Wochen, na vielen Dank. Du bist mir ja ein schneller Bote. Wie geht es ihr?«

»Es ist nicht gerade ihr Ding, zu Hause zu sein.«

»Aber dem Kleinen geht es gut?«

»Denke schon. Wir haben vor allem über die Arbeit geredet. Ich glaube, Ann hat den Bruder des kleinen John einmal verhört.«

Fredriksson verließ Haver, der an die Worte seines Kollegen über Johns Frau denken mußte. Er war neugierig auf Beas Kommentar. Wie er sie kannte, würde es dauern, bis sie zurückkam. Sie konnte vielleicht am besten von ihnen mit Menschen umgehen, war freundlich, ohne aufdringlich und rührselig zu sein, gründlich, ohne kleinlich zu werden. Sie baute ein Vertrauensverhältnis auf, und das brauchte Zeit, aber dann gelang es ihr in der Regel auch, den Leuten Informationen zu entlocken, die vielen anderen Kollegen entgingen.

Haver rief Ryde auf dem Handy an. Wie er vermutet hatte, war der Kriminaltechniker noch draußen in Libro.

»Was Interessantes?«

»Nicht viel, außer daß es wieder schneit.«

»Ruf mich an, wenn ihr was findet«, sagte Haver, der ungeduldig war. Ryde mußte einfach etwas aufstöbern. Irgendwas. Haver wollte rasch Ergebnisse haben.

Laß es gut gehen, dachte er in der frommen Hoffnung, daß die Ermittlungen in einem Mordfall, die er zum ersten Mal verantwortlich leitete, mit einer schnellen Ergreifung des Täters endeten. Er war nicht unerfahren. Bei mehreren Fällen hatte er eng mit Lindell zusammengearbeitet und glaubte der Aufgabe gewachsen zu sein, spürte aber dennoch Unsicherheit und Ungeduld wie ein Kribbeln in allen Gliedern.

Erneut griff Haver nach dem Telefon, rief den Staatsanwalt an und versuchte anschließend, einen gewissen Andreas Lundemark zu erreichen, der für die Schneekippe in Libro verantwortlich war. Haver wollte sich ein Bild davon machen, wie die Arbeitsabläufe da draußen geregelt waren. Etliche LKW-Fahrer waren dort gewesen, davon zeugten die gigantischen Schneemassen. Vielleicht hatte einer von ihnen etwas gesehen. Sie mußten alle verhört werden.

Die Telefonzentrale der Stadtverwaltung gab ihm Lundemarks Handynummer, aber der Mann ging nicht dran. Haver sprach eine Nachricht auf die Mailbox.

Er legte den Hörer auf und wußte, jetzt mußte er in die Gänge kommen. Er hatte Johns Akte vor sich, und die seines Bruders. Er sah das Register durch. Die Akte über Lennart

Jonsson war ein ordentlicher Wälzer. Haver notierte sich die Namen der Personen, die in den verschiedenen Ermittlungsverfahren auftauchten, insgesamt zweiundfünfzig. Alle mußten verhört werden. Am wichtigsten waren die Personen um Lennart, die als sein engster Bekanntenkreis angeführt wurden: Diebe, Hehler, Saufkumpane und andere, bei denen sich Lennart unter Umständen aufhielt.

Als Haver fertig war, blieb er sitzen und dachte wieder an Rebecka. Er war ein guter Ermittler, aber zu Hause biß er auf Granit. Er konnte nicht richtig erkennen, was sie quälte. Sie war doch schon einmal mit einem Kind zu Hause gewesen, und damals war alles wunderbar gelaufen.

Vielleicht sollte er sie ganz einfach fragen? Sich mit ihr zusammensetzen, wenn die Kinder eingeschlafen waren, sie regelrecht verhören? Nichts dem Zufall überlassen, systematisch sein und versuchen davon abzusehen, daß er selber der Schuldige sein könnte.

»Heute abend«, sagte er laut und stand auf, wußte aber im gleichen Moment, daß er sich selber belog. Er hätte nie im Leben die Kraft zu einem Gespräch mit ihr, wenn er nach dem ersten Arbeitstag an einem Mordfall nach Hause kommen würde. Und wann würde er überhaupt nach Hause kommen?

»Ich darf nicht vergessen, sie anzurufen«, murmelte er.

Beatrice blieb eine Weile im Hauseingang stehen, las die Namen der Mieter und stellte fest, daß es zwei Anderssons, einen Ramirez und einen Oto gab. Woher kommt Oto? Aus Westafrika, Malaysia oder einem anderen fremden Land? Und dann gab es noch J. und B. Jonsson, oberster Stock.

Sie war allein und froh darüber. Die Nachricht vom Tod eines Menschen zu überbringen, war das Schwerste überhaupt. Kollegen störten Beatrice in solchen Situationen nur. Sie hatte genug mit ihren eigenen Gefühlen zu kämpfen und konnte darauf verzichten, einen Kollegen mitzuschleppen, der vielleicht munter drauflos redete oder aber nur verbissen den Mund hielt und Verunsicherung verbreitete.

Die Tür war frisch gestrichen, es roch noch nach Farbe. Sie versuchte sich vorzustellen, daß sie hier war, um eine gute Freundin zu besuchen, vielleicht jemanden, den sie seit Jahren nicht mehr gesehen hatte. Die Spannung und Freude des Wiedersehens.

Sie strich mit der Hand über die mattgrüne, rauhe Wand. Der Farbduft vermischte sich mit Küchendünsten, es roch nach Zwiebeln. Weil ich zu Besuch komme, kocht Oto sein Nationalgericht, dachte sie. Oto, wie schön, dich wiederzusehen. Oh, gedünstete Zwiebeln, mein Leibgericht!

Sie machte einen Schritt, zögerte dann jedoch. Das Handy surrte in ihrer Tasche. Sie sah nach, wer anrief: Ola.

»Wir haben gerade eine Vermißtenmeldung reinbekommen«, sagte er. »Berit Jonsson hat angegeben, daß ihr Mann John seit gestern abend verschwunden ist.«

»Ich stehe im Treppenhaus«, sagte Bea.

»Wir haben ihr gesagt, wir würden einen Polizeibeamten vorbeischicken.«

»Und das bin ich?«

»Das bist du«, antwortete Ola Haver mit großem Ernst.

Verdammt, dachte Beatrice, sie weiß, daß einer von uns unterwegs ist. Sie glaubt, daß ich eine Vermißtenanzeige aufnehmen will, und dann komme ich mit einer Todesnachricht.

Beatrice ging Schritt für Schritt weiter. »John, Berit und Justus Jonsson.« Das Klingelzeichen war von der Art, die sie verabscheute, ein dumpfes Glockenspielklingeln. Sie trat einen Schritt zurück. Die Tür wurde praktisch sofort geöffnet.

»Beatrice Andersson von der Polizei«, sagte sie und streckte die Hand aus.

Berit Jonsson griff danach. Ihre Hand war warm und feucht.

»Das ging aber schnell«, sagte sie und räusperte sich. »Kommen Sie herein!«

Der Flur war lang, schmal und dunkel. Eine Menge Schuhe und Stiefel lagen gleich hinter der Tür. Beatrice zog die Jacke aus und mußte sich selber nach einem Kleiderbügel umsehen, während Berit vollkommen passiv neben ihr stand. Beatrice drehte sich um und versuchte ein Lächeln, das ihr jedoch mißlang.

Berits Gesicht war ausdruckslos. Wortlos gingen sie in die Küche. Berit zeigte auf einen Stuhl, blieb selber aber an die Arbeitsplatte gelehnt stehen. Sie war ungefähr Mitte Dreißig. Ihr ursprünglich helles Haar war braunrot gefärbt, Mahagoni, schätzte Beatrice, und zu einem schlampigen Pferdeschwanz gebunden. Links schielte die Frau ein ganz klein wenig. Ihre Hände umklammerten die Arbeitsplatte. Sie war ungeschminkt, und ihr Gesicht wirkte nackt. Sie war sehr müde.

»Ich nehme an, Sie sind Berit Jonsson. Ich habe gesehen, daß auf der Tür auch ein Justus steht. Ist das Ihr Sohn?«

Berit Jonsson nickte.

»Er ist der Junge von John und mir.«

»Ist er zu Hause?«

Sie schüttelte den Kopf.

»Sie haben John als vermißt gemeldet«, sagte Beatrice und wußte einen Moment lang nicht, wie sie weitermachen sollte, obwohl sie es im stillen vorher durchgegangen war.

»Er wollte gestern nachmittag nach Hause kommen, gegen vier, aber er ist nicht gekommen.«

Bei »nicht« begann sie zu zittern. Sie löste eine Hand von der Arbeitsplatte und fuhr sich über das Gesicht.

Beatrice fand sie trotz ihrer Angst schön, trotz der großen dunklen Ringe unter den Augen und der starren, erschöpften Gesichtszüge.

»Es tut mir sehr leid, aber ich muß Ihnen mitteilen, daß John nicht mehr unter uns ist. Wir haben ihn heute morgen tot aufgefunden.«

Berits Hand erstarrte im Gesicht, so als wollte sie sich verstecken, nicht hören, nicht sehen, aber Beatrice erkannte, daß sie langsam begriff. Es zuckte um ihre Augen, die Pupillen weiteten sich, und Berit schluckte. Beatrice stand auf und nahm Berits Hand in ihre. Jetzt war die Hand der Frau eiskalt.

»Es tut mir sehr leid«, wiederholte die Polizistin, »aber John ist von uns gegangen.«

Berit blickte forschend in das Gesicht der Polizistin, wie um zu ergründen, ob dort noch eine Spur Ungewißheit zu erkennen war. Sie zog ihre Hand wieder zurück, legte sie vor den Mund, und Beatrice wartete auf einen Schrei, der jedoch nicht kam.

Beatrice schluckte. Sie sah den verstümmelten, grün und blau geprügelten und verbrannten Körper des kleinen John vor sich, niedergetrampelt in eine Wehe schmutzigen Schnees.

Berit schüttelte den Kopf, erst fast unmerklich, dann immer kraftvoller. Sehr langsam öffnete sie den Mund, und ein Speichelfaden lief aus ihrem Mundwinkel. Beatrices Worte setzten sich fest, bohrten sich tief in das Bewußtsein der Frau. Berit erstarrte, nicht ein Muskel bewegte sich, sie schottete sich ab, während sie die Nachricht verarbeitete, daß ihr John nie mehr nach Hause kommen, sie nie mehr umarmen, nie mehr diese Küche betreten würde.

Sie wehrte sich nicht, als Beatrice sie an den Schultern faßte, zu einem Stuhl am Fenster führte und sich selber an die andere Seite des Tischs setzte. Beatrice ertappte sich dabei, daß sie hastig registrierte, was alles auf dem Tisch stand: eine Azalee, die zu wenig Wasser bekommen hatte, die Tageszeitung, ein Adventskranz mit drei zur Hälfte abgebrannten Kerzen sowie ein Messer und eine Gabel, über Kreuz auf einem leeren Teller.

Beatrice beugte sich über den Tisch, ergriff von neuem die Hand der Frau und drückte sie sachte. Dann kam eine Träne, eine einzige, die Berits Wange hinablief.

»Können wir jemanden anrufen?«

Berit wandte ihr Gesicht Beatrice zu. »Wie?« fragte sie heiser und flüsternd.

»Er ist ermordet worden«, sagte Beatrice leise, so als wolle sie sich Berit anpassen.

Der Blick, der sie traf, erinnerte sie an die Schlachtung eines Schafs, die sie als Kind einmal erlebt hatte. Ein Mutterschaf sollte zum Schlachthof transportiert werden. Es wurde blökend aus seiner Box auf den Hof hinausgeführt. Es war widerspenstig, wurde jedoch von Beatrices Onkel beruhigt.

Der Blick des Mutterschafs in diesem Moment, in der Zehntelsekunde, bevor es sich wieder beruhigte, das Weiß der Augen, die es verdrehte, der verletzte Ausdruck, nicht angstvoll, eher fragend. Es war ihr damals so vorgekommen, als fände die Angst keinen Platz, obwohl der Hof so groß war.

»Ermordet«, murmelte Berit.

»Können wir jemanden anrufen? Haben Sie Geschwister?«

Berit schüttelte den Kopf.

»Eltern?«

Neuerliches Kopfschütteln. »Justus«, sagte sie, »ich muß Justus erreichen.«

»Wo ist er?«

»Bei Danne.«

»Ist das in der Nähe?«

»Salabacksgatan.«

Ich schaffe das nicht, dachte Beatrice, wußte jedoch im gleichen Moment, daß für sie das schlimmste vorbei war, denn sie hatte es gesagt. Nun würde sie alles tun, was in ihrer Macht stand, um die Qualen der Frau zu lindern, und versuchen, deren Fragen zu beantworten. Ein Gefühl von Andacht überkam sie, das sie aus ähnlichen Situationen bereits kannte. Beatrice war alles andere als religiös, aber sie konnte erahnen, was die Menschen in religiösen Botschaften und Ritualen suchten. Vieles in ihrer Arbeit als Polizistin berührte die großen Fragen, die Mythen und Träume. Ihr war aufgefallen, daß Polizisten oft die Rolle eines Beichtvaters spielen mußten, eines Menschen, mit dem man vertrauliche Gespräche führen konnte. Selbst die uniformierten Polizisten, die oberflächlich betrachtet die Behörden, die Staatsmacht und das schlechte Gewissen der Bürger repräsentierten, konnten dazu auserkoren werden. Das hatte sie in ihrer

Zeit als Streifenpolizistin festgestellt. Oder war es etwa ihre Persönlichkeit, die zu dieser oftmals gefühlsseligen Nähe verleitete? Sie wußte es nicht, aber solche Momente bedeuteten ihr sehr viel. Niemals, hatte sie sich geschworen, würde sie zynisch werden.

Die Wohnungstür wurde mit einem Ruck geöffnet.

»Justus«, hauchte Berit.

Aber es war ein Mann, der in die Küche stürzte. Er erblickte Beatrice und blieb abrupt stehen.

»Bist du ne Pfarrerin oder so was?«

»Nein«, sagte Beatrice und stand auf.

Der Mann atmete schwer. Sein Blick war aggressiv.

»Wer zum Teufel bist du dann?«

»Ich bin Polizeibeamtin.«

»Sie haben meinen Bruder umgebracht.«

Er fuchtelte mit dem rechten Arm vor Beatrice herum.

»Lennart«, flüsterte Berit.

Er hielt in seiner wütenden Attacke inne und sah sie an, als hätte er erst jetzt ihre Gegenwart bemerkt. Er senkte die Arme und fiel in sich zusammen wie eine aufblasbare Puppe, in die jemand hineingestochen hat.

»Berit«, erwiderte er und machte einen Schritt auf sie zu.

»Du Schwein«, sagte sie und spuckte ihm ins Gesicht.

Er nahm ihren Wutausbruch gelassen hin, wischte sich nur mit dem Ärmel übers Gesicht. Beatrice fiel auf, daß seine Jacke in der Achselhöhle aufgerissen war, blutrotes Futter leuchtete hervor.

»Das war jetzt aber nicht nötig«, sagte er matt, und in seinem Gesicht konnte Beatrice nur Verwirrung und Trauer lesen.

»Das ist deine Schuld«, sagte Berit, wobei sie die Zähne so aufeinanderpreßte, daß kaum zu begreifen war, wie sie überhaupt einen Laut von sich geben konnte. »Es ist deine verdammte Schuld, daß mein John tot ist!« Ihre Stimme stieg ins Falsett.

»Du hast ihn immer in irgendeine Scheiße hineingeritten. Das warst immer du!«

Lennart schüttelte den Kopf. Er hatte ein zerfurchtes Gesicht, das zu einem erstaunlich großen Teil von schwarzen Bartstoppeln bedeckt war. Beatrice wäre niemals auf die Idee gekommen, daß der Mann vor ihr und der kleine John Brüder sein könnten.

»Ich schwöre dir«, sagte er, »ich habe nicht die geringste Ahnung.«

Beatrice glaubte ihm spontan.

»Wie haben Sie herausgefunden, daß Ihr Bruder tot ist?«

»Von deinen geschwätzigen Freunden«, sagte er kurz angebunden. »Die ganze Stadt weiß es«, fuhr er zum Fenster gewandt fort. »Wenn man über den Polizeifunk herausposaunt, daß der kleine John tot ist, wissen alle davon.«

Unfaßbar, dachte Beatrice, daß der Klarname eines Ermordeten über Funk genannt wird.

»Mein Bruder, mein einziger kleiner Bruder«, schluchzte Lennart Jonsson, auf die Fensterbank gestützt und die Stirn gegen die Scheibe gepreßt.

»Ich werde diese Schweine umbringen. Verlaßt euch drauf. Ich werde die Kerle finden, die das getan haben, und sie dann zu Tode quälen.«

Beatrice fragte sich, welche Details zum Mord noch nach draußen gedrungen waren. Berit war wieder auf ihrem Stuhl zusammengesunken, saß vollkommen reglos da und hatte den Blick auf einen Ort gerichtet, den Beatrice nicht erreichen konnte.

»Bleiben Sie bei Berit?« fragte sie. »Es sollte jetzt jemand bei ihr sein.«

Ob der Schwager dafür die geeignetste Person war, ließ sich bezweifeln, aber Beatrice hielt es für das beste. Sie waren ein Bruder und eine Frau, die durch das gemeinsame Leben, die Erinnerungen, die Trauer für immer aneinandergeschmiedet sein würden.

Lennart drehte sich um und nickte versöhnlich. Ein Tropfen von Berits Speichel hing noch auf seinem bärtigen Kinn.

Beatrice bekam die Adresse von Justus' Freund und Johns und Lennarts Mutter, ging in den Flur hinaus, rief Haver an und bat ihn, dafür zu sorgen, daß die Mutter benachrichtigt würde.

Als sie in die Küche zurückkehrte, trank Lennart eine Flasche Bier. Das wäre jetzt nicht das Verkehrteste, dachte sie.

»Berit«, sagte sie, »wissen Sie, wo John gestern hinwollte?«

Berit schüttelte den Kopf.

»Ich muß das fragen.«

»Ich weiß es nicht.«

»Er hat nichts gesagt, als er ging?«

Berit senkte den Kopf und versuchte anscheinend, sich zu erinnern, wie der gestrige Tag ausgesehen hatte. Beatrice konnte sich ausmalen, wie die Frau in Gedanken noch einmal die letzten Minuten durchspielte, bevor John für immer aus ihrem Leben verschwunden war. Wie oft würde sie diesen Tag noch erleben?

»Er war wie immer«, meinte sie schließlich. »Ich glaube, er hat was von einer Zoohandlung gesagt. Er wollte eine Pumpe abholen, die er bestellt hatte.«

»In welchem Geschäft?«

»Keine Ahnung. Er ging in alle.«

Sie begann wieder zu schluchzen.

»Er hat ein echt tolles Aquarium«, sagte Lennart. »Es stand sogar was in der Zeitung darüber.«

Es wurde still.

»Ich dachte, er würde beim Schneeräumen helfen. Er hat davon gesprochen, bei einem Dachdecker, den er kennt, nach einem Job zu fragen.«

»Bei Micke?« erkundigte sich Lennart.

Berit sah ihren Schwager an und nickte. Micke, dachte Beatrice, jetzt kommen die ganzen Namen.

Haver, Beatrice, Wende, Berglund, Fredriksson, Riis, Lundin und Ottosson hatten sich um eine gigantische Dose mit Pfefferkuchen versammelt. Fredriksson nahm sich einen ansehnlichen Haufen und stapelte die Kekse vor seiner Tasse auf. Elf Stück, stellte Beatrice fest.

Ottosson verzichtete auf Kekse, als die Dose zu seinem Platz geschoben wurde.

»Nimm einen«, sagte Riis.

»Nein danke«, erwiderte der Leiter des Kommissariats.

»Der kleine John ist verblutet«, sagte Haver plötzlich. »Einer oder mehrere Täter haben ihm Stiche mit einem Messer oder einem anderen scharfen Gegenstand zugefügt, an denen er verblutet ist.«

Die Ermittlungsbeamten, die sich um den Tisch versammelt hatten, verarbeiteten schweigend die Information. Haver machte eine Pause. Er stellte sich vor, daß die Kollegen in Gedanken vor sich sahen, wie das Leben des kleinen John geendet hatte.

»Vor seinem Tod ist er wiederholt Schlägen gegen Gesicht und Rumpf ausgesetzt gewesen«, fuhr Haver fort. »Außerdem fanden sich Brandmale, wahrscheinlich von Zigaretten, auf den Armen und den Geschlechtsteilen.«

»Wir suchen einen sadistischen Raucher«, bemerkte Riis trocken.

»Sind nicht alle Raucher sadistisch?« fragte Lundin.

Haver warf ihm einen Blick zu und fuhr fort: »Der Tod ist wahrscheinlich zwischen vier und acht Uhr gestern abend eingetreten. Der genaue Zeitpunkt läßt sich nur schwer ermitteln, weil der Tote so stark ausgekühlt war.«

»Hatte er Alkohol oder Drogen im Blut?« erkundigte sich Ottosson.

»Ein bißchen Alkohol, ansonsten war er clean. Das einzige, was sie feststellen konnten, war ein beginnendes Magengeschwür und eine Leber, der es hätte besser gehen können.

»War er Alkoholiker?«

»Nein, das kann man so nicht sagen, aber die Leber hat viel arbeiten müssen«, antwortete Haver und sah plötzlich sehr müde aus.

»Ist er vielleicht aus Versehen gestorben?« fragte Beatrice. »Daß er nach vielen kleineren Stichen verblutet ist, deutet auf eine langwierige Prozedur hin. Wenn man jemanden mit einem Messer ermorden will, sticht man doch eher sofort ordentlich zu.«

Das ist alles absurd, dachte Haver. »Folter«, sagte er. »Man muß ihn gefoltert haben.«

»Er war ein zäher Bursche«, bemerkte Ottosson. »Ich glaube nicht, daß er leicht kleinzukriegen war.«

»So was kann man nicht wissen«, meinte Fredriksson und nahm seinen achten Keks. »Es ist eine Sache, unberührt vor dem Schreibtisch zu sitzen, wenn man wegen eines Diebstahls verhört wird, aber was ganz anderes, sich nicht fertigmachen zu lassen, wenn man zu Tode gepeinigt wird.«

Ottosson war eigentlich niemand, der vehement auf seiner Meinung beharrte, aber diesmal blieb er dabei: »Der kleine John konnte halsstarrig sein. Außerdem hatte er Mut. Obwohl er so schmächtig war, gab er niemals auf.«

»Aber du hast ihn auch sicher nicht gefoltert, oder?« sagte Riis.

Ottosson hatte ihnen erzählt, daß er den kleinen John mehrfach verhört hatte. Er war dabei gewesen, als John mit sechzehn zum ersten Mal verhaftet wurde, und während der nächsten fünf, sechs Jahre hatten sie des öfteren miteinander zu tun gehabt.

»Geht es um eine alte Geschichte oder um etwas Neues?« fuhr Ottosson fort. »Ich persönlich kann mir nicht vorstellen, daß der kleine John in neue krumme Dinger verwickelt gewesen sein soll. Du hast doch seine Frau und sein Kind getroffen, Bea. John scheint in den letzten zehn Jahren gut zurecht gekommen zu sein. Warum sollte er das jetzt versauen?«

Bea nickte und warf Ottosson einen Blick zu, der ihn ermuntern sollte, weiterzusprechen. Seine Worte gefielen ihr. Beatrice fand, daß Ottosson ein kluger Mann war. Viel zu selten ergriff er länger das Wort, und in diesem Moment wollte sie, daß er weitersprach, aber er verstummte und schnappte sich den letzten von Fredrikssons Keksen.

»Die Frau machte einen guten Eindruck, der Junge auch. John ist zwar schon seit einiger Zeit arbeitslos gewesen, was sicher zu Problemen geführt hat, aber er ist nicht abgerutscht. Ab und zu ging er mal einen trinken, meinte seine Frau, aber er hat nicht hemmungslos gesoffen. Kann sein, daß sie das ein wenig beschönigt, aber ich glaube, daß er in recht ruhigen Bahnen gelebt hat. Er hat an seinem Aquarium gearbeitet. Es ist das größte Aquarium, das ich je gesehen habe. Bestimmt vier Meter lang und einen Meter breit. Es nimmt eine ganze Wand ein.«

»Das gibt einen feinen Wasserschaden, wenn es leckschlägt«, bemerkte Riis.

Ottosson schaute den Kollegen an, als wollte er sagen: Jetzt habe ich langsam genug von dummen Kommentaren. Riis lächelte ein wenig schief.

»Das war offenbar sein großes Hobby«, meinte Beatrice. »Er war Mitglied in einem Aquaristikverein, war dort offenbar sogar im Vorstand. Er träumte davon, ein Geschäft nur mit Fischen zu eröffnen.«

Ottosson nickte.

»Was ist mit seinem Bruder?« fragte Haver. »Er scheint mir nicht ganz stubenrein zu sein. Kann er John in etwas hineingezogen haben?«

»Glaube ich nicht«, erwiderte Beatrice. »Jedenfalls nicht bewußt. Er schien aufrichtig überrascht zu sein. Es ist klar, daß man schockiert ist, wenn der Bruder ermordet wird, aber es gibt nichts, was darauf hindeutet, daß er auch nur ahnte, warum John in ein krummes Ding verwickelt sein könnte.«

»Er machte auf mich keinen besonders hellen Eindruck«, sagte Ottosson.

Morenius, der Leiter des Führungs- und Lagedienstes, betrat den Raum. Er warf eine dicke Mappe auf den Tisch, setzte sich und seufzte schwer.

»Entschuldigt die Verspätung, im Moment ist wirklich viel los«, sagte er und unterstrich seine Worte mit einem weiteren Seufzer.

»Trink einen Kaffee«, schlug Ottosson vor, »damit du wieder wach wirst.«

Morenius lachte und zog die Thermoskanne zu sich heran.

»Kekse?« fragte Ottosson.

»Lennart Jonsson«, begann der Leiter des Führungs- und Lagedienstes, »ist regelmäßig bei uns und diversen anderen Behörden zu Gast. Auf sein Konto gehen vierzehn Anzeigen wegen Fahrens ohne Führerschein, drei wegen Trunkenheit am Steuer, sechzehn Diebstähle, davon drei schwere, eine Körperverletzung und bestimmt zwanzig nicht angezeigte, ein Betrugsversuch, einmal Drogenbesitz, aber das liegt lange zurück, dreimal Androhung von Gewalt und eine Mißachtung des Gerichts. So geht das immer weiter. Außerdem hat er zehn Einträge im Schufa-Register und Schulden in Höhe von gut dreißigtausend Kronen beim Gerichtsvollzieher. Er bezieht Sozialhilfe, und es wird zur Zeit geprüft, ob er in Frührente gehen kann.«

»Weshalb denn das, zum Teufel?« platzte Lundin heraus.

»Er hat offenbar eine alte Verletzung. Vor fünf Jahren ist er von einem Baugerüst gefallen. Seitdem ist er im Prinzip ununterbrochen arbeitsunfähig gewesen.«

»Also hat er auch gearbeitet?«

»Vor allem auf dem Bau, aber auch für Ragnsells und kurze Zeit als Rausschmeißer. Zeitweise hat er ein recht normales Leben geführt.«

»Ist Lennart der Schlüssel zum Ganzen?«

Ottossons Frage stand im Raum. Fredriksson hatte sich mit einem neuen Stapel Kekse versorgt und kaute weiter. Riis sah einfach nur gelangweilt aus. Lundin betrachtete seine Hände, und alle warteten darauf, daß er aufstehen und zur Toilette gehen würde, um sich zu waschen. Über seine Angst vor Bazillen wurde im ganzen Haus gescherzt. Die Kosten für Papierhandtücher waren spürbar gestiegen, seit er im Kommissariat arbeitete.

Haver erläuterte, daß sie sich einen Überblick über den Bekanntenkreis und die finanziellen Verhältnisse von Familie Jonsson verschaffen mußten.

Beatrice hörte anfangs noch zu, verlor sich aber schon

bald in eigenen Gedanken. Sie versuchte sich an etwas zu erinnern, das sie während ihres Besuchs bei Berit Jonsson gestört hatte. War es vielleicht, als sie auf den Sohn zu sprechen kamen? Etwas, das Berit gesagt hatte? War es vielleicht ein Blick oder eine unmerkliche Veränderung in ihrem Gesichtsausdruck? Eine Art Besorgnis?

Ihr Gedankengang wurde von Ottosson unterbrochen.

»Hallo, Bea, ich habe eine Frage gestellt. Hat Berit etwas über Johns Finanzen gesagt? Hatte die Familie finanzielle Probleme, nachdem er arbeitslos geworden war?«

»Nein, soweit ich verstanden habe nicht. Sie schienen mir nicht am Hungertuch zu nagen. Berit arbeitet halbtags bei einem mobilen Pflegedienst, und John hat sicher Arbeitslosengeld bezogen.«

»Wir werden die übliche Überprüfung durchführen«, sagte Ottosson. »Kannst du das übernehmen, Riis?«

Riis nickte. Der Auftrag war ganz nach seinem Geschmack.

»Ich möchte morgen noch mal zu ihnen fahren, mich mit Berit und vielleicht auch mit dem Jungen unterhalten, Johns Sachen durchgehen«, sagte Beatrice. »Ist das okay?«

»Geht in Ordnung«, erwiderte Haver. »Die Überprüfung der Zoohandlungen hat noch nichts ergeben, aber wir werden morgen weiter daran arbeiten. Vielleicht gibt es kleinere Läden oder sogar Leute, die Spezialausrüstungen zu Hause verkaufen. Dann sollten wir noch die Aquaristikvereine überprüfen. Wir müssen versuchen, uns ein Bild von Johns Tagesablauf zu machen.«

Ottosson beendete die Besprechung mit ein wenig belanglosem Gerede, dem niemand zuhörte, auch wenn alle brav sitzen blieben. Für Ottosson war die Einrahmung ihrer Zusammenkünfte wichtig. Es sollte eine »nette Atmosphäre« herrschen. Es war jetzt Viertel nach acht Uhr abends. Die anstehenden Arbeitsaufgaben waren verteilt.

7

Gegen halb elf meldete sich Mikael Andersson bei der Polizei. Der Diensthabende nahm das Gespräch entgegen, mit anderen Worten Fredriksson, denn alle übrigen waren bei einem Einsatz in Eriksberg, einem Fall von Körperverletzung.

Fredriksson hatte zufrieden in seinem Büro gesessen. Es war still und ruhig, so daß er Zeit hatte, nachzudenken und Papiere zu sortieren. Er hatte ein, wie er fand, ausgeklügeltes System aus acht verschiedenen Stapeln entwickelt, von denen der umfangreichste für das große Archiv bestimmt war, den Papierkorb. Er dachte an die Litaneien vom papierlosen Büro. Im Polizeipräsidium von Uppsala war es jedenfalls noch nicht eingeführt worden.

Im Grunde hatte er gar nichts gegen Papier. Er war vielmehr der Buchhaltertyp, der Mappen, Register und Ordner mochte. Die meisten seiner Kollegen, vor allem die jüngeren, speicherten viel auf dem Computer. Fredriksson dagegen wollte raschelndes Papier haben, und Ordner, in denen er nachschlagen konnte. Der Locher und der Hefter waren auf seinem Schreibtisch an zentraler Stelle zu finden.

Falls er sich durch das Klingeln des Telefons gestört fühlte, ließ er sich dies jedenfalls nicht anmerken, sondern meldete sich freundlich.

»Ich habe den kleinen John gekannt«, sagte eine Stimme am anderen Ende der Leitung. »Sie wissen schon, der Mann, der ermordet worden ist.«

»Wie heißen Sie?«

»Micke Andersson. Ich habe es gerade erst erfahren. Ich habe gearbeitet, und das Handy lag zu Hause. Ich war Schnee räumen und ...«

»Okay«, sagte Fredriksson ruhig, »Sie kommen nach Hause und finden eine Nachricht auf ihrem Handy, daß John tot ist. Wer hat die Nachricht hinterlassen?«

»Johns Bruder.«

»Lennart Jonsson?«

»Er hat nur einen Bruder.«

»Sie waren ein Bekannter von John?«

»Wir haben uns von Kind auf gekannt. Was ist denn passiert? Wissen Sie etwas?«

»Ein wenig, aber Sie wissen vielleicht Dinge, die wir noch nicht wissen.«

»Ich habe John gestern getroffen, und da war er wie immer.«

»Wann war das?«

»Gegen fünf vielleicht.«

»Wo?«

»Bei mir zu Hause. John war Bier und Schnaps einkaufen gewesen und hat anschließend bei mir vorbeigeschaut.«

Fredriksson machte sich Notizen und stellte weitere Fragen. Der kleine John war bei Mikael Andersson in der Väderkvarnsgatan aufgetaucht. Mikael war eben erst aus der Dachdeckerwerkstatt heimgekehrt, in der er arbeitete. Er hatte gerade geduscht und schätzte, daß es fast fünf war. John war im staatlichen Alkoholgeschäft im Einkaufszentrum Kvarnen gewesen. Er war guter Dinge, ganz und gar nicht besorgt. In der Hand hatte er zwei grüne Plastiktüten.

Sie hatten sich über alles mögliche unterhalten. John hatte über sein Aquarium gesprochen, den Kauf einer Pumpe jedoch nicht erwähnt. Mikael hatte über die Arbeit geredet, daß er wahrscheinlich eine Abendschicht übernehmen müßte. Es gab da ein paar Dächer, die vom Schnee befreit werden sollten.

»Hatte sein Besuch einen konkreten Anlaß? Hat er etwas Besonderes gefragt?«

»Nein, ich habe es so verstanden, daß er einfach mal vorbeischauen wollte. Ich habe ihn gefragt, ob er beim Schneeräumen helfen will. Die Firma sucht noch Leute, aber er schien nicht sonderlich interessiert zu sein.«

»Er wollte keinen Job?«

»Na ja, er hat nicht direkt abgewunken, aber er war auch nicht besonders enthusiastisch.«

»Sie klingen erstaunt.«

»Der kleine John war eigentlich nicht der Typ, der gerne

auf der faulen Haut liegt. Ich dachte, er würde sofort anbeißen.«

»Brauchte er Geld?«

»Wer braucht das nicht?«

»Ich meine, so kurz vor Weihnachten und so.«

»Davon hat er jedenfalls nichts gesagt. Immerhin hatte er genug Geld, um Schnaps zu kaufen.«

John war eine halbe, vielleicht auch Dreiviertelstunde geblieben. Gegen Viertel nach sechs hatte Mikael Andersson die Wohnung verlassen, um Schnee von Dächern in der Sysslomansgatan zu schaufeln. Er war davon ausgegangen, daß John sich auf den Heimweg gemacht hatte.

»Ach, noch etwas. Er hat darum gebeten, telefonieren zu dürfen, aber dann ließ er es doch bleiben. Er hat nicht angerufen.«

»Er hat nicht zufällig gesagt, wo er anrufen wollte?«

»Nein, vielleicht zu Hause. Er sei spät dran, hat er gesagt.«

Lennart Jonsson stapfte durch den Schnee. Ein Wagen hupte wütend, als er die Vaksalagatan überquerte. Lennart hob die Faust. Die roten Rücklichter verschwanden in östlicher Richtung. Er fand es ungerecht. Andere fuhren Auto, während er über die aufgeworfenen Schneewälle hüpfen und im Zickzack gehen mußte, um einen geräumten Pfad zu finden.

Wenn er nach Westen schaute, sah er die Weihnachtsbeleuchtung wie eine Perlenkette im Stadtzentrum. Es knarrte unter seinen Füßen. Eine Frau hatte ihm einmal gesagt, sie wolle dieses Geräusch, das unter den Schuhen entstand, wenn es richtig kalt war, essen. Der Satz schoß ihm immer durch den Kopf, wenn er über knarrenden Schnee ging. Was hatte sie nur gemeint? Die Worte hatten ihm gefallen, aber er verstand sie nicht.

Ein Auto mit einem Weihnachtsbaum auf dem Dach fuhr auf der Salabacksgatan vorbei. Ansonsten war es ruhig in den Straßen. Er blieb stehen, ließ den Kopf hängen, als wäre er betrunken, ertappte sich selber beim Weinen. Am liebsten hätte er sich in den Schnee gelegt und wäre gestorben, wie sein Bruder es getan hatte. Sein einziger Bruder. Tot. Ermordet. Rachsucht bohrte in ihm, und er wußte, erst wenn der Mörder des kleinen John tot war, würde der Schmerz nachlassen.

Er, der sonst immer rannte, ging jetzt nachdenklich und spähte zu den Häuserfassaden hinauf, bemerkte Details wie den überfüllten Papierkorb an der Bushaltestelle und den zugeschneiten Rollator, Dinge, an die er sonst keinen Gedanken verschwendet hätte. Es war, als hätte der Tod seines Bruders ihm die Sinne geschärft.

Als er den Brantingstorg erreichte, war er nur noch zwei Häuserblocks von zu Hause entfernt, aber er blieb mitten auf dem Platz stehen. Ein Traktor arbeitete sich systematisch durch die Schneemassen, räumte den Parkplatz und seine Zufahrten.

War John tot, als er in Libro abgekippt wurde. Lennart wußte es nicht, hatte vergessen zu fragen. John fror schnell. Sein schmächtiger Körper war nicht für Kälte gemacht. Seine schmalen Hände. Er hätte Pianist werden sollen. Stattdessen wurde er Schweißer und der größte Experte für Zierfische, vor allem für Buntbarsche.

Lennart beobachtete den Traktor, und als dieser dicht an ihm vorbeifuhr, hob er die Hand zu einem Gruß. Der Fahrer winkte zurück. Ein junger Bursche, etwas über Zwanzig. Er gab ein wenig mehr Gas, als er sah, daß Lennart immer noch da stand, legte mit einer lässigen Handbewegung den Rückwärtsgang ein, schlug ein, kam in die richtige Position, schaltete wieder und fuhr herum, nahm sich den letzten Streifen Schnee vor.

Lennart kam der Gedanke, den Traktor anzuhalten, ein paar Worte mit dem Fahrer zu wechseln, vielleicht etwas über den kleinen John zu sagen. Er wollte gerne mit jemandem sprechen. Über Johns Hände und sein zurückhaltendes Lachen, vor allem in fremder Umgebung – niemand konnte behaupten, daß John ein aufdringlicher Mensch gewesen wäre. Der magere Körper, der erstaunlich kräftig war.

John konnte auch gut Murmeln spielen. Wenn sie auf

dem Hof gespielt hatten, war es immer John gewesen, der mit einer vollen Murmeltüte und neuen Zinnsoldaten in der Tasche nach Hause gegangen war, besonders die schweren, die Zehner und Zwölfer eroberte er. Nur Teodor, der Hausmeister, konnte ihn schlagen. Er kam manchmal vorbei, lieh sich eine Murmel, warf sie in einem weiten Bogen und kegelte den Zinnsoldaten um. Es galt eigentlich nicht, wenn man sich helfen ließ, aber niemand protestierte. Teodor behandelte alle gleich und beim nächsten Mal kam man unter Umständen selber in den Genuß seiner Hilfe.

Lennart dachte stets: Wenn wir solche Lehrer gehabt hätten, mit der Stärke und den Schwächen, die Teodor besaß, wären wir alle Professoren geworden. Für irgendwas. Teodor war Professor dafür, wie man eine Kellertreppe kehrte, ohne daß es staubte, wie man drei Dinge gleichzeitig tat, die Höfe derart sauber hielt, daß das Müllaufsammeln wie eine Kunst erschien, wie man Kieswege harkte und Blumenbeete so jätete, daß sie noch zwei, drei Wochen länger hübsch aussahen.

Das alles hätten wir in der Schule lernen sollen, dachte Lennart, während er den Traktor beobachtete. Glaubst du mir, John? Du warst der einzige, dem ich was bedeutete, nein, falsch, Papa und Mama natürlich auch. Papa, Papa. Das verdammte Stottern. Deine verdammten Dächer. Die Blechhölle.

Lennart senkte den Kopf wie ein Trauernder an einem Grab. Er fror, wollte aber in seinen Erinnerungen verharren. Wenn er erst nach Hause kam, würde ihn wieder die Erbärmlichkeit seines Daseins einholen. Dann würde er einen Schnaps trinken, vielleicht mehrere.

Der Junge im Traktor warf ihm einen Blick zu, als er vorbeifuhr. Lennart war egal, was er dachte. Es war lange her, daß ihm so etwas wichtig gewesen war: Soll er doch glauben, daß ich verrückt bin.

Einmal hatten sie Teodor überrascht, an seinem Geburtstag, vielleicht einem runden, die Eltern mußten ihnen einen Tip gegeben haben. Teodor hatte Angst im Dunkeln, und die versammelten Kinder konnten seine klangvolle Stimme in dem langen, verwinkelten Kellergang hören. Er sang, um seine Furcht zu übertönen. »Sieben einsame Abende habe ich gewartet auf dich ...«, hallte es durch den engen Gang mit den dunklen Ecken und Seitengängen. Als er beim Fahrradkeller um die Ecke bog, begannen die Kinder zu singen. Teodor erstarrte vor Schreck, ehe er begriff, wie ihm geschah. Mit Tränen in den Augen lauschte er dem Geburtsstagsständchen. Das waren seine Kinder, die er hatte aufwachsen sehen, die Lümmel, mit denen er schimpfte und Tischtennis spielte, denen er den Fußball abnahm, wenn sie auf regendurchweichten Rasenflächen spielten, um anschließend im Heizungskeller mit dem Ball zu jonglieren.

Zehn Jungen und ein Hausmeister in einem Keller. Das war alles so weit weg. Johns und seine Kindheit. Damals, bevor alles entschieden war.

Lennart atmete tief ein. Die kalte Luft füllte seine Lungen, und er schüttelte sich. War es vorherbestimmt gewesen, daß sein Bruder jung sterben würde? Es hätte ihn selber treffen sollen. Er, der so oft betrunken Auto gefahren war, Selbstgebrannten gesoffen und mit Typen herumgehangen hatte, die nur für den Tag lebten. Nicht John, der Berit und Justus hatte, seine Fische und seine Hände, der so schöne Schweißnähte ziehen konnte.

Lennart ging los. Es schneite nicht mehr so stark und zwischen den Wolken waren ein paar Sterne zu erkennen. Der Schneeräumer befand sich jetzt am südlichen Ende des Platzes. Der Traktor stand, und Lennart sah den jungen Mann eine Thermoskanne hervorholen, sie aufschrauben und sich etwas Kaffee eingießen.

Als Lennart an dem Traktor vorbeiging, nickte er, blieb stehen, als wäre ihm eine Idee gekommen, trat näher und klopfte vorsichtig an die Tür der Fahrerkabine. Der Junge im Traktor schob das Fenster halb auf.

»Hallo«, sagte Lennart, »viel zu tun?«

Der Junge nickte.

»Du fragst dich vielleicht, was ich hier mitten in der Nacht treibe?«

Er stieg auf die erste Stufe zur Fahrerkabine und kam so fast auf gleiche Höhe mit dem Jungen. Er spürte die Wärme, die ihm aus dem Traktor entgegenschlug.

»Mein Bruder ist gestern gestorben«, sagte er. »Mir geht es nicht besonders, verstehst du.«

»Oh, verdammt«, sagte der junge Traktorfahrer und setzte den Kaffeebecher auf dem Armaturenbrett ab.

»Wie alt bist du?«

»Dreiundzwanzig.«

Lennart wußte nicht, wie er fortfahren sollte, wollte nur reden.

»Wie alt war dein Bruder?«

»Er war schon was älter, aber trotzdem. Er war mein kleiner Bruder, verstehst du.«

Er schaute auf seine durchnäßten Halbschuhe.

»Mein kleiner Bruder«, wiederholte er leise.

»Möchtest du einen Kaffee?«

Lennart sah den Jungen einen Moment an, ehe er nickte.

»Ich hab nur einen Becher.«

»Das macht nichts.«

Er bekam einen Becher mit dampfendem Kaffee in die Hand. Es war Zucker darin, aber das war nicht so schlimm. Er trank einen Schluck und sah den Jungen wieder an.

»Sie haben einen Sohn von vierzehn Jahren«, sagte Lennart. »Ich komme gerade von der Frau meines Bruders.«

»War er krank?«

»Nein, er ist ermordet worden.«

Der Junge riß die Augen auf.

»In Libro, wenn du weißt, wo das ist. Ja, natürlich weißt du das. Da, wo die Stadt den Schnee abkippt.«

»Das war dein Bruder?«

Lennart trank die letzten Tropfen Kaffee und gab den Becher zurück.

»Hat verdammt gut getan, was Warmes zu bekommen.«

Dennoch schauderte es ihn, als würde die Kälte ihn innerlich schütteln. Der Junge schraubte den Becher wieder auf die Kanne und steckte sie in eine Tasche hinter dem Sitz.

Diese Bewegung erinnerte Lennart an etwas, und er empfand einen Hauch von Neid.

»Ich geh dann wohl mal nach Hause«, sagte er.

Der Junge schaute auf den Platz hinaus.

»Es hört bald auf«, erwiderte er. »Es soll kälter werden.«

Lennart blieb zögernd auf der Stufe stehen.

»Paß gut auf dich auf«, meinte er schließlich, »und danke für den Kaffee.«

Langsam ging er nach Hause. Der süße Geschmack in seinem Mund weckte Sehnsucht nach einem Bier, und er beschleunigte seine Schritte. Durch ein Fenster sah er eine Frau in ihrer Küche arbeiten. Sie schaute auf, als er vorbeiging, und wischte sich dabei mit dem Handrücken über die Stirn. Ein kurzer Blick, ehe sie fortfuhr, das Fensterbrett mit kleinen Weihnachtsmännern aus Keramik zu dekorieren.

Es war fast zwei, als Lennart nach Hause kam. Er machte nur die Lampe über dem Herd an, holte sich ein Bier und setzte sich an den Küchentisch.

Jetzt war John seit etwa dreißig Stunden tot. Genauso viele Stunden lief ein Mörder frei herum. Mit jeder Sekunde, die verging, wuchs Lennarts Entschlossenheit, den Mörder seines Bruders zu töten.

Er würde sich bei der Polizei umhören, was sie wußten, wenn sie ihm denn etwas verrieten. Er schaute erneut auf die Uhr. Er hätte sofort anfangen sollen. Er hätte herumtelefonieren können. Mit jeder Minute, die der Mörder seines Bruders sich frei bewegen konnte, wuchs die Ungerechtigkeit.

Lennart holte Papier und Bleistift, biß eine Weile auf dem Stift herum und schrieb dann mit krakeliger Schrift acht Namen auf. Alles Männer in seinem Alter, Kleinkriminelle wie er. Ein paar Fixer, ein Hehler, zwei Diebe und ein Dealer, alte Freunde aus dem Gefängnis von Norrtälje.

Das Pack, dachte er, als er seine Liste sah, Leute, denen die Gesetzestreuen aus dem Weg gingen, die sie nicht sehen wollten.

Er würde nüchtern bleiben und sich fit halten. Hinterher konnte er sich immer noch totsaufen.

Lennart öffnete noch eine Flasche Bier, trank aber nur ein paar Schlucke und ließ sie auf dem Tisch stehen, als er ins Wohnzimmer ging. Er hatte eine Zweizimmerwohnung. Er war stolz darauf, daß es ihm über all die Jahre hinweg gelungen war, seine Festung zu behalten. Sicher, die Nachbarn hatten sich manchmal beschwert, und einige Male hatte sein Mietvertrag an einem seidenen Faden gehangen.

Auf einem Regal standen zwei Fotografien. Er nahm die eine herunter und betrachtete sie lange. Onkel Eugen, John und er selber beim Angeln. Er konnte sich nicht mehr erinnern, wer das Bild aufgenommen hatte. John hielt einen Hecht hoch und schien überglücklich, er selber war zugeknöpft, nicht sauer, aber ernst. Eugen sah wie immer zufrieden aus.

Wie alt war er selber wohl auf dem Foto? Vielleicht vierzehn. Die Zeit, in der sich alles veränderte. Sie machten schon bald keine Angelausflüge mehr. Lennart hatte zu jener Zeit das Gefühl, daß in ihm ein Tauziehen stattfand. Ab und zu war er glücklich und empfand innere Ruhe. Als sie einmal auf dem Speicher standen, er, John und Teodor, nachdem sie den Schnee vom Dach geräumt hatten. Oder bei seinem Vater im Dachdeckerbetrieb, die wenigen Male, die er ihn dort besuchen durfte. Dort spielte Albins Stottern keine Rolle. Auch die Müdigkeit des Vaters, von der Lennart als kleines Kind glaubte, sie käme vom Stottern, weil es so anstrengend aussah, wenn die Worte nicht heraus wollten, diese Müdigkeit war im Betrieb wie weggeblasen. Der Vater bewegte sich dort auf ganz andere Art.

Plötzlich fiel Lennart wieder ein, daß sich Albins Gesicht manchmal wie in einem Krampf verzogen hatte. Geschah dies aus Schmerz oder Müdigkeit? War er deshalb gefallen? Es sei glatt gewesen, hatten sie gesagt. Oder sprang er vielleicht mit dem Kopf voraus? Nein, sein Arbeitskamerad hatte ihn rutschen sehen, hatte sein Rufen gehört, oder den Schrei.

Er hatte so laut geschrien, daß man es bis zum Erzbischof hinauf hören konnte.

Jetzt falzt er bestimmt Dachbleche im Himmel, dachte Lennart. Was soll er denn sonst machen? Irgend etwas muß er doch zu tun haben. Er hat es gehaßt, untätig zu sein.

Lennart vermißte auf einmal seinen alten Herrn, so als würde die Trauer um John die um Albin zu neuem Leben erwecken.

»Ein Moment nur«, sagte er laut zu sich selbst, »und dann fort!«

Er saß in der spärlich beleuchteten Wohnung, eine Stunde, zwei, vielleicht auch drei. Er hielt Totenwache. Seine Lippen und Wangen wurden starr, und sein Rücken tat weh. Er hielt Totenwache und hatte das Gefühl, die guten Zeiten mit John noch einmal zu erleben.

Die schlechten verdrängte er. Natürlich hatte er über die Zusammenhänge gegrübelt, hatte Fragen gestellt bekommen, in der Schule, beim Kinderpsychologen, bei den Bullen, im Bau, auf dem Sozialamt, bei der Rentenversicherungskasse, alle hatten sie ihn gefragt.

Er hatte versucht die Fäden zu finden. Jetzt liefen sie auf einer Schneekippe in Librobäck zusammen, einem Ort, an den niemand auch nur einen Gedanken verschwendet hatte.

Er wußte, daß es keinen Zusammenhang gab. Das Leben erschien ihm wie ein Sammelsurium aus Zufällen und Hoffnungen. Schon vor langer Zeit hatte er aufgehört, darüber zu sinnieren. Wie weit er sein Leben selber gewählt hatte, darüber wollte er nicht mehr nachdenken. Daß es sich viel zu oft in die falsche Richtung entwickelt hatte, wußte er auch so. Mittlerweile gab er niemandem die Schuld daran. Das Leben war eben, wie es war.

Das andere Leben, das geordnete, existierte als ein Reflex, der für Sekundenbruchteile aufblitzte. Natürlich hatte er auch versucht ein solches Leben zu führen, in den achtziger Jahren, als er einen Job bei einer Baufirma bekam. Er hatte Schotter und Mutterboden geschaufelt, seinen Henkelmann gefüllt und war in einer besseren körperlichen Verfassung gewesen als je zuvor.

Er traf Menschen, die Albin gekannt hatten, und ihm ein

neues Bild von seinem Vater vermittelten. Alte Bauarbeiter äußerten sich anerkennend über den fachkundigen Dachdecker, sagten lobende Worte, die Lennart sich selber zugute hielt. Die kollektive Erinnerung an Albins große Geschicklichkeit schien auch den Sohn ein klein wenig einzuschließen.

Sicher hatte es solche Perioden gegeben. Und John. Den kleinen Bruder. Tot. Ermordet.

Zum dritten Mal in einer halben Stunde öffnete Berit die Tür zum Kinderzimmer einen Spaltbreit; sie betrachtete die zerzauste Mähne von Justus und sein Gesicht, auf dem noch Spuren von Tränen zu erkennen waren.

Sie schloß die Tür, blieb aber stehen, die Hand auf der Klinke. Wie soll es nur weitergehen, wiederholte sie im stillen. Alles kam ihr so unwirklich vor. Die Beine waren ihr so schwer, als wären sie eingegipst, und die Arme kamen ihr wie fremde Auswüchse an einem Körper vor, der ihrer und doch nicht ihrer war. Sie bewegte sich, sprach und nahm die Umgebung mit allen Sinnen wahr, jedoch wie aus einer Distanz zu sich selbst.

Justus war völlig zusammengebrochen. Stundenlang hatte er gezittert, geweint und geschrien. Sie selber hatte sich gezwungen, gefaßt zu bleiben. Dann hatte er sich beruhigt, von einem Augenblick zum nächsten, und war in die Sofaecke gesunken. Sein jungenhaftes Gesicht hatte einen fremden Zug bekommen.

Plötzlich waren sie sehr hungrig gewesen. Berit hatte auf die Schnelle Nudeln gekocht, die sie mit Fleischwurst und Ketchup aßen.

»Tut es weh, wenn man stirbt?« hatte Justus gefragt.

Was sollte sie darauf antworten. Sie wußte von der Polizistin, daß John mißhandelt worden war, hatte jedoch darauf verzichtet, nachzufragen. Es hat weh getan, hatte sie sich gesagt, den Jungen jedoch damit zu trösten versucht, daß John wahrscheinlich nicht leiden mußte.

Er hatte ihr nicht geglaubt. Warum sollte er auch?

Ihre Hand lag immer noch auf der Türklinke. Die Augen hielt sie geschlossen.

»Mein John«, flüsterte sie.

Sie hatte geschwitzt. Jetzt war ihr kalt, und sie ging leise ins Wohnzimmer, um sich eine Decke zu holen. Apathisch blieb sie in der Zimmermitte stehen, in die Decke gehüllt, nicht in der Lage, etwas zu tun. Als Justus noch wach gewesen war, wurde sie gebraucht. Nun verging Minute um Minute, und John wurde immer mehr zu einem Toten. War immer weiter entfernt.

Sie trat ans Fenster. Der Duft der Hyazinthen erstickte sie fast, und am liebsten hätte sie die Scheibe eingeschlagen, um Luft zu bekommen, frische Luft.

Es schneite wieder. Plötzlich sah sie eine Bewegung. Ein Mann verschwand zwischen den Häusern auf der anderen Straßenseite. Es war eine sekundenschnelle Beobachtung, aber Berit war überzeugt, daß sie die Gestalt schon einmal gesehen hatte. Dunkelgrüne Kleider, eine Art Schirmmütze, das war alles. Sie starrte zu der Ecke hinunter, wo er verschwunden war, seine Spuren im Schnee konnte sie noch erkennen. Ihr kam der Gedanke, daß es vielleicht der gleiche Mann gewesen war, den sie am Abend zuvor gesehen hatte. Gestern hatte sie gedacht, es sei Harrys Bruder, der beim Schneeräumen half, aber nun wurde sie unsicher. War es vielleicht John, der sich ihr zeigte? Wollte er ihr etwas sagen?

Ola Haver kam kurz vor neun nach Hause.

»Ich habe die Nachrichten gesehen«, war das erste, was Rebecka sagte.

Sie sah ihn über die Schulter an. Er hängte seinen Mantel auf, wobei die Müdigkeit ihn fast übermannte.

Er ging zu Rebecka, die ihm den Rücken zuwandte und beharrlich etwas hackte.

»Hallo«, sagte er und vergrub sein Gesicht in ihren Haaren.

Er fühlte, daß sie lächelte. Das Messer schlug rhythmisch gegen das Brett.

»Wußtest du, daß die Frauen in Spanien vier Stunden am Tag in der Küche arbeiten, die Männer dagegen nur fünfundvierzig Minuten.«

»Hast du mit Monika gesprochen?«

»Nein, das habe ich in der Zeitung gelesen. Ich bin zwischen dem Staubsaugen, dem Stillen und der Wäsche dazu gekommen, einen Blick hineinzuwerfen«, sagte sie lachend.

»Soll ich was tun?« fragte er und legte seine Arme um ihren Körper, nahm ihre Hände und zwang sie, mit dem Hakken aufzuhören.

»Es war eine Untersuchung, die in mehreren europäischen Ländern durchgeführt worden ist«, sagte sie und befreite sich aus seinem Griff.

»Wie hat Schweden abgeschnitten?«

»Besser«, sagte sie kurz angebunden.

Er begriff, daß er sie in Ruhe lassen sollte, damit sie den Heringssalat, oder was es nun war, fertig machen konnte, aber es fiel ihm schwer, sich von ihrem Körper loszureißen. Er wollte sich an ihren Rücken, an ihren Po schmiegen.

»War es schlimm?«

»Wie immer, mit anderen Worten furchtbar, aber Bea mußte das Schlimmste übernehmen.«

»Mit den Angehörigen reden?«

»Und sonst? Wie war es mit den Kleinen?«

»War er verheiratet?

»Ja«, sagte Haver.

»Kinder?«

»Ein vierzehnjähriger Junge.«

Rebecka kippte das kleingehackte Gemüse in die Pfanne und strich mit dem Messer über das Hackbrett, um die letzten Reste hineinzuschieben. Er setzte sich und betrachtete das Messer in ihrer Hand. Der Stein in dem Ring, den er in London gekauft hatte, glänzte rubinrot.

»Ich will was Neues ausprobieren«, sagte sie, und er begriff, daß sie das Essen meinte.

Er stand auf, um duschen zu gehen.

8

Um zwanzig vor vier stand Justus Jonsson auf. Er war mit einem Ruck aufgewacht und wurde von einem einzigen Gedanken aus dem Bett getrieben. Die Stimme seines Vaters hatte ihn geweckt: Junge, du weißt, was du zu tun hast.

Warum hatte er nicht gleich daran gedacht? Er tappte los, öffnete vorsichtig die Zimmertür und sah, daß die Lampe im Flur an war. Er lauschte. In der Wohnung herrschte Stille. Die Tür zum Elternschlafzimmer stand einen Spaltbreit offen. Er schaute hinein und sah zu seiner Überraschung, daß das Bett leer war. Für ein paar Sekunden war er verwirrt: War sie weggegangen? Aber dann bemerkte er, daß Berits Bettdecke fehlte, und wußte Bescheid.

Er fand seine Mutter auf der Couch, ging zu ihr, trat ganz dicht an sie heran, so daß er ihre Atemzüge hören konnte, und schlich anschließend beruhigt ins Schlafzimmer zurück. Die Schranktür quietschte leise, als er sie aufzog. Mit äußerst vorsichtigen Bewegungen holte er einen Stuhl, um bis in die hinterste Ecke des obersten Fachs zu kommen.

Dort lagen Johns Kartons, die Ausrüstung für das Aquarium, Ersatzteile für Pumpen und Filter, eine Dose mit Steinen, Plastiktüten und anderes. Hinter all diesen Sachen fand Justus, wonach er suchte, und zog vorsichtig den Karton heraus. Seine Mutter hustete. Justus erstarrte und ließ eine halbe Minute verstreichen, ehe er es wagte, hinunterzusteigen, den Karton auf dem Bett abzustellen, den Stuhl zurückzutragen und die Schranktür vorsichtig zuzuschieben.

Der Karton war schwerer, als er gedacht hatte. Er klemmte ihn sich unter den Arm, lugte in den Flur hinaus und lauschte. Er schwitzte. Der Fußboden war kalt. Die Uhr im Wohnzimmer schlug vier.

Justus hatte seinen Vater gerettet. So empfand er es, und Wärme erfüllte ihn. Das ist unser Geheimnis, dachte er, niemand wird davon erfahren, das schwöre ich.

Er rollte sich unter der Decke zusammen, zog die Beine an und verschränkte die Hände vor der Brust. Er betete dafür, daß John ihn sehen, ihn hören, ihn berühren konnte. Ein letztes Mal. Er hätte alles dafür gegeben, daß sein Vater die Hand nach ihm ausstreckte.

Am anderen Ende der Stadt stand Ola Haver auf. Hatten ihn die Kopfschmerzen geweckt oder war es eines der Kinder gewesen? Rebecka schlief tief und fest. Sie wurde sonst schon beim kleinsten Mucks von den Kindern wach, also hatten eher die Schmerzen hinter dem Stirnbein seinen Schlaf gestört.

Er nahm zwei Aspirin, die er mit einem Glas Wasser hinunterspülte, und blieb an die Küchenzeile gelehnt stehen. Ich muß schlafen, dachte er und sah auf die Uhr. Halb fünf. War die Zeitung schon gekommen? Im gleichen Moment hörte er die Haustür ins Schloß fallen und nahm dies als ein Zeichen.

Er wartete hinter der Wohnungstür und zog die Zeitung heraus, als der Bote sie in den Briefeinwurf schob. Ihm wurde klar, daß er den Zeitungsboten noch nie gesehen hatte, vermutete aber, daß es ein Mann war. Die Schritte auf der Treppe klangen danach. Ein Mensch, der uns jeden Morgen bedient und den wir vermissen würden, wenn er ausbliebe, dachte Haver. Er hat kein Gesicht, nur Füße und eine Hand, die sich zum Briefeinwurf streckt.

Haver schlug die Zeitung auf und machte die Küchenlampe an. Das Bild aus Libro war das erste, was er sah. Der dazugehörige Text war wie immer. Liselotte Rask, die Pressesprecherin der Polizei von Uppsala, sprach von einem brutalen Mord und erklärte, die Polizei habe »gewisse Spuren gesichert«. Haver grinste, klar, seine eigenen, Ottossons Fünfundvierziger und Beas Sechsunddreißiger.

Das Bild des Ermordeten wurde John nicht gerecht, war aber geradezu ein Idealporträt, verglichen damit, wie er ausgesehen hatte, als sie ihn fanden. Die Leute können sich überhaupt nicht vorstellen, was wir alles zu sehen bekommen. Nicht einmal Rebecka versteht das. Wie sollte sie auch?

Haver schob die Zeitung zur Seite. Wie würde der kommende Tag verlaufen? Das hing nicht zuletzt von ihm ab. Er ging noch einmal die Arbeitsaufgaben durch, die er am Vorabend aufgelistet hatte.

Bea würde Johns Wohnung in Gränby durchsuchen, vielleicht zusammen mit Sammy. Er konnte gut mit Kindern umgehen. Haver glaubte, daß es für Johns Sohn gut sein würde, einen männlichen Beamten zu treffen.

Johns Bruder mußte verhört, seine Mutter nochmals vernommen werden. Bea hatte beim gestrigen Gespräch nicht viel aus ihr herausbekommen.

Berit Jonsson hatte ausgesagt, ihr Mann sei mit dem Bus in die Stadt gefahren. Mit welchem Bus? Es sollte ihnen möglich sein, den Busfahrer aufzutreiben. Er oder sie würde sich vielleicht daran erinnern können, wo John ausgestiegen war. Die Zoohandlungsspur mußte ebenfalls weiterverfolgt werden, um zu klären, ob er eine Pumpe gekauft hatte, und falls ja, wo und wann, sie mußten alles daran setzen, sich ein Bild von Johns letztem Nachmittag zu machen.

Haver verdrängte die Gedanken an die Ermittlungen, zog die Zeitung näher heran und las sie gründlich. Er hatte viel Zeit. Außerdem ließen die Kopfschmerzen nach. Seinen frühmorgendlichen Hunger stillte er mit einer Banane und einem Teller Sauermilch.

Wenn es ihnen gelang, sich schnell einen Überblick über die letzten Tage in Johns Leben zu verschaffen, stiegen ihre Chancen, den Fall zu lösen.

Es handelte sich um keinen eher zufälligen, im Affekt begangenen Mord, davon war er überzeugt. Den oder die Mörder mußten sie in Johns Bekanntenkreis suchen. Es dürfte ihnen keine größeren Probleme bereiten, rasch herauszufinden, wer dazu gehörte.

Und das Motiv? Bea hatte Geld gesagt, Riis dagegen Rauschgift vorgeschlagen, doch das hatte Ottosson zurückgewiesen. John Jonsson sei kein Dealer gewesen, hatte er behauptet. Der Leiter des Kommissariats glaubte zu wissen, daß der Ermordete Rauschgift verabscheute.

Haver neigte dazu, Geld als Motiv anzunehmen. Eine alte Schuld, die nicht beglichen worden war, ein Geldeintreiber, der völlig die Kontrolle verloren, sich vielleicht provoziert gefühlt hatte? Er würde Sammy bitten, eine Liste bekannter Geldeintreiber zusammenzustellen. Haver kannte einige von ihnen, vor allem Sundin aus Gävle, der gelegentlich ein Gastspiel in Uppsala gab, genau wie die Gebrüder Häll und der sogenannte »Gymnastikdirektor«, ein Bodybuilder mit einer Vergangenheit in Karatekreisen. Gab es noch andere? Sammy wußte es bestimmt.

Schulden. Es muß sich um einen hohen Betrag handeln, wenn er Grund für einen Mord sein kann, überlegte Haver weiter. Was ist ein »hoher Betrag«? Hunderttausend, eine halbe Million?

Plötzlich schoß ihm der Gedanke durch den Kopf, daß der Mörder in diesem Moment unter Umständen genau wie er die Tageszeitung las. Im Gegensatz zu den Journalisten und der Polizei kannte er die ganze Geschichte. Eigentümlich berührt von diesem Gedanken stand Haver auf und ging zum Fenster. Es schneite. In einigen Fenstern auf der anderen Straßenseite war Licht.

Hielt er sich vielleicht dort auf, in einer dieser Wohnungen?

Haver schnaubte über seine Idee, konnte die Vorstellung jedoch nicht fallenlassen. Sie gefiel ihm und gefiel ihm auch wieder nicht. Er mochte sie, weil es bedeuten würde, daß der Mörder nicht ruhig schlief, sich nicht sicher fühlte, daß er besorgt las, die Polizei habe »gewisse Spuren gesichert«. Zum hundertsten Mal ging der Täter in Gedanken durch, wie er den Toten oder Sterbenden nach Libro verfrachtet hatte. Waren Spuren zurückgeblieben, hatte er etwas vergessen? Vielleicht gab es ja irgendein klitzekleines Detail, das er übersehen hatte, die Ahnung eines Fehlers, die ihn in der Frühe beunruhigte.

Haver mißfiel hingegen die Vorstellung, daß es dem Mörder freistand, die Zeitung zu lesen, einen Kaffee zu trinken, in den Morgen hinauszutreten, sich ins Auto oder sogar in ein Flugzeug zu setzen, um – für Haver unerreichbar – zu verschwinden.

»Bleib schön, wo du bist«, murmelte er.

»Hast du was gesagt?«

Rebecka stand in der Tür. Er hatte nicht gehört, daß sie aufgestanden war. Sie trug das grüne Nachthemd. Ihre Haare waren zerzaust, und sie sah nicht ausgeruht aus. Er nahm an, daß sie die Kleine im Laufe der Nacht gestillt hatte.

»Ich habe mit mir selber geredet«, sagte er. »Ich lese den Artikel über den Mord.«

Rebecka gähnte und verschwand in der Toilette. Haver räumte seinen Teller weg und stellte die Kaffeemaschine an. Wieder hatte er gemischte Gefühle. Der morgendliche Frieden war dahin, und damit auch die Möglichkeit zu ruhigem Spekulieren, aber gleichzeitig hatte er Rebeckas Gegenwart und Nähe immer geliebt, nicht zuletzt am frühen Morgen.

Dieses Gefühl rührte aus seiner Kindheit her. In seinem Elternhaus war es morgens stets eigentümlich still zugegangen, und die Familienmitglieder hatten die Möglichkeit gehabt, einander in aller Ruhe zu begegnen. Sie waren eine seltsame Familie gewesen, denn es gab unter ihnen keinen Morgenmuffel. Im Gegenteil, es war einem fast so vorgekommen, als wollten sich alle gegenseitig darin übertreffen, sich morgens von der besten Seite zu zeigen.

Haver hatte versucht, diese Stimmung auch mit Rebecka zu schaffen, obwohl sie morgens oft noch gar nicht richtig anwesend war. Er servierte ihr Kaffee, Toasts und, bevor sie schwanger wurde, gekochte Eier und Salz. Seit der Schwangerschaft ertrug sie den Geruch von Eiern nicht mehr.

Er aß sein Frühstücksei deshalb mit konstant schlechtem Gewissen, aber so weit wollte er seine Anpassung dann doch nicht treiben, daß er darauf verzichtete.

Rebecka kam von der Toilette zurück. Sie lächelte und zerzauste ihm das Haar.

»Wie du aussiehst«, sagte sie.

Er fing sie ein, zog sie an sich und umarmte sie, die Nase

in ihren Bauch gedrückt, und wußte, daß sie über seinem Kopf in der aufgeschlagenen Zeitung las. Er hingegen sog ihren Duft ein und vergaß für einen Moment die schwarzen Überschriften.

9

Modig nahm den Anruf um 7.35 Uhr entgegen. Er hatte Nachtschicht gehabt, arbeitete aber immer noch. Kollege Tunander war auf dem Weg in die Stadt in einen Autounfall verwickelt worden und würde erst gegen acht kommen.

Das machte Modig nichts aus. Zu Hause erwartete ihn niemand, und er fühlte sich noch erstaunlich frisch. Bald würde er in den Weihnachtsurlaub gehen. Er hatte eine Reise nach Mexiko gebucht, die er am Tag vor Heiligabend antreten würde. Als das Telefon klingelte, überlegte er gerade, wie das mexikanische Essen war. Seine Erfahrungen mit mexikanischen Restaurants in Schweden stimmten ihn nicht übertrieben erwartungsvoll.

»Jemand hat Ansgar erwürgt«, sagte eine Frau mit erregter Stimme.

Modig konnte Leute, die in den Telefonhörer keuchten oder auch nur laut atmeten, nicht ausstehen. Das Geräusch störte ihn.

»Beruhigen Sie sich«, sagte er.

»Er ist tot!«

»Wer?«

»Ansgar, das habe ich doch schon gesagt!«

»Wie heißen Sie?«

»Gunilla Karlsson.«

Die Frau atmete nicht mehr ganz so heftig.

»Wo wohnen Sie?«

Es gelang der Frau nur mit großer Mühe, ihre Adresse zu nennen, und Modig notierte in krakeliger Schrift die Angaben.

»Erzählen Sie mir, was passiert ist.«

»Ich gehe auf die Terrasse, und dann hängt er am Zaun.«

»Ansgar?«

»Genau. Ich habe sofort gesehen, daß er tot ist. Und dabei ist's nicht mal meins. O Gott, wie soll ich das nur erklären? Malin wird furchtbar traurig werden.«

»Wer ist Ansgar?«

»Das Kaninchen der Nachbarn.«

Modig konnte sich ein Grinsen nicht verkneifen. Er winkte Tunander heran, der gerade hereinkam, schrieb »ein totes Kaninchen« auf den Notizblock und schob ihn dem Kollegen zu.

»Und Sie haben ihn auf Ihrer Terrasse gefunden?«

»Ich habe ihn in Pflege. Die Nachbarn sind verreist, und ich soll mich in ihrer Abwesenheit um Ansgar kümmern. Ich gebe ihm jeden Tag sein Futter und frisches Wasser.«

»Hat ihn jemand an den Zaun gehängt oder ist er steckengeblieben?«

»Er hat eine Schlinge um den Hals. Er ist ermordet worden.«

Ermordet man Kaninchen, dachte Modig. Er schrieb »Ermordet« in den Block.

»Wann haben Sie ihn zuletzt gesehen?«

Tunander verließ lachend den Raum.

»Gestern abend, als ich ihn gefüttert habe. O Gott«, wiederholte die Frau, und Modig begriff, daß sie an Malin dachte.

»Haben Sie eine Ahnung, wer auf die Idee gekommen sein könnte, ein Kaninchen zu erdrosseln?« fragte er und wurde plötzlich von großer Müdigkeit übermannt.

Die Frau erzählte ihm umständlich, wie sie sich tagtäglich um das Kaninchen gekümmert hatte. Modig starrte ins Leere.

»Ich werde sehen, was ich tun kann«, sagte er freundlich.

»Kommen Sie her? Ich muß jetzt zur Arbeit. Soll ich Ansgar hängen lassen?«

Der Polizist dachte einen Moment nach.

»Lassen Sie ihn hängen«, sagte er schließlich.

Tunander kehrte mit einer Tasse Kaffee in der Hand zurück.

»Wie kann man sein Kaninchen nur Ansgar nennen?« fragte Modig, als er aufgelegt hatte.

»Was für eine Rasse war es?« fragte Tunander.

»Rasse?«

»Es gibt eine Menge verschiedener Kaninchenrassen, wußtest du das nicht?« Tunander setzte sich.

»Ist viel passiert?« erkundigte sich Modig.

»Nur ein Blechschaden«, antwortete Tunander und wurde augenblicklich ernst. »Mir ist so eine blöde Tussi seitlich reingefahren.«

Er schüttelte den Kopf. Modig stand auf.

»War sonst noch was?«

»Nichts Besonderes. Nur ein paar Anrufe wegen des Mordes am kleinen John.«

»Irgendwas Ernstzunehmendes?«

»Vielleicht, ich weiß nicht«, erwiderte Modig zerstreut.

Er spürte jetzt, wie müde er in Wirklichkeit war. Die Reise nach Mexiko kam ihm wie das einzig Richtige vor.

»Er war weiß«, sagte er.

»Wer?«

»Ansgar«, antwortete Modig und stemmte sich aus seinem Stuhl.

Modig verließ das Präsidium, um erst vierzehn Tage später wieder dorthin zurückzukehren. Zur gleichen Zeit begann im großen Konferenzraum die Lagebesprechung für den Fall John Jonsson. Versammelt hatte sich die übliche Gruppe von Beamten aus dem Kommissariat für Gewaltdelikte, Morenius von der Fahndungskommission, der Staatsanwalt, Ryde von der Spurensicherung, Julle und Aronsson von der Schutzpolizei sowie Liselotte Rask, die für den Kontakt zu den Massenmedien zuständig war; insgesamt etwa zwanzig Personen.

Ottosson leitete die Besprechung, was ihm in letzter Zeit etwas besser gelang als früher. Haver, der zur Linken des

Kommissariatsleiters saß, wo Lindell sonst ihren Platz hatte, beobachtete ihn von der Seite. Ottosson schien Havers Gedanken erraten zu haben, denn im gleichen Moment legte er seine Hand auf Havers, sah den Kollegen an und lächelte. Dies tat er auch immer, wenn Ann Lindell dort saß.

Die Berührung dauerte nur eine Sekunde, aber Ottossons Lächeln war herzlich, und Haver freute sich über das aufmunternde Nicken.

Ola Haver blickte in die Runde, um zu sehen, ob jemand diese Geste der Kollegialität oder vielleicht auch Kameradschaft registriert hatte, die ihm vergönnt gewesen war. Berglund, der Haver gegenübersaß, lächelte schief.

Haver war ungewöhnlich angespannt. Normalerweise deprimierte es ihn, wenn eine so große Zahl von Personen sich um den Tisch zusammenfand, denn nur Gewalt und anderes Elend brachte diese Ansammlung von Polizeibeamten hervor. Es war nicht so, daß Haver seine Arbeit satt gehabt hätte, aber er wußte wie viele andere im Präsidium, daß die Ermittlungen in einem Mordfall der Arbeit an anderen Fällen Mittel entzogen. Einige Täter würden auf freiem Fuß bleiben, weil sie sich hier versammelt hatten. So einfach war das. Gewalt führt zu Gewalt, hieß es, und das stimmte wortwörtlich. Unter Umständen mußten die Ermittlungen zu einer Vergewaltigung oder einer Schlägerei in der Stadt zurückstehen, und dadurch wurde der Mob wiederum ermuntert, mit seinem Treiben fortzufahren.

Der Polizeichef pflegte davon zu sprechen, »die richtigen Signale« zu setzen. Die Ermittlung in einem Mordfall war ein Signal für einen Anstieg der Kriminalität. Haver war das schon immer klar gewesen, aber an dem Morgen traf ihn diese Erkenntnis mit besonderer Wucht, vielleicht weil Sammy Nilsson sich auf dem Weg zum Konferenzraum bei ihm beklagt hatte. Sammy war an einem neuen Projekt gegen Gewalt auf der Straße beteiligt, das man ins Leben gerufen hatte, nachdem es zu einigen »Zwischenfällen« gekommen war, wie der Polizeichef sich ausgedrückt hatte; drei Fälle von Körperverletzung, in die verschiedene Jugendgangs verwickelt gewesen waren, zuletzt in der Nacht des Luciafestes.

Nun war Sammy gezwungen, diese Arbeit ruhen zu lassen, um den Fall des kleinen John mit aufzuklären. Haver hatte den Mißmut im Gesicht seines Kollegen gesehen und ihn voll und ganz verstanden. Sammy konnte vielleicht besser als jeder andere im Kommissariat mit Jugendlichen umgehen. Zusammen mit dem Kommissariat für Rauschgiftdelikte hatte er viel dafür getan, die Gangs aufzulösen und mit den jungen Burschen ins Gespräch zu kommen, die wie wilde Tiere durch die Stadt und ihre Vororte zogen. Dies waren Sammys eigene Worte. »Sie sind wie Herden, die von ihren Weiden vertrieben werden«, hatte er gesagt. Wo diese »Weiden« lagen, hatte er jedoch nicht erklärt. Auch nicht, wer sie von dort vertrieb. Haver vertrat eher die Auffassung, daß es die Gangs waren, die andere, friedlichere Einwohner Uppsalas von den Straßen vertrieben.

Ottosson bat um Ruhe, und es wurde sofort still am Tisch. Der Leiter des Kommissariats wartete ein paar Sekunden ab, der ganze Raum war in Schweigen getaucht. Es war, als wollte Ottosson dem kleinen John einen Moment der Besinnung schenken. Alle im Raum wußten, daß er den Toten gekannt hatte, seit dieser sechzehn war. Vielleicht war das auch der Grund dafür, daß alle in stillschweigendem Einverständnis aufhörten, in ihren Papieren zu blättern und zu plaudern. Einige sahen Ottosson an, andere starrten auf den Tisch.

»Der kleine John ist tot«, begann Ottosson. »Es gibt sicher einige, die der Meinung sind, daß man darum nicht viel Aufhebens zu machen braucht.«

Er verstummte, und Haver, der seinen Chef aus den Augenwinkeln beobachtete, spürte, daß Ottosson unsicher war, wie er weitermachen sollte. Oder fragte sich der Chef, ob seine Worte die versammelten Polizisten beeinflussen würden? Ottosson bemühte sich stets um eine gute »Stimmung«, und Haver ahnte, daß er davor zurückschreckte, etwas zu sagen, womit er eventuell die Atmosphäre vergiften könnte.

»Aber«, fuhr Ottosson mit kraftvoller Stimme fort, »der kleine John war einmal ein junger Bursche, der auf die schiefe Bahn geriet. Einige von euch kennen Lennart, seinen großen Bruder, und damit vielleicht eine Erklärung dafür. Ich hatte das Privileg, auch die Eltern des kleinen John kennenzulernen, Albin und Aina, sie waren anständige Menschen.«

Wie will er jetzt die Kurve kriegen, dachte Haver und empfand fast körperliches Unbehagen. »Anständige Menschen« war ein Ehrentitel, den Ottosson gelegentlich benutzte, ein positives Urteil, das nicht nur ein gesetzestreues Leben umfaßte.

Haver schaute Bea an, die Johns Mutter besucht hatte, um ihre Reaktion zu sehen, aber sie hielt den Kopf gesenkt.

»Ich weiß, daß sie versuchten, ihren Jungen den richtigen Weg zu weisen, aber es war, als stünde das nicht in ihrer Macht. Wir wissen so wenig darüber, was den Lebensweg eines Menschen bestimmt«, sagte Ottosson nachdenklich.

Angesichts dieses Ausbruchs philosophischer Spekulationen hob Bea den Kopf.

Ottosson schaute sich verlegen in der Runde um, so als wäre es unbedacht gewesen, zu dieser frühen Morgenstunde über so etwas zu diskutieren, und ließ das Thema zu Havers Erleichterung fallen.

»Ola«, sagte er in einem anderen Tonfall und mit festerer Stimme, »fasse zusammen, was geschehen ist!«

Haver richtete einleitend Grüße von Ann Lindell aus. Das war ein Fehler, wie er sofort erkannte, und er versuchte den Schaden wiedergutzumachen, indem er schnell die Eckpunkte für den Mord am kleinen John skizzierte. Er legte das Fundament, anschließend mußten die Kollegen darauf aufbauen, die Spurensicherung hatte ihren Bericht abzuliefern, Verhöre waren zusammenzufassen. War bei den Ermittlungen schon etwas herausgekommen? Was hatte die Obduktion ergeben?

Haver ging systematisch die Liste mit den Punkten durch, die er am frühen Morgen in seinem Block notiert hatte. Niemand unterbrach ihn in seinem Vortrag, und als er schloß, hatte sich eine ungewöhnliche Stille über die versammelten Beamten gelegt.

Habe ich was vergessen, dachte Haver und konsultierte seinen Block.

»Ausgezeichnet«, sagte Ottosson und lächelte. »Ryde!«

Der Kriminaltechniker trug seine Ergebnisse mit morgendlich schleppender Stimme vor. Die Schneekippe in Libro war ein Ort, an dem man vieles finden konnte, auch wenn die lange Liste registrierter Gegenstände selbstverständlich Dinge einschloß, die nichts mit einem Mord zu tun hatten.

In den Schneemassen, die zur Kippe gefahren wurden, gab es außer Schnee jede Menge Müll von den Straßen der Stadt: Zigarettenschachteln, Spielsachen, Gummireifen, Baustellenkegel, das Reklameschild einer Konditorei, zwei Plastikbälle, ein totes Katzenjunges, drei Eiskratzer und eine Menge anderer Dinge. Der seltsamste Fund war ein ausgestopfter Vogel gewesen, laut Hugosson, einem Kriminaltechniker, der in seiner Freizeit Vögel beobachtete, handelte es sich um eine Silbermöwe.

Zwei Fundsachen waren interessanter: Ein Seilende aus grünem Nylon, acht Millimeter stark, und ein Arbeitshandschuh mit Blutspuren. Das Ergebnis der Blutanalyse lag noch nicht vor. Möglicherweise war es Johns Blut, aber der Handschuh konnte genausogut von einem der vielen Lastwagen stammen, die die Kippe frequentierten. Ryde spekulierte, daß ein Fahrer sich verletzt haben könnte und den Handschuh entweder weggeworfen oder schlichtweg verloren hatte. Es handelte sich um einen gefütterten Winterhandschuh der Marke »Windsor Elite«.

Das Seilende, knapp fünfzig Zentimeter lang, konnte dagegen direkt mit dem kleinen John in Verbindung gebracht werden. Das Muster des Seils stimmte mit den Druckstellen an den Handgelenken überein, darüber hinaus waren mehrere Härchen Johns in den Fasern hängengeblieben. Das Seil, eins von denen, die wohl an jeder Tankstelle und in jedem Warenhaus zu kaufen waren, hatte man in drei Meter Entfernung vom Körper gefunden.

Zahlreiche Reifenspuren waren geprüft worden. Die meisten stammten von schweren Fahrzeugen mit breiten Reifen. Lastwagen, lautete Rydes nicht sonderlich präzise Vermutung. Außerdem Abdrücke einer Planierraupe, wahrscheinlich die der Cat, die von der Stadtverwaltung angemietet worden war, um den Schnee zusammenzuschieben.

Von größerem Interesse waren die Spuren eines PKWs, auf die man ganz in der Nähe von John gestoßen war. Das Reifenmuster war undeutlich gewesen, und der anhaltende Schneefall hatte es teilweise bedeckt, aber durch den relativ schnellen Umschwung von milder zu kühlerer Witterung in der Mordnacht war ein Abschnitt der Spur gefroren, so daß die Spurensicherung das Muster und die Breite hatte rekonstruieren können.

Ryde verteilte Fotokopien.

»220 Millimeter Breite, ein Radialreifen, mit Spikes, wahrscheinlich von einem Van oder Jeep. Es handelt sich definitiv nicht um einen alten rostigen Ascona«, bemerkte er trocken.

»Kann es keins der Autos von der Stadtverwaltung sein?« erkundigte sich Fredriksson und berührte die schwarzweiße Kopie mit den Fingerspitzen, so als könne er das Reifenmuster ertasten.

»Sicher«, meinte Ryde, »ich gebe nur wieder, was wir gefunden haben, die Schlußfolgerungen müßt ihr schon selber ziehen.«

»Ausgezeichnet«, sagte Ottosson wieder.

Die Besprechung wurde fortgesetzt, indem Riis die Ergebnisse seiner Nachforschungen zur finanziellen Situation von Familie Jonsson referierte. Vieles war vorläufig, weil er noch nicht alle Informationen eingeholt hatte, aber für Riis hatte sich bereits ein Bild herauskristallisiert: Die Jonssons waren eine Familie mit niedrigem Einkommen, die sich keine großen Sprünge erlauben konnte.

Johns Arbeitslosigkeit hatte die finanziellen Möglichkeiten der Familie natürlich noch weiter eingeschränkt. Sie hatte zu einer gestiegenen Zahl von Ratenkäufen geführt, und in den letzten zwei Jahren waren dreimal Zahlungen angemahnt worden.

Die Jonssons bezogen kein Wohngeld. Laut Riis war die Miete für ihre Wohnung »angemessen«. Bei der kommunalen Wohnungsbaugesellschaft waren sie mit der Miete nie in Rückstand geraten. Es hatte auch keine Beschwerden von Nachbarn gegeben.

Sie hatten nur eine Karte, eine IKEA-Kundenkarte, die sie mit etwa siebentausend Kronen belastet hatten. Weder John noch Berit verfügte über eine private Zusatzrentenversicherung, und sie besaßen auch keine Aktien oder andere Wertpapiere. John hatte ein Konto bei der Sparkasse, auf das sein Arbeitslosengeld überwiesen wurde. Berits Gehalt wurde auf ein Girokonto bei der Nordbank gezahlt. Sie verdiente im Schnitt um die zwölftausend Kronen im Monat brutto.

John hatte nur eine Lebensversicherung, und zwar bei einer gewerkschaftsnahen Versicherung. Riis, der seinen Bericht mit einem Seufzen beendete, glaubte nicht, daß sie Riesensummen abwerfen würde.

»Mit anderen Worten, keine großen Sprünge und in den letzten Jahren ging es ihnen schlechter«, faßte Haver zusammen.

»Aber da war noch etwas«, meinte Riis. »Auf Johns Konto wurden im Oktober zehntausend Kronen eingezahlt. Es war eine Internet-Überweisung von einem Konto, dessen Inhaber ich gestern nicht mehr ermitteln konnte. Ich werde das heute vormittag erledigen.«

Riis teilte ihnen dies in einem für ihn ungewöhnlich defensiven Ton mit, so als hätte er erwartet, kritisiert zu werden, weil er nicht alle Fakten auf den Tisch legen konnte.

Haver dachte über das zuletzt Gehörte nach. Es war zweifellos die bisher interessanteste Information.

»Zehntausend«, sagte er und sah dabei aus, als überlegte er, was er selber mit zehntausend Kronen anfangen würde.

»Wir können natürlich nur spekulieren, was für Geld das ist«, fuhr er fort, »aber die Sache kommt einem zweifellos ein wenig faul vor.«

Fredriksson hüstelte.

»Ja?« sagte Haver, der ihn gut kannte.

»Wir wissen mittlerweile, was John vorgestern am späten Nachmittag gemacht hat«, erklärte Fredriksson bescheiden. »Er war Schnaps kaufen und hat anschließend einen Freund besucht, Mikael Andersson, der in der Väderkvarnsgatan wohnt. Er hat gestern abend angerufen und kommt in einer halben Stunde her.«

»Wann war John dort?«

»Er kam gegen fünf und blieb eine halbe, vielleicht auch dreiviertel Stunde.« Fredriksson referierte Mikael Anderssons Angaben.

»Okay«, sagte Haver, »jetzt können wir anfangen, seiner Spur zu folgen. Mikael Andersson wohnt in der Väderkvarnsgatan, einen Häuserblock vom Vaksala torg entfernt. Wie ist er nach Hause gekommen?«

»Mit dem Bus«, antwortete Bea. »Man spaziert nicht mit zwei Tüten voller Flaschen den ganzen Weg bis nach Gränby. Ich jedenfalls würde das nicht tun.«

»Ich glaube, Linie 3 fährt von der Vaksalagatan ab«, meinte Lundin, dessen Beiträge zu den morgendlichen Besprechungen in letzter Zeit immer spärlicher wurden. Haver nahm an, daß seine zunehmende Angst vor Bazillen und sein Sauberkeitsfimmel ihn blockierten.

»Wir müssen uns mit den entsprechenden Busfahrern unterhalten«, meinte Haver.

»Vielleicht sollten wir jemanden zu der Uhrzeit, um die John vermutlich den Bus genommen hat, an der Bushaltestelle postieren und ein Foto herumzeigen lassen und ...«

»Gute Idee«, unterbrach Haver ihn, »viele fahren ja immer zur gleichen Zeit. Lundin?«

Lundin schaute überrascht auf.

»Ich habe um die Zeit viel zu erledigen«, erklärte er.

»Ich übernehme das«, sagte Berglund und warf Haver

einen bösen Blick zu. Er haßte es, Lundins gequälten und verwirrten Gesichtsausdruck sehen zu müssen.

»Was ist denn mit dem Bruder, sollten wir nicht bei dem ansetzen?« sagte Sammy Nilsson, der bislang geschwiegen hatte. Es saß ganz außen am hinteren Ende des Tisches.

Ottosson trommelte mit den Fingern auf den Tisch.

»Er ist ein krummer Hund«, sagte er. »Ein richtig krummer Hund.«

In Ottossons Welt gab es neben »anständigen Menschen« auch »krumme Hunde«. Die Bezeichnung hatte etwas von ihrer Kraft verloren, da allzu viele krumme Hunde durch die Stadt streunten. Viele von ihnen in Rudeln, wie Sammy Nilsson immer wieder betonte, wenn er über seine Arbeit gegen Gewalt auf den Straßen sprach.

»Ann und ich haben zuletzt mit ihm zu tun gehabt«, sagte Sammy. »Ich hätte nichts dagegen, diese Dogge an die Leine zu nehmen.«

Schluß mit solchen Bildern, dachte Haver.

»Wir vernehmen ihn. Es klingt vernünftig, daß du die erste Runde übernimmst«, sagte er und nickte Sammy Nilsson zu.

Die Versammlung löste sich nach einer weiteren Viertelstunde des Spekulierens und Planens auf. Liselotte Rask blieb mit Ottosson und Haver zurück, damit sie diskutieren konnten, welche Informationen an die Medien weitergegeben werden sollten.

Sammy Nilsson dachte an Lennart Jonsson und versuchte sich zu erinnern, wie er und Ann Lindell mit ihm zurechtgekommen waren. Es war wohl vor allem Ann gelungen, einen gewissen Kontakt zum Bruder des kleinen John aufzubauen. Lennart Jonsson war ein Profi. Er ließ sich nicht einschüchtern oder dazu verleiten, zuviel auszuplaudern. Er rückte gerade mal mit so viel Information heraus, wie unbedingt nötig war, gab sich entgegenkommend, wenn es ihm nützte, und verschlossen wie eine Muschel, wenn dies seiner Sache diente.

Sammy Nilsson beschloß, auf der Stelle zu Lennart zu fahren. Er überlegte, ob er Lindell anrufen und sich mit ihr beratschlagen sollte, ließ es aber sein. Sie hatte frei.

Er war froh, das Haus verlassen zu können. Nach den letzten Schlägereien in der Stadt hatte er in seinem Büro viel Zeit mit der Niederschrift von Verhören zubringen müssen, hinzugekommen waren Telefonate mit allen möglichen Behörden und Schulleitern. Der Anblick jugendlicher Straftäter gehörte zum Deprimierendsten, was Sammy sich vorstellen konnte, denn eigentlich mochte er junge Menschen. An zwei Abenden in der Woche trainierte er ehrenamtlich eine Gruppe von Jungen, Jahrgang '90. Er wußte, wie nett sie trotz ihrer großen Klappe sein konnten.

Wenn wir genug Zeit hätten, dachte und sagte er oft, würden wir auch mit diesen Jungen zurechtkommen. Es fehlte ihnen an der Zeit und an den nötigen Geldern. Sammy Nilsson war durch seine Arbeit nicht zynisch geworden, wie er das bei einer Reihe von Kollegen registriert hatte. Er verteidigte beharrlich die Jungs aus den Gangs und trat für ihre Chance auf ein Leben ohne Kriminalität und Drogen ein. Aber für diese Unterstützung bezahlte er einen hohen Preis, und er fragte sich manchmal, wie lange er noch die Kraft zum Durchhalten haben würde. Im vergangenen Jahr war es ihm immer schwerer gefallen, an seiner im Grunde positiven Einstellung festzuhalten.

Außerdem war es komplizierter geworden, mit den Kollegen darüber zu diskutieren. Allzu oft beließen sie es bei ein paar müden Kommentaren, so als hätten die Arbeitskameraden seine Litaneien über die Bedeutung guter Wohnverhältnisse und Schulen allmählich satt. Das waren doch alles Binsenweisheiten, schienen sie zu denken; wer hatte schon die Zeit, als Freund und Helfer durch Stadtteile wie Stenhagen und Gottsunda zu radeln und den guten Kumpel zu geben?

Wenn Sammy mit Schulleitern, Kuratoren, Vorschullehrern und Sozialarbeitern sprach, verbreiteten sie die gleiche Resignation. Tagtäglich mußten sie in der Zeitung von Kürzungen in der »Pflege, Schule und Sozialfürsorge« lesen.

Sammy Nilsson und seine Kollegen hatten sich dann der traurigen Folgen anzunehmen.

Lennart Jonsson wurde davon geweckt, daß jemand an die Tür klopfte. Die Klingel funktionierte seit einem halben Jahr nicht mehr. Er wußte sofort, was los war. Tatsächlich war er erstaunt, daß es so lange gedauert hatte, bis die Polizei bei ihm auftauchte.

Er öffnete, verschwand jedoch augenblicklich wieder in der Wohnung.

»Ich geh nur pissen«, rief er.

Sammy Nilsson trat ein. Die Luft roch verbraucht. Er blieb im Flur stehen. Neben einem Spiegel hingen drei gerahmte Drucke von Carl Larsson. Sammy vermutete, daß es nicht Lennart gewesen war, der sie dort aufgehängt hatte. Zwei Jacken hingen auf Kleiderbügeln an der Garderobe.

Der sparsam möblierte Flur erinnerte Sammy an die Praxis seines Zahnarztes in einer umgebauten Wohnung, wenn man einmal von den Tüten mit leeren Dosen absah, die einen schwachen Geruch von abgestandenem Bier verströmten.

Lennart kam in einer Jeans und einem schlampig in die Hose gestopften T-Shirt aus der Toilette.

»Die Sache mit Ihrem Bruder tut mir leid.«

Lennart Jonsson nickte. Er senkte den Blick, und als er wieder aufsah, hatte sich sein Gesichtsausdruck verändert.

»Wollen wir uns setzen?«

Lennart nickte aufs neue, machte eine Geste und ließ Sammy Nilsson den Vortritt in die Küche.

»Was glauben Sie?« begann Sammy das Gespräch.

Lennart schnaubte. Er räumte eine Bierdose vom Tisch.

»Sie kannten ihn am besten. Wer wollte Johns Tod?«

»Ich weiß es nicht«, erwiderte Lennart. »Und was wißt ihr?«

»Wir versuchen uns ein Bild von Johns Leben zu machen, von den letzten Monaten, dieser Woche, vorgestern. Ja, Sie wissen schon. Wir müssen einfach puzzeln.«

»Ich habe darüber nachgedacht«, meinte Lennart, »aber mir fällt niemand ein, der meinen Bruder hätte ermorden wollen. Er war doch sauber. Schon seit Jahren.«

Er warf Sammy einen Blick zu, als wollte er sagen: Und erzähl du mir keinen Mist über meinen Bruder!

Sammy Nilsson kaute die üblichen Fragen durch. Lennart antwortete kurz angebunden. Einmal unterbrach er sich, ging zur Küchenzeile und holte sich eine Banane, die er in wenigen Sekunden verschlang. Danach bot er auch Sammy eine Banane an, der sie annahm, ohne sie jedoch zu schälen.

»Es gibt jemand, mit dem sich John öfters traf, Micke Andersson«, sagte Lennart. »Habt ihr mit ihm gesprochen?«

»Das haben wir«, sagte Sammy, erwähnte jedoch nicht, daß Micke am Vorabend die Polizei angerufen hatte.

»Wir sind nicht so viele«, sagte Lennart, und Sammy nahm an, daß dies eine Beschreibung von Johns kleinem Freundeskreis sein sollte.

Lennart holte sich eine weitere Banane und aß sie genauso schnell.

»Machen Sie Bodybuilding mit Bananendiät?« erkundigte sich Sammy.

Lennart schüttelte den Kopf. Er sah nachdenklich aus. Sammy stellte keine Fragen mehr.

»So, wie ich lebe, werden die engsten Verwandten sehr wichtig für einen. Alle anderen können einen verpfeifen, einen verraten, aber ein Bruder nicht, nicht John. Wir sind immer füreinander dagewesen.«

»Zum Guten wie zum Schlechten vielleicht?«

Lennart schnaubte wieder.

»Das werdet ihr nie verstehen«, sagte er. »Warum sollte ich jemand anderem trauen?«

Stimmt, warum sollte er das, dachte Sammy.

»Manchmal muß man das aber«, sagte er.

Lennart lächelte ironisch.

»Wer versteht das eigentlich nicht?« fragte Sammy.

»Ihr alle«, faßte Lennart zusammen.

Der Polizist sah Johns Bruder an. Er wollte nicht mehr hören. Er wußte, was jetzt kommen würde. Die Stiefkinder der Gesellschaft.

»Als ich in der Schule beim Tischtennis gegen meinen Lehrer gewonnen habe«, sagte Lennart, »hat er seinen Schläger nach mir geworfen. Er hatte falsch aufgeschlagen, und als ich mich gebückt habe, um den Ball aufzuheben, hat er seinen Schläger mit voller Wucht abgefeuert. Er traf mich hinterm Ohr. Wollen Sie die Narbe sehen?«

Sammy schüttelte den Kopf.

»Ich ging in die Klasse für auffällige Schüler, und Tischtennis war das einzige, was ich richtig gut gelernt habe. Wir spielten zwei, drei Stunden pro Tag.«

»Um auf John zurückzukommen«, sagte Sammy Nilsson. »Wie lief es denn bei ihm zu Hause?«

»Wie meinen Sie das?«

»Ich meine mit Berit.«

»Berit ist in Ordnung.«

»Davon bin ich überzeugt, aber verstanden die beiden sich auch gut?«

»Wer hat etwas anderes behauptet?«

»Niemand.«

»Na also«, sagte Lennart.

Sammy hatte den Eindruck, daß Lennart Jonsson versuchte, sich durch seine scheinbare Gleichgültigkeit und Arroganz zu schützen. Sammy Nilsson wußte, daß er sonst die Fassung verlieren würde, aber gleichzeitig ärgerte ihn Lennarts widerspenstige Haltung.

»Ich versuche den Mörder Ihres Bruders zu finden«, sagte er.

»Tatsächlich.«

Sammy verließ die Wohnung, ging mit schnellen Schritten die Treppe hinab und trat gegen eine leere Dose vor dem Hauseingang, so daß sie in ein Blumenbeet flog, in dem bereits Unmengen von Papiermüll lag.

Vom Auto aus rief er Ottosson an, um zu hören, ob es etwas Neues gab; aber der Leiter des Kommissariats hatte nicht viel zu berichten. Sixten Wende hatte damit begonnen, eine Übersicht über die Fahrzeugbewegungen auf der Schneekippe in Libro zusammenzustellen. Inzwischen lag ihnen eine vorläufige Liste der Fahrer vor, die dort regelmäßig Schnee abkippten. Sie würde sicher noch länger werden. Wende hatte die Aufgabe übernommen, die Fahrer der Reihe nach anzurufen.

Darüber hinaus hatte Lundin das Reifenmuster überprüft, das die Spurensicherung in Libro gefunden hatte. Bislang sprach nichts dafür, daß ein Wagen der Stadtverwaltung das Profil im Schnee hinterlassen hatte. Andreas Lundemark, der zuständige städtische Beamte und der einzige, der außer den LKWs auf der Kippe zu tun hatte, fuhr einen Volvo mit einem völlig anderen Reifenprofil.

»Aber es kann natürlich jeder gewesen sein«, sagte Ottosson, »zum Beispiel jemand, der mit dem Hund spazieren gehen wollte oder dort ein Rendezvous hatte.«

Sammy hörte, daß Ottosson unterbrochen wurde.

»Ich rufe später noch einmal an«, sagte er deshalb schnell. »Ich will noch ein paar Dinge überprüfen.«

10

Haver stand neben seinem Auto. Er beschloß, nicht an all die Verhöre und Überprüfungen zu denken, die durchgeführt werden mußten, sondern sich eine Aufgabe nach der anderen vorzunehmen. So hatte er immer gearbeitet, wenn die Menge der Informationen den Blick für das Wesentliche zu verstellen drohte.

Geh systematisch vor, dachte er, war sich aber im gleichen Moment nicht sicher, in welcher Reihenfolge er das nun tun sollte.

Saganders Werkstatt war in einer länglichen Halle untergebracht, in der Nachbarschaft einer Reifenfirma und eines Unternehmens, das Aluminiumtüren montierte. Es war eines dieser Gebäude, die einem nie auffallen würden, wenn man nicht in ihrer Nähe arbeitete.

Ein zwei Meter hoher Zaun, ein Hof mit ein paar Containern, einige Paletten mit Bottichen, die Metallspäne enthielten, und eine Ladefläche mit verschrotteten Rohren. Zwei Badewannen lehnten an einer Wand.

Haver registrierte, daß drei Autos vor dem Gebäude parkten. Ein Mazda, ein alter rostiger Golf und ein relativ neuer Volvo.

Als er den Hof betrat, glitten die Wolkenfetzen am Himmel auseinander, und die Sonne kam unerwartet heraus. Haver schaute hoch. Auf dem Nachbargrundstück schwenkte ein Kran herum und fierte seine Last ab. Haver blieb einen Moment stehen und beobachtete die Männer auf dem Rohbau. Einer von ihnen gab dem Kranführer, der in einer kleinen Kabine zehn Meter über der Erde zu erkennen war, ein Zeichen. Der Arm des Krans schwenkte daraufhin noch einen Meter weiter. Der Mann gab erneut ein Zeichen nach oben und rief einem Arbeitskameraden etwas zu, der lachte und etwas erwiderte.

Havers Vater war Bauarbeiter gewesen, und in seiner Kindheit hatte er ihn manchmal zur Arbeit begleitet, oft auf kleinere Baustellen, aber manchmal auch zu Großbaustellen mit einem Gewimmel von Menschen, Material, Maschinen und Geräuschen.

Sehnsuchtsvoll stand er nun da und beobachtete die Aktivitäten der Bauarbeiter und Schreiner. Er beneidete sie ein wenig; ihm wurde warm ums Herz, wegen der Sonne, aber auch aufgrund der Bewegungen der Männer und des Einklangs zwischen ihnen. Sogar ihre Arbeitskleidung, gefütterte Jacken in bunten Farben, ließen ihn glücklich grinsen.

Einer der Männer auf der Baustelle sah zu ihm herüber. Haver hob die Hand. Der Mann antwortete mit einer ähnlichen Bewegung und setzte seine Arbeit fort.

Ein schneidender Laut aus der Werkstatt brach den Zauber. Haver wurde in die Wirklichkeit zurückversetzt: schwarzer Asphalt, der unter dem schmutzigen Schnee zu sehen war, verdreckt von Schrott und Spänen, Rost und einigen herumfliegenden Stücken Wellpappe, und dazu die deprimierende Blechfassade von Saganders Werkstatt, deren Fenster völlig verstaubt waren.

Haver seufzte schwer und wich den matschigen Stellen auf dem Hof aus. Die Stahltür war unverschlossen. Er trat ein und wurde von metallenen Geräuschen, von den Funken eines Schweißgeräts und von Rauch empfangen. Ein älterer Mann bearbeitete mit einem Winkelschleifer eine Trommel aus rostfreiem Stahl. Der Mann trat einen halben Schritt zurück, schob sich die Schutzbrille in die Stirn und begutachtete seine Arbeit.

Er mußte Haver aus den Augenwinkeln bemerkt haben, nahm jedoch keine Notiz von ihm. Ein etwas jüngerer Mann, in einem ähnlichen blauen Overall, schaute von seinem Schweißgerät auf. Der Mann mit dem Schleifer setzte die Arbeit fort. Haver stand drei, vier Meter von ihm entfernt und wartete ab, schaute sich um und versuchte, sich den kleinen John bei der Arbeit vorzustellen.

Dann erblickte er eine dritte Gestalt im hinteren, dunkleren Teil der Werkstatt. Der Mann warf ein Rohrstück auf eine Arbeitsbank, holte einen Zollstock heraus und maß ein wenig schlampig die Länge des Rohrs, schüttelte den Kopf und warf es zur Seite. Er war um die Fünfzig und hatte seine halblangen Haare zu einem Pferdeschwanz zusammengebunden. Er schaute auf, maß Haver mit einem Blick und verschwand anschließend hinter einem Gestell mit Rohren.

In einem kleinen Verschlag an der einen Längswand saß ein älterer Mann über einen Ordner gebeugt. Haver schätzte, daß dies Sagander war. Er nahm Kurs auf den Verschlag, nickte dem schleifenden Mann zu, als er an ihm vorbeiging, warf dem jungen Schweißer einen Blick zu und klopfte an die Glastür des Verschlags.

Der Mann, der keine Arbeitskleidung trug, schob seine Brille in die Stirn und nickte, als wollte er sagen, daß man ruhig hereinkommen solle. Haver trat ein. In dem Raum roch es nach Schweiß. Er stellte sich vor und machte Anstalten, seine Dienstmarke herauszuholen, aber der Mann winkte abwehrend mit einer Hand.

»Ich habe mir schon gedacht, daß Sie kommen würden«, sagte er mit rauchiger, whiskyheiserer Stimme.

Er stieß sich von der Schreibtischkante ab und rollte mit dem Stuhl nach hinten.

»Wir haben das vom kleinen John gelesen. Setzen Sie sich.«

Der Mann war um die Sechzig, relativ klein, vielleicht einsfünfundsiebzig, hatte ergraute Haare und rötliche Haut. Seine Augen standen weit auseinander, und er hatte eine kräftige Nase. Haver fand, daß Menschen mit großen Nasen willensstark aussahen, und in Saganders Fall wurde dies noch durch seine Art, zu sprechen und seinen Besucher anzusehen, unterstrichen.

Sagander sah aus wie ein Mensch, der Ergebnisse sehen wollte, und zwar schnell.

»Ja, John, hat ja hier gearbeitet«, sagte Haver. »Es muß furchtbar gewesen sein, in der Zeitung davon zu lesen.«

»Nicht so furchtbar, wie es für John gewesen sein dürfte«, erwiderte der Mann.

»Sind Sie hier der Chef?«

Der Mann nickte.

»Agne Sagander«, sagte er schnell.

»Wie lange ist John bei Ihnen gewesen?«

»Tja, wissen Sie, fast sein ganzes kurzes Leben. Er kam schon als junger Bursche zu uns.«

»Warum mußte er gehen?«

»Ganz einfach, es gab nicht genug Aufträge.«

Haver meinte, einen Anflug von Gereiztheit aus den Worten des Werkstattbesitzers herauszuhören, so als wäre Haver nicht schnell genug.

»War er ein guter Schweißer?«

»Ein sehr guter.«

»Und trotzdem mußte er gehen?«

»Wie gesagt, auf die Konjunktur hat man keinen Einfluß.«

»Es scheint aber doch viel los zu sein«, meinte Haver.

»Jetzt schon, aber damals nicht.«

Haver schwieg. Der Mann wartete ab; nach ein paar Sekunden rollte er wieder an den Schreibtisch heran und klappte den aufgeschlagenen Ordner zu. Haver beschloß, direkt zur Sache zu kommen.

»Wer hat den kleinen John ermordet?«

Sagander ließ seine riesige Hand auf dem Ordner liegen.

»Woher zum Teufel soll ich das wissen?« sagte er. »Fragen Sie doch mal seinen Bruder, dieses Großmaul.«

»Sie kennen Lennart?«

Der Mann stieß einen Laut aus, den Haver als ein Ja deutete, aber auch als einen Hinweis darauf, was Sagander von Johns Bruder hielt.

»Hat er auch hier gearbeitet?«

»O nein«, sagte Sagander und rollte wieder nach hinten.

»Wann haben Sie John das letzte Mal gesehen?«

Saganders Hand schoß zu seiner großen Nase hoch. Dieser Mann kann keine Sekunde stillsitzen, dachte Haver.

»Das ist schon eine ganze Weile her. Irgendwann im Sommer.«

»Ist er hergekommen?«

»Ja.«

»Was wollte er?«

»Er wollte was plaudern, uns besuchen.«

»Es gab keinen besonderen Grund für seinen Besuch?«

Sagander schüttelte den Kopf.

»Können Sie mir noch etwas über John erzählen, das über die Arbeit hinausgeht? Ich denke daran, ob er vielleicht einen Bekannten hatte, der …« Haver wußte nicht recht, wie er die Frage formulieren sollte.

»Der ihn umgebracht haben könnte, meinen Sie?«

»So ungefähr.«

»Nein, niemanden. Das ist hier ein Arbeitsplatz.«

»Ist mal etwas vorgefallen, das Sie jetzt, im nachhinein, mit dem Mord in Verbindung bringen können?«

»Nein.«

»Hat er oft um einen Vorschuß auf sein Gehalt gebeten?«

»Na, Sie stellen Fragen. Das kam wohl vor, zwar nicht oft, aber ab und zu schon.«

»Konnte er nicht mit Geld umgehen?«

»Kann ich nicht behaupten.«

»Drogen?«

»O nein, da sind Sie tüchtig auf dem Holzweg. Ein bißchen Schnaps ab und zu, aber nichts, was seiner Arbeit im Weg gestanden hätte. Vielleicht als er noch jünger war, aber das ist längst verjährt.«

Sagander sah Haver forschend an.

»Sie haben nicht viel in der Hand, was?«

»Dürfte ich ein paar Worte mit den anderen Männern wechseln? Sie haben doch mit John zusammengearbeitet?«

»Sicher. Alle drei. Reden Sie ruhig mit ihnen.«

Noch ehe Haver aufstehen und den schweißdurchtränkten Verschlag verlassen konnte, war Sagander auch schon zu seinem Schreibtisch zurückgekehrt und hatte den Ordner wieder aufgeschlagen. Als Haver die Tür hinter sich schloß, klingelte das Telefon, und Sagander riß den Hörer mit einer irritierten Bewegung an sich.

»Die Werkstatt«, hörte Haver ihn sich melden, so als gäbe es nur eine einzige Werkstatt in der ganzen Stadt.

Erki Karjalainen, der Mann mit dem Winkelschleifer, schien auf Haver zu warten, als dieser aus dem Verschlag trat, denn er signalisierte augenblicklich, daß er mit ihm sprechen wolle. Haver ging zu ihm.

»Sie sind von der Polizei, nicht?«

»Das ist richtig. Sieht man mir das an der Nase an?«

Der Finne lächelte.

»Es ist zum Heulen«, sagte er, und Haver sah, daß er meinte, was er sagte. Haver konnte den Anflug eines Zitterns im Gesicht des Mannes erkennen, das die innere Bewegung des Finnen verriet.

»John war in Ordnung«, fuhr Karjalainen fort. Durch den finnischen Akzent klangen seine Worte noch herzlicher.

»Ein verdammt guter Schweißer ... Und ein lieber Kerl.« Er schaute zu dem Verschlag hinüber. »Ein guter Kamerad.«

Haver rührten seine einfachen Worte. Er nickte. Karjalainen drehte sich um und beobachtete den Schweißer.

Ist er genauso gut, wie der kleine John es war, fragte sich Haver.

»Kurre ist gut, aber John war besser«, erklärte der Finne, als hätte er Havers unausgesprochene Frage gehört. »Es war gemein, daß er gehen mußte. Es gab noch ein bißchen Arbeit, und wir wußten, daß die Zeiten bald wieder besser werden würden.«

»Waren Sagander und John zerstritten?«

Erki Karjalainen machte ein nachdenkliches Gesicht, und seine Worte strahlten nicht länger die knappe Sicherheit aus, die seine Aussagen bislang geprägt hatte.

»Es gab da was«, sagte er nachdenklich, »das nicht gut war. Ich glaube, Sagander hat die schlechte Auftragslage ausgenutzt, um John loszuwerden.«

»Und was war nicht gut?«

Erki Karjalainen holte eine Zigarettenschachtel aus der Brusttasche. Er rauchte Chesterfield, was Haver verblüffte, weil er nicht gedacht hätte, daß es die Marke überhaupt noch gab.

»Gehen wir auf den Hof hinaus«, meinte Karjalainen. »Rauchen Sie?«

Haver schüttelte den Kopf und folgte ihm ins Freie. Die Wolken hatten die blaue Lücke am Himmel wieder gestopft, und die Bauarbeiter machten Pause.

»Das werden Büros«, sagte Erki.

Er rauchte ein paar Züge. Im Tageslicht konnte Haver seine Gesichtszüge besser studieren. Er hatte ein schmales, zerfurchtes Gesicht, von Arbeit gezeichnet. Die dunklen Haare hatte er nach hinten gekämmt. Buschige Augenbrauen und schmale Lippen. Die nikotinverfärbten Zähne waren in einem schlechten Zustand. Er erinnerte Haver an einen abgedankten Schauspieler aus einem italienischen Film der fünfziger Jahre. Erki Karjalainen zog an seiner

Zigarette und redete, während der Rauch aus seinem Mund quoll.

»Sagge ist schon in Ordnung, aber er kann auch ein mürrischer Teufel sein. Wir müssen viele Überstunden machen, und das hat John nicht gepaßt. Er hatte Familie, und je älter sein Junge wurde, desto weniger wollte John länger arbeiten.«

»Und dann ist er aus Rache gefeuert worden, meinen Sie?«

»Rache«, sagte der Finne und kostete das Wort. »Na ja, das ist wohl zuviel gesagt. Sagge ist einfach stur, und wer stur ist, benimmt sich oft idiotisch, handelt wider besseres Wissen.«

»Sie meinen, daß er einen guten Schweißer verloren hat?«

»Genau. Ich glaube, daß er es bereut hat, aber das würde er niemals zugeben.«

»Sind Sie John noch begegnet, nachdem er hier nicht mehr arbeitete?«

Karjalainen nickte und zündete sich mit der alten eine neue Chesterfield an.

»Er kam ab und zu vorbei, aber er redete nie mit Sagge.«

»Aber mit Ihnen?«

»Mit mir.«

Der Finne lächelte traurig und glich dadurch immer mehr einer Figur aus einem Film von Fellini.

Bevor Haver die Werkstatt verließ, sprach er noch mit den beiden anderen Angestellten, Kurt Davidsson und Harry Mattzon. Keiner von beiden war besonders gesprächig, aber insgesamt bestätigten sie, daß der kleine John ein fachkundiger Schweißer und guter Arbeitskollege gewesen war. Die beiden schienen Johns Tod allerdings nicht so schwer zu nehmen wie Karjalainen.

Der langhaarige Mattzon sagte etwas, das Haver nicht uninteressant erschien.

»Ich bin John letzten Sommer hier auf der Straße begegnet. Es war in der letzten Ferienwoche. Ich war auf dem Weg hierher, um eine Dachbox fürs Auto zu holen, die ich in der

Firma liegen hatte. Mein Bruder wollte sie sich ausleihen. Als ich in die Straße einbog, glitt John vorbei.

»In einem Auto?«

»Ja klar.«

»Er hat kein Auto«, sagte Haver.

»Ich weiß, deshalb erinnere ich mich ja noch daran, denn ich dachte, er hätte sich eins gekauft.«

»Welche Marke?«

»Ein alter weißer Volvo, ein 242, von Mitte der siebziger Jahre.«

Haver konnte sich ein Lächeln nicht verkneifen.

»War er allein in dem Wagen?«

»Das habe ich nicht gesehen.«

»Wann war das?«

»Das muß in der ersten Augustwoche gewesen sein. An einem Sonntag, glaube ich. Mein Bruder wollte ja los, und ich hatte ihm die Box versprochen, sie aber vergessen, so daß ich am Sonntag herfahren mußte.«

»Kam John von der Firma?«

»Schwer zu sagen«, meinte Mattzon, der ein paar Schritte zur Tür machte und die Hand auf die Klinke legte. Haver sah, daß er sich verbrannt hatte. Auf den Knöcheln der linken Hand leuchteten rote Brandblasen. Einige waren aufgeplatzt, und das entzündete Fleisch lag bloß.

»Hat er sich hier vielleicht mit jemandem getroffen?«

»Mit wem denn? Es war doch alles verriegelt. Sagander war zu der Zeit in Afrika, auf Safari«, antwortete der Arbeiter und öffnete die Tür.

»Mit der Hand sollten Sie lieber zum Arzt gehen«, sagte Haver, »das sieht nicht gut aus.«

Der Mann lugte in die Werkstatt hinein und warf Haver anschließend einen flüchtigen Blick zu. Die Hand sah er nicht an.

»Ich lebe jedenfalls noch«, meinte er und ging wieder an seinen Arbeitsplatz.

Ehe die Tür hinter ihm zufiel, konnte Haver für einen Moment Sagander in seinem Verschlag erkennen. Dann holte er sein Handy heraus und rief Sammy Nilsson an, der nicht an den Apparat ging. Haver sah auf die Uhr. Kaffeepause.

11

Der Aufmacher der Tageszeitung verkündete seine schwarze Botschaft: Mord. Als Ann die Einleitung gelesen hatte, war ihr erster Gedanke, Ottosson anzurufen. Ihre morgendliche Müdigkeit war wie weggeblasen. Das war ihr Job.

Manche begeisterten sich für die Spielberichte und Ergebnisse der Sportseiten, andere fühlten sich durch die Textmassen der Kulturseiten bestätigt, wieder andere ließen sich durch Comicstrips oder Möbelbeilagen unterhalten. Ann Lindell interessierte sich für nichts von all dem, aber ein Mord in ihrer Stadt ließ ihren Puls schneller schlagen. Es war nicht so, daß Gewalt oder die Tatsache, daß ein Mensch brutal abgeschlachtet worden war, sie erregten, sondern vielmehr, daß dies Arbeit bedeutete.

Sie biß sich an dem Artikel fest, studierte alles genau, versuchte zwischen den Zeilen zu lesen. Die kurzen Kommentare der Kollegen Haver und Ryde waren nicht sehr aussagekräftig, verrieten ihr aber, daß die Polizei keine nennenswerten Spuren verfolgte.

Sie schob die Zeitung von sich. Seit neun Monaten war sie jetzt zu Hause. Das Würmchen wuchs so furchtbar langsam. Der Junge hieß Erik, sie nannte ihn meistens nur »das Würmchen«. Das war nicht abwertend gemeint, sondern vielmehr ein Ausdruck ihres Mitgefühls für das Kind, das bei einer alleinstehenden Polizistin aufwachsen mußte.

Sie glaubte nicht, daß sie eine sonderlich gute Mutter war. Nicht, daß es dem Kleinen an etwas gefehlt hätte, er bekam all die Fürsorge, die er von ihr verlangen durfte, aber Ann war oft ungeduldig, weil das Würmchen sich so langsam entwickelte. Warum konnte er nicht ein bißchen Dampf machen, damit sie wieder anfangen könnte zu arbeiten?

Sie hatte mit Beatrice darüber gesprochen, aber Beatrice hatte nur gelacht.

»Denkst du, das würde ich nicht kennen«, hatte sie gesagt. »Wir lieben unsere Kinder, aber wir wollen so viel. Sie sind all unsere Liebe, aber nicht unser ganzes Leben, sozusagen. Andere Frauen lieben es, zu Hause Wiegenlieder zu trällern. Ich dagegen bin nach dem ersten Jahr fast verrückt geworden. Auf dem Spielplatz zu sitzen und mit den anderen Müttern zu tratschen, das war nichts für mich.«

Die Worte der Kollegin hatten Ann ein wenig beruhigt, wenn auch nicht ganz. Das schlechte Gewissen nagte an ihr. Sie hatte das Gefühl, bei fast allem, was sie tat, andere Mütter nachzuahmen, nicht zuletzt die eigene. Ihre Mutterschaft erschien ihr unwirklich.

Nie zuvor hatte sie mit einem anderen Menschen so eng zusammengelebt, fast ihre ganze Kraft einem anderen gewidmet. Es ermüdete sie, gab ihr aber gleichzeitig Stärke und Selbstvertrauen. Immer wieder wunderte sie sich darüber, welche Richtung ihr Leben genommen, wie sie sich verändert hatte.

Sie lebte in zwei Welten, einer, in der sie nur vorgab, die gute Mutter zu sein, während die Ungeduld und ihr schlechtes Gewissen über sie bestimmten, und eine, in der sie stolz den Kinderwagen über die Bürgersteige Uppsalas schob, erfüllt von stillem Glück.

An den Vater des Kindes verschwendete sie kaum einen Gedanken. Das erstaunte sie. Während der Schwangerschaft, vor allem in den letzten Monaten, hatte sie noch mit der Überlegung gespielt, ihn aufzusuchen, wenn auch nicht, um ihn zu bewegen, seine Familie zu verlassen. Sie hatte Nachforschungen angestellt und erfahren, daß er verheiratet war und zwei Kinder hatte.

Doch weder hatte sie nach ihm gesucht, um ihn zu Unterhaltszahlungen zu verpflichten, noch um ihn die Vaterschaft anerkennen zu lassen. Was war dann der Grund gewesen, fragte sie sich. Sie fand keine Antwort, und als das Kind auf der Welt war, war er ihr egal.

Anns Eltern hatten sie mit Fragen bestürmt, aber sie hatte allen Versuchen, ihr zu entlocken, wer der Vater des Kindes war, widerstanden. Es spielte keine Rolle, weder für sie noch für ihre Eltern, sie würde nie mit diesem Mann zusammenleben.

Die Fragen des Kindes würde sie beantworten, wenn es groß genug war. Prinzipiell war sie immer davon überzeugt gewesen, daß alle Kinder ein Anrecht auf einen Vater haben, aber jetzt war sie sich nicht mehr so sicher. Er wurde nicht gebraucht. Wenn sie so dachte, verleugnete sie vor sich selber die in ihr schlummernde Hoffnung, daß eines schönen Tages vielleicht ein Mann auftauchen würde, der die Rolle eines Ersatzvaters übernehmen könnte.

Oft genug verabscheute sie sich wegen ihrer leichtsinnigen Einstellung und verdrängte die Bedürfnisse, die sie in den vergangenen Jahren empfunden hatte, als die Gedanken an Edvard sie verwirrt und geschwächt hatten. Jetzt ist es, wie es ist, sei eine gute Mutter, genau wie du eine gute Kriminalpolizistin gewesen bist. Punkt, Schluß. Du brauchst keinen Mann, redete sie sich ein, war sich aber gleichzeitig bewußt, daß sie sich einem Selbstbetrug hingab. Überlebenskunst nannte Beatrice das, als sie sich einmal ungewöhnlich offenherzig über Anns Probleme unterhalten hatten.

Sie war froh, daß es Beatrice gab. Sie hätte nie geglaubt, daß die Kollegin ihr einmal so viel bedeuten würde. Beatrice wirkte immer wie eine Frau mit festen Prinzipien. Ann hatte deshalb zunächst nur zögernd ihre Nähe gesucht, war dankbar für die Freundschaft gewesen und zugleich voller Angst vor dem Urteil der Kollegin.

Lindell fühlte sich oft wie ein willenloses Schaf, ihren starken Gefühlen für Edvard vollkommen ausgeliefert, ihrer, wie sie selber fand, pubertären Fixierung darauf, einen Mann zu haben, mit dem man zusammenlebt, und ihrer wankelmütigen Einstellung zu ihrem Kind.

Aber Beatrice hatte sie nicht verurteilt, im Gegenteil. Die Rivalität, die es zwischen den beiden Frauen im Kommissariat gegeben hatte, löste sich in Nichts auf, und Beatrice wurde immer mehr zu einer Freundin, wie sie Ann vermißt hatte, seit sie ihr Elternhaus in Ödeshög verlassen hatte. Manchmal kam ihr der Gedanke, es könnte vielleicht daran liegen, daß Beatrice sich jetzt nicht mehr behaupten mußte, weil Ann außer Gefecht gesetzt, nicht im Dienst, an das Würmchen gebunden war.

Kommissariatsleiter Ottosson hatte immer eine besondere Vorliebe für Ann Lindell gehabt, sie unterstützt und ihr kleine Vorteile verschafft, dies aber stets im Verborgenen getan, denn Ottosson lag der Zusammenhalt unter Kollegen sehr am Herzen. Beatrice hatte das sicher bemerkt, sich vielleicht ungerecht behandelt gefühlt.

Wie dem auch war, Ann freute sich über das Interesse der Kollegin. Es war ungewohnt. Bislang hatten sie sich fast ausschließlich über die Arbeit unterhalten, jetzt waren sie Freundinnen geworden und teilten so viel mehr miteinander.

Sie rief Ottosson an. Sie wußte, daß sie es doch irgendwann tun würde, also konnte sie es genausogut sofort erledigen.

Ottosson gluckste entzückt, als er ihre Stimme hörte. Lindell fühlte sich ertappt. Sie bekam eine Zusammenfassung der Lage. Wie sie vermutete, hatten ihre Kollegen bisher kaum Anhaltspunkte. Vom kleinen John hatte sie noch nie etwas gehört, um so mehr von seinem Bruder Lennart. Daß Sammy ihn verhörte, war in ihren Augen keine besonders gute Entscheidung. Die beiden waren nie richtig ins Gespräch miteinander gekommen. Aber Ann teilte ihre Bedenken nicht mit.

Als sie Ottossons Bericht lauschte, empfand sie große Sehnsucht. Sie hörte seiner Stimme an, daß er in Eile war, aber er nahm sich trotzdem Zeit, länger mit ihr zu sprechen. Lindell saß am Küchentisch. Unwillkürlich hatte sie einen Notizblock herangezogen und sich die Informationen über den Mord und die Ermittlungen notiert.

Sie sah alles genau vor sich, die morgendliche Besprechung, die Kollegen, die sich über ihre Schreibtische beugten, den Telefonhörer in der Hand oder auf einen Bildschirm starrend. Haver mit seinem offenherzigen Gesicht, Sammy mit seinem etwas lässigen Stil, Fredriksson, der ins Nichts blickte, während er sich an der Nasenspitze zupfte, Lundin, bestimmt mit eingeseiften Händen auf der Toilette, Wende in Datenbänken suchend, Beatrice verbissen und zielstrebig Listen mit Namen und Adressen durchgehend, und schließlich Ryde, den schroffen Kriminaltechniker, nachdenklich und sehr klug hinter seiner griesgrämigen Fassade.

Natürlich wollte sie zurück, und zwar bald.

Das Würmchen meldete sich. Unbewußt faßte sie sich an die Brüste und stand vom Küchentisch auf. Worum ging es wohl bei diesem Mord, dachte sie. Rauschgift? Schulden? Eifersucht? Sie schaute ein letztes Mal auf die Notizen, ehe sie mit zögernden Schritten zu ihrem Kind ging.

Das Baby lag auf dem Rücken und fixierte einen Punkt an der Decke oder die bunten Glöckchen, die über der Wiege hingen. Ann sah es an. Das Würmchen. Sein Blick wurde von ihrer Gestalt angezogen, und der Kleine ließ ein schwaches Wimmern hören.

Als sie ihn heraushob, fiel das Köpfchen gegen ihren Hals. Der Geruch, eine eigentümliche Mischung aus süß und sauer, die von dem knubbeligen Babykörper an ihrer Brust aufstieg, ließ sie ihn vorsichtig umarmen und kindische Worte murmeln.

Ann Lindell legte den Kleinen sacht in das ungemachte Doppelbett, knöpfte sich die Bluse auf, öffnete den Still-BH und legte sich neben ihren Sohn. Er wußte, was jetzt kam, und ruderte erwartungsvoll mit den kurzen Armen.

Das Würmchen saugte eifrig, während Ann sich zurechtlegte. Sie strich ihm über das flaumige Haar und schloß die Augen. Sie dachte an Lennart Jonsson und seinen Bruder.

12

Vincent Hahn erwachte gegen halb zehn. Es war sein Bingotag. Obwohl er es eilig hatte, hielt er sich einen Moment bei Julia auf und streichelte ihren festen Hintern. Am Abend würde er ihr einen neuen Slip anziehen. Er beschloß, bei Lindex, seinem Lieblingsgeschäft, einen zu stehlen. Wenn möglich, einen dunklen, aber keinen schwarzen.

Die aufrechte Haltung der Schaufensterpuppe störte ihn manchmal, da es ihm vorkam, als würde sie ihn bewachen. Wenn ihn das zu sehr ärgerte, stieß er sie um und ließ sie ein oder zwei Tage auf dem Boden liegen. Dann war sie nicht mehr so aufmüpfig.

Er hatte eine schwere Nacht hinter sich. Reue existierte im Grunde nicht in Vincents innerem Arsenal von Gefühlen; es war dieses Geräusch gewesen, das ihn gestört und bis in die frühen Morgenstunden verfolgt hatte.

Er aß Sauermilch, immer Sauermilch, zwei Teller. Sauermilch war rein.

Der Bus hatte dreißig Sekunden Verspätung, doch der Fahrer lächelte Vincent nur an, als er ihn darauf hinwies. Alle Fahrer der Linie kannten Vincent Hahn. Während seines ersten Jahres in diesem Viertel hatte er über die einzelnen Fahrer Buch geführt, wie sie die Zeiten einhielten, ob sie höflich waren oder nicht, wie sie fuhren. Die Ergebnisse, die er mittels eines ausgeklügelten Systems zusammengestellt hatte, waren der Geschäftsführung von Uppsala-Bus in einem Schreiben präsentiert worden.

Die Antwort des Unternehmens hatte ihn wütend gemacht. Wochenlang schmiedete er Rachepläne, doch wie so oft verlief sich das Ganze im Sand.

Jetzt war er stärker und bereit, die Sache durchzuziehen. Worin der Unterschied zu damals bestand, wußte er nicht, er fühlte sich einfach besser gerüstet. Nun hatte er nicht nur das Recht, sondern auch die Kraft, seine Pläne in die Tat umzusetzen.

Gestern abend hatte er damit begonnen. Ein Kaninchen.

Nagetiere hatten in der Stadt nichts zu suchen. Es gab genug Leute, die der gleichen Meinung waren wie er, und insgeheim würden ihm viele dankbar sein, das wußte er nach dem Schreiben an den Vorstand der Wohnungsbaugesellschaft.

War Julia der entscheidende Unterschied? Er hatte sie sich im letzten Frühjahr besorgt. Schon lange vorher hatte er gedacht, daß er sein Leben mit jemandem teilen sollte, und als er Julia im Müllcontainer entdeckt hatte, wußte er, daß seine Partnerin gefunden war.

Sie war schmutzig gewesen, und er hatte einen ganzen Tag darauf verwandt, Flecken zu entfernen und einen langen Riß in ihrer Leiste zu flicken. Jemand war gemein zu Julia gewesen. Jetzt war sie in Sicherheit. Er beschützte sie, wechselte ihre Unterwäsche und schenkte ihr seine Liebe.

Er stieg am Busbahnhof aus und ging über die Bangårdsgatan zur Bingohalle. Er schaute sich immer um, ehe er eintrat. Wenn er erst einmal drin war, ließ seine Anspannung immer ein wenig nach.

13

Mikael Andersson setzte sich auf den Besucherstuhl. Fredriksson ordnete derweil noch ein paar Akten auf seinem Schreibtisch.

»Schön, daß Sie kommen konnten«, sagte er.

»Das ist doch selbstverständlich«, erwiderte Mikael.

»Sie haben den kleinen John möglicherweise als Letzter lebend gesehen«, begann Fredriksson.

»Außer dem Mörder.«

»Ja, natürlich. Sie kannten sich schon lange?«

»Unser ganzes Leben. Wir sind im gleichen Häuserblock aufgewachsen, gemeinsam in die Schule gegangen und haben auch später noch oft zusammengehangen.«

»Warum haben Sie sich mit ihm getroffen?«

»Er war mein Freund«, antwortete Micke und sah Fredriksson an.

»Sie haben sich gut verstanden?«

Als Antwort bekam Fredriksson ein Nicken. Der Mann, der ihm gegenübersaß, entsprach ganz und gar nicht dem Bild, daß er sich während ihres Telefonats von ihm gemacht hatte. Mikael Andersson war klein, ungefähr einsfünfundsechzig, schätzte Fredriksson, und übergewichtig, um nicht zu sagen fett. Fredriksson wußte, daß er als Dachdecker arbeitete, aber es fiel ihm schwer, sich vorzustellen, wie Mikael Andersson über Dächer kletterte.

»Was haben Sie zusammen unternommen?«

»Wir haben uns getroffen, ein bißchen auf Pferde gewettet, sind manchmal zum Bandy gegangen.«

»Im Moment ist mit Sirius Uppsala ja nicht viel los«, warf der Polizist ein.

»Das ist wahr. Ja, was haben wir noch gemacht?«

»Sie kennen natürlich Berit und Lennart?«

»Na klar.«

»Erzählen Sie!«

»Lennart ist ein Kapitel für sich, aber das wissen Sie ja bestimmt. Berit ist in Ordnung. Die beiden sind schon immer zusammen gewesen.«

Micke lehnte sich vor, stützte die Ellbogen auf die Knie und verschränkte die Hände, ehe er weitersprach. Fredriksson beobachtete die Veränderung in seinem Gesicht. Die fetten Wangen und der Hals wurden rot.

»Sie ist okay«, wiederholte er, »sie wird es nicht leicht haben. Der Junge auch nicht, jetzt, da John nicht mehr da ist. Ich kapier das einfach nicht. John kam mir vor wie immer. Was glauben Sie? Haben Sie eine Spur?«

»Nicht direkt«, gestand Fredriksson.

»Ich glaube, er wurde von jemandem aufgegabelt, der ihn dann umgebracht hat«, meinte Micke, »aber ich begreife einfach nicht, wer das gewesen sein soll.«

»Vielleicht jemand, der ihm anbot, ihn mit dem Auto mitzunehmen?«

»Und wer soll das gewesen sein?«

»Hatte John noch mit jemandem eine Rechnung offen?«

»Nein, jedenfalls nichts, was einen Mord rechtfertigen würde. John hielt sich aus allem raus.«

»Wie ging es ihm finanziell?«

»Er hatte es nicht besonders dicke, aber sie kamen zurecht. Es ging ihnen natürlich schlechter, nachdem Sagge ihn entlassen hatte.«

»Warum ist er entlassen worden?«

»Wegen der schlechten Auftragslage, haben sie gesagt.«

»Wer, sie?«

»Sagge und seine Alte.«

Fredriksson zupfte sich an der Nasenspitze.

»Aufgegabelt, haben Sie gesagt. Hatte John draußen in Libro was zu erledigen? Gibt es in der Gegend eine Firma, die er öfters besucht hat, oder einen Freund?«

»Nicht, daß ich wüßte. Er hatte nicht so viele Freunde.«

»Haben Sie John jemals mit Rauschgift gesehen?«

Mikael Andersson schaute Fredriksson flüchtig an. Er holte tief Luft und atmete durch die Nase aus. Fredriksson faßte es so auf, daß Mikael einige Sekunden überlegte, ob er die Wahrheit sagen sollte oder nicht.

»Früher konnte das schon mal vorkommen. Aber das ist lange her.«

»Wie lange?«

Mikael machte eine Geste, als wollte er sagen, weiß der Himmel, das muß Jahre her sein.

»Als wir noch jung waren«, sagte er schließlich. »Vor zwanzig Jahren.«

»Er hat danach nie mehr über Drogen geredet?«

»Reden ist eine Sache, aber ich habe John in den letzten Jahren niemals mit Drogen gesehen.«

Fredriksson lehnte sich zurück, legte die Hände auf den Kopf und betrachtete Mikael Andersson. Das Gesicht des Polizisten verriet nichts. Er schwieg eine halbe Minute, ehe er langsam die Hände herunternahm, sich über den Schreibtisch beugte und ein paar Zeilen in seinen Notizblock schrieb.

»Erzählen Sie mir von John«, sagte er. »Was war er für ein Mensch?«

»Er war schweigsam, genau wie sein Vater. Sein Vater stotterte, aber das hat John nicht getan. Er war ein guter Freund. In der Schule hatte er nicht so viele Freunde. Mich und noch zwei, drei. Er hat sich schon immer sehr für Fische interessiert. Ich habe keine Ahnung, woher das kam. Vielleicht hat sein Onkel Eugen das ganze in Gang gebracht. Wir sind oft mit ihm angeln gefahren. Er hatte ein Wochenendhaus in der Nähe von Faringe.«

Mikael verstummte, und Fredriksson ahnte, daß er sich in Gedanken zwei, drei Jahrzehnte zurückversetzte.

»Wenn wir im Ruderboot saßen, war John mit sich und der Welt zufrieden«, fuhr Mikael fort. »Es war kein großer See. Er war kalt, der Wald wuchs bis ans Ufer hinab.«

»Was haben Sie gefangen?«

»Vor allem Barsche und Hechte. John sprach manchmal davon, daß er gerne noch einmal hinfahren würde, aber daraus ist nie etwas geworden. Wie aus vielen anderen Dingen auch nicht. Wenn wir im Boot saßen, war der See klein. Wir konnten mühelos von einem Ufer zum anderen rudern. Die einzige Lücke im Wald war die Lichtung, auf der Eugen sein Häuschen hatte. Es war ein umgebauter Schuppen mit einem Vorratsraum, der aus alten Holzkisten gezimmert worden war. Der See war wie ein geschlossenes Zimmer. John hat oft von diesen Ausflügen gesprochen. Gegen Ende des Winters nahm Eugen uns immer zur Auerhahnbalz mit. Wir gingen in der Dunkelheit über das Eis, das schwankte, und kamen zu einem kleinen Kahlschlag, wo Eugen eine Reisighütte gebaut hatte. Da krochen wir dann rein. John mochte kleine Dinge, die kleinen Räume. Diesen kleinen Waldsee und den winzigen Unterstand.«

»Er hat auch in einer kleinen Firma gearbeitet«, stellte Fredriksson fest.

Mikael Andersson nickte.

»Er war im Grunde gar kein Unruhestifter, nicht mal in jungen Jahren. Solange wir in der Ymer- und Frodegatan blieben, war alles in Ordnung. Als wir klein waren, war Almtuna noch ein Stadtteil, in dem es fast alles gab, was man brauchte. Wir hatten fünf Lebensmittelgeschäfte, die man innerhalb von zehn Minuten zu Fuß erreichen konnte. Heute gibt es nicht einmal mehr den Namen des Stadtteils. Haben Sie es gesehen? Das Schild an der Vaksaschule?«

Fredriksson schüttelte den Kopf.

»Da steht ›Fålhagen‹. Alle alten Namen verschwinden. Ich weiß nicht, wer das beschlossen hat. Nichts soll seinen alten Namen behalten dürfen. Erikdsdal und Erikslund gibt es auch nicht mehr. Sogar Stabby nennen sie jetzt ›oberes Luthagen‹.«

»Ich bin zugezogen«, sagte Fredriksson, der die alten Wegmarken und Stadtteilgrenzen in Uppsala nicht kannte.

»Ich glaube, die wollen uns damit verwirren.«

»Luthagen klingt wahrscheinlich besser als Stabby, wenn man seine Wohnung verkaufen will.«

»Schon möglich«, sagte Mikael. »Es geht wahrscheinlich ums Geld. Ich denke jedenfalls immer öfter an die Zeit zurück, als ich noch ein Junge war. Das liegt wohl am Alter.«

»Und was sehen Sie dann?« wollte Fredriksson wissen, dem die Plauderstunde mit Mikael zunehmend gefiel.

»Die Hinterhöfe. Die Kinder, wir waren unheimlich viele. John und Lennart gehörten auch dazu.«

Mikael verstummte, und in seinem Blick lagen Wehmut und Trauer.

»Das ist lange her, aber gleichzeitig kommt es mir vor, als wäre es erst gestern gewesen«, meinte er. »Ich frage mich, wann es schiefging.«

»Sie meinen, bei John und Lennart?«

»Nicht nur. Wissen Sie, mein Vater war bei der Eisenbahn. Sein Vater auch. Er ist beim Bau von Port Arthur dabeigewesen, Arbeiterwohnungen für Eisenbahner sollten dort entstehen. Wir selber wohnten in der Frodegatan. Damals hielten die Leute auf eine Weise zusammen, die man heute nicht mehr findet. Das ist es, was mir am meisten auffällt. Ich komme ja manchmal noch in unsere alten Viertel. Was Lennart und John angeht, glaube ich, daß es anfing, als

Lennart zwölf war und John und ich neun. Wir waren Bandy spielen gewesen, in Fålhagen. Dort gab es damals einen großen Platz, der jeden Winter in eine Eisfläche verwandelt wurde. Lennart hatte in der Umkleidekabine einem Typen namens Håkan das Portemonnaie geklaut. Ich begegne ihm noch gelegentlich in der Stadt. Als wir auf unseren Schlittschuhen nach Hause wackelten, holte Lennart die Börse heraus. Neunzehn Kronen. Wir bekamen eine Heidenangst, aber Lennart lachte nur.«

»Es war eine kleine Sünde, aus der später immer größere wurden«, warf Fredriksson ein.

Mikael nickte und sprach weiter. Fredriksson beugte sich vor und kontrollierte, daß sich das Band in dem Miniaufnahmegerät auf seinem Schreibtisch noch drehte.

»Neunzehn Kronen. Ich wollte keine Öre davon haben, ich hatte einfach zu viel Schiß, also haben Lennart und John das Geld genommen. Lennart hat seinen Bruder immer gut behandelt. Das war Johns Problem: einen großen Bruder zu haben, der gerecht teilte. Fing es so an? Ich weiß es nicht.«

»Standen Lennart und John sich nahe?«

Mikael nickte.

»Das kann man wohl sagen.«

»Kann Lennart seinen Bruder in irgendwas hineingezogen haben?«

»Der Gedanke liegt zwar nahe, aber ich glaube es nicht. Lennart hat seinen Bruder immer beschützt.«

»Vielleicht hat er John ja unbewußt in ein krummes Ding verwickelt.«

Mikaels Gesicht drückte Skepsis aus.

»Was soll das denn gewesen sein? Lennart hat doch immer nur kleine Dinger gedreht.«

»Vielleicht war er ja doch auf einen großen Coup gestoßen«, gab Fredriksson zu bedenken. »Aber okay, lassen wir das. Ich würde Sie gerne fragen, wie Sie Johns und Berits Beziehung beurteilen würden. Waren die beiden glücklich miteinander?«

Mikael Andersson schnaubte.

»Glücklich?«, sagte er. »Das ist ein verdammt großes Wort, aber ich denke, sie waren es.«

»Keine Seitensprünge?«

»Jedenfalls nicht bei John, das kann ich mir beim besten Willen nicht vorstellen. Wissen Sie, die beiden haben sich kennengelernt, als sie sechzehn war. Ich war übrigens dabei, als sie sich das erste Mal sahen. Das war in der Billardhalle im ›Sivia‹. Da hingen wir ständig herum. Eines Tages kam Berit mit einer Freundin dorthin. John hat ihr sofort gefallen. Er war nicht wie die anderen, riß das Maul nicht auf und so. John war ein stiller Vertreter, etwas nachdenklich. Viele wurden unsicher, weil er nicht so viel sagte.«

»Wollen Sie damit sagen, daß John und Berit sich über zwanzig Jahre treu gewesen sind?«

»Wenn Sie das sagen, klingt es phantastisch, aber es stimmt tatsächlich. Er hat nie über andere Frauen geredet. Und wir haben eigentlich über alles miteinander gesprochen.«

Ein vorsichtiges Klopfen war zu hören, und die Tür öffnete sich. Riis steckte den Kopf herein.

»Du, Allan, ich habe hier einen Zettel für dich«, sagte er und begutachtete gleichzeitig den Besucher.

Fredriksson streckte sich über den Schreibtisch, nahm den zusammengefalteten Zettel entgegen, faltete ihn auseinander und las sich die kurze Mitteilung seines Kollegen durch.

»Aha«, sagte er und sah Mikael Andersson an. »Sie haben gesagt, daß es John und Berit finanziell nicht besonders gut ging.«

»Ja, in letzter Zeit.«

»Haben Sie ihm deshalb am dritten Oktober zehntausend Kronen überwiesen?«

Mikaels Gesicht lief erneut rot an. Er räusperte sich, und Fredriksson meinte, einen ängstlichen Ausdruck in seinen Augen wahrzunehmen. Kein Entsetzen, vielleicht eher Unruhe. Fredriksson wußte, daß dies nichts zu sagen hatte. Die meisten Menschen, nicht zuletzt vor einem Schreibtisch bei der Polizei, reagierten so, wenn die Rede auf Geld kam. Sie sprachen unbekümmert über alle möglichen Dinge, auch wenn sie noch so schrecklich waren, doch wenn es um Geld ging, wurden sie nervös.

»Nee, nicht direkt. Es war eher so, daß ich Anfang September ein bißchen knapp bei Kasse war. John lieh mir zehntausend, die ich dann zurückgezahlt habe.«

»Wie hat sich das abgespielt?«

»Ich habe ihm erzählt, daß ich knapp bei Kasse bin, und John hat angeboten, mir ein bißchen was zu leihen.«

»Ein bißchen was. Zehn Mille sind ziemlich viel für einen Arbeitslosen.«

»Das stimmt, aber er meinte, das sei kein Problem.«

»Darf ich fragen, warum Sie knapp bei Kasse waren? Haben Sie sich öfter was von John geliehen?«

»Das ist schon mal vorgekommen, aber noch nie so viel.«

»Und warum dann jetzt?«

»Ich hatte Roulette gespielt, das ist alles.«

»Und verloren?«

»Das tut man doch immer.«

»Wo haben Sie denn gespielt?«

»Im ›Baren Baren‹, falls Sie wissen, wo das liegt?«

Fredriksson nickte.

»Und dann haben Sie Geld bekommen?«

»Ja, ich habe meinen Lohn bekommen. Es war gerade genug, um John das Geld zurückzuzahlen. Dann habe ich den ganzen Oktober über sehr sparsam gelebt.«

»Dann war es also nicht etwa so, daß Sie sich viel mehr geliehen haben und die zehntausend Kronen nur eine erste Rate waren?«

»Nein, so war es nicht«, versicherte Mikael.

»Hat John Ihnen gesagt, wieso er, ohne mit der Wimper zu zucken, so viel Geld locker machen konnte?«

»Nein.«

»Dann war es also auch nicht so, daß Sie ihm für das Geld einen Gefallen tun sollten, es sich dann aber anders überlegten und die zehntausend statt dessen zurückbezahlten?«

»Nein, was sollte das denn gewesen sein?«

»Was weiß ich«, sagte Fredriksson und faltete den Zettel wieder sorgsam zusammen. »Wann waren Sie im ›Baren Baren‹?«

»Ich bin da ziemlich oft.«

»John auch?«

»Manchmal.«

»Hat er gespielt?«

»Ja, aber nicht um große Summen.«

»Sie würden ihn nicht als einen Spieler bezeichnen?«

»Nein, nicht wirklich, er war ziemlich vorsichtig.«

Fredriksson schwieg einen Moment.

»Ich weiß, daß es seltsam aussieht, aber ich schwöre, so ist es gewesen.«

»Im Grunde ist es nicht seltsam, wenn man einem Freund Geld leiht«, meinte Fredriksson ruhig. »Aber Sie werden verstehen, daß es anfängt, interessant zu werden, wenn einer der Beteiligten ermordet wird.«

Die Vernehmung wurde abgebrochen. Mikael Andersson versuchte sich ungezwungen zu geben, aber seine anfängliche Offenherzigkeit war verflogen. Er begleitete Fredriksson schweigend nach draußen, und als sie die letzte Tür erreichten, die der Polizeibeamte ihm aufhielt, versicherte er nochmals, daß es so gewesen war, wie er es geschildert hatte.

Fredriksson glaubte ihm, oder besser gesagt, er wollte ihm glauben.

14

Gegen halb vier trat Vincent Hahn, um zweihundert Kronen reicher, wieder auf die Straße hinaus. Er empfand es jedesmal so, als ob er in eine neue Welt hinauskommen würde. Die Straße, die vom Bahnhof zum Fluß hinabführte, hatte in den wenigen Stunden, die er in der Bingohalle verbracht hatte, ihren Charakter verändert. Sie sah jetzt vornehmer aus, so als wäre sie eine Esplanade in einem fremden

Land. Auch die Menschen hatten sich verändert, seit er sie zugunsten der Wärme und Abgeschiedenheit der Bingohalle verlassen hatte.

Das Gefühl hielt sich jedoch nur ein oder zwei Minuten, dann kehrten die feindlichen Stimmen, die Stöße und Blicke zurück. Die Bäume am Straßenrand glichen nun schwarzen furchterregenden Säulen, die an Begräbnis und Tod denken ließen. Er wußte, woher dieses Gefühl kam, tat jedoch alles, um es zu unterdrücken, um die Erinnerungen an den Friedhof zu verdrängen, auf dem seine Eltern begraben lagen.

Vincent Hahn war ein bösartiger Mensch, und das wußte er selber nur zu gut. Falls seine Eltern wieder zum Leben erweckt werden könnten, würden sie entsetzt sehen, daß sich ihr jüngstes Kind zu einem Misanthropen entwickelt hatte, einem Menschen, der allem und jedem mißtraute, ja schlimmer noch: der es als seine Lebensaufgabe betrachtete, sich für erfahrene Demütigungen zu rächen. Die Strafe dafür konnte gar nicht groß genug sein. Hatte er denn etwa nicht gelitten? Aber wen interessierte das schon? Alles ging einfach weiter, als gäbe es ihn überhaupt nicht.

Ich lebe, wollte Vincent Hahn über die Bangårdsgatan hinausschreien, um die vorbeihastenden Menschen zum Stehenbleiben zu zwingen, aber er schrie nicht, und keiner von ihnen verlangsamte seinen Schritt, als sie an ihm vorüberhetzten. Luft, dachte er, ich bin wie Luft für euch. Aber wenn ich Luft bin, werde ich euch vergiften, mein Atem wird euch vernichten, euch mit Tod umschließen. Das war sein Entschluß. Nun kannte er keine Angst mehr, kein Zögern.

Er lachte laut, sah auf die Uhr und wußte, daß er am Abend weitermachen würde. Endlich hatte er einen Plan. Aus der Bingohalle trat ein Rentnerehepaar. Sie erinnerten ihn an etwas Verlorenes. Er wollte nicht darüber nachdenken, was es sein könnte, denn dort lag seine Stärke und seine Schwäche: in den Gedanken, den Erinnerungen. Bis zu diesem Moment hatten sie ihn zu einem unbedeutenden Wesen zusammengepreßt.

Vincent Hahn nickte den Rentnern zu, seinen Mitverschworenen in der solitären Gemeinschaft des Bingos. Sie waren Opfer wie er. Aus irgendeinem Grund wußte er, daß sie es verstehen würden. Lebendig, und doch tot.

Der Bingogewinn verlieh ihm neue Kräfte, ließ ihn fast übermütig werden. Er beschloß, in eine Konditorei zu gehen, und entschied sich für das »Güntherska«. Von seinem Platz aus, auf dem Sofa in der Ecke, würde er alles unter Kontrolle haben.

15

Das Bild auf Seite fünf der Abendzeitung zeigte einen jungen John Jonsson, und Gunilla Karlsson erkannte ihn sofort. Das hätte sie auch getan, wenn das Blatt ein erst kürzlich aufgenommenes Foto abgedruckt hätte. Sie war John vor ein paar Monaten rein zufällig im Kaufhaus über den Weg gelaufen. Außerdem war Justus in ihre Vorschule gegangen. Er war zwar nicht in ihrer Gruppe gewesen, aber er war ein Junge, der einem auffiel. Meistens brachte und holte Berit ihn, manchmal kam auch John ihn nachmittags gleich nach der Arbeit abholen. John roch gut. Lange hatte sie über den Geruch nachgegrübelt, ehe sie es wagte, ihn darauf anzusprechen. Er hatte sie verständnislos angesehen, ehe er darauf kam, daß es der Geruch des Schweißrauchs sein mußte. Er hatte sich bei ihr entschuldigt, sehr verlegen ausgesehen und gemurmelt, daß er noch nicht zum Duschen gekommen sei. Gunilla war genauso verlegen geworden und hatte ihm versichert, daß der Geruch ihr gefalle. So standen sie sich gegenüber, während Justus zwischen ihnen dabei war, Jacke und Schuhe anzuziehen, hatten glühendrote Gesichter und sahen einander an. Dann hatten sie gelacht.

Nach dieser Begebenheit lächelte er ihr des öfteren zu. Er erzählte von der Werkstatt und bot seine Hilfe für den Fall an, daß in der Vorschule etwas repariert werden müßte. Sie hatte sich für das Angebot bedankt, glaubte jedoch nicht, daß im Moment etwas zu schweißen wäre. »Aber du darfst gerne öfter vorbeikommen«, hatte sie hinzugefügt, »uns fehlen Männer.«

Er hatte sie auf die Art angeschaut, an die sie sich noch so gut aus der Schulzeit erinnern konnte, und sie war von großer Wärme erfüllt worden. Ihre Worte hatten ihm gefallen, das besagte sein Blick, aber Gunilla las auch noch etwas anderes aus ihm heraus. Ein Funkeln, das ihr sehr gefiel.

Sie hätte ihn gerne geküßt. Nicht leidenschaftlich, sondern auf die Wange, den Duft des Schweißrauchs einatmend, der in jede Pore gedrungen war. Es war nur eine sekundenschnelle Eingebung gewesen, aber jedesmal, wenn sie einander begegneten, regte der Impuls sich von neuem.

Gunilla war einmal in John verliebt gewesen. Das war in der Mittelstufe, vielleicht in der achten Klasse. Sie hatte damals zu einer Gang gehört, die sich auf dem »Hügel« traf, dem unbebauten Grundstück neben dem Vaksala torg. John und Lennart gehörten genauso dazu wie ungefähr dreißig andere Jugendliche aus den Stadtteilen Petterslund, Almtuna und Kvarngärdet. Auf der Kuppe des Hügels lagerte ein in Konkurs gegangener Bauunternehmer einen Vorrat an Brettern und Latten, mit denen die Kinder nach einem ausgeklügelten System Gänge und Hüttchen gebaut hatten. Gunilla war vor allem wegen John hingegangen, aber der schwere Duft von Verdünnungsmitteln, Lösungen und Uhu, der über dem Hügel hing, hatte ihr angst gemacht.

Es wurde mal mehr, mal weniger geschnüffelt, vor allem im Sommer und Herbst. Die Polizei schlug gelegentlich zu, aber im Grunde nahm damals niemand den Mißbrauch wirklich ernst.

Gunilla hatte später oft daran gedacht, wie viele Gehirnzellen auf dem Hügel verlorengegangen waren. Sie war froh, den Absprung geschafft zu haben, auch wenn dies bedeutete, daß sie den Kontakt zu John verlor.

Jetzt war er tot. Ermordet. Sie las den Artikel, hatte jedoch ihren eigenen Text im Kopf, als Johns Herkunft und

Lebenslauf geschildert wurden. Ihr fiel auf, wie wenig darüber in der Zeitung stand, obwohl die Berichterstattung über den Mord drei Seiten einnahm. Der Journalist hatte es sich leicht gemacht, Johns alte Verstöße gegen das Gesetz herausgekramt und den Mord zudem mit einem zwei Wochen zurückliegenden Vorfall in Verbindung gebracht, bei dem ein Dealer im Stadtzentrum durch ein Messer verletzt worden war. »Die Stadt der Gewalt und des Schreckens« nannte er Uppsala. Sie las weiter: »Das landläufige Bild von der verschlafenen Akademikeridylle Uppsala mit ihren Studentenvereinigungen und -festen ist dem Bild einer gewalttätigen Stadt gewichen. Die harmlosen Abenteuer von Pelle Svanslös, der berühmten Kinderbuchgestalt, rücken in weite Ferne, wenn wir die Zahl der gemeldeten Verbrechen studieren, und noch mehr erfüllt es uns mit Entsetzen, wenn wir feststellen, wie viele von ihnen unaufgeklärt bleiben. Gebeutelt durch interne Meinungsverschiedenheiten und Sparmaßnahmen scheint die Polizei dem Geschehen hilflos gegenüberzustehen.«

»Akademikeridylle.« Gunilla schnaubte. Das war Uppsala noch nie gewesen, jedenfalls nicht für sie. Obwohl sie in der Stadt geboren und aufgewachsen war, hatte sie weder eine Studentenvereinigung besucht noch den großen Studentenaufmarsch am letzten Tag im April gesehen. Das war niemals ihre Idylle gewesen, ebenso wenig wie Johns.

Aber sollte John wirklich etwas mit einem Dealer zu tun gehabt haben? Sie bezweifelte es. Sie wußte, daß John einiges auf dem Kerbholz hatte, genau wie sein Bruder, aber daß er etwas mit Rauschgift zu tun haben sollte, erschien ihr wenig wahrscheinlich. Dafür war er nicht der Typ.

Sie schob die Zeitung beiseite, stand auf und trat ans Fenster. Es schneite nicht mehr; ein schneidender Wind aus südwestlicher Richtung wirbelte den Schnee über die Dächer zu den Garagenreihen. Ihr nächster Nachbar näherte sich mit Einkaufstüten in den Händen.

Sie kam am Spiegel im Flur vorbei, blieb stehen und betrachtete sich. Sie hatte zugenommen. Mal wieder. Während sie so dastand, fiel ihr das Kaninchen ein. Wie hatte sie es nur vergessen können! Schnellen Schrittes ging sie zur Terrassentür, öffnete sie und sah Ansgar noch am Zaun hängen, wie sie ihn am Morgen verlassen hatte, aber inzwischen war sein Bauch aufgeschlitzt worden. Die entblößten Eingeweide hatten eine gräuliche Farbe.

Sie trat näher und betrachtete angeekelt den steifen Körper und die weit aufgesperrten Augen des Kaninchens, die sie anklagend anzustarren schienen. Aus der Bauchhöhle lugte etwas Weißes hervor. Es war ein Zettel. Sie zupfte ihn vorsichtig heraus. Er war blutbefleckt, und ihr lief ein Schauder über den Rücken, als sie das winzige Stück Papier, das nicht größer als eine Busfahrkarte war, auseinanderfaltete.

In einer Schrift, die sich fast nicht entziffern ließ, so als wäre der Zettel in großer Eile geschrieben worden, stand dort: »Haustiere sollen nicht in dicht besiedelten Gebieten gehalten werden.« Keine Unterschrift.

Wie gemein, dachte sie. Wie sollte sie das nur Malin erklären, dem Nachbarsmädchen? Sie betrachtete wieder das Kaninchen. Unfaßbar, dachte sie, ein Kaninchen zu töten. Dieser Mensch muß krank sein.

Sollte sie noch einmal bei der Polizei anrufen? Waren sie hier gewesen? Wahrscheinlich nicht. Es gab sicher Dringenderes als ein totes Kaninchen.

Sie mußte wieder an John denken und begann zu weinen. Wie bösartig Menschen doch sein konnten. War der Zettel bereits am Morgen dort gewesen, oder war die Person, die Ansgar erdrosselt hatte, zurückgekehrt? Sie schaute sich um. Der Wald, der bis dicht an die Häuser reichte, versank immer mehr in der Dunkelheit. Das Licht von den Fenstern schimmerte auf den Stämmen der hohen Kiefern. In ihren Kronen säuselte der Wind. Findlinge ruhten wie schwere Tiere auf dem Waldboden.

Gunilla ging in die Wohnung zurück. Sie hatte nasse Füße und fror. Sie schob die Terrassentür zu und ließ die Jalousie herunter. Ihre Wut verwandelte sich in Angst, und sie blieb unentschlossen an der Tür stehen. Sie beschloß, den Vorsitzenden der Mietervereinigung anzurufen. Er mußte davon erfahren. Er war zwar ein Sauertopf, aber vielleicht hatte er von jemandem gehört, der sich über Haustiere beschwert hatte. War etwas vorgefallen, das sich mit Ansgars Tod in Verbindung bringen ließ?

Sie fand die Nummer im Telefonbuch und wählte die Ziffern, die ihrer eigenen Nummer zum Verwechseln ähnlich waren, aber es hob niemand ab. Sie überlegte, daß sie zu den Nachbarn gehen und sich erkundigen könnte, ob sie jemanden gesehen hatten, der um die Häuser herumgeschlichen war, zögerte jedoch, die Wohnung zu verlassen. Vielleicht war er immer noch dort draußen.

Malin und ihre Eltern waren verreist und würden über Weihnachten fort sein. Die Nachbarn auf der anderen Seite waren kürzlich erst eingezogen. Es war ein älteres Ehepaar, das sein Haus in Bergsbrunna verkauft hatte. Gunilla hatte die Frau bislang nur flüchtig gegrüßt.

Sie ging von einem Zimmer zum nächsten und ließ alle Jalousien herunter. Die Zeitung lag noch aufgeschlagen auf dem Küchentisch, und sie faltete sie ordentlich zusammen.

In den Sechsuhrnachrichten wurde der Mord an John nicht erwähnt. Sie schaltete weiter, um die Lokalnachrichten von TV 4 zu gucken, aber sie waren schon vorbei, und der Wetterbericht interessierte sie nicht im geringsten. Nicht jetzt.

»Beruhige dich«, sagte sie laut zu sich selbst.

Wahrscheinlich handelte es sich einfach um einen Kaninchenhasser, einen kranken Menschen. Im Kopf ging sie die Mieter der umliegenden Häuser durch. Gab es unter ihnen jemanden, dem zuzutrauen war, ein Kaninchen zu erdrosseln und ihm den Bauch aufzuschlitzen? Nein. Cattis konnte zwar manchmal schwierig sein und hatte an allem und jedem herumzumeckern, aber so weggetreten war sie nun doch wieder nicht.

Der Wind war stärker geworden, und Gunilla glaubte zu hören, wie der Körper des Kaninchens rhythmisch gegen den Zaun schlug. Sie wußte, daß sie den Kadaver herunterholen sollte, zögerte jedoch, erneut auf die Terrasse hinauszugehen. Selbst wenn sie die Polizei noch einmal anrief, was konnten die schon tun? Die Beamten waren sicher vollauf mit dem Mord an John beschäftigt und würden keine Zeit haben, sich mit dem gewaltsamen Tod eines Kaninchens zu befassen.

Im Fernsehen hörte sie die Stimme des Moderators einer Quizsendung, als sie vorsichtig die Tür aufschob und gleichzeitig den Lichtschalter betätigte. Die Wandlampe auf der Terrasse ging nicht an, und Gunilla versuchte es noch ein weiteres Mal, mit dem gleichen Ergebnis. Ein Zweig der Traubenkirsche, die Martin gepflanzt hatte, schlug gegen das Plastikdach. Mußte er sie auch so nah hierhersetzen, hatte sie noch gedacht, bevor sie sah, daß das Kaninchen verschwunden war. Es dauerte eine ganze Weile, bis sie es im Schnee entdeckte, so weiß, wie es war. War es heruntergeweht worden oder hatte es jemand losgemacht und in den Schnee geworfen?

Atemlos schaute sie zum Wald hinüber und versuchte sich zu ducken, um im Licht, das aus der Wohnung ins Freie fiel, nicht so deutlich gesehen zu werden. Die Kiefern neigten sich im Wind. Der Ast des Traubenkirschbaums kratzte über das Dach. Auf Strümpfen machte sie vorsichtig ein paar Schritte. Sie konnte Ansgar doch nicht so liegen lassen. Die Leute würden glauben, daß sie ihn selber dorthin geworfen hatte. Malin würde ihr das niemals verzeihen.

Gunilla Karlsson bekam Angst, war aber seltsamerweise nicht erstaunt, als eine Hand ihr den Mund zuhielt, während sich gleichzeitig ein Arm um ihre Taille legte. Sie versuchte den Angreifer zu beißen, schaffte es jedoch nicht, den Mund aufzureißen.

»Man soll in der Stadt keine Kaninchen halten«, flüsterte eine Stimme, die sie nur zu gut kannte, aber niemandem zuordnen konnte.

Der Atem des Mannes stank widerwärtig. Gunilla versuchte auszuschlagen wie ein scheuendes Pferd, hatte aber keine Kraft in den Beinen. Der Mann gluckste nur, so als würde ihr Widerstand ihn amüsieren.

»Wir gehen jetzt rein«, sagte er mit samtener Stimme.

Gunilla versuchte vergeblich, die Erinnerung an diese Stimme mit einer Person zu verknüpfen. Wie idiotisch sie sich doch benommen hatte. Er mußte im Schatten hinter der Tür gehockt haben. Sie wurde durch die Terrassentür ins Haus gezogen, ohne den Mann von vorne sehen zu können. Er löschte das große Licht, indem er mit dem Rücken auf den Knopf drückte, schleppte sie weiter ins Zimmer hinein und versetzte ihr einen leichten Stoß, so daß sie hilflos auf die Couch fiel.

»Hallo, Gunilla«, sagte er, »ich wollte dich nur mal besuchen.«

Sie durchforstete ihr Gedächtnis. Die Stimme klang so bekannt. Sie studierte das Gesicht. Es war schmal, zwei tiefe Furchen liefen wie Mondsicheln über die Wangen, der Mann trug einen schwarzen Bart und war fast kahl, um seinen Mund spielte ein Grinsen, das ihr Angst einjagte und sie verwirrte.

»Ich rede mit dir!«

»Bitte?« sagte Gunilla.

Natürlich hatte sie gesehen, daß seine Lippen sich bewegten.

»Erkennst du mich?«

Gunilla nickte. Plötzlich wußte sie, wer er war. Sie begann zu zittern.

»Was willst du von mir?«

Der Mann grinste. Er hatte schlechte Zähne, sie waren faulig und voller Zahnstein.

»Hast du das Kaninchen getötet?«

Vincent Hahns Gesichtszüge erstarrten zu einer Maske, einer grinsenden Maske.

»Ich will deine Brüste sehen«, sagte er.

Sie zuckte zusammen, als hätte er sie geschlagen.

»Du darfst mich nicht anrühren«, schluchzte sie.

»Das hast du schon mal gesagt, aber jetzt habe ich hier das Sagen.«

Er sieht nicht besonders kräftig aus, dachte sie, er hat schmale Schultern und dünne Handgelenke, aber sie wußte, wie leicht man sich in so etwas täuschen konnte. Sogar Kinder, die einen Wutanfall bekamen, vermochten ungeahnte Kräfte freizusetzen. Sie hatten auf der Arbeit über Selbstverteidigung gesprochen, und eine ihrer Kolleginnen hatte einen Kurs besucht. Gunilla wußte, daß sie eine Chance hatte, sofern sich ihr eine Gelegenheit bot. Kein Mensch war unverletzbar.

»Wenn du mich deine Brüste sehen läßt, gehe ich wieder.«

Er sieht müde aus. Nimmt er vielleicht Medikamente?

»Dann gehe ich«, wiederholte er und beugte sich vor, so daß sie den sauren Atem aus seinem Mund roch. Sie gab sich alle Mühe, ihren Ekel zu verbergen.

Worüber soll ich reden?

»Zieh den Pullover aus!«

»Wir haben uns ja ewig nicht mehr gesehen.«

»Sonst lege ich dich auf die Erde.«

Sie stand auf. Plötzlich tat ihr der Mann leid. In der Schule war er immer das Kind gewesen, auf das die übrigen Schüler herabblickten, das sie als Außenseiter betrachteten, eine seltsame Type, die Unsicherheit ausstrahlte.

Es hatte ihm nicht an Freunden gefehlt, und er hatte alle Schuljahre problemlos geschafft. Vor etwa einem Jahr, als sie in dem Schulbuch mit den Fotos der einzelnen Klassen geblättert hatte, war ihr Blick auf die magere Gestalt von Vincent gefallen. Damals hatte sie gedacht, daß er sich auf eigenartige Weise während der gesamten Mittelstufe nicht verändert hatte – schmächtig, pickelig und scheinbar unbeeinflußt von all den Gefühls- und Hormonstürmen, die in seinen Klassenkameraden tobten, nicht zuletzt den Jungen. Er war einfach nur dagewesen, aufmerksam den Lehrern gegenüber, manchmal hochmütig im Umgang mit Gleichaltrigen, aber meistens unterwürfig und darauf bedacht, es allen recht zu machen.

»Ich muß etwas trinken«, sagte sie. »Ich habe solche Angst. Möchtest du ein Glas Wein?«

Er sah sie mit vollkommen ausdrucksloser Miene an. Sie fragte sich, ob er ihre Worte verstanden hatte.

»Möchtest du ein Glas Wein?«

Er packte sie, als sie versuchte an ihm vorbeizugehen. Ihr schmerzte der Arm. Er zog sie an sich, aber es gelang ihr, auf den Beinen zu bleiben.

»Laß mich los. Ich möchte nur ein bißchen Wein trinken. Dann darfst du meine Brüste sehen.«

Zeige keine Angst, dachte sie. Der Gedanke an das erdrosselte Kaninchen mit dem aufgeschlitzten Bauch ließ sie schluchzen. Sie zog den Pullover aus und sah, wie durch Vincent beim Anblick ihres Oberkörpers ein Zittern lief.

»Okay, ein Glas«, sagte er und lächelte.

Er war dicht hinter ihr. Sie konnte seine Körperwärme spüren. Er atmete gepreßt. Die Flasche klirrte gegen das Weinregal. Das Geräusch schien ihn zu stören, denn plötzlich umklammerte er ihre Schulter, so wie Martin es immer getan hatte, wenn sie Schmerzen in Nacken und Schultern hatte, aber dieser Griff war wesentlich fester, und er drehte sie um.

»Du erinnerst dich nicht an mich, was?«

»Doch, sicher«, erwiderte sie, »aber du hast dich verändert.«

»Genau wie du.«

Gunilla befreite sich von seiner Hand und zog den Korkenzieher vom Haken an der Spüle. Vincent Hahn stand direkt neben ihr. Seine säuerlichen, übelriechenden Ausdünstungen drangen in jede Ecke der Küche, und es fuhr ihr durch den Kopf, daß sie die Küche nie mehr sauber bekommen würde.

»Magst du Rotwein?« fragte sie und hielt die Flasche hoch.

Der Schlag kam völlig unerwartet, für Vincent wie für sie selber. Alles geschah reflexartig wie bei einem Tier, das sich instinktiv verteidigt.

Die Flasche traf ihn an Schläfe und Stirn; Wein spritzte in einer Kaskade über die ganze Küche. Gunilla vollendete die Attacke, indem sie mit dem Korkenzieher auf seine Brust einstach.

Vincents Gesicht verzerrte sich vor Überraschung und Schmerz. Er schwankte, tastete über den Küchentisch und fand Halt an einer Stuhllehne. Er glitt zu Boden und zog im Fallen den Stuhl mit. Wein und Blut vermischten sich.

Gunilla blieb sekundenlang wie gelähmt stehen, die zerbrochene Flasche in der rechten, den Korkenzieher in der linken Hand, vorgebeugt, angespannt, auf einen Gegenangriff gefaßt, doch der Mann zu ihren Füßen rührte sich kaum. Die Blutlache auf dem Fußboden wuchs wie eine dunkle Rose. Der Blutgeruch vermischte sich mit dem schweren Aroma des Rioja.

Seine Beine zuckten, ein schwaches Röcheln war zu hören, und er schlug die Augen auf.

»Du dreckiges Schwein«, sagte sie und senkte die Flasche zu seinem Gesicht, ließ die scharfkantige Waffe jedoch plötzlich los und lief aus der Küche, bekam die Haustür auf und stürzte in die Dezemberdunkelheit hinaus.

Kälte schlug ihr entgegen. Sie rutschte im Schnee aus, rannte jedoch weiter. Ihr Schrei hallte über den ganzen Hof. Die Nachbarn sagten hinterher, sie habe geklungen wie ein verletztes und verängstigtes Tier in der Nacht.

Åke Bolinder, der in dem freistehenden Mietshaus wohnte und gerade seinen Schäferhund von der Leine gelassen hatte, war als erster vor Ort. Als er im Laufschritt um die Ecke der Waschküche bog, erblickte er eine Frau, die auf die Erde sank. Er erkannte auf der Stelle Gunilla Karlsson. Zwar kannte er sie nicht besonders gut, aber er war ihr bei Mieterversammlungen und vielleicht auch ein-, zweimal im Supermarkt begegnet.

Er beugte sich über sie, roch den Weindunst, der von ihrem Körper ausging und registrierte ihren krampfhaften Griff um den Korkenzieher. Er befahl dem Hund, sitz zu machen, beugte sich erneut über sie und war sich nicht sicher, was er tun sollte. Er schaute zur sperrangelweit offenstehenden Tür ihrer Wohnung hinüber.

Bolinder war ein friedlicher Mann um die Fünfzig, Junggeselle und sehr auf seine äußere Erscheinung bedacht. Er starrte auf Gunillas Brüste herab, auf den schwarzen BH, der sich scharf vom Schnee absetzte, fiel auf die Knie und strich ein wenig von den Haaren zur Seite, die ihr Gesicht verbargen. Was ist, wenn sie sich übergibt, dachte er und schreckte zurück. Doch ihr Gesichtsausdruck strahlte beinahe so etwas wie innere Ruhe aus. Weiter weg hörte man Laufschritte, eine Balkontür wurde geöffnet, und eine Stimme rief etwas, das er nicht verstehen konnte.

Der Hund, der gehorsam einen Meter neben ihm saß, begann zu knurren. Bolinder sah auf und folgte dem Blick seines Hundes. In der Türöffnung tauchte ein Mann auf, dessen Gesichtszüge schmerzverzerrt und haßerfüllt waren. Bolinder hörte ihn keuchen.

Jupiter, der Schäferhund, schlug an. Bolinder stand auf.

»Was ist passiert?« fragte er, und im gleichen Moment ging Jupiter zum Angriff über. Ob es nun die Furcht in der Stimme seines Herrchens war oder die Tatsache, daß der Mann in der Tür einen Schritt nach vorn machte, wußte Bolinder nicht, aber der Sprung des Hundes kam völlig unerwartet.

Nie zuvor hatte Jupiter versucht ihn zu beschützen, geschweige denn aggressive Tendenzen gezeigt. Er war ebenso friedlich wie sein Herrchen, beliebt bei allen Kindern der Siedlung. Jetzt stürzte er los, zähnefletschend und mit gesträubtem Fell.

Der Mann im Türrahmen wankte und schaffte es im letzten Moment, die Tür zu schließen. Bolinder sah, wie Jupiter zum Sprung ansetzte, und hörte den schweren Hundekörper gegen die Tür schlagen und anschließend auf die Erde fallen.

Blitzschnell war das Tier wieder auf den Beinen und bellte wütend. Bolinder rief seinen Hund, aber der nahm keine Notiz von seinem Herrchen. Die Frau bewegte sich langsam, und Bolinder beugte sich erneut über sie. Sie schlug die Augen auf und zuckte zusammen, als sie die Gestalt ihres Nachbarn erblickte, stützte sich auf den Ellbogen und starrte zu ihrer Wohnung und dem bellenden Hund hinüber.

»Er hat versucht, mich zu vergewaltigen«, sagte sie.

Auf einmal wurde sie sich ihres fast nackten Oberkörpers bewußt, setzte sich auf und verschränkte die Arme vor der Brust. Bolinder zog seine Jacke aus und legte sie ihr sanft über die Schultern.

Trotz des Schmerzes und der unerwarteten Wendung, die das ganze genommen hatte, war er geistesgegenwärtig genug gewesen, sich im Badezimmer ein Handtuch zu greifen und das Blut vom Kopf zu wischen. Er preßte das Handtuch gegen seinen pochenden Schädel, faßte sich an die Stirn und tastete vorsichtig die Platzwunde ab. Er glaubte nicht, daß sein Stirnbein gebrochen war, aber die Wunde sah übel aus. Die Flasche hatte ihn über der Augenbraue getroffen, und er begriff, daß von dort das viele Blut kam.

Der Korkenzieher hatte die Hemdbrust durchstochen und war einen Zentimeter tief ins Fleisch eingedrungen, dann jedoch gegen das Brustbein gestoßen. Vincent Hahn war nicht verwirrt, sondern eher verblüfft über Gunillas unerwartete Attacke. Er hatte geglaubt, sie in der Hand zu haben, aber sie hatte ihn reingelegt. Jetzt mußte er fliehen. Vom Hof vor dem Haus drangen das Bellen des Hundes und erregte Stimmen zu ihm herein. Er warf das blutverschmierte Handtuch auf die Erde, zog ein sauberes vom Haken, drückte es an den Kopf und verschwand auf dem gleichen Weg in der Dunkelheit, auf dem er auch gekommen war.

Er lief. Ihm wurde schwindlig, aber er lief weiter. Im Wald kannte er sich aus, und er wußte, wo die einzelnen Spazierwege verliefen. Wenn er den schnellsten Weg nach Hause einschlagen würde, wäre er schon in fünf, sechs Minuten daheim, aber er mußte einen Umweg durch den Wald nehmen, um Menschen aus dem Weg zu gehen.

Wo sollte er hin? Wie lange konnte er zu Hause bleiben, bis die Polizei bei ihm auftauchen würde? Gunilla hatte ihn wiedererkannt. Er war zwar in der Bergslagsresan nicht gemeldet, da er die Wohnung nur als Untermieter bewohnte, aber die Polizei würde unverzüglich anfangen herumzuschnüffeln und mit Sicherheit seine Adresse herausfinden; vielleicht durch das Krankenhaus oder seine ehemalige Schwägerin. Sie war die einzige, die ihn noch besuchte, seit er nach Sävja gezogen war.

Wer sollte ihn aufnehmen? Er hatte niemanden, der ihm Schutz geben, seine Wunden versorgen und ihn ausruhen lassen konnte. Und wer würde sich um Julia kümmern? Er schluchzte und lief stolpernd weiter. Er mußte zu ihr, der Polizei zuvorkommen. Niemand sollte Julia begrapschen dürfen. Er könnte sie im Wald verstecken. Dort würde sie zwar naß werden und frieren, aber das wäre immer noch besser, als in die Hände eines Polizisten zu geraten.

Er erreichte Bergsbrunna gård. Hier war er einmal bei einem Spaziergang vorbeigekommen und kannte sich aus. Hinter der Stallwand wieherten die Pferde. Er fror. Es mußten mindestens fünfzehn Grad unter Null sein. Die Wunde an der Stirn fühlte sich steif an. Ratlos stand er auf dem Hof neben dem Stall. Sollte er hineingehen? Gegen Pferde hatte er nichts. Es waren stattliche und kluge Tiere, aber es gab dort auch Katzen. Er hatte sie gesehen, eine weiße und eine hellbraune.

In der Ferne hörte er Hundegebell und begriff, daß die Polizei unter Umständen Hunde einsetzte, um ihn aufzuspüren. Dann würden sie ihn bald einholen. Der Stall bot ihm keinen Schutz.

Er lief zwischen zwei Weiden hindurch. Der Schnee war abseits des Weges tiefer, und er stapfte mühsam weiter. Seine Kräfte ließen nach, und er keuchte vor Anstrengung. Am Ende des Feldwegs glommen Lichter. Auf dem Platz vor dem Haus stand ein Weihnachtsbaum. Er hatte das Gefühl, das alles schon einmal erlebt zu haben. In der Kälte um sein Leben rennen zu müssen, keine Freunde zu haben, sich nur auf sich selber verlassen zu können. Er hatte Stiche in der Brust.

Er stieß auf die Eisenbahnlinie und folgte den Gleisen in nördlicher Richtung. Gleich würde er den Bahnübergang erreichen. Er hatte von Landstreichern in den USA gehört, die auf Güterzüge aufsprangen und auf der Suche nach Arbeit durch den ganzen Kontinent reisten, aber hier donnerten die Züge in rasendem Tempo vorbei.

Unschlüssig blieb er stehen. Ein Auto näherte sich zwischen den Feldern auf der anderen Seite des Bahnübergangs. Die Lichter des Wagens warfen gelbe Strahlen über das Fußballfeld. Vincent lief zur Kreuzung und warf sich auf die Straße.

Das Auto kam näher. Es war ein Diesel, das hörte er am Motorengeräusch. Plötzlich traf ihn das Scheinwerferlicht. Er schloß die Augen, hob jedoch einen Arm wie ein Mensch in Seenot. Für einen Moment glaubte er, das Auto würde vorbeifahren, aber dann machte es eine Vollbremsung.

Die Autotür wurde aufgeschlagen, und ein Mann lief herbei.

»Was ist passiert?«

Vincent wimmerte.

»Ich bin angefahren worden.«

»Hier?«

Vincent stützte sich auf den Ellbogen und nickte.

»Von einem Auto. Es ist abgehauen. Können Sie mir helfen?«

»Ich rufe einen Krankenwagen«, sagte der Mann und holte sein Handy aus der Tasche.

»Nein, fahren Sie mich lieber ins Krankenhaus.«

Der Mann ging in die Hocke und begutachtete Vincent etwas genauer.

»Sie haben ordentlich was abbekommen.«

»Ich bezahle Sie.«

»Das ist nicht nötig, das wäre ja noch schöner. Können Sie gehen?«

Vincent kam mühsam auf alle viere. Der Mann half ihm beim Aufstehen und ins Auto.

Viro ließ sich für ein paar Sekunden von Jupiters Geruch verwirren, ehe er an der Leine zog. Der Hundeführer folgte ihm. Trotz der ernsten Situation mußte er lächeln, als er Viros Eifer sah.

Nach einer Viertelstunde erreichten sie den Bahnübergang. Ein Zug rauschte in südliche Richtung vorbei. Hier verlor sich die Spur. Viro schaute sich verwirrt um, sah sein Herrchen an und wimmerte.

»Entweder hatte er hier ein Auto geparkt oder er ist mitgenommen worden«, meinte Nilsson, der sich dem Hundeführer angeschlossen hatte.

Die Männer sahen sich um. Viro folgte der Spur ein paar Meter zurück, drehte wieder um und stellte erneut fest, daß sie hier endete.

»Wo kann er nur hin sein?«

»In die Ambulanz«, erwiderte der Hundeführer. »Er ist doch verletzt. Hier sind sogar Blutspuren.«

»Ich glaube, Fredriksson hat sofort im Krankenhaus angerufen. Wenn ich richtig gehört habe, wollte er auch einen Wagen hinschicken.«

Nilsson holte sein Handy heraus und rief Allan Fredriksson an, der noch in Gunilla Karlssons Wohnung war.

Sie saßen im Wohnzimmer. Kriminalinspektor Allan Fredriksson putzte sich die Nase. Er tat der Frau, die ihm gegenübersaß, leid. Es war bereits das fünfte Mal, daß er sein buntes Taschentuch hervorholte. Er sollte eigentlich zu Hause sein und sich auskurieren.

»Er ist Richtung Bergsbrunna gelaufen, und dort hat sich die Spur verloren«, sagte Fredriksson, nachdem er das Gespräch mit Nilsson beendet hatte.

Er konnte noch die Angst in Gunillas Augen sehen.

»Wir lassen einen Streifenwagen hier«, sagte er und steckte das Taschentuch wieder weg.

Seine gelassene Miene und ruhige Stimme brachten sie dazu, sich ein wenig zu entspannen. Das Zittern, das kurz nach Vincents Verschwinden eingesetzt hatte, hörte auf.

»Sie sagten, Sie kannten ihn?«

»Ja, er ist ein alter Schulkamerad. Er heißt Vincent, aber ich erinnere mich nicht mehr an seinen Nachnamen. Er liegt mir auf der Zunge, es ist ein deutscher Name. Ich könnte eine Freundin anrufen, sie weiß ihn bestimmt.«

»Das wäre nicht schlecht.«

»Hahn«, rief sie plötzlich aus, »so heißt er!«

»Vincent Hahn?«

Gunilla nickte. Fredriksson rief augenblicklich den diensthabenden Beamten an und leitete die Information weiter.

»Haben Sie ihn nach der Schulzeit noch getroffen?«

»Nein, ich habe ihn ein paarmal in der Stadt gesehen, das ist alles.«

»Sie gingen in die gleiche Klasse?«

»In die Parallelklasse, aber wir hatten ein paar Fächer gemeinsam.«

»Er hat Sie nicht angerufen oder auf andere Weise versucht, Kontakt zu Ihnen aufzunehmen?«

»Nein.«

»Was glauben Sie, warum ist er zu Ihnen gekommen?«

»Ich habe keine Ahnung. Er ist schon immer ein wenig seltsam gewesen. Das war er schon in der Vaksalaschule. Er war oft allein. Ich glaube, daß er irgendwie religiös war. Wunderlich jedenfalls.«

Fredriksson sah zu Boden.

»Er hat gesagt, er wolle Ihre Brüste sehen?«

»Ja, dann würde er wieder gehen.«

»Haben Sie ihm das geglaubt?«

»Nein, er sah so wüst aus.«

»Es ist also nicht so, daß sie früher ein Verhältnis mit ihm hatten?«

»Niemals.«

»Sind Sie ihm vielleicht mal bei der Arbeit begegnet?«

»Ich bin Vorschullehrerin.«

»Er hat niemals Kinder in die Tagesstätte gebracht?«

»Ich kann mir nicht vorstellen, daß er überhaupt Kinder hat.«

Fredriksson sah sie an. Bluffte sie? War der Mann ein verschmähter Liebhaber, der zurückgekehrt war? Aber warum sollte sie ihm das verschweigen? Er beschloß, ihr zu glauben.

»Es war mutig, ihn zu schlagen«, sagte er.

»Ich dachte, er würde sterben. Er hat so stark geblutet. Dabei hatte ich die Flasche in der rechten Hand. Ich bin Linkshänderin.«

»Er hat nichts gesagt, was sein Eindringen erklären könnte? Denken Sie nach.«

Nachdem sie eine Weile überlegt hatte, verneinte Gunilla.

»Da war die Sache mit dem Kaninchen. Er hat es bestimmt erdrosselt.«

Sie erzählte von Ansgar, daß er am Zaun aufgehängt und sein Bauch später aufgeschlitzt worden war und daß sie am Morgen angerufen und das ganze gemeldet hatte.

»Es paßte ihm nicht, daß Kaninchen in der Stadt gehalten werden?«

»Scheint so.«

»Und deshalb bringt er sie um«, konstatierte Fredriksson verblüfft.

Obwohl er seit vielen Jahren bei der Polizei war, wunderte er sich immer von neuem über das Verhalten der Menschen.

»Aber dann wäre es doch eigentlich besser, er würde sie freilassen«, meinte er.

»Und die Kaninchenbesitzer erwürgen«, erwiderte Gunilla.

Ryde trampelte herein. Er sagte kein Wort, starrte nur seinen Kollegen an.

»Die Küche«, sagte Fredriksson, und Ryde machte auf dem Absatz kehrt.

Fredriksson wußte, wenn Ryde so aussah, hatte es keinen Zweck, ihm mit einer Menge Informationen oder gespielter Munterkeit zu kommen.

»Es ist lustig, na ja, lustig ist vielleicht nicht das richtige Wort«, erklärte Gunilla, »aber ich habe heute ziemlich oft an die Vaksalaschule denken müssen. Dieser Mann, der kürzlich ermordet worden ist, war ja auch ein Schulkamerad von mir. Und dann kommt dieser Verrückte.«

Der Kriminaltechniker, der ihre Äußerung gehört hatte, kehrte ins Wohnzimmer zurück.

»John Jonsson war ein Schulkamerad von Ihnen?«

Rydes Stimme eignete sich nicht für den Kontakt mit der Allgemeinheit, vor allem dann nicht, wenn er mitten in der Arbeit steckte. Gunilla sah ihn an.

»Sind Sie auch Polizist?«

Fredriksson konnte sich ein Grinsen nicht verkneifen.

»Das ist Eskil Ryde«, sagte er, »der beste Mann der Spurensicherung in unserer Stadt.«

»Der einzige«, berichtigte Ryde, »aber erzählen Sie von John.«

Gunilla seufzte, und Fredriksson sah jetzt, wie erschöpft sie war.

»John kenne ich besser«, begann Gunilla. »Wir sind uns ab und zu begegnet. Ich kenne auch seine Frau.«

»Ich möchte Ihnen eine sehr direkte Frage stellen, Sie müssen meine Aufdringlichkeit entschuldigen«, sagte Fredriksson, und Ryde schnaubte, »aber sind Sie mit John zusammengewesen?«

»Nein, wie kommen Sie denn darauf?«

»Sie haben so schnell hinzugefügt, daß Sie auch Johns Frau kennen.«

»Ja und, ist das so seltsam?«

»Was haben Sie gedacht, als Sie gehört haben, daß John ermordet wurde?«

»Ich war natürlich entsetzt. Ich mochte ihn«, antwortete Gunilla und sah Fredriksson mit festem Blick an, so als wollte sie sagen: Kommen Sie mir jetzt nicht mit irgendwelchen Andeutungen. »Er war nett, ein bißchen schweigsam. In der Schule machte er nicht viel Aufhebens von sich. Wir sind uns übrigens letzten Herbst begegnet. Da war er richtig aufgekratzt, was ein wenig ungewöhnlich für ihn war. Ich habe ihn gefragt, was mit ihm los sei, und er meinte, er habe vor, ins Ausland zu reisen.«

»In ein bestimmtes Land?«

»Nein, aber ich hatte das Gefühl, daß es weit weg gehen sollte.«

»Wann wollte er fahren?«

»Das weiß ich nicht, davon hat er nichts gesagt.«

»Man sagt doch schon mal, daß man in die Sonne fahren will«, meinte Fredriksson.

»Er hat es eher scherzhaft gesagt, einfach so, aber ich hatte trotzdem den Eindruck, daß er es irgendwie ernst meinte.«

»Sie haben nicht genauer nachgefragt?«

»Wir hatten es beide eilig und wechselten nur ein paar Worte miteinander.«

»Seither haben Sie ihn nicht mehr gesehen?«

»Es war das letzte Mal«, erwiderte Gunilla Karlsson und schluchzte endlich auf. Fredriksson war beinahe erleichtert.

16

Der Barkeeper betrachtete ihn gleichgültig, während er Gläser abtrocknete. Lennart trank einen Schluck Bier und sah sich im Lokal um. Einer der bekanntesten Juristen der Stadt saß einsam an einem Fenstertisch. Lennart war ihm einmal in einer Verhandlung begegnet, in welcher wußte er nicht mehr. Nun führte der Anwalt bei einem doppelten Whisky in eigener Sache das Wort. Es war bestimmt nicht sein erster, denn er redete mit sich selbst, den Kopf in die linke Hand gestützt, während die rechte krampfhaft das Glas festhielt.

»Und«, sagte Lennart und drehte sich wieder zu dem Mann hinter dem Tresen um. Lennart wußte, daß seine Teilnahmslosigkeit gespielt war, aber im Moment hatte er keine Zeit für unnötige Verzögerungen.

»Es ist schon was her, daß er hier war«, sagte der Barkeeper.

»Wann?«

»Ich erinnere mich nicht mehr.«

»Wo kann ich ihn finden?«

Der Mann schien abzuwägen, wie viele Probleme er einerseits bekommen würde, wenn er bei seiner passiven Haltung dem vorwitzigen Fragesteller gegenüber blieb, und welche

Schwierigkeiten ihm andererseits Mossa machen würde, wenn er verriet, was er wußte. Er entschied sich für die im Augenblick bequemste Lösung.

»Versuch's mal im ›Kroken‹«, sagte er, aber das war eher ein Test, wie gut sich der Besucher auskannte, denn ›Kroken‹ war der Name eines illegalen Spielclubs in einem Keller im Stadtzentrum. Offiziell hauste dort ein Importeur von Spielsachen aus Südostasien und Handtüchern aus dem Baltikum, aber diese Geschäftsaktivitäten beschränkten sich auf einen handgeschriebenen Zettel an der Tür, POS Import, und ein Dutzend Kisten mit Plastikschußwaffen, die man an einer Wand aufgestapelt hatte.

»Er geht nie ins ›Kroken‹«, sagte Lennart und wandte sich wieder seinem Bier zu, um dem Barkeeper eine zweite Chance zu geben. Wenn er noch so einen idiotischen Vorschlag machte, würde Lennart handgreiflich werden müssen.

Der Anwalt am Fenstertisch erhob sich auf wackligen Beinen, warf einen Fünfhunderter auf den Tisch und ging mit schwer erkämpfter Nonchalance zur Tür. Der Barkeeper eilte hin, räumte die Gläser vom Tisch und schnappte sich dabei den Geldschein.

Lennart dachte an Mossa. Wo konnte er nur sein? Er hatte ihn seit Wochen nicht mehr gesehen. Mossa verteilte seine Gunst auf Stockholm und Uppsala, und gelegentlich fuhr er sogar bis nach Dänemark. Lennart hegte den Verdacht, daß ihn nicht nur Spiele nach Kopenhagen führten. Es war von Stoff die Rede, obwohl Lennart nicht glaubte, daß der Iraner so bescheuert war, mit Drogen zu dealen.

Mossa war Spieler und bekannt für seine Vorsicht. In den letzten Jahren war er nicht mehr mit dem Gesetz in Konflikt geraten, was jedoch nicht bedeutete, daß er auf dem Pfad der Tugend wandelte, sondern lediglich zeigte, wie geschickt er sich verhielt. Er stand in dem Ruf, Polizei und Staatsanwaltschaft könnten ihm nichts anhaben.

Lennart kannte ihn seit etwa zehn Jahren. Er wußte, daß John manchmal mit Mossa gespielt hatte, daß er den schweigsamen schmächtigen Mann gemocht hatte. John setzte zwar nur selten größere Beträge und niemals in den Partien, in denen ordentlich zugelangt wurde, war aber dennoch ein gern gesehener Mitspieler, wenn es um geringere Einsätze ging, bei den gemütlichen Zwischenspielen, in denen nicht das Geld, sondern die Geselligkeit wichtig war.

Mossa spielte nie in Clubs, außer ganz selten einmal Roulette; wenn es ums Kartenspiel ging, hielt er sich an private Spielrunden.

Lennart war ein paarmal mit von der Partie gewesen, verfügte aber letztlich weder über das nötige Geld noch die erforderliche Ausdauer.

»Ich habe gehört, daß er in Stockholm ist«, sagte der Barkeeper, »zu Weihnachten aber wieder in die Stadt kommen soll. Seine Mutter wohnt ja hier.«

Na also, es wird, dachte Lennart. Er wußte, wo die Mutter wohnte, aber sich bei ihr nach ihrem Sohn zu erkundigen, kam nicht in Frage. Mossa würde ausrasten. Es gab andere Wege.

»Danke«, sagte er und legte einen Hunderter auf die Theke.

Er trat auf die Kungsgatan hinaus und folgte der Sankt Persgatan in östlicher Richtung. Vor dem Haus der Heilsarmee blieb er stehen, steckte sich eine Zigarette an und betrachtete das Haus, in dem er als Wölfling gewesen war, allerdings nur einmal. Das war beim Osterfest der Pfadfinder gewesen, und er hatte jede Menge Eier gegessen. Bengt-Ove, ein Nachbarsjunge, hatte ihn dorthin gelockt.

Später war er einmal im Suff in das Heilsarmeehaus hineingestolpert. Im Foyer wurde er von Bengt-Ove empfangen, der seit seiner Wölflingszeit dabeigeblieben war. Sie hatten sich ein paar Sekunden lang angesehen, und dann hatte Lennart wortlos auf dem Absatz kehrtgemacht.

Damals hatte er sich dafür geschämt, daß er betrunken war und so abgerissen aussah, und jedesmal, wenn er an dem Haus vorbeikam, regte sich diese Scham wieder in ihm. Im

Grunde war Bengt-Ove ganz in Ordnung. Er hätte Lennart bestimmt keine Vorwürfe gemacht, und ihn wegen seines Lebenswandels, seiner stinkenden und zerrissenen Kleider, seiner Fahne und seines Lallens nicht getadelt. Damals war er am Boden gewesen, und in seinem Rausch hatte er sich an das Osterfest der Wölflinge vor dreißig Jahren erinnert, so als wäre er durch seinen einzigen Besuch in diesem Haus jemand, der dazugehörte.

Lennart fragte sich manchmal, was wohl passiert wäre, wenn er damals geblieben wäre. Er hatte ein paar Freunde, die bekehrt worden waren und der Kriminalität und dem Alkohol abgeschworen hatten. Wäre ihm das auch gelungen? Er glaubte es nicht, aber sein Besuch bei der Heilsarmee hatte den Gedanken an ein anderes Leben in ihm geweckt. Er gab es nur ungern zu, aber er betrachtete den hastig abgebrochenen Besuch inzwischen als eine vertane Chance. Im Grunde hatte er sich das wie so oft erst im nachhinein zurechtgelegt; es war ein schöner Gedanke, vor allem in Momenten großer Reue.

Er gab niemandem eine Schuld. Früher hatte er das getan, doch mittlerweile war sein Weltbild so abgeklärt, daß er wußte, sein Leben lag einzig und allein in seiner Hand. Was nützte es da, von Ungerechtigkeiten zu schwafeln? Er hatte seine Chance gehabt. Lennart ging weiter.

Die Liste mit den Namen steckte in der Brusttasche seiner Jacke. Drei hatte er abgehakt, es blieben also noch fünf Personen, zu denen er Kontakt aufnehmen wollte. Er würde erst ruhen, wenn der Mörder seines Bruders umzingelt werden konnte. Seine acht Waffenbrüder mußten ihm dabei helfen.

Er beschloß, zu Micke zu gehen. Sie hatten seit dem Mord an John noch nicht miteinander gesprochen. Er wußte, daß Micke von der Polizei verhört worden war. Vielleicht hatte er bei der Gelegenheit das eine oder andere aufgeschnappt.

Micke Andersson wollte gerade ins Bett. Die letzten Tage hatten ihn völlig geschafft, trotzdem fand er keinen Schlaf.

»Du bist es?«

Micke mochte Lennart nicht, aber er war trotz allem Johns Bruder.

»Das mit John tut mir leid«, fuhr er fort.

Lennart betrat, ohne ein Wort zu erwidern, die Wohnung, auf jene selbstverständliche Art, die Micke so verabscheute.

»Hast du ein Bier?«

Micke war erstaunt, daß er überhaupt fragte. Meistens ging Lennart einfach zum Kühlschrank und nahm sich, was er wollte.

»Ich hab gehört, die Bullen haben mit dir geredet«, sagte Lennart und öffnete die Büchse.

Micke nickte, er setzte sich an den Küchentisch.

»Was haben sie gesagt?«

»Sie haben mich nach John gefragt. Er ist an dem Tag hier gewesen, an dem er gestorben ist.«

»Wirklich? Davon hat mir bisher keiner was gesagt.«

»Doch, er war am späten Nachmittag hier.«

»Was wollte er denn?«

»Was glaubst du?«

Die Müdigkeit ließ Micke gereizt auf Lennarts Fragen reagieren.

»Schon gut, was hat er gesagt?«

»Wir haben uns ganz normal unterhalten.«

»Worüber?«

Micke begriff, daß Lennart es wirklich wissen wollte, und versuchte sich das Bild eines lebendigen John ins Gedächtnis zu rufen, der zwar nicht sorglos, aber doch recht zufrieden gewesen war mit seinen Alkoholtüten und einer Familie, zu der er nach Hause gehen konnte.

»Er hat nichts gesagt?«

»Worüber?«

»Über irgendein krummes Ding, du weißt schon, was ich meine.«

Micke stand auf und holte sich auch ein Bier.

»Er hat nichts Ungewöhnliches gesagt.«

»Denk nach.«

»Ja, glaubst du denn, ich hätte nicht nachgedacht. Jede verdammte Sekunde habe ich darüber nachgegrübelt.«

Lennart betrachtete den Freund seines Bruders, als würde er dessen Aussage bewerten, und trank einen Schluck Bier, ohne Micke aus den Augen zu lassen.

»Glotz nicht so«, sagte Micke.

»Habt ihr irgendeine Scheiße am Laufen gehabt?«

»Red keinen Quatsch!«

»Pferde und so ein Scheiß, womit ihr euch abgegeben habt«, sagte Lennart, der nur selten in die Tippgemeinschaften aufgenommen wurde, die sich bildeten und wieder auflösten, vor allem, weil sich niemand auf seine Zahlungsfähigkeit verlassen wollte.

»Nichts«, versicherte Micke in einem Tonfall, der versuchte, bestimmt zu klingen, aus dem Lennart jedoch Unsicherheit zu erahnen meinte, genau wie aus Mickes Blick, der für Sekundenbruchteile unstet flackerte.

»Bist du da ganz sicher«, sagte er. »Es geht um meinen einzigen Bruder.«

»Es geht um meinen besten Freund«, erwiderte Micke.

»Wehe, du lügst.«

»Willst du sonst noch was wissen? Ich muß pennen.«

Lennart schlug einen anderen Ton an.

»Du kommst doch zur Beerdigung?« sagte er.

»Natürlich.«

»Kannst du es begreifen?«

Lennarts Augen und der Blick, den er auf die Tischplatte richtete, so als hoffe er in der abgewetzten Spanplatte eine Erklärung für den Mord an seinem Bruder zu finden, verrieten, wie verzweifelt er tatsächlich war.

Micke streckte den Arm über den Tisch aus und legte seine Hand auf Lennarts Arm. Lennart blickte auf, und wo Micke bei früheren Gelegenheiten ausschließlich Tränen im Suff gesehen hatte, glitzerten nun wirkliche Tränen.

»Nein«, antwortete Micke heiser, »ich kapiere es auch nicht, ausgerechnet John.«

»Ausgerechnet John«, wiederholte Lennart wie ein Echo.

»Das habe ich auch gedacht. Wo es doch so viel anderes Gesocks gibt.«

»Geh jetzt nach Hause und versuch zu schlafen. Du siehst ziemlich fertig aus.«

»Ich werde erst aufhören, wenn ich den Mörder fertiggemacht habe.«

Mickes Gefühle waren zwiespältig. Er wollte Lennarts Litaneien über Rache nicht hören, aber gleichzeitig auch nicht allein gelassen werden. Seine Müdigkeit war verflogen, und er wußte, daß es eine lange Nacht werden würde. Er kannte die Symptome. Jahrelang hatte er unter Schlaflosigkeit gelitten. Zeitweise war es besser geworden und er in tiefen, traumlosen Schlaf gesunken, der fast schon einer Bewußtlosigkeit glich und ihm wie ein Geschenk erschien. Aber dann kehrten die durchwachten Nächte mit den offenen Wunden wieder zurück. So empfand er es jedenfalls: wie brennende Wunden, die sein Inneres verzehrten.

»Was sagt denn Aina?«

»Ich glaube, sie hat es noch gar nicht richtig begriffen«, antwortete Lennart. »Sie wird sowieso allmählich ein bißchen wirr im Kopf, und das hier wird ihr den Rest geben. John ist doch immer ihr Liebling gewesen, seit Margareta gestorben ist.«

Die kleine Schwester der beiden Brüder war 1968 gestorben, als sie unter einen Getränkelaster vor dem Supermarkt auf der Väderkvarnsgatan geriet. Sie war ein Thema, das von den Brüdern tunlichst vermieden wurde. Ihr Name wurde nie genannt, Fotos, auf denen sie zu sehen war, wurden in die hinterste Schublade geräumt.

Manche Leute behaupteten, Aina und Albin hätten sich niemals vom Verlust ihrer Tochter erholt. Einige deuteten sogar an, Albin hätte sich das Leben genommen, als er an jenem Aprilmorgen Anfang der siebziger Jahre auf dem Dach des Skytteanums neben dem Dom ausrutschte. Andere, vor allem seine Arbeitskollegen im Betrieb, meinten hingegen, er habe das Sicherungsseil nicht ordentlich festgemacht und auf den glatten Dachblechen keinen Halt gefunden.

Albin hätte sich niemals das Leben genommen, und selbst wenn es seine Absicht gewesen wäre, seinem Leben ein Ende zu setzen, hätte er dies definitiv nicht während der Arbeitszeit getan, von einem Dach aus, einem Blechdach. Dennoch fiel die Ungewißheit in dieser Frage wie ein Schatten über die Familie, deren Mitglieder auch nach Albins Tod stets nur »die Dachdecker« genannt wurden.

»Aber ich habe nicht viel mit ihr geredet«, gab Lennart zu.

Er stand auf, und Micke dachte, daß er sich ein neues Bier aus dem Kühlschrank holen wollte, doch Lennart trat statt dessen ans Fenster.

»Hast du John gesehen, als er ging? Ich meine, hast du rausgeguckt?«

»Nein«, sagte Micke, »ich bin auf der Couch geblieben und habe Jeopardy geguckt.«

»Erinnerst du dich noch an Teodor?«

»Du meinst Teodor zu Hause? Natürlich.«

»Ich denke manchmal an ihn. Er hat sich um John und mich gekümmert, als mein Vater gestorben war, hat uns Arbeit gegeben.«

»Erinnerst du dich, wenn wir Murmeln gespielt haben?« fragte Micke und lächelte. »Er war phänomenal.«

»John mochte er am liebsten.«

»Er hat doch allen geholfen.«

»Aber John am meisten.«

»Wahrscheinlich, weil er der Kleinste war«, sagte Micke.

»Stell dir vor, wir hätten Lehrer gehabt wie Teodor«, meinte Lennart.

Micke fragte sich, warum Lennart an diese weit zurückliegende Zeit dachte. Johns Tod ließ offenbar die Erinnerung an die gemeinsame Kindheit der Brüder in Almtuna lebendig werden, und dann gab es niemanden, der sich besser dazu geeignet hätte, Erinnerungen auszutauschen, als Micke, der begriff, daß es für Lennart lebensnotwendig war, an die Geborgenheit der frühen Kindheit zurückdenken zu können. Auch Micke hatte nichts dagegen, sich an die kinderreichen Höfe, die Bandyspiele auf dem Eis von Fålhagen und die Leichtathletikwettkämpfe in Österängen zu erinnern.

Es war die beste Zeit unseres Lebens, dachte Micke oft, und er ahnte, daß dies in noch größerem Maße für Lennart galt. Der Kindheit schlossen sich fast nur noch Teufeleien an, angefangen mit der Vaksalaschule, dieser quälenden Anstalt.

Lennart war in die Sonderklasse für auffällige Schüler gekommen, er hatte »Schwierigkeiten, dem Unterricht zu folgen«, und dort fiel er in die Klauen des Steingesichts, dessen Unterricht zu folgen wiederum nicht sonderlich schwer war. Er bestand vor allem aus Tischtennis. Durch zahllose Partien gegen Teodor im Heizungskeller war Lennart ein guter Spieler geworden. Er war so gut, daß er das Steingesicht Spiel um Spiel schlug.

Während Teodor die Tür zum Erwachsenendasein mit dem breiten Gefühlsregister aufstieß, zu dem der schnell gerührte Hausmeister fähig war, bleute das Steingesicht den Schülern hart und schonungslos seine spezielle Lebensweisheit ein.

Daraufhin blieb Lennart dem Unterricht fern. Er streikte. Oder schlug zurück. In der neunten verschwand er immer öfter aus der Schule, die ihm nicht mehr vermittelt hatte als unzureichende Kenntnisse in Lesen und Schreiben. Von Geschichte hatte er keine Ahnung, Mathematik löste bei ihm rasende Wut aus, und im Werkunterricht lief er regelmäßig davon.

Die Billardhalle im »Sivia«, das Restaurant Lucullus, in dem die ersten Pizzen in der Stadt serviert wurden, und der Hügel waren die Alternativen, die Lennart für sich sah. Er stahl, um zu leben, um Billard und Flipper spielen, Zigaretten und Limonade kaufen zu können. Er stahl, um anderen zu imponieren, und prügelte sich, um Angst zu verbreiten. Wurde er schon nicht geliebt, konnte er auch gleich gehaßt werden, schien er zu denken.

Er klagte keinen an, gab nichts und niemandem die Schuld, aber insgeheim haßte er die Lehrer und alle anderen

Erwachsenen. Zu Hause stammelte Albin seine Ermahnungen. Aina wurde »nervös«, hatte sich selber oft nicht mehr im Griff, geschweige denn ihren halsstarrigen Sohn. Aina tröstete sich mit ihrem Jüngsten, John, mußte jedoch hilflos mitansehen, daß sein großer Bruder ihn zu immer wüsteren Eskapaden mitnahm.

»John war ein lieber Kerl«, sagte Micke. Er hörte, wie lächerlich es klang, als er die Worte aussprach.

»Du«, sagte Lennart und setzte sich wieder an den Tisch, »ich hab da über was nachgedacht. Hatte mein Bruder eine andere Braut?«

Micke sah ihn ungläubig an.

»Wie meinst du das? Soll er was mit einer anderen gehabt haben?«

»Keine Ahnung, aber vielleicht hat er dir ja was gesagt.«

»Nein, nie, ich habe ihn nie von einer anderen Frau reden hören. Das glaubst du doch selber nicht. Er hat Berit doch regelrecht angebetet.«

»Ja, du hast wohl recht. Er ist ihr nur mit seinen Zierfischen untreu geworden.«

»Was wird jetzt aus ihnen?«

»Justus macht weiter«, antwortete Lennart.

Micke dachte an Johns Sohn, Papas Liebling. In Justus sah er John als Jugendlichen vor sich. Der Junge war wortkarg, und es war schwierig, Blickkontakt zu ihm zu bekommen. Man hatte stets das Gefühl, daß Justus jeden durchschaute, mit dem er sich unterhielt. Micke hatte sich ihm oft unterlegen gefühlt, so als hielte Justus es nicht für nötig, sein Gehirn mit Mickes Gerede zu belasten, geschweige denn darauf zu antworten.

Andererseits hatte er John schon als Jungen gekannt, und wenn er es recht bedachte, hatte auch er diese Verhaltensweise gezeigt. Wie sein Sohn konnte er überheblich und starrköpfig wirken und sich unwillig zeigen, Kompromisse einzugehen. Deshalb hatten sich Sagge und John auch niemals richtig verstanden, obwohl John so ein geschickter Schweißer war.

Nur im Umgang mit den Menschen, die ihm am nächsten standen, vor allem mit Berit, ging John mehr aus sich heraus, klappte das Visier hoch und zeigte sich von einer anderen Seite, die voller Fürsorglichkeit und trockenem Humor war.

»Wenn überhaupt jemand weitermachen kann, dann sein Junge«, sagte Micke.

Er hatte Lust auf ein weiteres Bier, wußte jedoch, wenn er noch eine Büchse öffnete, würde Lennart das gleiche tun. Und dann würde es nicht bei einer bleiben.

Es ging auf Mitternacht zu, Lennart machte keine Anstalten, nach Hause zu gehen. Micke stand mühsam auf. Er hatte auch morgen wieder einen harten Tag vor sich.

»So ein verdammter Mist, daß es ausgerechnet kurz vor Weihnachten so schneien muß«, sagte er und holte zwei Bier.

17

Berglund war seit einer Stunde auf seinem Posten an der Bushaltestelle der Linie 9 am Vaksala torg. Er hielt seinen Dienstausweis in der einen Hand und ein Foto von John Jonsson in der anderen. Es kam ihm vor, als hätte er bereits Hunderte von Businsassen gefragt, ob sie den Mann auf dem Bild erkannten.

»Ist das der Mann, der ermordet worden ist?« hatte sich eine Frau neugierig erkundigt.

»Erkennen Sie ihn?«

»Ich verkehre nicht in solchen Kreisen«, hatte sie erwidert.

Sie war wie die meisten anderen Fahrgäste mit Tüten und Paketen beladen. Berglund fand, daß die Menschen nicht gerade froh aussahen.

Er war seit vielen Jahren Polizist in Uppsala. Dies war ein Routineauftrag, einer von mehreren tausend, die er im Laufe der Zeit erledigt hatte, aber er wunderte sich immer wieder, wie die Einwohner seiner Stadt reagierten. Heute, bei dem Versuch, einen Mordfall aufzuklären, Überstunden machend und frierend an einer Bushaltestelle, während er eigentlich zusammen mit seiner Frau das Weihnachtsfest vorbereiten sollte, begegneten sie ihm zwar nicht mit offenem Widerwillen, doch äußerst reserviert.

Er ging zu einem älteren Mann, der gerade an der Haltestelle stehengeblieben war, eine Handvoll Einkaufstüten abgestellt und sich eine Zigarette angesteckt hatte.

»Hallo, Berglund von der Polizei«, sagte er und hielt seinen Dienstausweis hoch. »Kennen Sie diesen Mann?«

Der ältere Herr nahm einen tiefen Zug und studierte das Foto.

»Ja sicher, den kenne ich seit ewigen Zeiten. Das ist der Sohn des Dachdeckers.«

Er blickte auf und sah Berglund forschend an.

»Hat er was ausgefressen?«

Berglund gefiel die Stimme des Mannes. Sie ist ein bißchen heiser, er raucht bestimmt viel, dachte der Polizeibeamte. Außerdem paßte sie gut zu seinem Aussehen: ein zerfurchtes, offenherziges Gesicht mit klaren Augen.

»Nein, im Gegenteil, hätte ich beinahe gesagt. Er ist tot.«

Der Mann ließ die Zigarette auf die Erde fallen und trat sie aus.

»Ich kannte seine Eltern«, sagte er, »Albin und Aina.«

Berglund sah plötzlich einen Zusammenhang. Es war ein diffuses Gefühl, daß im Grunde nichts mit der Aufklärung des Mordes zu tun hatte, sondern vielmehr von der angenehmen Stimme des Mannes und seiner Ausstrahlung ausgelöst worden war. Manchmal verließ Berglund sich einfach auf seine Intuition.

Er vermutete, daß der Mann Arbeiter gewesen war, vielleicht auf dem Bau. Seine wettergegerbte Haut sprach dafür, daß sie viele Jahre Sonne, Kälte und Wind ausgesetzt gewesen war. Sein Dialekt verriet ihn ebenso wie seine Art, einen Mantel zu tragen, wie der etwas mottenzerfressene, aber dennoch ordentliche Hut und die Hände mit den kräftigen

Fingernägeln. Gepflegt sah er aus, ein bißchen gebeugt, aber dennoch stattlich.

Wenn sie sich ein wenig unterhalten könnten, würde er vielleicht manche Zusammenhänge besser verstehen. Trotz des Altersunterschieds von ungefähr fünfzehn Jahren würden sie bestimmt eine ganze Reihe gemeinsamer Bekannter, ähnliche Erfahrungen und Bezugspunkte haben.

Um ein Verbrechen aufzuklären, mußte man Verhaltensmuster durchschauen, das wußte Berglund, und so gesehen war der Mann mit seinen sozialen Kontakten, seinen Gesten und seiner Sprache ein Teil der Lösung. Nichts war unmöglich, solange man in der Lage war, das Puzzle der Stadt zu legen, die einzelnen Teile zu einem Ganzen zusammenzufügen.

»Wohnen Sie in der Nähe?«

Der Mann machte eine Kopfbewegung.

»Marielundsgatan«, sagte er, »aber im Moment bin ich auf dem Weg zu meinem Sohn. Er wohnt in Salabackar.«

»Ich werde hier wohl noch eine Stunde stehen müssen«, meinte Berglund, »aber wir könnten uns vielleicht auf einen Kaffee treffen?«

Der Mann nickte, als wäre es das Natürlichste auf der Welt, von einem Polizisten auf der Straße angesprochen zu werden und anschließend einen Kaffee mit ihm zu trinken.

»Ich brauche ein paar Hintergrundinformationen«, meinte Berglund.

»Das habe ich schon verstanden«, entgegnete der Mann. »Ich heiße Oskar Pettersson. Ich stehe im Telefonbuch, rufen Sie mich an. Gegen acht bin ich wieder zu Hause. Ich bringe meinem Sohn nur ein wenig Hering und andere Kleinigkeiten.«

Er hob die Tüten hoch und stieg in den Bus, der soeben gehalten hatte. Berglund sah ihn Platz nehmen. Der Mann schaute nicht aus dem Fenster, warum sollte er auch?

Berglund harrte noch bis sieben Uhr aus. Einige Fahrgäste hatten gemeint, John zu erkennen, aber niemand wußte etwas Genaueres zu berichten, niemand hatte ihn an der Haltestelle gesehen.

Berglund kehrte ins Polizeipräsidium zurück. Es war kalt, und er fror. Er hatte zu Hause angerufen und Bescheid gesagt, daß er Überstunden machen mußte. Seine Frau war nicht überrascht gewesen.

Berglund wollte nicht in sein Büro gehen. Statt dessen holte er sich einen Kaffee am Automaten und ließ sich in einen durchgesessenen Sessel fallen. Ein paar Kollegen von der Schutzpolizei kamen herein. Sie sprachen über Weihnachten. Berglund nahm seinen Kaffee und ging zum Diensthabenden hinaus. Es war nichts Aufsehenerregendes passiert, aber als Berglund den Kaffee ausgetrunken hatte und wieder los wollte, ging ein Notruf ein. Er blieb stehen, hörte, wie Streifenwagen nach Sävja dirigiert wurden und begriff, daß Fredriksson nun lange würde arbeiten müssen.

»Ein Überfall auf eine Frau«, erklärte der diensthabende Beamte.

Berglund trat in die Dezemberdunkelheit hinaus.

Oskar Pettersson bewohnte eine Dreizimmerwohnung in der Marielundsgatan, einer kurzen Stichstraße in Almtuna. Berglund lehnte Kaffee ab. Pettersson holte eine Büchse Bier und zwei Gläser und stellte alles auf den Küchentisch. Das Radio lief. Der Mann lauschte einige Sekunden, so als hätte er etwas gehört, das ihn interessierte, ehe er das Gerät mit einer nachdenklichen Bewegung ausschaltete.

»Mittlerweile höre ich nur noch P 1«, sagte er. »Meine Ohren vertragen nichts anderes.«

Berglund schenkte sich ein wenig Bier ein. Zunächst sich und dann dem Mann, der ihm gegenübersaß.

»Also, Albin habe ich gut gekannt«, begann dieser direkt. »Wir waren entfernt miteinander verwandt, und dann bin ich ihm auch gelegentlich auf Baustellen begegnet. Als wir jung waren, sind wir oft zusammen ausgegangen. Damals war die Stadt noch klein.«

»Sie sind Bauarbeiter gewesen?« fragte Berglund.

»Betonbauer«, antwortete Oskar Pettersson anspruchslos. »Das ist richtig.«

Berglund schaute sich in der Küche um.

»Ich bin Witwer«, erklärte der Mann.

»Schon lange?«

»Im März werden es drei Jahre. Krebs.«

Er trank einen Schluck Bier.

»Albin und Aina habe ich über Eugen, Ainas Bruder und Johns Onkel, kennengelernt. Eugen und ich haben viele Jahre zusammen gearbeitet. Er war ein lustiger Typ. Aina war zurückhaltender, genau wie Albin, aber ich glaube schon, daß die beiden sich gern hatten, so kam es mir zumindest vor. Nie hat man von einem Streit oder so was gehört. Albin war einer der geschicktesten Dachdecker, die man finden konnte. Er ist dann gestorben, aber das wissen Sie vielleicht?«

Berglund nickte.

»Später habe ich John mitunter in der Stadt getroffen, vor allem, seit sie ihn gefeuert hatten. Ich denke manchmal darüber nach: Was macht einen Menschen aus? Wenn es das Erbgut ist, dann gab es nichts, was dafür sprach, daß Lennart und John eines Tages Kriminelle sein würden.«

›Anständige Menschen‹, so hatte Ottosson Johns Eltern genannt, wie sich Berglund erinnerte.

»Und dann haben wir da noch das Umfeld«, fuhr der pensionierte Bauarbeiter mit der gleichen sanften, aber dennoch kraftvollen Stimme fort, die Berglund aufgefallen war und die er augenblicklich geschätzt hatte. »Sie sind ganz in der Nähe aufgewachsen. Natürlich gab es hier auch das eine oder andere schwarze Schaf, aber die meisten in dieser Gegend waren fleißige Leute. Woher kommen Sie?«

Berglund lachte auf, überrascht von der schnellen Wendung, die das Gespräch genommen hatte.

»Geboren bin ich in Eriksberg, als es noch ein Bauerndorf war. Mein Vater hat dort in den vierziger Jahren ein Haus gebaut. Er hat in der Ekeby-Keramikfabrik gearbeitet.«

Pettersson nickte.

»Er arbeitete an den Brennöfen, und meine Mutter kümmerte sich um die Kinder. Mein Vater hatte oft Nachtschicht und schlief den größten Teil des Tages.«

»Ja, so war das damals«, meinte Pettersson. »Sie sind sicher, daß Sie keinen Kaffee haben wollen?«

»Nein, danke. Erzählen Sie mir mehr von John.«

»Ich glaube, er ist sehr verbittert darüber gewesen, daß er seinen Job verloren hat. Er hat mal so was gesagt, daß er das Gefühl habe, nichts mehr wert zu sein. Es war einfach sein Ding, zu schweißen. Er hatte Albins Genauigkeit geerbt. Jeder Mensch braucht einen Ort, an dem er zu Hause ist, komplizierter ist es doch im Grunde nicht, oder?«

»Da ist was dran«, erwiderte Berglund. »Sind Sie sich oft begegnet?«

»Im Grunde nicht, manchmal im Kaufhaus in der Fußgängerzone. Ich fahre öfters hin und esse da und plaudere ein bißchen mit den anderen Rentnern. Ein paarmal sind wir uns auch zufällig in der Stadt begegnet und einen Kaffee trinken gegangen. Ich glaube, er hat gerne mit mir gesprochen. Er hat sich gerne unterhalten.«

Merkwürdig, dachte Berglund, zum ersten Mal höre ich jemanden sagen, daß John gesprächig sein konnte.

»Aber ich habe gespürt, daß er über etwas nachgegrübelt hat.«

»Und worüber?«

»Nun ja, er hatte doch seine Fische, das wissen Sie, nicht? Es kam mir so vor, als wollte er etwas mit Fischen aufziehen. Er hat eine Zeitlang viel in so einem Verein gemacht. Für jeden Mist gibt es ja Vereine.«

»Was zieht man denn mit Fischen auf? Ein Geschäft, meinen Sie?«

»Keine Ahnung, aber es hatte mit dem Aquarium zu tun. Er hatte wohl irgendeinen Traum.«

»Aber er hat nicht konkreter darüber gesprochen, worum es ging?«

»Nein, nicht direkt, außer daß etwas im Gange sei.«

»Wenn Sie sich begegneten, unterhielten Sie sich dann auch darüber, wie es ihm privat ging?«

»Selten. Er hing sehr an seinem Jungen. Haben Sie zufällig einen gekannt, der Sandberg hieß und in Ekeby gearbeitet hat? Ich glaube, er war auch Heizer. Ein dicker Kerl, ein bißchen mürrisch.«

Berglund lachte.

»Alle, die an den Öfen arbeiteten, wurden mit der Zeit mürrisch, das gehörte irgendwie dazu.«

Die beiden Männer sahen sich an und lächelten.

»Obwohl, er ist sicher schon vierzig Jahre tot«, meinte Pettersson, »aber er war ein Bekannter meines Vaters.«

»Wie ging es John finanziell?«

»Ich glaube nicht, daß er regelrecht am Hungertuch nagte. Er war immer ordentlich gekleidet und so.«

»Trank er?«

Pettersson schüttelte den Kopf.

»Schrecklich, wenn man so umkommt«, sagte er. »Alle schnüffeln überall herum. Wie wäre es, wenn man sich statt dessen um die Menschen kümmern würde, solange sie noch leben?«

Berglund blieb bis kurz vor zehn. Oskar Pettersson begleitete ihn in den Flur hinaus, kehrte unmittelbar darauf jedoch wieder in die Küche zurück, und Berglund hörte, wie das Radio eingeschaltet wurde. Die Abendandacht.

»Ich möchte noch die Nachrichten hören, ehe ich ins Bett gehe.«

Pettersson kam in den Flur zurück. »Danach lese ich noch ein wenig«, sagte er, während Berglund seine Winterstiefel zuschnürte.

»Gute Schuhe«, meinte Pettersson anerkennend. »Ich bin in einem Lesezirkel, und wir treffen uns einmal im Monat und reden über Bücher.«

»Was lesen Sie denn gerade?«

»Ein Buch über die Pest. Mir ist da übrigens noch was eingefallen, sein Bruder, Lennart, was ist mit dem?«

»Nun ja«, erwiderte Berglund ein wenig zögernd, »er ist, wie er ist.«

»Also ist mit anderen Worten nicht viel los mit ihm. Er ist

aus anderem Holz geschnitzt. Ich erinnere mich noch, was für einen Ärger Albin und Aina mit dem Jungen hatten. Später hat er ein paar Jahre auf dem Bau gearbeitet. Dann ist er unter so ein Fertigbauteil geraten, oder vielleicht auch von einem Gerüst gefallen, ich erinnere mich nicht mehr. Jedenfalls ist er seither nicht mehr ans Arbeiten gekommen.«

»Albin ist von einem Dach gestürzt«, sagte Berglund.

»Typischerweise ein Auftrag bei den Bücherwürmern auf der anderen Seite des Flusses.«

»Danke für das Bier«, meinte Berglund.

»Ich habe zu danken«, sagte Oskar Pettersson und ergriff Berglunds ausgestreckte Hand. »Schauen Sie mal wieder vorbei, dann können wir gemeinsam herausfinden, warum man an diesen Brennöfen so schlechte Laune bekam.«

Berglund ging langsam nach Hause. Er wohnte nur einen knappen Kilometer entfernt. Hier hat alles angefangen, dachte er, in Almtuna. Er blieb für einen Moment vor einem Antiquitätengeschäft stehen. Ein Weihnachtsmann mit einer elektrischen Laterne erhellte das Schaufenster. Das starre Gesicht des Weihnachtsmannes mit seinen roten Wangen leuchtete ein wenig gespenstisch, wächsern glänzend.

Die Ymergatan. Der Riese Ymer. Er war erschlagen worden, und aus seinem Fleisch wurde die Erde, aus seinem Blut alles Wasser und aus dem Schädel der Himmel erschaffen, und aus den Augenbrauen die Mauer erbaut, die das Menschengeschlecht vor den Riesen beschützte. Midgård, die Welt der Menschen. Dort hat alles angefangen. Unsere Geschichte. Ich frage mich, ob die Leute, die in der Straße wohnen, Asks und Emblas Söhne und Töchter, diese Geschichte wohl kennen, überlegte Berglund. Wahrscheinlich nicht.

Er erinnerte sich nicht mehr an die ganze Sage, hatte aber doch genug behalten, um eine Weile an der Straßenkreuzung stehenzubleiben. Wenige Spaziergänger waren zu sehen, ein Volvo fuhr langsam vorbei, und Berglund bildete sich ein, daß es ein Kollege in einem zivilen Wagen war.

Er ließ den Blick über die Ymergatan schweifen. Hier irgendwo war Johns kleine Schwester verunglückt. Was macht einen Menschen aus, hatte Oskar Pettersson gefragt. Die Jonssons waren eine der Familien, die in Almtuna lebten. Ein ums andere Mal waren sie von Schicksalsschlägen getroffen worden. Mittlerweile waren drei von ihnen tot: das kleine Mädchen, der Vater Albin und nun sein Sohn John. Ein Unfall, vielleicht ein Selbstmord und schließlich ein Mord. So als hätten sich sämtliche für die Straße und den Stadtteil vorgesehenen gewaltsamen Todesfälle auf eine Familie konzentriert.

Die Ymergatan. Berglund wurde für einen Moment empfänglich für die Schönheit des späten Abends. Die in Schnee gebettete Straße, auf der nur vereinzelte Fahrradspuren verliefen wie ein schmaler Pfad in das Land der Riesen, die schneebeschwerten, ruhenden, wartenden Bäume, die Fenster, die fast alle von Adventssternen und Kerzenständern erleuchtet wurden. Große Schneeflocken wirbelten im Schein der Straßenlaternen.

Meine Stadt, dachte Berglund. Obwohl er auf der anderen Seite des Flusses aufgewachsen war, kannte er doch Almtuna, das ein Sinnbild für die Gesellschaft war, von der einst sein Vater, der Heizer in Ekeby geträumt hatte. Angesichts des bevorstehenden Weihnachtsfestes, das er immer sehr gemocht und gepflegt hatte, des versöhnenden Schnees und der Begegnung mit Oskar Pettersson konnte er die Gedanken an John und seine Familie verdrängen.

Allerdings gelang ihm dies nur für einen Augenblick, denn er war trotz allem Kriminalpolizist, einer, der gerade in einem Mordfall ermittelte. Trotzdem würde er sich noch lange an den Anblick der winterlich geschmückten Ymergatan erinnern.

Seine Stadt. Oskar Pettersson hatte von den Bücherwürmern gesprochen. Es war lange her, daß in seiner Gegenwart jemand die Akademiker so genannt hatte. Doch er wußte nur zu gut, daß es zwei Städte gab, zwei Uppsalas: das Oskar Petterssons und das der Bücherwürmer. Es wurde vielleicht nicht mehr so viel darüber gesprochen wie früher, aber man spürte es, sogar im Polizeipräsidium.

Berglund schob die Gedanken beiseite. Es wurde Zeit, nach Hause zu gehen, aber er konnte es nicht lassen, sein Handy herauszuholen und Fredriksson anzurufen, um ihn zu fragen, wie es in Sävja lief.

»Danke, alles in Ordnung«, sagte Allan Fredriksson.

Berglund spürte die Müdigkeit des anderen. Hauptsache, er würde nicht wieder arbeiten, bis er völlig ausgebrannt war, so wie vor ein paar Jahren.

»Es gibt da einen Zusammenhang zwischen dem Überfall in Sävja und John«, fuhr Berglunds Kollege fort. »Der Täter war ein Schulkamerad der Frau, genau wie John Jonsson.«

»Habt ihr ihn gefaßt?«

»Wir suchen noch nach ihm.«

»Wie heißt er?«

»Vincent Hahn, wohnhaft in Sävja, aber nicht zu Hause. Sein Schädel hat ziemlich was abbekommen.«

»Körperlich?«

»Sowohl als auch, glaube ich.«

»Brauchst du Hilfe?«

Berglund wollte nach Hause, mußte aber einfach fragen.

»Danke der Nachfrage, es geht schon«, erwiderte Fredriksson.

Sie beendeten das Gespräch, aber Berglund war nachhaltig beunruhigt. Hatten sie es etwa mit einem Verrückten zu tun, der es auf ehemalige Schüler der Vaksalaschule abgesehen hatte?

18

Justus legte die flache Hand auf die Wasseroberfläche, wie John es immer getan hatte. Die Fische waren so sehr an die Hand seines Vaters gewöhnt gewesen, daß sie innerhalb weniger Sekunden da waren und schnappten. Aber es war Johns Hand gewesen. Jetzt kamen sie nicht. Niemand kann behaupten, daß Aquarienfische dumm sind, dachte Justus.

Warum hatte John das gemacht? Wollte er die Wassertemperatur fühlen oder einfach Kontakt zu den Fischen aufnehmen? Justus hatte ihn nie danach gefragt. Es gab so vieles, worüber sie nicht gesprochen hatten. Jetzt war es dafür zu spät, aber er würde sich fortan um das Aquarium kümmern müssen, das war ihm klar. Berit hatte sich nie wirklich dafür interessiert, fand es trotzdem schön, und gegen das neue Aquarium hatte sie nur lahm protestiert, weil sie gewußt hatte, sie würde John in dieser Frage nicht beeinflussen können. Justus glaubte zudem, daß sie insgeheim froh über Johns Leidenschaft gewesen war. Er gab schlimmere Dinge, denen ein Mann sich widmen konnte.

Justus zog den Schlauch nach unten und begann das Wasser abzulassen. Berit saß mit seiner Großmutter in der Küche. Er lauschte ihren gedämpften Stimmen. Sie sprachen leise, damit er nicht hörte, was sie sagten. Sie glaubten, er würde es nicht ertragen. Doch er wußte, daß sie sich über Johns Beerdigung unterhielten.

Als der Eimer halbvoll war, wechselte er mit dem Schlauch zum nächsten und trug den ersten ins Badezimmer. Dreihundert Liter mußten weggebracht werden. Dreißig volle Eimer, aber Justus traute sich nicht, sie so voll zu machen wie John, also würden es wohl eher vierzig Runden werden. Und dann ging es mit ebenso vielen wieder zurück.

Jede Woche mußte diese Prozedur wiederholt werden. Wie oft würde er zum Badezimmer und wieder zurück gehen müssen? Er ahnte, daß Berit das Aquarium und die Fische verkaufen wollte, aber noch hatte sie das nicht angesprochen.

Prinzessin von Burundi, so hatte er sie manchmal genannt. Erst hatte sie es nicht verstanden, dann aber gelacht.

»Ich bin mir eine schöne Prinzessin!«

John hatte Justus einen verschwörerischen Blick zugeworfen. Nur sie beide wußten Bescheid. Berit würde es noch früh genug erfahren. Wenn alles in trockenen Tüchern war, wie John sich ausgedrückt hatte. In trockenen Tüchern, wiederholte der Junge im stillen. Der dritte Eimer mußte ausgeleert werden. Blieben noch siebenunddreißig.

»Du bist meine Prinzessin, das weißt du doch«, hatte John erwidert. Ihr Lachen war verstummt. Der Ton in seiner Stimme hatte sie aufhorchen lassen. John, dem so etwas normalerweise nicht entging, hatte die Veränderung in ihrem Gesicht nicht bemerkt und weitergesprochen: »Du sollst ein eigenes kleines Prinzessinnenreich bekommen.«

War er an dem Abend betrunken, überlegte Justus.

»Glaubst du, wir müssen immer so leben?«

»Wie meinst du das?« hatte Berit gefragt.

Da war John aufgewacht und in die Wirklichkeit zurückgekehrt und unter ihrem Blick in sich zusammengesunken wie eine Pflanze ohne Wasser.

Justus hatte das nicht gefallen. Warum sagte sein Vater nichts, vielleicht nicht alles, aber zumindest etwas, das sie veranlaßt hätte, ihn nicht mehr so anzusehen? Warum hatte er nicht wenigstens ein bißchen triumphieren dürfen? Jetzt war er tot, jetzt würde nie mehr Triumph sein Gesicht erhellen.

Justus trug Eimer für Eimer weg. Noch dreißig. Die Buntbarsche schwammen unruhig umher. Justus wurde müde, holte sich einen Stuhl aus dem Flur und setzte sich vor das Aquarium.

Er tauchte ein in die Hintergrundlandschaft, zwischen die Steine. Er konnte sich vorstellen, wie das sechsundzwanzig Grad warme Wasser ihn umschloß. Der Felsgrund im Tanganjikasee war stellenweise schlüpfrig, und er mußte sich vorsehen. Mit den Grotten war nicht zu spaßen. Gab es dort auch Krokodile? John hatte ihm einmal von einem deutschen Fischhändler erzählt, der am Ufer des Malawisees aufgefressen worden war.

Er holte den Atlas aus dem Bücherregal. Malawi lag weit weg von Burundi.

»Was tust du?«

Berit stand in der Tür. Justus hörte seine Großmutter im Flur schwer atmen und das Knacken des Stuhls, als sie sich setzte.

»Ich gucke ein bißchen«, sagte er.

»Klappt es?«

Justus nickte. Der nächste Eimer.

»Du verschüttest nichts, oder?«

Er antwortete nicht. Natürlich verschüttete er nichts. Hatte John jemals etwas verschüttet? Die Prinzessin von Burundi sah ihn an.

»Hallo, Justus«, sagte seine Großmutter, obwohl sie sich schon begrüßt hatten, als sie gekommen war.

»Hallo«, erwiderte er und verschwand im Badezimmer.

»Komm doch mal her«, sagte die alte Frau, als er zurückkehrte, »ich möchte mit dir reden.«

Justus ging widerwillig zu ihr. Sie hatte geweint. Sie weinte viel. Sie zog ihn an sich.

»Du bist mein Enkelkind«, sagte sie, und in diesem Augenblick wollte er fliehen. Er wußte, was jetzt kommen würde.

»Paß gut auf dich auf.«

Er mochte ihre Stimme nicht. Früher hatte er Angst vor ihr gehabt. Heute fürchtete er sich nicht mehr, aber das alte Unbehagen seiner Großmutter gegenüber war immer noch da.

»John war so stolz auf dich. Du mußt schön brav sein.«

»Ja sicher, Großmutter«, brachte er heraus und befreite sich aus ihrem Griff.

»Soll ich dir nach Hause helfen?«

Aina hatte Angst, auszurutschen, und John oder Justus hatten sie oft nach Hause begleitet.

»Nein, ich komme schon klar«, antwortete sie, »meine Schuhe haben Spikes.«

»Ich muß mich um das Aquarium kümmern«, sagte er und ließ die alte Frau stehen, drehte sich aber noch einmal zu ihr um. Wie hilflos sie aussah mit dem ungewaschenen Haar, das unter der Strickmütze herausschaute, und dem Stiefel in der Hand. Berit kam mit einem vollen Eimer. Sie lächelte. Er nahm ihr den Eimer ab und ging ihn ausleeren.

Seine Arme fingen an, weh zu tun. Beim nächsten Mal würde er den langen Schlauch nehmen und ihn durch den Flur ins Badezimmer und direkt in die Badewanne ziehen, aber diesmal wollte er das Wasser im Eimer heraustragen.

Die Fische schwammen mit synchronisierten, schwingenden Bewegungen. Sein Blick folgte ihnen. Sie konnten zu Tausenden vorkommen und ihre Reviere dabei so nahe beieinanderliegen, daß es den Anschein hatte, als würden sie in einem riesigen Schwarm leben. Jede Felspartie beherbergte ihre eigene Population, ihre eigene Art, die einer anderen Gruppe zwar ähnlich sein mochte, jedoch eine eigene Farbzeichnung besaß. Die Sandbänke zwischen den Felsen trennten die verschiedenen Gruppen voneinander.

Die Prinzessinnen waren Versteckbrüter, andere waren Maulbrüter, alle gehörten sie zu den Buntbarschen, Johns Favoriten. Es mußten immer afrikanische Buntbarsche sein. Die waren zwar im Moment nicht so populär, und viele spezialisierten sich auf südamerikanische Arten, aber John hatte immer behauptet, afrikanische Buntbarsche seien den anderen überlegen.

Justus hatte sich durch alles gewühlt, was es über Buntbarsche zu lesen gab. Darüber hinaus war durch die Beschäftigung mit den Fischen sein Interesse für Geographie geweckt worden, und er kannte den afrikanischen Kontinent wie kein anderer in seiner Klasse.

»Ich habe mit Eva-Britt gesprochen«, unterbrach ihn Berit in seinen Gedanken. »Sie läßt dich grüßen. Willst du noch vor Weihnachten wieder in die Schule gehen?«

»Ich weiß nicht«, sagte Justus.

»Das könnte dir aber gut tun.«

»Ist Großmutter gegangen?«

»Ja, sie ist gegangen. Du verpaßt zwar nicht viel, aber es wäre vielleicht gut für dich.«

»Ich muß mich um das Aquarium kümmern.«

Berit sah ihn an. Wie ähnlich er seinem Vater ist, dachte sie. Das Aquarium. Sie warf einen Blick auf einige der Buntbarsche, die um den Schlauch herumschwammen.

»Dabei müssen wir uns gegenseitig helfen«, sagte sie. »Die Schule darfst du deshalb jedenfalls nicht vernachlässigen.«

Er sah zu Boden.

»Was glaubst du, woran Papa gedacht hat?« fragte er mit leiser Stimme.

»Ich weiß es nicht«, antwortete Berit.

Sie hatte ihn identifiziert und darum gebeten, seinen ganzen Körper zu sehen. Nicht die Stichwunden, seine grau verfärbte Haut, nicht einmal die gekappten Finger und Brandmale hatten ihr die größte Furcht eingejagt, sondern sein Gesicht. Sie hatte eine entsetzliche Angst erkannt, die sich in Johns Gesichtszüge eingeätzt hatte.

Er war ein mutiger Mann und niemals schmerzempfindlich und zimperlich gewesen, hatte selten oder eigentlich nie geklagt. Daß die Angst einen Menschen so verändern kann, hatte sie gedacht und war einen Schritt zurückgewichen. Sein Gesicht war kaum noch wiederzuerkennen.

Die Polizistin an ihrer Seite, Beatrice hieß sie wohl, hatte ihren Arm genommen, aber Berit hatte sich frei gemacht. Sie wollte nicht gestützt werden.

»Lassen Sie mich ein paar Minuten allein«, hatte Berit sie gebeten. Die Polizistin hatte sie zwar skeptisch angesehen, dann jedoch den Raum verlassen.

Als sie dort stand, vollkommen reglos an seiner Bahre, hatte sie das Gefühl, immer schon gewußt zu haben, daß es einmal so kommen würde. Vielleicht nicht gewußt, aber doch geahnt. Johns Familie war keine gewöhnliche Familie. Es kam ihr so vor, als könne – wer dazugehörte – seinem Schicksal nicht entfliehen.

»Ich glaube, er dachte an die Prinzessin von Burundi«, sagte der Junge.

»Wie bitte, an wen?«

»An die Prinzessin von Burundi.«

Da erinnerte sie sich wieder an den Abend, als sie das Aquarium eingeweiht hatten. John hatte den Gästen die verschiedenen Buntbarsche gezeigt, darunter die Prinzessin. Sie hatte die Namen der anderen Arten früher schon gehört, nur die Prinzessin war ihr neu.

John hatte sich vorgebeugt, das Gesicht ganz dicht vor der Glasfront, und seinen Gästen mit Begeisterung die einzelnen Fische beschrieben. Dann hatte er Justus angesehen und anschließend Berit.

»Das hier ist meine Prinzessin«, hatte er gesagt und den Arm um ihre Taille gelegt. »Meine Prinzessin von Burundi.«

»Was zum Teufel ist Burundi?« hatte Lennart gefragt.

Justus hatte ihm erklärt, daß es ein Land in Afrika war, am Nordufer des Tanganjikasees. Berit erinnerte sich an den Eifer in seiner Stimme.

»Burundi ist schön«, meinte Justus.

»Bist du da schon einmal gewesen?« fragte Berit lächelnd.

»Beinahe«, erwiderte der Junge.

Fast hätte er ihr alles erzählt.

19

»Der Mann ist wirklich nett gewesen«, murmelte Vincent. Der Autofahrer hatte ihm sogar angeboten, in die Ambulanz des Krankenhauses mitzukommen. »Vielleicht dachte er, ich hätte eine Gehirnerschütterung und käme allein nicht zurecht?«

Vincent Hahn hob die Hand und wartete, bis das Auto verschwunden war, ehe er sich von dem hell erleuchteten Eingangsbereich entfernte. Von Zeit zu Zeit wurde ihm wieder schwindlig. Er glaubte nicht, daß der Blutverlust dafür verantwortlich war, es lag wohl eher an der Anspannung. Die Blutung war schwächer geworden und die Wunde verschorft. Vorsichtig tastete er die Wundränder ab.

Ein paar Minuten später stand er auf dem Dag Hammarskjölds väg und wußte nicht recht, wo er hin sollte. Es schneite leicht. Autos fuhren vorbei. Er zog sich zwischen die Bäume im Park zurück. Ein jüngeres Paar kam ihm entgegen. Sie lachten. Unter den dicken Daunenjacken waren sie bestimmt schick angezogen. Die Frau hielt eine Plastiktüte in der Hand, in der Vincent Tanzschuhe vermutete.

Er versteckte sich hinter einem Baum und ließ die beiden vorbeigehen, ehe er sich von hinten an sie heranschlich. Der Schnee schluckte das Geräusch seiner Schritte, und sie waren völlig überrascht. Er riß dem Mann die Strickmütze vom

Kopf, drehte sich um und lief in den Park hinein. Nach etwa fünfzehn Metern sah er sich um. Das Paar stand noch immer an der gleichen Stelle und schaute ihm nach. Er wußte, daß sie ihn nicht verfolgen würden, lief aber dennoch weiter Richtung Schloß.

Bei seiner Flucht zog er sich die Mütze über und bewegte sich den Schloßhügel zur Nedre Slottsgatan hinab. Er verließ den Park am oberen Ende des Svandamm. Dort atmete er erst einmal durch, nahm etwas Schnee, rieb sich das Gesicht sauber und zog die Mütze bis über die Augenbrauen.

Ein Taxi fuhr vor dem Restaurant Flustret los. Er stoppte es mitten auf der Kreuzung und setzte sich auf die Rückbank. Der Taxifahrer sah ihn im Rückspiegel an.

»Nach Årsta«, sagte Vincent Hahn und war selber erstaunt, daß seine Stimme so normal klang. »Sie können mich im Zentrum absetzen.«

Im Funkgerät krachte es. Der Fahrer tippte etwas in seinen Fahrtencomputer ein, ehe er Gas gab und an der Islandsbron vorbeifuhr.

Während der Fahrt sagte Vincent nichts, dachte aber um so intensiver nach. Nun war er ein gejagter Mann, und er plante mit einer gewissen Begeisterung, wie er seine Verfolger hereinlegen würde. Bisher war es gut gelaufen. Die Spur würde sich am Krankenhaus verlieren. Der Mann, der ihn in seinem Auto mitgenommen hatte, würde sich bestimmt bei der Polizei melden, sobald er morgen die Tageszeitung gelesen hatte. Das Pärchen mit der Mütze dagegen wahrscheinlich nicht. Jetzt kam es nur darauf an, keine Dummheiten zu machen. Die Wunde mußte versorgt werden, das war jetzt das Wichtigste.

Er bezahlte und gab reichlich Trinkgeld, stieg aus und wartete, bis das Taxi davongefahren war, ehe er die Straße nach Salabackar überquerte. Jetzt hing alles davon ab, ob Vivan zu Hause war, seine ehemalige Schwägerin. Sie war seit fast fünfzehn Jahren von seinem Bruder Wolfgang geschieden. Vivan wohnte in einer Dreizimmerwohnung in der Johannesbäcksgatan. Platz gab es also genug, die Frage war nur, ob sie ihn hereinlassen würde. Sie sahen sich nicht sehr oft, trafen sich nur ab und zu in der Stadt. Zwei-, dreimal waren sie dann einen Kaffee trinken gegangen, und sie hatte ihn auch einmal in Sävja besucht. Sein Bruder meldete sich nur selten bei ihm; der Kontakt zu Vivan war auch eine Möglichkeit, sich über Wolfgang auf dem laufenden zu halten, der seit zehn Jahren in Tel Aviv lebte.

Er warf einen Schneeball gegen ihr Fenster und war außerordentlich zufrieden mit sich, weil er schon beim ersten Wurf getroffen hatte. Vivans Gesicht erschien unmittelbar danach zwischen den Gardinen, so als hätte sie dort gestanden und nur darauf gewartet, daß an diesem Abend ein Schneeball angeflogen kam.

Obwohl das Fenster im dritten Stock war, konnte er erkennen, daß sie Angst hatte. Vielleicht dachte sie ja, es wäre ihr Exmann. Im ersten Jahr nach der Scheidung hatte Wolfgang sie terrorisiert, angerufen, an die Tür gehämmert und ihr vor dem Hauseingang aufgelauert, wenn sie zur Arbeit wollte.

Lächelte sie deshalb, als sie entdeckte, daß es ihr Schwager war? Das Gesicht verschwand vom Fenster, und einige Sekunden später ging das Licht im Treppenhaus an. Vincent empfand Dankbarkeit, was äußerst selten vorkam. Endlich jemand, der für mich da ist, dachte er und trat dicht vor die Tür.

Vivan lächelte immer noch, als sie ihm aufmachte, aber ihr Lächeln verwandelte sich in eine erschreckte Miene, als sie sein Gesicht sah.

»Was ist denn mit dir passiert?«

»Ich bin überfallen worden«, sagte er mit unterwürfiger Stimme, was sie noch mehr verschreckte.

»Überfallen?« wiederholte sie mechanisch.

Er nickte und trat ein.

20

Mossa blieb vor dem Restaurant kurz stehen. Er holte eine Zigarette heraus, zündete sie an, nahm einen Zug und nickte einem Bekannten zu, der gerade hineingehen wollte. Lennart fand, daß Mossa alt geworden war. Die dunklen Haare waren nicht mehr so dunkel, und die Körperhaltung war nicht mehr so selbstsicher wie früher, aber Mossa hatte nach wie vor Stil. Er ist kühl, dachte Lennart, nicht kalt, aber kühl.

Der Iraner war allein. Das war er meistens, und deshalb war er auch immer gut zurechtgekommen. Er spielte seine Karten selber aus, zahlte seine Spielschulden selber, strich aber vor allem die Gewinne alleine ein.

Jetzt setzte er sich in Bewegung. Lennart folgte ihm, jedoch mit gehörigem Abstand. Er hatte das Gefühl, daß Mossa sonst etwas spüren könnte, so als hätte er ein eingebautes Radar. Lennart wollte abwarten. Auf offener Straße Kontakt zu ihm aufzunehmen, das war keine gute Idee, denn man wußte nie, wer sie zusammen sah. Lennart war das egal, aber Mossa konnte in dieser Hinsicht empfindlich sein.

Lennart folgte ihm die Sysslomansgatan hinab. Der Schnee lag fast zehn Zentimeter dick auf dem Bürgersteig; Lennart wurde bei jedem Schritt an den Tod seines Bruders auf der Schneekippe erinnert, und er war immer entschlossener, den Schuldigen zu bestrafen.

Mossas Fußspuren waren klein. Er war überhaupt ein schmächtiger Mann. Er bewegte sich schnell und mühelos, mit fließenden Bewegungen, rauchend, den Kopf leicht gesenkt. Lennart sah ihn die Sankt Olofsgatan passieren und beschloß, in der schlecht beleuchteten, engen Passage unterhalb des Doms Kontakt zu ihm aufzunehmen. Er beschleunigte seine Schritte, die vom Schnee gedämpft wurden.

Plötzlich drehte Mossa sich um. Lennart war jetzt ganz in seiner Nähe, nur noch wenige Meter von ihm entfernt.

»Was willst du?«

»Grüß dich, Mossa, wie geht's?«

»Was willst du?« wiederholte der Iraner und ließ die erst kürzlich angesteckte Zigarette fallen.

»Ich brauche deine Hilfe«, sagte Lennart, bereute seine Worte aber augenblicklich. Mossa half niemandem außer seiner Mutter und seinem behinderten kleinen Bruder. Er sah Lennart mit ausdrucksloser Miene an.

»Dein Bruder ist ungeschickt gewesen, das ist alles«, meinte Mossa schließlich.

Lennart empfand eine Mischung aus gespannter Freude und Furcht. Mossa hatte ihn erkannt und würde mit ihm reden.

»Wie meinst du das?«

»Ich meine genau das, was ich sage, er war ungeschickt, unvorsichtig.«

»Weißt du etwas darüber?«

Mossa steckte sich eine Zigarette an. Lennart trat einen Schritt näher. Der Iraner schaute auf und steckte die Hand in die Manteltasche.

»Nein«, sagte er kurz angebunden.

»Du hast nichts gehört?«

»Dein Bruder war in Ordnung, anders als viele andere Schweden. Er erinnerte mich immer an einen Jugendfreund aus Shiraz.« Der Iraner verstummte und zog an seiner Zigarette.

»Ich weiß nur, daß er irgendwas am Laufen hatte. Etwas Großes, für ihn Großes, wenn du raffst, was ich meine?« In Mossas normalerweise so gepflegte Ausdrucksweise mischten sich gelegentlich ein paar Slangausdrücke. Er sah sich um, ehe er weitersprach. »Im Herbst habe ich so was gehört. Von einem Geschäft. John hatte plötzlich ein bißchen Geld, mehr als er sonst ins Spiel brachte. Er war bei einer Partie dabei und wollte den Einsatz erhöhen, setzen, um noch mehr zu gewinnen.«

Lennart stampfte unruhig im Schnee. Seine Schuhe waren nicht dicht.

Mossa fuhr in einem nachdenklichen Ton fort: »Und er gewann.«

»Wieviel?«

Mossa lächelte. Das tat er gern, wenn es um Pokergewinne ging.

»Mehr als du jemals in deinen Händen hattest. Fast zweihundert Mille.«

»Er hat zweihunderttausend Kronen gewonnen?«

Der Iraner nickte.

»Was hat er gesagt?«

»Nichts, er hat nur sein Geld eingesammelt und ist gegangen. Es war halb fünf Uhr morgens.«

»Wo war das?«

»Ich selber habe fünfunddreißigtausend verloren«, sagte Mossa.

Lennart kam sich von seinem Bruder getäuscht und verraten vor. Er hatte ein Vermögen gewonnen und ihm kein Wort davon erzählt. Es war, als könnte Mossa seine Gedanken lesen.

»Als wir aufbrachen, hat er etwas in der Art gesagt wie, jetzt sei es bald soweit, jetzt könne er seinen Traum verwirklichen. Und daß du dabei sein würdest.«

»Ich?«

»Ja, soweit ich weiß, hatte er nur einen Bruder. Er meinte, sein Bruder werde mit von der Partie sein.«

»Bei was?«

»Ich dachte, das wüßtest du.«

Lennart schüttelte verständnislos den Kopf. Er sollte mit von der Partie sein? Aber was hatte John so heimlich geplant? Lennart begriff überhaupt nichts mehr. Keine einzige Andeutung hatte er gehört, nicht ein einziges Wort.

»Mein Freund aus Shiraz ist auch viel zu früh gestorben. Er ist verbrannt. Dein Bruder starb im Schnee.«

»Hat er sonst noch etwas gesagt?«

Mossa sah Lennart an. Sein Blick war jetzt freundlicher.

»Ich glaube, John hatte dich gern«, sagte er und fischte erneut die Zigarettenschachtel heraus.

»Wer wußte noch von dem Geld?«

»Frag doch mal seinen Freund, ich glaube, er heißt Micke.«

»Micke wußte davon?«

»Keine Ahnung, aber John erwähnte den Namen.«

Ein älteres Ehepaar ging an ihnen vorbei. Mossa machte ihnen Platz.

»Jetzt muß ich gehen«, sagte er, drehte sich um, überholte das Paar und verschwand um die Ecke, Richtung Brücke.

Lennart blieb stehen, benommen von all den Informationen. Was sollte er nur glauben? Hatte Mossa ihn etwa hereingelegt? Nein, warum sollte er? Lennart hatte den Eindruck gewonnen, daß der Iraner ihn bereits erwartet hatte, daß er von John und seinem Pokergewinn erzählen wollte.

Was wußte Micke? Dieses dreckige Schlitzohr! Scheinheilig hatte er vor ihm gesessen und was von Freundschaft geschluchzt, aber kein Wort darüber verloren, daß John einen Riesenbatzen Geld eingefahren hatte.

Lennart stampfte mit den Füßen auf, um Schnee und Kälte loszuwerden. Er beschloß, Micke auf der Stelle einen Besuch abzustatten und ihn zur Rede zu stellen. Dann fiel ihm ein, daß er vergessen hatte, Mossa danach zu fragen, wer die anderen Mitspieler gewesen waren. Hatte sich einer von ihnen für seinen Spielverlust rächen wollen? Mossa hatte fünfunddreißigtausend verloren, aber andere mußten logischerweise bedeutend mehr verloren haben. Wer hatte gewonnen, und wer hatte verloren?

Mossa würde ihm die Namen der anderen Spieler ohnehin nicht verraten, weil dies ein Bruch mit den ungeschriebenen Regeln unter Spielern wäre. Verluste und Gewinne mußte man nehmen, wie sie kamen, so lautete die Regel. Auf der anderen Seite konnten Verluste die Menschen ins Grübeln bringen, oft rachsüchtig machen, und dann hatte der Ehrenkodex das Nachsehen.

John war niemand, der andere mit Geschwätz oder Andeutungen reizte. Er hatte nie den Überlegenen gespielt, aber Lennart wußte, wie schnell Geld die Menschen verderben konnte.

Micke hatte gerade einen deutschen Krimi im Fernsehen geguckt, als er hörte, wie sich seine Wohnungstür öffnete. Er schoß von der Couch hoch und bildete sich für einen Moment ein, es sei John, der zurückgekehrt war. Dann packte ihn die Angst. Er duckte sich instinktiv hinter einen Sessel, als die Wohnungstür hinter dem Eindringling zuschlug.

»Wo steckst du, verdammt noch mal?«

Lennarts Stimme klang, als hätte er ein paar Schnäpse intus, es war eine Mischung aus Ungeduld, Wut und eingebildeten Kränkungen. Als er das Wohnzimmer betrat, richtete Micke sich auf.

»Warum zum Teufel versteckst du dich?«

»Hat dir niemand beigebracht, daß man erst klingelt? Und wie bist du überhaupt ins Haus gekommen?«

Seine Angst wich der Wut.

»Reg dich ab«, sagte Lennart und stellte sich mitten ins Zimmer. »Warum lügst du mich an?«

»Wie meinst du das?«

»Über John. Er hat jede Menge Kohle gewonnen, und du sagst keinen Ton.«

»Ich dachte, das hättest du gewußt.«

»Und das soll ich dir glauben? Du hast es verschwiegen.«

Micke wurde plötzlich unheimlich müde. Er setzte sich wieder auf die Couch und streckte sich nach seinem Weinglas, aber es war leer.

»Sitz nicht da und verzieh das Gesicht«, schrie Lennart völlig unerwartet.

»Was ist eigentlich los mit dir? Ich wußte, daß er beim Pokern Geld gewonnen hat, aber mehr auch nicht. Er hat mir nicht erzählt, mit wem er gespielt hat.«

»Hat er dir gesagt, wieviel er gewonnen hat?«

Micke schüttelte den Kopf.

»Du weißt doch, wie John war.«

»Verzapf keinen Mist über meinen Bruder!«

Lennart machte einen Schritt auf die Couch zu.

»Jetzt beruhige dich!«

»Du sagst mir nicht, was ich zu tun habe, du dreckiges Schlitzohr!«

Er packte Micke am Hemd und zog ihn mit einem Ruck von der Couch hoch. Wie stark er ist, hatte Micke gerade noch denken können, bevor Lennart mit einem Kopfstoß seine Nase traf. Das Zimmer drehte sich, und Mickes Körper sackte auf den Tisch hinunter.

Als er wieder zu Bewußtsein kam, war Lennart verschwunden. Micke rappelte sich auf. Aus seiner Nase tropfte Blut. Er tastete sein Gesicht ab.

Was ist dieser Mistkerl doch für ein Idiot, dachte er, und wurde wütend, zunächst einmal, weil der Teppich mit Blut versaut worden war, dann aber auch, weil er in seiner eigenen Wohnung nicht in Ruhe gelassen wurde.

Jetzt zeige ich ihn an, überlegte er, bereute den Gedanken aber sofort wieder. Dadurch würde es auch nicht besser werden, im Gegenteil. So etwas würde Lennart ihm niemals vergessen oder verzeihen und ihn jahrelang verfolgen, ihn vielleicht nicht unbedingt körperlich attackieren, aber sicher damit drohen. Micke war mit Lennart nicht befreundet, doch als Bruder von John hatte er dazugehört. In Zukunft würde ihr sporadischer Kontakt im Sande verlaufen. Auch gut, Micke wollte keine weiteren Besuche von Lennart riskieren.

Am besten sage ich gar nichts, schneuze mich und hoffe, daß dieser Verrückte nicht zurückkommt, dachte er, als er auf wackligen Beinen zur Toilette ging.

Im Bad saß Lennart auf der Klobrille und weinte still. Sein Gesicht war aufgedunsen und rot gefleckt.

»Ist schon okay«, sagte Micke, »geh jetzt nach Hause. Trink ein Bier und vergiß das hier.«

»Ich vermisse ihn«, sagte Lennart schluchzend. »Mein kleiner Bruder.«

Micke legte die Hand auf seine Schulter.

»Das weiß ich doch, Lennart, John war der Beste von uns.«

21

Ann Lindell zog Erik den Overall an. Seine Augen folgten aufmerksam ihren Bewegungen. Für einen Moment hielt sie inne. Ähnelt er mir, dachte sie, oder seinem Vater, dem abwesenden Ingenieur, den sie eines Abends getroffen hatte, und dann nie wieder. Er wußte nicht einmal, daß er Vater geworden war, oder ahnte er es etwa? Nein, wie sollte er? Aber vielleicht hatte er sie, ohne daß sie davon wußte, hochschwanger in der Stadt gesehen und sich ausgerechnet, daß er der Vater ihres Kindes sein könnte. So schlau sind Männer nicht, dachte sie und lächelte. Erik erwiderte ihr Lächeln.

»Aber du bist schlau«, sagte sie und bugsierte die kleinen Finger durch den Ärmel.

Sie hatte einen Termin bei der Kinderärztin. Erik hatte im letzten Monat ab und zu juckenden Ausschlag bekommen, und sie wollte herausfinden, woran das lag. Ihre Eltern würden über Weihnachten zu Besuch kommen und ihre Mutter ihr mit Fragen zu Eriks Ausschlag zusetzen. Schon aus diesem Grund dürfte es nicht verkehrt sein, die Ärztin zu konsultieren.

Sie holte den Kinderwagen, der im Hauseingang stand, und beschloß, zu Fuß in die Stadt zu gehen. Sie hatte zugenommen. Ihre Brüste waren größer, ihre Oberschenkel dikker geworden, und ihr flacher Bauch war nur noch eine Erinnerung. Das beunruhigte sie zwar nicht sonderlich, aber sie wußte, daß eine Frau in ihrem Alter leicht das eine oder andere Pfund zulegte. Die Gewichtszunahme hing sicherlich mit ihrer neuen Lebensweise zusammen. Sie bewegte sich weniger und aß öfter und mehr. Es war eine ihrer Schwächen, gerne ein bißchen zuviel zu essen, sich etwas Leckeres zu gönnen. Sie hatte sich auch früher schon nicht oft mit Freunden getroffen, aber jetzt verabredete sie sich noch seltener mit anderen. Statt dessen blieb sie lieber zu Hause, sah fern, aß einen guten Käse oder Nachtisch und frönte damit einem Lebensstil, an den sie sich erstaunlich schnell und mühelos gewöhnt hatte. Dennoch sehnte sie sich nach ihrer Arbeit, dem Streß, dem Kontakt zu den Kollegen und der Spannung, die es stets bedeutet hatte, sich unter Menschen zu bewegen. Zu Beginn ihres Erziehungsurlaubs war sie sehr erleichtert gewesen, aber in letzter Zeit wurde sie immer rastloser.

Zur Zeit kümmerte sie sich weder um Ermittlungen, noch nahm sie an »Morgengebeten« teil, auch weckten sie keine Anrufe, in denen es um Gewalt und menschliches Elend ging. Sie hatte das Gefühl, frei von jeder Verantwortung zu sein. Mit Erik kam sie erstaunlich gut zurecht. Solange er einigermaßen regelmäßig etwas zu essen und genügend Schlaf bekam, war alles im Lot. Nicht einmal banale Koliken hatte er. Das erste wirkliche Problem waren die Pusteln auf seiner Haut.

Zwanzig Minuten später war sie im Stadtzentrum. Sie schwitzte in ihrem Mantel. Früher hatte sie praktisch nie einen getragen, sondern eine kurze Jacke oder einen Pullover.

»Du bist ja eine richtige Dame geworden«, hatte Ottosson gesagt, als sie das letzte Mal im Kommissariat gewesen war, um ihn und die anderen zu besuchen.

»Er meint, eine alte Schachtel«, hatte Sammy Nilsson eingeworfen.

Die beiden Männer hatten sie auf eine Art angesehen, wie sie es noch nie zuvor getan hatten. So kam es ihr jedenfalls vor, und sie war sich nicht sicher, wie sie dies finden sollte. Sie war stolz darauf, Mutter zu sein, Mutter eines Sohnes, um den sie, und nur sie, sich kümmerte. Das war vielleicht keine Heldentat, Millionen von Müttern hatten das gleiche getan, und zwar ohne Entbindungsstationen und Kontrolluntersuchungen, aber jetzt war sie, Ann Lindell, Mutter. Niemand konnte ihr den Stolz darauf nehmen.

Empfanden Männer ähnlich, fragte sie sich manchmal, und vermutete, daß sie zu wenig über Männer wußte, um darüber etwas sagen zu können. Sie war zwar Vätern begegnet, die mit seligem, fast kindischem Blick den Kinderwagen schoben, aber empfanden sie wirklich den gleichen Stolz?

Sie hatte keinen Mann, den sie fragen konnte. Edvard, den Mann, den sie am besten kannte, hatte es bedrückt, daß sein Verhältnis zu seinen Söhnen so schlecht war. Hätte eine Frau weggehen können, wie er es getan hatte?

Im Grunde hatte sie ihre selbstgezimmerten, quasiphilosophischen Exkurse reichlich satt, dennoch waren sie da. Ann Lindell hatte erkannt, daß sie sich immer wieder damit auseinandersetzte, um der eigenen Frustration und Einsamkeit beizukommen. Denn einsam war sie, trotz Mutterschaft.

Ein Kind zur Welt zu bringen und zu sehen, wie es sich entwickelt, war eine phantastische Erfahrung, gleichzeitig jedoch auch ausgesprochen »unspannend«. Das war ihr Wort dafür: unspannend. Sie sagte es niemandem, aber ihr fehlte die Spannung ihrer Arbeit bei der Kriminalpolizei. Sie hatte begriffen, warum sie Polizistin geworden war. Es war nicht aus philanthropischen Gründen geschehen, sondern wegen der Spannung, des Wartens auf etwas Unerwartetes, des Außerordentlichen, wegen des Gefühls, sich im Zentrum eines sich drehenden Rads zu befinden.

Kurz nach eins kam sie in der Praxis an, wo Katrin, die Kinderärztin, sie empfing. Lindell mochte die kleine Frau in den zierlichen goldfarbenen Sandalen. Katrin und sie verstanden sich gut.

Ann stillte noch, wollte aber bald damit aufhören. Das Würmchen weigerte sich, an der linken Brust zu trinken, die mittlerweile wieder normale Proportionen bekommen hatte. Außerdem hatte Erik inzwischen begonnen, sie in die Brust zu beißen.

Sie zog den Jungen aus und zeigte der Ärztin die Pusteln auf Brust und Rücken. Katrin studierte alles eingehend und erklärte anschließend, daß Anns Eßgewohnheiten wahrscheinlich der Grund für den Ausschlag waren.

»Sie müssen darauf achten, was Sie essen«, sagte sie. »Erik reagiert auf etwas, das Sie zu sich nehmen. Wenn wir Sommer hätten, würde ich auf Erdbeeren tippen.«

»Ich würze gerne indisch«, meinte Ann, »kann es daran liegen? Zum Beispiel mit Kreuzkümmel und Ingwer.«

»Stark gewürztes Essen? Das glaube ich eher nicht, denn wenn er das nicht vertragen würde, bekäme er eher Bauchschmerzen.«

»Dann ist es also kein Virus?«

Ann kam sich hilflos vor. Daß Viren für alles Mögliche verantwortlich waren, hatte sie von einer Frau in der Krabbelgruppe aufgeschnappt, in die sie ab und an ging. Nicht, daß ihr das Spaß machen würde, sie sah es eher als eine Prüfung, als etwas, das frischgebackene Mütter eben machen mußten.

»Nein, das glaube ich nicht, nicht solange Sie stillen.«

Sie einigten sich darauf, daß Ann in Zukunft bewußter darauf achten würde, was sie aß und wie Erik auf verschiedene Lebensmittel reagierte.

Die beiden Frauen unterhielten sich etwa eine halbe Stunde. Katrin war Lindells Vertraute, die auch vor schwierigen und sensiblen Fragen nicht zurückschreckte. Sie hatte instinktiv die Verwirrung gespürt, die Ann ergriffen hatte, als sie Mutter geworden war. Die Ärztin beobachtete dies sicher nicht zum ersten Mal, stellte aber dennoch die richtigen Fragen mit einem solchen Taktgefühl, daß Lindell sich mit ihr ungezwungen über ihre Nöte unterhalten konnte. Auch Ratschläge erteilte sie so, daß Ann sie nie als Kritik empfand.

Sie trennten sich im Flur. Ann drehte sich noch einmal um und winkte Katrin zu, nahm Eriks Hand in ihre und ließ auch ihn winken. Die Ärztin sah plötzlich schüchtern aus, hob aber die Hand zu einem vorsichtigen Gruß.

Ann Lindell trat dankbar in die Dezembersonne hinaus, die sich jetzt immer schneller zum Horizont senkte. Sie ging die Straße hinab und beschloß, dem Polizeipräsidium einen Besuch abzustatten. Sie sah auf die Uhr. Gleich zwei. Ottosson war sicher da. Er würde sich bestimmt die Zeit für eine Tasse Tee und ein Plauderstündchen nehmen.

Die Tür stand offen, und Lindell lugte hinein. Ottosson saß am Schreibtisch. Sein Blick war auf ein Blatt Papier vor ihm gerichtet. Sie hörte ihn summen. Dann drehte er das Blatt um und seufzte.

»Störe ich?«

Ottosson zuckte zusammen, schaute auf und seine erste Verwirrung wich einem Lächeln.

»Habe ich dich erschreckt?« fragte sie.

»Nein, aber was ich gerade gelesen habe, hat mich erschreckt.«

Er sagte nicht mehr darüber, sondern betrachtete sie.

»Du siehst gut aus«, meinte er.

Lindell lächelte. Das sagte er immer, auch wenn es ihr miserabel ging.

»Was machst du gerade?«

Ottosson überhörte ihre Frage und erkundigte sich, wo Erik war.

»Er liegt draußen im Wagen und schläft.«

Der Kommissariatsleiter erhob sich von seinem Stuhl, und Lindell sah, daß er wieder Rückenschmerzen hatte.

»Danke, ich kann mich beklagen«, sagte er, als er ihren Blick bemerkte.

Gemeinsam gingen sie hinaus, und Ottosson schaute sich den Jungen an. Ein anderer Kollege kam vorbei, blieb stehen und beugte sich ebenfalls über den Kinderwagen. Ottosson summte wieder, sagte jedoch nichts.

»Bald ist er ein Jahr alt«, meinte Lindell. »Na ja, so bald nun auch wieder nicht«, fügte sie hinzu.

Ottosson nickte.

»Ich soll dir Grüße von meiner Frau ausrichten«, sagte er. »Sie hat neulich von dir gesprochen.«

Lindell schob den Wagen ins Büro, und Ottosson schloß die Tür hinter ihnen.

»Hier herrscht wirklich weihnachtlicher Friede«, erklärte er. »Wir haben doch schon diesen Mord in Libro am Hals, und jetzt ist auch noch ein Irrer dazugekommen, der bei einer Frau in Sävja eingedrungen ist. Es gibt da eine Verbindung. Der kleine John, die Frau und der Verrückte, er heißt Vincent Hahn, waren Schulkameraden in der Vaksalaschule.

Ich habe gerade ein wenig in den Papieren gelesen, die wir bei Hahn gefunden haben. Er scheint mir ein richtiger Verrückter zu sein, der sich über alles und nichts beschwert. Wir haben fünf dicke Aktenordner mit Kopien von Briefen gefunden, die er im Laufe der Jahre verschickt hat, dazu die Antwortschreiben von diversen Behörden und Unternehmen.«

»Haben wir eine Akte über ihn?« erkundigte sich Lindell.

»Bei uns liegt nichts vor. Nicht einmal ein Beschwerdebrief.«

»Wie eindeutig ist die Verbindung zum kleinen John?«

»Im Grunde sind sie nur in dieselbe Schule gegangen. Das kann reiner Zufall sein, aber der Mord könnte eben auch der Beginn eines privaten Rachefeldzugs sein. Wir versuchen gerade, das abzuklopfen. Johns Witwe hatte jedenfalls noch nie etwas von Hahn gehört.«

»Was ist mit Johns Bruder?«

»Den haben wir heute noch nicht auftreiben können.«

Lindell fühlte die Spannung. Bereits nach diesem kurzen Gespräch war sie wieder zurück.

»Ich erinnere mich, daß Lennart Jonsson ein ziemlich unsympathischer Typ war«, meinte sie. »Großmäulig und aufgeblasen.«

»Er ist nicht ohne«, erwiderte Ottosson, »aber daß er ehrlich um seinen Bruder trauert, steht außer Zweifel. Seit dem Mord ist er nüchtern geblieben. Ich glaube, er schnüffelt ein bißchen auf eigene Faust herum. Nilsson, du weißt schon, Johann Sebastian, zu dem Sammy Kontakt hält, hat angerufen und so was erzählt.«

Lindell konnte diese Gestalten, die andere verpfiffen, nicht leiden, aber »Bach«, wie er im allgemeinen genannt wurde, war wirklich nützlich, weshalb man gelegentlich über seinen zweifelhaften Charakter hinwegsehen mußte.

Plötzlich prallte etwas gegen das Fenster, und Ottosson und Lindell zuckten zusammen. Auf der Fensterscheibe klebten noch ein paar Daunenreste.

»Das arme Ding«, sagte Ottosson, der aufgestanden und

zum Fenster gegangen war. Er versuchte auf den Hof hinunterzuschauen, um den Vogel dort eventuell zu entdecken.

»Dem ist bestimmt nichts passiert«, meinte Lindell.

»Das ist jetzt schon das dritte Mal innerhalb weniger Wochen«, erklärte Ottosson bekümmert. »Ich weiß nicht, warum sie ausgerechnet gegen mein Fenster fliegen.«

»Du bist der Chef«, sagte Lindell.

»Man könnte fast meinen, sie würden den Tod suchen«, entgegnete Ottosson.

»Vielleicht ist was mit der Scheibe, so daß eine optische Täuschung erzeugt wird.«

»Es kommt einem jedenfalls vor wie ein Zeichen«, meinte Ottosson, drehte sich wieder zum Fenster um und blieb mitten im Raum stehen. Sein Bart war in letzter Zeit noch grauer geworden. Die Rückenschmerzen hatten seinen Körper gekrümmt. Lindell achtete ihren Kollegen sehr, er war der beste Chef, den sie je gehabt hatte; aber es schien, als würden seine Kräfte manchmal versagen. In seine Ausführungen hatte sich ein philosophischer Ton eingeschlichen, so daß deren Schwerpunkt nicht länger auf dem Verbrechen lag, das die Beamten aufklären mußten, sondern eher die großen Fragen nach dem Warum gestellt wurden. Das war sicher auch wichtig, und alle Polizisten grübelten in diesen Bahnen, aber der Blick für das Konkrete, die handfesten Arbeitsaufgaben, durfte dadurch nicht verstellt werden.

Bei ihren morgendlichen Besprechungen verlor sich Ottosson gelegentlich in allgemeinen Ausführungen, die nirgendwohin führten und Lindell und die anderen ungeduldig werden ließen, aber niemand brachte es übers Herz, den fürsorglichen Kommissariatsleiter zu kritisieren.

»Was glaubst du, was Lennart sich einfallen läßt?« fragte sie in dem Versuch, ihn in den Alltag und die Gegenwart zurückzuholen. Ottosson drehte sich um.

»Was er sich einfallen läßt? Na ja, er läuft wahrscheinlich von einem Kumpel zum nächsten. Du mußt wissen, diese Brüder standen einander wirklich nahe. Es gab bei ihnen einen Zusammenhalt, der über das Übliche weit hinausging, und es wundert mich nicht, daß Lennart Jagd auf den Meuchler seines Bruders macht.«

Meuchler, dachte Lindell. Es kam ihr so vor, als wollte Ottosson das Wort »Mörder« nicht mehr in den Mund nehmen.

»Erzähl mir vom kleinen John.«

Ottosson ging um seinen Schreibtisch herum und setzte sich.

»Du willst keinen Tee?«

Lindell schüttelte den Kopf.

»Er war im Grunde nicht besonders schlau«, begann der Leiter des Kommissariats. »Er war schon jemand, der viel nachdachte, aber ich glaube, daß sein Blickwinkel oft zu beschränkt war. Er begeisterte sich für eine Sache und verbiß sich in sie, als hätte er nicht die Phantasie oder den Mut, sie wieder fallenzulassen.«

»Halsstarrig?«

»Genau, und nicht zu knapp, es war eine Sturheit, die mir letzten Endes auch wieder gefiel. Bei seinen Fischen machte ihm keiner was vor, und ich glaube, das war seine Rettung.«

»Oder sein Tod«, warf Lindell ein, bereute ihre Worte jedoch augenblicklich, als sie Ottossons Miene sah.

»Er wurde der Beste in etwas, und ich glaube, das hat er gebraucht, denn er hat sein Leben lang unter geringem Selbstvertrauen gelitten. Berglund meint, daß es mit seinem ganzen Umfeld und seiner Kindheit zusammenhing. Man sollte nicht auffallen.«

»Und was denkst du?«

Ottosson stand auf und ging wieder zum Fenster, ließ die Jalousie herunter und winkelte sie so, daß Licht hereinfiel, aber es wurde dennoch merklich dunkler im Raum. Typisch Dezember, dachte Lindell. Ottosson schien ihre Gedanken gelesen zu haben, denn ehe er sich wieder an seinem Schreibtisch niederließ, zündete er drei Kerzen in einem Kerzenständer an, der auf dem Fensterbrett stand.

»Schön«, sagte sie.

Ottosson lächelte schief, zufrieden und ein wenig verlegen.

»Was ich denke?« setzte er wieder an. »Vielleicht, daß

John hier alles zu eng wurde. Weißt du, er wollte einfach so viel. Ich glaube, er träumte von einem anderen Leben.«

Ottosson verstummte, und Lindell ahnte, daß er zum ersten Mal seine Überlegungen zum kleinen John zur Sprache brachte.

»Was sagt denn seine Frau?«

»Gar nichts. Sie ist wie in Trance. Der Junge ist schwerer zu durchschauen.«

Ottosson ging nicht genauer darauf ein, in welcher Hinsicht Justus schwer durchschaubar war, sondern erzählte weiter von den beiden Brüdern. Offenbar hatte vor allem Berglund versucht, sich einen Überblick über ihre Geschichte zu verschaffen. Lindell fand, daß er der richtige Mann dafür war. Er war schon ein wenig älter, stammte aus Uppsala und strahlte Sicherheit aus. Kurzum, er war wie geschaffen für einen solchen Auftrag. Sammy hätte das nicht hinbekommen, Beatrice auch nicht, Haver vielleicht.

Hätte sie selber in den Arbeitervierteln herumlaufen und versuchen können, sich ein Bild von den Brüdern Jonsson zu machen? Sie bezweifelte es.

Jemand klopfte an die Tür; Sammy schaute herein.

»Hallo, Ann«, sagte er hastig. »Wir haben was«, meinte er anschließend eifrig an Ottosson gewandt. »Die Mordwaffe.«

Er hielt eine Plastiktüte mit einem großen Messer hoch.

»Die Jugendgruppe hat einen jungen Typen verhaftet. Er trug es bei sich, in den Hosenbund gesteckt.«

»Das ist groß«, bemerkte Lindell.

»Einundzwanzig Zentimeter lang«, erklärte Sammy grinsend. »Ein französisches Fabrikat.«

»Warum ist der Mann verhaftet worden?«

»Es gab eine Schlägerei in der Stadt, und er hat einen anderen mit dem Messer bedroht.«

»Ist er unser Mann?«

»Ich kenne ihn und kann es mir eigentlich nicht vorstellen. Er ist fünfzehn, ein richtiger Rabauke, aber kein Mörder.«

»Vielleicht jemand, der im Affekt tötet?«

Sammy schüttelte den Kopf.

»Ausländer?«

»Nein, Schwede, Mattias Andersson. Wohnt mit seiner Mutter im Stadtteil Svartbäcken.«

»Wieso glaubst du, daß es die Mordwaffe ist?«

»Johns Blut sowohl an der Klinge als auch am Schaft«, antwortete Sammy. »Bohlin hat die Blutflecken gesehen und eine Analyse veranlaßt, deren Ergebnis mit Johns Blutgruppe übereinstimmte.«

»Bohlin von der Jugendgruppe?«

»Genau der.«

»Das war gute Arbeit«, meinte Ottosson. »Was sagt Mattias Andersson dazu?«

»Wir holen ihn gerade«, sagte Sammy.

Er sah Lindell an, und sie glaubte etwas wie Triumph in seinem Gesicht wahrzunehmen, redete sich jedoch augenblicklich ein, daß sie sich geirrt haben mußte. Im gleichen Moment piepste Sammys Handy. Er meldete sich, lauschte und beendete das Gespräch mit »Okay«.

»Sie sind gleich da«, erläuterte er, machte einen Schritt Richtung Tür, drehte sich dann jedoch noch einmal um und sah Lindell an.

»Willst du dabei sein?«

»Wobei?«

»Bei dem Verhör mit Mattias.«

»Ich habe das Würmchen hier«, erwiderte sie und nickte. Erst jetzt entdeckte Sammy den Kinderwagen.

»Erik kann bei mir bleiben«, sagte Ottosson.

22

Vincent erwachte um halb fünf. Vivan hatte die Couch im Nähzimmer für ihn bezogen, und er blieb lange liegen und betrachtete die Nähmaschine, die Garnrollen, die farblich von dunkel bis hell in einem Wandregal aufgereiht standen, und den Zuschneidetisch mit schwarzem Stoff darauf, den sie an die Wand geschoben hatte.

Die Kopfschmerzen waren endlich abgeklungen. Die Wunde an der Stirn hatte seine Schwägerin gesäubert.

»Du bist die einzige, die mich reinläßt«, hatte er gesagt, und Vivan hatte sich von seinen Worten und dem traurigen Anblick, den er bot, erweichen lassen.

Er ging in den Flur. Die Zeitung hing im Briefschlitz, und er zog sie vorsichtig heraus. Es stand auf Seite drei. Vincent Hahn wurde »unberechenbar« und »psychisch gestört« genannt. Die zweiundvierzigjährige Frau hatte keine körperlichen Schäden davongetragen, aber einen Schock erlitten. Die Polizei bat die Öffentlichkeit um ihre Mithilfe bei der Suche nach dem Täter.

Er stopfte die Zeitung zuunterst in den Mülleimer. Das Schlafzimmer seiner Schwägerin grenzte an die Küche, und er bewegte sich so vorsichtig wie möglich. Er erinnerte sich noch, wie mürrisch sie früher in den Morgenstunden sein konnte, und nahm an, daß sich daran nichts geändert hatte. Tatsächlich hatte er über zwanzig Jahre nicht mehr mit ihr unter einem Dach geschlafen.

Er setzte Teewasser auf und versuchte Ordnung in seine Gedanken zu bringen. Die Polizei würde seine Wohnung sicher überwachen. Er konnte vielleicht noch eine, höchstens zwei Nächte bei Vivan bleiben. Dann würde sie bestimmt anfangen, grantig zu werden. Er mußte einen Plan haben. Was war mit Bernt, mit dem er sich in der Bingohalle des öfteren unterhielt, vielleicht konnte der ihm ja helfen. Als erstes mußte er sich jedoch Geld besorgen.

Falls Gunilla Karlsson glauben sollte, ihm entkommen zu sein, irrte sie sich gewaltig. Vincent Hahn konnte man einmal hereinlegen, aber nicht zweimal. Er würde es ihr mit gleicher Münze heimzahlen, dieser teuflischen Hexe. Je länger er über die Ereignisse des Vorabends nachdachte, desto entschlossener war er, sich zu rächen. Zehnfach sollte sie bestraft werden.

Um halb sieben stolperte Vivan in die Küche. Es schien fast, als hätte sie vergessen, daß ihr Schwager da war, denn sie starrte ihn sekundenlang völlig verständnislos an. Vincent sagte nichts, sondern starrte zurück.

»Wie geht es dir?« fragte sie schließlich, wartete seine Antwort jedoch nicht ab, sondern ging ins Badezimmer. Vincent hörte sie pinkeln und anschließend das Plätschern der Dusche.

»Wie lange bleibst du?« erkundigte sie sich, als sie in ein Badehandtuch gehüllt wieder herauskam.

Vincent saß noch immer am Küchentisch. Die Kopfschmerzen waren wieder stärker geworden. Seine Schwägerin machte es ihm leicht. Er brauchte das Thema nicht selber anschneiden.

»Ein oder zwei Nächte«, sagte er. »Ich habe noch ein bißchen Angst davor, allein zu sein, aber ich bleibe natürlich nur, wenn das für dich in Ordnung ist.«

Sie war erstaunt über seinen milden Ton. So sanft hatte sie ihn noch nie sprechen gehört.

»Das geht schon in Ordnung«, meinte sie leichthin.

Sie verließ die Küche, und Vincent entspannte sich zum ersten Mal seit dem Vortag. Er hörte sie Kommodenschubladen aufziehen und einen Kleiderschrank öffnen. Warum hat sie keinen neuen Mann, dachte er.

»Hast du die Zeitung genommen?«

»Nein, ich dachte, du bekämst keine.«

»Das aber auch nie was funktioniert, wie es sollte«, sagte sie überraschend scharf.

»Ich glaube, ich lege mich noch was hin«, meinte er. »Ich war schon so früh wach, und die Kopfschmerzen wollen einfach nicht weggehen.«

Vincent Hahn empfand fast so etwas wie inneren Frieden. Es kam ihm so vor, als wären seine Schwägerin und er ein Paar, oder jedenfalls sehr gute Freunde, die am Morgen ein wenig miteinander plauderten.

»Ich kann dir was Geld geben.«

»Du spinnst wohl«, erwiderte Vivan, die wieder in die Küche gekommen war. »Leg dich jetzt hin, dann werde ich hier frühstücken.«

Vincent zog sich in das Nähzimmer zurück. Vivan holte Sauermilch und Haferflocken aus dem Kühlschrank. Da sie keine Tageszeitung hatte, nahm sie eine alte Illustrierte aus dem Zeitungskorb und schaltete gleichzeitig das Radio auf der Fensterbank ein.

23

Die Untersuchung von Vincent Hahns Lebensumständen wurde am Morgen intensiviert. Seine Wohnung hatte man noch in der Nacht ermitteln können, und Fredriksson war mit vier Streifenpolizisten dort eingedrungen. Wie er es nicht anders erwartet hatte, war sie leer.

Die Zweizimmerwohnung hatte einen trostlosen Eindruck gemacht. Es gab keine Gardinen, nur wenige Möbelstücke und noch weniger persönliche Gegenstände. Das Telefon war tot. Es gab keinen Computer.

»Das Eigenartigste«, berichtete Fredriksson bei der morgendlichen Besprechung, »war eine Schaufensterpuppe. Sie lag mit einem schwarzen Slip bekleidet in Hahns Bett.« Fredriksson errötete, als er den anderen von der etwas schmuddeligen Dame berichtete.

»Keine Telefonnummern, Briefe oder ähnliches?« fragte Beatrice, die ihrem Kollegen helfen wollte weiterzukommen.

»Tja«, sagte Fredriksson und zupfte sich an der Nasenspitze, »es gab fünf Aktenordner mit Schreiben, die Hahn im Laufe mehrerer Jahre verfaßt hat. Die Briefe waren an die Provinzialregierung, die Stadtverwaltung, Uppsala-Bus, das schwedische Radio und Gott weiß noch wen adressiert. Er hat seine Zeit offenbar damit verbracht, sich über alles und alle zu beschweren. Die Antwortschreiben hat er ebenfalls archiviert. Soweit ich sehen konnte, waren die meisten von ihnen abweisend und knapp gehalten.«

»Er ist bestimmt berüchtigt«, meinte Ottosson.

»Wo ist er jetzt, das ist die Frage?« sagte Sammy.

»Wir wissen, daß er am Eisenbahnübergang in Bergsbrunna von einem PKW aufgegriffen wurde. Der Fahrer, ein Energieanlagenelektroniker, hat sich heute morgen bei uns gemeldet, nachdem er die Zeitung gelesen hatte. Er hat Hahn vor der Ambulanz der Universitätsklinik abgesetzt.«

»Wann war das?«

»Etwa eine halbe Stunde nach dem Überfall in Sävja«, antwortete Fredriksson. »Wir sind der Sache nachgegangen, aber im Krankenhaus ist gestern kein Vincent Hahn behandelt worden. Sie melden sich, wenn er dort auftauchen sollte.«

»Wie schwer waren seine Verletzungen?«

»Er hat ziemlich stark geblutet, doch deshalb muß er nicht unbedingt schwer verletzt sein. Der PKW-Fahrer meinte, sein Gesicht sei blutüberströmt gewesen, daß Hahn im Kopf jedoch klar zu sein schien. Er konnte ohne Hilfe gehen.«

»Ist er Deutscher?« fragte Ottosson.

»Nein, schwedischer Staatsbürger. Die Eltern sind seit vielen Jahren tot. Er hat noch einen Bruder namens Wolfgang, aber der ist vor fünfzehn Jahren nach Israel emigriert.«

»Ist er Jude?« wollte Lundin wissen.

»Halbjude. Seine Mutter war Jüdin und ist nach dem Krieg nach Schweden gekommen. Soweit jedenfalls die Angaben im Einwohnermeldeamt.«

Fredriksson verstummte und sah auf seine Unterlagen.

»Okay«, sagte Ottosson, »gute Arbeit. Wir werden sowohl seine Wohnung als auch die von Gunilla Karlsson weiter überwachen. Fredriksson versucht herauszufinden, ob Hahn Verwandte oder Freunde hat. Irgendwo muß er ja hin sein. Er kann die Stadt eigentlich nicht verlassen haben, jedenfalls nicht mit öffentlichen Verkehrsmitteln. Mit einer solchen Verletzung wäre er sofort aufgefallen.«

»Hat er ein Auto?« fragte Sammy.

»Nicht einmal einen Führerschein«, antwortete Fredriksson.

»Okay«, wiederholte Ottosson, »kommen wir zu dem Messer und diesem sauberen Früchtchen, das es bei sich hatte. Sammy!«

»Mattias Andersson wurde im Zusammenhang mit einer Schlägerei in der Stadt verhaftet. Er trug ein Messer bei sich. Bohlin von der Jugendgruppe hatte natürlich vom Mord am kleinen John gehört, und als er es zu Gesicht bekam, hat er sich die Waffe mal ein bißchen genauer angesehen. Es waren Blutflecken darauf, und es hat sich herausgestellt, daß es Johns Blut war.«

»Das ist ja ein Ding«, meinte Beatrice. »Wie alt ist der Junge?«

»Fünfzehn.«

Die Tür ging auf, und Berglund trat mit dem Staatsanwalt im Schlepptau ein. Sie setzten sich; Sammy fuhr mit seinem Bericht fort.

»Er behauptet, das Messer am Tag seiner Verhaftung im Parkhaus der Universitätsklinik aus einem Auto gestohlen zu haben. Wir haben das überprüft, aber an dem Tag sind keine Einbrüche in Autos angezeigt worden. Das hat allerdings nicht unbedingt etwas zu sagen, denn Mattias Andersson hat ausgesagt, es sei ein Pickup gewesen, dessen Heckklappe nicht verschlossen war. Er ist um den Wagen herumgegangen und hat es bei jeder Tür versucht. Die Heckklappe war offen, und auf der Ladefläche lag in einem schwarzen Eimer das Messer.«

»Glaubst du ihm?«

»Vielleicht«, antwortete Sammy. »Der Junge hat Angst, richtig Angst. Er flennt die meiste Zeit, genau wie seine Mutter.«

»Hast du mit dem Wachdienst gesprochen?«

»Yes«, antwortete Sammy. »Es gab an dem Tag keine Zwischenfälle, keine Berichte über Diebstähle oder Sachbeschädigungen. Ansonsten kommt so was fast täglich vor. Wir haben Mattias gestern abend ins Parkhaus gebracht, damit er uns zeigt, wo der Wagen genau stand. Der Wachmann meinte, er würde den Jungen wiedererkennen, aber an einen Pickup an dieser Stelle konnte er sich nicht erinnern. Daß er Mattias erkannt hat, ist kein Wunder, denn der Bursche unternimmt offensichtlich regelmäßig Streifzüge auf den Parkdecks dort.«

»Ein Pickup«, sagte Ottosson nachdenklich. »Farbe? Modell?«

»Rot«, antwortete Sammy, »möglicherweise mit einer weißen Plane. Es könnte ein Toyota gewesen sein, aber das ist höchst unsicher.«

»Wenn wir ihm die Geschichte abkaufen, werden wir dem Jungen wohl verschiedene Automodelle zeigen müssen«, meinte Beatrice.

»Hat er ein Alibi für den Abend, an dem der kleine John ermordet wurde?« fragte der Leiter des Führungs- und Lagedienstes in ungewöhnlich scharfem Ton.

»Schwer zu sagen«, erwiderte Sammy, »er behauptet, mit seinen Kumpels in der Stadt unterwegs gewesen zu sein. Wir haben versucht zu rekonstruieren, wann, wo und wie, aber die Typen aus seiner Gang sind ein bißchen vage in ihren Auskünften. ›Das ist doch schon ewig her‹, wie einer von ihnen sich ausgedrückt hat. Einige finden es offenbar klasse, daß Mattias mit einer Mordwaffe im Hosenbund verhaftet worden ist.«

»Dann kann ich euch noch erzählen, daß Ann gestern ein Gastspiel bei uns gegeben hat«, sagte Ottosson. »Sie war bei dem Verhör mit Mattias dabei und hat sich anschließend um seine weinende Mutter gekümmert. Ich glaube, sie sind sogar zusammen Kaffee trinken gegangen.«

»Wie geht es ihr?« erkundigte sich Beatrice.

»Ihr ist langweilig«, antwortete Sammy. »Sie überlegt, ob sie den Kleinen nicht verkaufen soll.«

»Jetzt hör doch auf!«

»Per Zeitungsanzeige«, ergänzte Sammy und lächelte Beatrice an.

Eine Stunde später wurde das Morgengebet beendet. Ola Haver war ungewöhnlich niedergeschlagen. Die Erwähnung Ann Lindells hatte seltsamerweise dazu geführt, daß er sich nach Rebecka sehnte. Für einen Moment spielte er mit dem Gedanken, sich ein oder zwei Stunden abzusetzen. Früher hatte er das gelegentlich gemacht, bevor die Kinder kamen und wenn Rebecka einen freien Tag hatte.

Er lächelte bei der Erinnerung und öffnete die Tür zu seinem Büro. Im gleichen Moment klingelte das Telefon. Er betrachtete es und ließ es noch einmal klingeln, ehe er den Hörer abhob.

»Hallo, ich bin's, Westrup. Störe ich?« sagte der Anrufer schnell und sprach weiter. »Du arbeitest doch an dem Mord am kleinen John, nicht wahr? Letzten Herbst bekamen wir einen Tip zu einer illegalen Spielrunde, und dabei fiel auch Johns Name.«

»Sieh einer an«, bemerkte Haver, und sein Überdruß war wie weggeblasen.

»Wir sind hinter einem Iraner her, der Mossa genannt wird, ein Spieler, der vielleicht auch mit Stoff handelt, was weiß ich. Jedenfalls soll er mit einer Gang gepokert haben, die um ungewöhnlich hohe Einsätze gespielt hat.«

»Woher weißt du das?«

»Einer, der mit von der Partie war, hat gesungen. Åström hatte ihn wegen einer Schwindelei mit fingierten Rechnungen am Wickel. Er saß auf einem ziemlichen Batzen Geld, dessen Herkunft er nicht erklären konnte. Da brachte er die Pokerpartie ins Spiel. Er hat das Ganze sicher ein bißchen aufgebauscht, vor allem um Åström von den Rechnungen abzulenken, aber er nannte eine Reihe von Namen.«

»Hat John gewonnen oder verloren?«

»Gewonnen. Noch dazu eine ganze Menge. Es war die Rede von mehreren hunderttausend.«

»Wir holen den Typen zum Verhör. Wie heißt er?«

Haver studierte den Namen auf seinem Notizblock. Er sagte ihm nichts. Ove Reinhold Ljusnemark, sechsundvierzig Jahre alt und ausgebildeter Flugzeugmechaniker. Beim Flughafen Arlanda nach wiederholten Diebstählen herausgeflogen.

Zu erreichen unter einer c/o-Adresse in Tunabackar. Haver spürte instinktiv, daß er Ove Reinhold nicht mögen würde. Vielleicht weil er gesungen und seine Freunde verraten hatte, um die eigene Haut zu retten. Westrup, ein Schone, der vor einem Jahr zur Polizei von Uppsala gekommen war, hatte versprochen, ihm Ljusnemark zu bringen.

Als der rothaarige Mann eine Stunde später in Ola Havers

Büro geführt wurde, grinste er dümmlich. Haver begutachtete ihn wortlos. Er bedeutete Ljusnemark mit einer Handbewegung, er solle sich hinsetzen, und nickte Westrup zu. Dieser blieb noch einen Moment lächelnd im Türrahmen stehen. Neben seinem massigen Körper und dem etwas schwerfälligen Gang war es dieses Lächeln, das Haver an seinem Kollegen besonders schätzte. Oft wußte man nicht so recht, was er dachte, aber er war immer freundlich.

Haver schwieg eine Weile. Das Grinsen seines Besuchers wurde immer gezwungener. Haver tat, als suche er nach etwas, holte eine dicke Akte heraus, in der es um einen ganz anderen Fall ging, schlug sie auf, schaute ein paar Sekunden in ein Meer aus Berichten und Vernehmungsprotokollen.

»Ganz schön dick«, sagte er und schlug die Akte wieder zu. »Was meinen Sie? Zusammenarbeit oder Konfrontation?«

Ove Reinhold Ljusnemark setzte sich gerade hin. Sein Lächeln war nun völlig verschwunden, kehrte jedoch schnell als angestrengte Grimasse zurück, und er räusperte sich. Haver war sich nicht sicher, ob er das Wort Konfrontation verstand.

»Sie kannten doch den kleinen John, nicht wahr? Es gibt Leute, die meinen, Sie hätten etwas mit seinem Tod zu tun.«

Ljusnemark schluckte.

»Wie bitte?« erwiderte er. »Wer sagt das?«

Haver legte seine Hand auf die Akte.

»Wollen Sie reden oder es kompliziert machen?«

»Das ist eine verdammte Lüge! Ich habe nur ein paarmal mit ihm gespielt.«

»Schön, dann erzählen Sie uns mal von Ihrem Spiel.«

Ljusnemark sah ihn an, als wären sie mitten in einer Partie Poker.

»Wir haben Karten gespielt. Ich kannte ihn eigentlich nicht. Wir waren eine Runde, die sich ab und zu traf. Keine großen Summen, aber manchmal wurde es doch mehr.«

»Sie sind Frührentner?«

Ljusnemark nickte.

»Sechsundvierzig Jahre alt und völlig kaputt«, meinte Haver.

»Ich habe Ischias.«

»Immerhin scheinen Sie ja noch ganze Nächte beim Pokerspielen sitzen zu können. Erzählen Sie mal, um wieviel Geld es ging.«

»Sie meinen, beim letzten Mal? Na ja, wir haben vorsichtig angefangen, mit kleinen Einsätzen.«

»Wer war alles dabei?«

»Das wechselte ein wenig. Die Leute kamen und gingen, denn wir haben ziemlich lange gespielt. Die Zeit vergeht schnell, wenn man Spaß hat. Zwischendurch haben wir auch noch Pizza gegessen.«

Ljusnemark verstummte und versuchte zu lächeln.

»Reden Sie nicht um den heißen Brei herum.«

»Es ist schon was her. Ich erinnere mich nicht so genau.«

»Hören Sie«, sagte Haver scharf, »uns liegen Informationen vor, die Sie mit einer Waffe in Verbindung bringen, und die wurde aller Wahrscheinlichkeit nach beim Mord am kleinen John verwendet.«

»Was?!«

»Wer war bei dem Spiel dabei? Um wieviel Geld ging es?«

»Was denn für eine Waffe? Ich habe noch nie eine Waffe besessen.«

Haver schwieg.

»Give me a break«, sagte Ljusnemark; in diesem Moment war Haver bereit, ihn zwanzig Jahre lang bei Wasser und Brot einzulochen. Er schlug die Akte wieder auf.

»Da waren ich und John«, begann Ljusnemark, und dann folgte die ganze Geschichte, wortreich und fließend, alle Namen. Zwei, drei von ihnen kamen Haver bekannt vor.

»Sie haben verloren, was?«

»Maximal fünf, sechs Mille. Ich schwöre es. Ich mußte aussteigen. Jerry hat für mich weitergespielt.«

»Jerry Martin?«

Ljusnemark nickte. Er wand sich auf seinem Stuhl. Haver sah ihn einige Sekunden prüfend an.

»Sie können jetzt gehen«, sagte er dann.

Acht Namen. Haver fühlte instinktiv, daß hier irgendwo die Lösung lag. Geld und Leidenschaft, dort mußten sie die Antworten auf ihre offenen Fragen suchen. Über Geld und enttäuschte Liebe stolperten die Menschen.

Haver lehnte sich zurück. Gab es eine Gesellschaft, in der nicht alles vom Geld bestimmt wurde? Er hatte einmal von einem Volksstamm in Afrika gehört, bei dem Gewalt und Diebstähle praktisch nicht vorkamen und man sich nicht die Mühe machte, die Zeit zu messen. Er sehnte sich dorthin, aber dieser Stamm war bestimmt schon ausgerottet oder in Slums vertrieben worden, wo die Stammesangehörigen am Alkohol und Aids zugrunde gingen.

Acht Personen. Haver nahm die Liste mit den Namen und ging zu Ottosson.

24

Vincent Hahn war plötzlich wach geworden. Er sah auf die Uhr. Kurz nach neun. Er hatte nur ein paar Minuten geschlafen und war sofort in einen Traum versunken. Irgendwo sprach eine Männerstimme, aber er brauchte ein paar Sekunden, um zu verstehen, was er da hörte: die Nachrichten im Radio.

Er fand Vivan in der Küche, am Telefon. Angsterfüllt blickte sie zu ihm auf, und er begriff, daß sie Bescheid wußte.

»Leg den Hörer auf«, sagte er und ging ein paar Schritte auf sie zu.

»Du bist genau wie Wolfgang«, erwiderte sie, »du lügst und schlägst.«

»Halt's Maul! Laß ihn aus dem Spiel!«

»Warum?«

Er nahm ihr den Hörer ab. Sie ließ es zu. Er sah, daß sie schwitzte. Im Radio lief ein schwedischer Evergreen. Er stand jetzt ganz dicht vor ihr. Auf dem Verband um seine Stirn waren Blutflecken.

»Sie war eine Hure«, sagte Vincent leise.

»Kanntest du sie?«

Er riß die Schnur am Hörer heraus.

»Wir sind zusammen in die Schule gegangen. Sie war schon damals ein Schwein.«

»Aber das ist doch eine Ewigkeit her, kannst du ihr nicht verzeihen?«

Vivan wußte, daß Vincent eine schwere Schulzeit durchgemacht hatte, daß er gemobbt worden und ein Außenseiter gewesen war. Wolfgang hatte ihr einmal gesagt, sein Bruder sei das perfekte Mobbingopfer gewesen.

»Ich erinnere mich an alles«, flüsterte er, sie konnte seine Worte kaum verstehen.

Er zog die Schnur über seine Hand.

»Ich werde nichts sagen«, meinte sie.

»Wen wolltest du anrufen?«

»Nettan. Sie läßt sich scheiden und möchte, daß ich sie zu einem Rechtsanwalt begleite.«

»Wer zum Teufel ist Nettan?«

Sein Wutanfall kam so unerwartet, daß sie zurückschreckte und das Gleichgewicht verloren hätte, wenn er sie nicht an den Oberarmen gepackt hätte.

»Welche dreckige verdammte Nettan?!«

»Sie ist eine Freundin von mir«, flüsterte sie. »Du tust mir weh.«

»Verdammt, verdammt. Das ist zu viel Mist, zu viel blödes Gequatsche.«

»Du tust mir weh«, jammerte Vivan in seinem immer fester werdenden Griff. Sein widerwärtiger Atem ließ sie vor Übelkeit würgen. »Sie ist meine beste Freundin«, hauchte sie atemlos.

»Freundin!«

»Du kannst doch hierbleiben«, sagte sie. »Ich könnte etwas Gesellschaft gebrauchen.«

Er ließ sie hastig los, und sie sank in sich zusammen, stützte sich instinktiv auf die Arbeitsfläche der Einbauküche und richtete sich wieder auf. Weine nicht, dachte sie, er verabscheut flennende Frauen.

»Hierbleiben, wie meinst du das?«

Sie schluckte und überlegte sich gut, was sie antworten würde. Die Erinnerung an die Wutanfälle seines Bruders und ihre Beschwichtigungsversuche wurde wieder in ihr lebendig. Mit den Jahren hatte sie gelernt, Wolfgang geschickt auszumanövrieren.

»Ich bin allein«, sagte sie und schlug die Augen nieder.

»Allein«, wiederholte Vincent.

»Diese Frau ist mir doch völlig egal. Immerhin hat sie dich geschlagen.«

»Ja, sie hat mich geschlagen.«

Er blieb mit nachdenklicher Miene stehen, und Vivan glaubte, in seinen Zügen jene Weichherzigkeit zu erkennen, wegen der sie sich zwanzig Jahre zuvor in seinen Bruder Wolfgang verliebt hatte. Die Gebrüder Hahn hatten das sanfte, etwas kindliche Aussehen ihrer Mutter geerbt, aber auch die dunklen Charakterzüge ihres Vaters, eine Mischung, die sich in ihren blitzschnellen Stimmungsumschwüngen niederschlug.

»Sie hat heftig zugeschlagen. Du hättest sterben können, wenn du nicht so einen starken Schädel hättest.«

Er sank auf einen Stuhl. Sie legte ihre Hand an seinen bandagierten Kopf. Wenn er doch bloß gestorben wäre. Niemand würde ihn vermissen, dachte sie, bereute den Gedanken jedoch sofort. Wie ungerecht. Er war trotz allem ein Mensch.

»Möchtest du einen Tee?«

Er schüttelte kraftlos den Kopf.

»Ein Glas Saft?«

Er nickte.

Sie mixte etwas Rhabarbersaft in einer Karaffe und stellte sie zusammen mit einem Glas auf den Tisch. Er trank schnell, mit großen Schlucken. Der weichherzige Gesichtsausdruck kehrte zurück.

»Ich soll dich übrigens von Wolfgang grüßen«, sagte sie. »Er hat vor ein paar Tagen angerufen.«

Obwohl sie sich nach Jahren voller Zwietracht und Streitereien getrennt hatten, hielten Vivan und Wolfgang Kontakt zueinander. Alle paar Monate rief er sie aus Tel Aviv an.

»Du hast mich nicht angerufen.«

»Ich habe versucht, dich zu erreichen, aber du bist selten zu Hause. Wolfgang geht es gut, er beklagt sich jedoch darüber, daß die Lage so angespannt ist.«

»Das sind diese verdammten Araber«, meinte Vincent.

Vivan hütete sich, näher auf den Konflikt zwischen Israelis und Palästinensern einzugehen. Statt dessen erzählte sie Tratschgeschichten, die sie von ihrem Exmann erfahren hatte. Ein Cousin der Brüder war Großvater geworden, und ein paar andere Verwandte hatten eine Reise nach Polen gemacht und die dortige Verwandtschaft besucht. Vincent lauschte aufmerksam. Vivan hatte entdeckt, daß er gerne das Neueste von seinen entfernten Verwandten hörte, Namen und triviale Ereignisse auf eine Art im Gedächtnis behielt, die sie immer wieder erstaunte. Er erinnerte sich an alles, und das Wohlergehen seiner Cousins und anderer Familienmitglieder lag ihm anscheinend sehr am Herzen.

»Ich habe gehört, daß Benjamin geheiratet hat«, sagte er, und Vivan tat, als wäre ihr das neu.

»Was sagst du da, das wußte ich ja noch gar nicht. Wen denn?«

»Ein Mädchen aus den USA, die im Ostteil Jerusalems ein Haus gekauft hat.«

Sie unterhielten sich über die gemeinsamen Bekannten, die sie hatten. Vincent wurde ruhiger, trank noch zwei Glas Saft. Vivan unterhielt ihn mit Fragen und kurzen Bemerkungen. Sie schlug vor, Weihnachten gemeinsam zu feiern. Seine Miene hellte sich etwas auf, als sie das sagte.

Dann kam der Wutausbruch. Vivan nahm kaum wahr, daß er sich ankündigte, und begriff noch weniger, was ihn ausgelöst hatte. Sie starb, ohne es zu erfahren, mit einem gurgelnden Laut.

Er schob sie unter das Bett. Sie erinnerte ihn ein wenig an Julia. Die gleiche schöne Ruhe. Die Male von der Schnur leuchteten wie eine blutrote Halskette. Die blau verfärbte Zungenspitze ragte einen Zentimeter aus dem Mund heraus. Vincent mußte lachen und drückte sie wieder hinein, zog jedoch schnell den Finger zurück, als er sich einbildete, Vivan wolle ihn beißen.

Sein Lachen wurde plötzlich zu einem unartikulierten Schrei, der ebenso schnell wieder endete. Vincent setzte sich auf die Erde und betrachtete seine Schwägerin. Fast verwandt, dachte er. Jedenfalls ist sie der Mensch, der in Uppsala noch am ehesten mit mir verwandt ist. Seine Einsamkeit wurde durch das Ticken des Weckers verstärkt, der zu sagen schien: Du bist tot, du bist tot.

Er streckte sich nach der Uhr, die Wolfgang einmal auf einer Geschäftsreise gekauft hatte, und warf sie an die Wand. Im Radio in der Küche lief ein argentinischer Tango.

Er legte seine Hand auf ihre. Sie war noch warm, und ihm wurde schwarz vor Augen. Das Werk eines Augenblicks, und ein Mensch ist fort. Er strich mit der Hand über ihren Arm, streichelte ihn liebevoll. In seinem verwirrten Gehirn regte sich der Gedanke, daß er eine unverzeihliche Tat begangen hatte. Vivan, deren Gesicht sich am Fenster erhellt, die sich über seine üble Wunde erschreckt, ihn aber dennoch bei sich aufgenommen, ihm zu trinken gegeben hatte. Seine Fastverwandte.

Er ahnte, daß sie genauso einsam gewesen war wie er selber, auch wenn sie sich stets bemüht hatte, über ihre Freundinnen zu sprechen. Ihm kam der Gedanke, daß er sich das Leben nehmen könnte, dies vielleicht sogar tun müßte.

Mühsam stand er auf, ging in die Küche, stellte einen umgestürzten Stuhl wieder hin und trank ein paar Schlucke Saft. Als seine Hand die Karaffe umschloß, weil er sich noch ein Glas einschenken wollte, lief ein Brennen durch seinen Arm. Das war Vivans Gruß, sie hatte zuletzt die Karaffe in der Hand gehabt. Nun rief sie sich bei ihm in Erinnerung, und ihm wurde klar, daß sie dies tun würde, solange er lebte.

In der Besenkammer fand er eine Wäscheleine, doch er war nicht in der Lage, eine Schlinge zu binden, sondern saß mit der grünen Plastikleine in den Händen da und vermochte nicht, sich das Leben zu nehmen.

Ein oder auch zwei Stunden später, er wußte nicht, wieviel Zeit vergangen war, ließ er die Leine zu Boden gleiten und stand auf. Er aß ein paar Reste aus dem Kühlschrank, ging ins Nähzimmer und schlief nach wenigen Minuten ein.

Allan Fredriksson gelang es im Laufe des Tages, Vincent Hahns Bruder in Tel Aviv zu lokalisieren und mit Hilfe seiner israelischen Kollegen telefonisch Kontakt zu ihm aufzunehmen.

Wolfgang Hahn, der Computerschulungen leitete, war seit sieben Jahre nicht mehr in Schweden gewesen. Während dieser Zeit hatte er vielleicht fünf, sechs Mal mit Vincent telefoniert, zuletzt vor einem Jahr. Er behauptete, nicht einmal die aktuelle Telefonnummer seines Bruders zu kennen. Auf die Frage, ob es einen Bekannten in Uppsala gebe, der eventuell mehr wissen könne, nannte Wolfgang Hahn seine frühere Frau, die sporadisch Kontakt zu Vincent hielt.

»Wie läuft es denn in Svedala? Ich habe gehört, daß bei euch bald mehr Araber sind als bei uns, und wir haben Probleme mit unseren.«

»Das liegt vielleicht daran, daß ihr ihnen das Land geklaut habt«, erwiderte Fredriksson sanft. »Wie hieß Tel Aviv vor fünfzig Jahren?«

Wolfgang Hahn lachte.

»Wie ich höre, hat sich das sogar bei der Polizei herumgesprochen«, erwiderte er ohne Groll in der Stimme.

»Gibt es weiße Weihnachten?« lautete die letzte Frage des ausgewanderten Schweden. Erst als Fredriksson schon aufgelegt hatte, fiel ihm auf, daß Wolfgang Hahn ihn nicht gefragt hatte, warum die Polizei nach seinem Bruder suchte.

Vivan Hahn stand als »med.-techn. Assistentin« im Telefonbuch, wohnhaft in der Johannesbäcksgatan. Laut Wolfgang war sie seit längerem krankgeschrieben, aber er wußte nicht warum. Sie hatten keine gemeinsamen Kinder, und sie lebte allein. Vor ein paar Jahren hatte sie einen Freund gehabt, aber der schien mittlerweile ausrangiert worden zu sein. Vivan Molin ging nicht an den Apparat.

Fredriksson rief die Versicherungskasse an. Sie war nicht krankgeschrieben, ein Arbeitgeber war auch nicht registriert. Ihre letzte Stelle war eine Vertretung im Biomedizinischen Zentrum am Stadtrand gewesen. Dort hatte sie bis Ende August gearbeitet.

Wie wahrscheinlich war es, daß Vincent Hahn seine ehemalige Schwägerin aufgesucht hatte? Seinem Bruder in Tel Aviv zufolge verstanden sich die beiden nicht besonders gut. Fredriksson seufzte. Jönsson und Palm gingen in Sävja von Haus zu Haus, aber bislang hatten die Gespräche mit Hahns Nachbarn in der Bergslagsresan nicht das geringste gebracht. Die meisten konnten ihren Nachbarn anhand des Fotos, das ihnen die Polizei gezeigt hatte, nicht identifizieren. Der nächste Nachbar, ein Bosnier aus Sarajewo, hatte nur ironisch gelächelt, als Jönsson ihn gefragt hatte, ob er mit Vincent Hahn in persönlichem Kontakt stehe.

Fredriksson schob die Blätter zur Seite. Im Grunde wollte er sich gar nicht mit Hahn beschäftigen. In Gedanken war er viel mehr bei dem Mord am kleinen John. Er war sicher, daß sie ihn aufklären würden, wobei seine Überzeugung nicht auf etwas Konkretem beruhte, sondern sich auf ein Gefühl stützte, dem langjährige Erfahrung zugrunde lag. Er wußte, wie groß die Wahrscheinlichkeit war, in Johns Kreisen einen Mörder zu finden. Die Pokerpartie und Johns angeblicher Riesengewinn waren ein glaubwürdiges Motiv. Den Täter mußten sie im Kreis der illegalen Glücksspieler suchen, davon war Fredriksson hundertprozentig überzeugt. Jetzt kam es nur noch darauf an, das Knäuel zu entwirren.

Er hatte eine mögliche Verbindung zwischen dem kleinen John und Hahn mit Haver diskutiert, aber sie waren beide skeptisch gewesen. Es konnte ebensogut reiner Zufall sein, daß die beiden Schulkameraden waren. Der Mord am kleinen John war nicht das Werk Hahns. Zwar wußten sie herzlich wenig über dessen Profil, seinen Hintergrund und sein

Verhalten, aber allein die Tatsache, daß John auf der Schneekippe in Libro gefunden worden war, sprach gegen Hahn als Täter. Wie sollte er, ohne Auto und Führerschein, die Leiche dorthin verfrachtet haben?

Jemand hatte den Gedanken geäußert, daß Hahn sich auf grausame Weise an allen alten Schulkameraden rächen wollte, die Haustiere besaßen: an John mit seinen Fischen und Gunilla Karlsson mit ihrem Kaninchen. Daß er sich als eine Art Befreier der Tiere sah, aber in Fredrikssons Augen war das etwas arg weit hergeholt.

Er rief erneut bei Vivan Molin an, wieder ohne Erfolg. Sollte er nach Johannesbäck fahren und schauen, ob sie zu Hause war? Letzten Endes war Vivan Molin der einzige Name, den er hatte. Vielleicht würde sie ihm einen Tip geben können, an wen Vincent Hahn sich möglicherweise gewandt hatte?

Fredriksson zog die Schuhe aus, schnürte seine Stiefel, nahm die Pelzmütze vom Haken und machte sich auf den Weg.

Dezember. Die Sonne hatte es gerade so über den Horizont geschafft, was allerdings keine große Rolle spielte, denn dunkle Wolkenbänke hingen tief über Uppsala, und Schnee lag in der Luft. Allan Fredriksson setzte sich in den Wagen, zögerte jedoch ein paar Sekunden, ehe er startete. Weihnachtsfeier. Das Wort tauchte aus dem Nichts auf. Bei der Polizei hatte es durchaus Weihnachtsfeiern gegeben, zumindest bis in die siebziger Jahre hinein. Er erinnerte sich nicht mehr so genau, aber er verband das Wort wohl eher mit einer schlummernden Erfahrung aus der Kindheit, mit lärmenden erwachsenen Stimmen und Kindern, die nicht laut waren, nur erwartungsvoll, fein angezogen, die Haare mit Wasser glattgekämmt, und mit einem Weihnachtsmann mit angeklebtem Bart.

»In früheren Zeiten«, Fredriksson horchte den Worten nach. Sie klangen hoffnungslos veraltet. »In früheren Zeiten«, wiederholte er laut.

So sagte man. War früher alles besser gewesen? Er startete

den Wagen, und der Motor heulte auf. Zu viele Gedanken. Zu viel Gas.

An der Ecke Verkmästargatan und Apelgatan waren zwei Autos zusammengestoßen. Fredriksson überlegte einen Moment, ob er anhalten sollte, verzichtete jedoch darauf, als er den Gesichtsausdruck des einen Unfallbeteiligten sah. Verkehrsunfälle fielen nicht in seinen Aufgabenbereich. Als er noch Streifenpolizist gewesen war, hatte Fredriksson solche Unfälle gehaßt, nicht wegen den Verletzten, sondern weil es so viele durchgedrehte Verkehrsteilnehmer gab.

Allan Fredriksson klingelte an Vivan Molins Tür, wartete eine Minute und klingelte dann noch einmal. Es rührte sich nichts. Er öffnete den Briefeinwurf und versuchte hineinzusehen. Ein schwacher Lufthauch aus einer ungelüfteten Wohnung schlug ihm entgegen. Auf dem Fußboden war weder Post noch eine Zeitung zu erkennen. Als er die Klappe des Briefeinwurfs losließ, glaubte er gleichzeitig ein leises Knacken in der Wohnung zu hören, so als hätte jemand einen Lichtschalter betätigt. Er lauschte und öffnete erneut den Briefeinwurf, aber jetzt war es vollkommen still. Hatte er sich geirrt? Er richtete sich auf und holte das Handy und den Zettel mit Vivan Molins Telefonnummer heraus. Er ließ es sechsmal klingeln, aber aus der Wohnung drang kein Geräusch. Entweder die Leitung war tot oder die Frau hatte das Telefon herausgezogen.

Fredriksson blieb in Gedanken versunken stehen. Er drehte sich um und studierte die Tür des Nachbarn. »M. Andersson« stand auf dem Briefeinwurf. Er klingelte. Unmittelbar darauf wurde die Tür von einer Frau geöffnet, so als hätte sie bereits die Hand auf der Klinke gehabt. Sie war etwa siebzig Jahre alt und hatte lange weiße, zu einem Zopf geflochtene Haare. Die Hand auf der Klinke war ausgemergelt, und unter der Haut sah man große, geschwollene, blauschwarze Adern.

Er stellte sich vor und erklärte, daß er Vivan Molin suche.

»Da stimmt was nicht«, sagte die Frau sofort.

»Inwiefern?«

»Heute vormittag habe ich seltsame Geräusche gehört. Gestern am späten Abend ist ein Mann gekommen.«

»Wann war das?«

»Gegen elf. Ich hatte gerade die Sülze fertig. Ich fahre heute nachmittag nämlich nach Kristinehamn und will sie mitnehmen. Er stand draußen und rief von der Straße hoch.«

»Wie sah er aus?«

»Das habe ich nicht so gut sehen können, aber er trug eine Mütze. Vivan hat ihn ins Haus gelassen.«

»Ist sie runtergegangen und hat die Haustür geöffnet?«

»Ja, ab neun ist die Tür abgeschlossen.«

»Die Geräusche, von denen Sie gesprochen haben, wie klangen die?«

»Wie Schreie. Da ist was passiert. Ich wollte schon fast die Polizei rufen, aber man soll sich ja nicht in anderer Leute Angelegenheiten einmischen.«

»Wie gut kennen Sie Vivan Molin? Bekommt sie oft abends noch Besuch?«

»Nein, nie. Es ist immer ruhig in diesem Treppenhaus.«

»Geht sie arbeiten?«

»Sie ist krankgeschrieben. Ausgebrannt, wie man das heute nennt.«

Fredriksson bedankte sich für die Auskünfte und ging auf die Straße hinunter, wo er den diensthabenden Beamten im Präsidium anrief. Acht Minuten später war ein Streifenwagen vor Ort und unmittelbar darauf traf ein Schlosser von Pettersson & Barr ein. Es war ein junger Bursche mit Rastalocken, kaum älter als zwanzig.

Fredriksson und die uniformierten Kollegen berieten, wie sie vorgehen sollten. Wenn Vincent Hahn sich in der Wohnung aufhielt, konnte er durchaus bewaffnet sein. Er dürfte kaum über eine Schußwaffe verfügen, wahrscheinlicher war ein Messer oder eine andere Hiebwaffe.

Der Rastamann brauchte dreißig Sekunden, um das Schloß zu öffnen. Er pfiff bei der Arbeit, und Fredriksson bat ihn, still zu sein.

Slättbrant, der bei den Kollegen für seine ruhige Art bekannt war, öffnete die Tür ein wenig.

»Polizei!« rief er durch den Türspalt. »Ist jemand zu Hause?«

Stille.

»Hier spricht Torsten Slättbrand von der Polizei. Ich komme jetzt herein.«

Er schlug die Tür auf und machte einen Schritt in die Wohnung, seine Dienstwaffe hatte er in der linken Hand. Er schob sich weiter vor, während er vorsichtig in ein Zimmer lugte, das Fredriksson für die Küche hielt. Anschließend stand er etwa zehn Sekunden still und witterte wie ein Jagdhund.

Er sah sich um und schüttelte den Kopf.

»Ist jemand zu Hause?« wiederholte er, und Fredriksson wurde immer ungeduldiger.

»Im Schlafzimmer liegt eine Frau unter dem Bett«, sagte Göthe, der zweite uniformierte Polizist, der sich das Zimmer auf der anderen Seite des Flurs vorgenommen hatte.

Fredriksson nickte, als hätte er das bereits gewußt.

»Ich glaube, sie ist erdrosselt worden«, ergänzte Göthe.

Hinter ihm tauchte der Schlosser auf und streckte neugierig den Kopf vor.

»Verschwinden Sie«, schrie Fredriksson ihn an.

»Können wir Hahn als Verdächtigen für den Mord am kleinen John ausschließen?«

Ottossons Frage stand für Sekunden im Raum. Eine Neonröhre flackerte und unterstrich die nervöse Stimmung der versammelten Polizisten.

»Kann eigentlich keiner diese Lampe reparieren?« sagte Sammy Nilsson.

»Ich glaube nicht, daß Hahn etwas mit dem Mord am kleinen John zu tun hat«, ergriff Fredriksson das Wort. »Er hat ein anderes Täterprofil. Ihr wißt ja, wie seine Korrespondenz aussah, er ist ein frustrierter Kerl mit einem völlig verdrehten Menschenbild. Ich habe einen Brief an Uppsala-

Bus gelesen, in dem er spezielle Busse für Ausländer vorschlägt, damit es den Schweden erspart bleibt, mit Kanaken in Kontakt zu kommen. Daß er ein Schulkamerad Johns war, ist reiner Zufall.«

»Ich bin mir da nicht so sicher«, meinte Sammy. »Wir brauchen uns bei ihm keine Gedanken über ein Motiv zu machen. Der Typ ist einfach plemplem und hat sich in irgendwas reingesteigert. Er könnte John, den er aus seiner Schulzeit kannte, rein zufällig getroffen haben. Vielleicht war noch eine alte Rechnung offen, und dann ging es zur Sache.«

»Aber wo?« wollte der Leiter des Führungs- und Lagedienstes wissen. »In der Vaksalagatan, als John auf den Bus wartete? Wo geschah der Mord, die Folterung, und wie hat Hahn die Leiche nach Libro verfrachtet?«

Morenius schüttelte den Kopf.

»Wir wissen noch zu wenig über Hahn«, entgegnete Sammy. »Vielleicht hatte er Zugang zu einer Wohnung, möglicherweise auch zu einem Auto. Wir haben doch bis jetzt keinen Menschen getroffen, der ihn wirklich gekannt hat, der wußte, was er in den letzten Tagen getan hat.«

Ottosson kratzte sich am Kopf.

»Ich glaube, wir können Hahn ausschließen«, sagte er, aber seine Stimme klang nicht wirklich überzeugt.

»Den Mörder des kleinen John müssen wir unter den Spielern oder anderen lichtscheuen Gestalten suchen«, meinte Berglund.

»Wir müssen unvoreingenommen weiterarbeiten«, sagte Ottosson, »wir dürfen jetzt nicht nachlassen. Unbewußt verliert man rasch den Biß.«

»Okay«, ergriff Haver das Wort, »abgesehen von John waren acht Personen bei diesem Pokerabend. Ljusnemark hat uns ihre Namen genannt. Vier plus Ove Reinhold haben wir heute verhört. Bleiben noch drei. Einer ist offenbar im Ausland, eventuell in Holland. Seine Mutter lebt dort. Ein anderer ist wie vom Erdboden verschluckt, und der dritte ist Mossa, der anscheinend verreist ist. Wir haben mit seinem Bruder und seiner Mutter gesprochen, die in der Stadt wohnen.

»Wer ist denn eventuell in Holland?«

»Dick Lindström.«

»Der mit den Zähnen?«

Haver nickte.

»Genau der.«

»Und wer ist ›wie vom Erdboden verschluckt‹, wie du es ausdrückst?«

»Ein gewisser Allan Gustav Rosengren, genannt ›Die Lippe‹. Zwei Verurteilungen wegen Hehlerei, zuletzt vor fünf Jahren. Er hat keinen festen Wohnsitz. Bis vor zwei Jahren war er in Mälarhöjden gemeldet, wo er als Untermieter bei einer alten Schachtel gewohnt hat. Dort ist er ausgezogen und seitdem aus allen Registern verschwunden.«

»Einer mit Zähnen und einer mit Lippe«, bemerkte Riis.

»Können wir Ljusnemark als Täter ausschließen?« erkundigte sich Morenius.

»Ich denke schon«, antwortete Haver. »Er scheint mir ein ziemlicher Hasenfuß zu sein. Ich kann mir nicht vorstellen, daß er jemandem einen Finger abschneidet.«

»Dann wäre also Geld das Motiv?«

»Spielschulden scheiden jedenfalls aus«, meinte Haver. »Alle sagen übereinstimmend aus, daß der kleine John gewonnen hat. Der genannte Betrag schwankt ein wenig, aber es geht um ungefähr zweihunderttausend Kronen. Eventuelle Spielschulden hätte er also begleichen können.«

»Aber vielleicht wollte er nicht?«

»Da ist was dran.«

»Vielleicht hatte er Blut geleckt, bei anderen Partien mitgespielt und sich erst dann verschuldet?«

»Da ist noch mehr dran«, sagte Haver. »Die Pokerrunde traf sich Ende Oktober. Er hatte also bis zu seiner Ermordung genügend Zeit zum Pokerspielen.«

»Das glaube ich nicht«, widersprach Ottosson. »Der kleine John war smart und vorsichtig. So viel Geld hätte er niemals aufs Spiel gesetzt.«

»Aber um eine solche Summe zu gewinnen, muß er von Anfang an einiges gehabt haben. Mehrere Mitspieler haben ausgesagt, daß er hoch spielte, fast schon verzweifelt setzte. Keiner hat ihn vorher jemals so spielen sehen.«

»Vielleicht hat er deshalb auch gewonnen«, bemerkte Fredriksson. »Er hat die anderen überrumpelt.«

»Kann einer von ihnen vielleicht einfach sauer gewesen sein?« sagte der Leiter des Führungs- und Lagedienstes, ihr ständiger Fragesteller.

»Nicht so sauer«, meinte Haver.

Er wollte, daß jemand einen neuen Aspekt einbrachte. Über alles, was bisher angesprochen worden war, hatte er selber bereits nachgegrübelt, aber gleichzeitig wußte er, daß man auf diese Art diskutieren mußte, damit sich ein mögliches Szenario herauskristallisierte.

»Um noch einmal auf Hahn zurückzukommen«, sagte Ryde von der Spurensicherung. »Vivan Molin ist ohne jeden Zweifel erdrosselt worden, und zwar heute vormittag. Hahn hat dort übernachtet, wir haben Haare von ihm in dem Zimmer gefunden, wo er höchstwahrscheinlich die Nacht verbracht hat. Die Zeitung von heute lag zusammengefaltet im Mülleimer, so als hätte er sie verstecken wollen. Die Schnur des Telefonhörers ist herausgerissen worden. Entweder wollte er seine Schwägerin daran hindern zu telefonieren, oder aber die Schnur war gerade zur Hand, als er die Frau erwürgen wollte. Irgendwie muß sie von Hahns Überfall auf Gunilla Karlsson in Sävja erfahren haben.«

»Radio oder Lokalfernsehen«, sagte Fredriksson. »In der Küche stand ein Radio.«

Ryde nickte. Nur Fredriksson konnte den Kriminaltechniker unterbrechen, ohne deshalb angeschnauzt zu werden.

»Richtig. Wir sollten überprüfen, ob der Überfall in Sävja in den Nachrichten erwähnt wurde. Es gibt keine Spuren von einer dritten Person, auch wenn wir das nicht mit letzter Sicherheit ausschließen können. Mord, Motiv unklar, entweder ist Hahn durchgedreht oder er wollte jemanden zum Schweigen bringen, der zuviel wußte«, beendete Ryde seinen Bericht.

»Ausgezeichnet«, sagte Ottosson und lächelte, aber es war

ein Lächeln, das große Müdigkeit verriet. Der Kommissariatsleiter hatte Fieber, und einige fanden, daß er lieber zu Hause bleiben sollte, nicht zuletzt Lundin, der sich weigerte, auch nur in Ottossons Nähe zu kommen.

»Wie ist er von der Universitätsklinik nach Johannesbäck gekommen?« fragte Berglund. »Vielleicht hat er ja doch ein Auto.«

»Daß er Bus gefahren ist, halte ich für wenig wahrscheinlich, wir werden die Taxis überprüfen müssen«, überlegte Fredriksson.

»Wir können nur versuchen, eventuelle Bekannte von ihm aufzutreiben, und weiter nach ihm fahnden. Die Chance, daß er sich in der Stadt herumtreibt, scheint mir recht groß zu sein«, meinte Ottosson. »Er ist der Typ dafür. Allan, du wirst dir Gedanken darüber machen, wo Hahn stecken könnte.«

»Danke«, sagte Fredriksson und zupfte sich an der Nasenspitze.

»Wie gehen wir bei John vor?« fragte Morenius.

»Wir nehmen die Pokerrunde unter die Lupe, überprüfen ihre Alibis und sehen zu, daß wir den Holländer Lindström, ›Die Lippe‹ Rosengren und Mossa finden«, antwortete Haver. »Viel mehr können wir nicht tun. Da ist noch eine Sache, die mich beschäftigt. Mehrere Personen haben erwähnt, daß John etwas plante, etwas Großes. Was kann das gewesen sein?«

»Ein Geschäft mit Zierfischen, glaube ich«, sagte Berglund. »Pettersson, mit dem ich gesprochen habe, meinte, John habe was in der Art gesagt.«

»Es braucht nicht unbedingt ein Geschäft gewesen sein«, wandte Sammy ein. »Er kann auch das Pokern gemeint haben.«

»Haben wir eigentlich Johns Frau nach der Pokerpartie gefragt?«

»Beatrice ist gerade bei ihr«, erklärte Ottosson.

Wie bei Beatrices erstem Besuch saßen sie in der Küche. Der Junge war kurz im Türrahmen stehengeblieben, dann jedoch in seinem Zimmer verschwunden. Rapmusik war bis in die Küche zu hören.

»Er dreht die Musik zu laut auf, aber ich bringe es im Moment einfach nicht übers Herz, ihm das zu verbieten«, sagte Berit, nicht entschuldigend, sondern eher trocken konstatierend.

»Wie geht es ihm?«

»Er sagt nicht viel. Er geht nicht in die Schule, hockt dafür aber um so mehr vor dem Aquarium.«

»Standen die beiden sich nahe?«

Berit nickte.

»Sehr«, sagte sie nach einer Weile. »Sie hingen immer zusammen. Wenn es jemanden gab, der John beeinflussen konnte, dann war es Justus.«

»Wie lief es denn finanziell? Sie haben erwähnt, daß das Geld manchmal knapp war.«

Berit schaute aus dem Fenster.

»Es ging uns gut«, antwortete sie.

»Wie war es in der letzten Zeit?«

»Ich weiß, worauf Sie hinauswollen. Sie glauben, daß John in eine krumme Sache verwickelt war, aber das stimmt nicht. Er war vielleicht oft schweigsam und wirkte unnahbar, aber dumm war er nicht.«

»Das habe ich auch nicht behauptet. Aber um nicht lange um den heißen Brei herumzureden: Es sieht ganz danach aus, daß John im Herbst einen beträchtlichen Geldbetrag gewonnen hat.«

»Gewonnen? Sie meinen bei Pferdewetten?«

»Nein, beim Kartenspiel. Poker.«

»Sicher, er hat manchmal Karten gespielt, aber nie um große Summen.«

»Zweihunderttausend Kronen«, sagte Beatrice.

»Wie bitte, das ist unmöglich.«

Das Erstaunen der Frau schien nicht gespielt zu sein. Sie schluckte und sah Beatrice verständnislos an.

»Es ist nicht nur möglich, sondern sogar sehr wahrscheinlich. Wir haben mehrere Zeugen, die das übereinstimmend aussagen.«

Berit senkte den Kopf und sackte in sich zusammen. Mit den Fingern einer Hand tastete sie über die Tischdecke und zupfte zerstreut an den Stickereien, die einen schlittenfahrenden Weihnachtsmann darstellten. Die Musik in Justus' Zimmer war verstummt, und in der Wohnung war es vollkommen still.

»Warum hat er mir dann nichts davon gesagt? Zweihunderttausend, das ist doch unglaublich viel Geld. Sie müssen sich irren. Wer hat behauptet, daß er soviel gewonnen hat?«

»Unter anderem vier Personen, die in jener Nacht Geld verloren haben.«

»Und jetzt sind sie wütend auf John und versuchen ihn in den Dreck zu ziehen.«

»So kann man es auch sehen, aber ich glaube, daß sie die Wahrheit sagen. Man brüstet sich nicht damit, um Geld gespielt zu haben, aber sie fühlen sich unter Druck gesetzt und entscheiden sich deshalb dafür, mit der Wahrheit herauszurücken. Außerdem dürften einige von ihnen Probleme haben zu erklären, woher sie das Geld für ihre hohen Spieleinsätze hatten.«

»Ist er wegen des Geldes ermordet worden?«

»Das ist zumindest denkbar.«

»Und wo ist das Geld jetzt?«

»Darüber haben wir uns auch Gedanken gemacht. Vielleicht ist es gestohlen worden, als John ermordet wurde, oder es liegt irgendwo auf einem Bankkonto oder ...«

»Bei uns zu Hause«, ergänzte Berit, »aber hier ist kein Geld.«

»Haben Sie das überprüft?«

»Was heißt überprüft. Ich habe natürlich einiges von ihm weggeräumt, und Sie sind seine Sachen doch auch durchgegangen.«

»Wir werden wohl noch einmal nachschauen müssen.«

»Es ist bald Weihnachten, ich denke an Justus. Er braucht jetzt Ruhe.«

Sie unterhielten sich weiter. Beatrice fragte Berit, ob sie sich jetzt, da sie wisse, daß John so viel Geld in die Finger bekommen hätte, daran erinnern könne, ob im Herbst etwas Unerwartetes passiert sei, aber Berit meinte, John habe sich wie immer verhalten.

Beatrice zeigte Berit Fotografien der Männer, die bei der Pokerrunde mitgespielt hatten.

»Einer von ihnen könnte Johns Mörder sein«, sagte Berit.

Beatrice erwiderte nichts, sondern sammelte die Fotos wieder ein.

»Hätten Sie was dagegen, daß ich mich mal mit Justus unterhalte?«

»Ich werde Sie wohl nicht daran hindern können«, meinte Berit leise. »Wollen Sie ihm auch die Bilder zeigen?«

»Das vielleicht nicht, aber ich möchte ihn fragen, ob ihm an Johns Verhalten im Herbst eine Veränderung aufgefallen ist.«

»Sie haben sich vor allem über Fische unterhalten.«

Beatrice stand auf.

»Glauben Sie, er will mit mir reden?«

»Da müssen Sie ihn schon selber fragen. Eine Frage noch, wann hat er das Geld gewonnen?«

»Mitte Oktober«, antwortete Beatrice.

Sie klopfte vorsichtig und öffnete die Tür einen Spaltbreit. Justus saß mit angezogenen Beinen auf seinem Bett. Neben ihm lag ein aufgeschlagenes Buch.

»Du liest?«

Justus erwiderte nichts, schlug das Buch zu und sah sie mit einem Blick an, den Beatrice nur schwer deuten konnte. Sie erkannte Reserviertheit, um nicht zu sagen Abscheu, aber auch Neugier.

»Können wir uns ein bißchen unterhalten?«

Er nickte und sie setzte sich auf den Schreibtischstuhl. Justus schaute sie eindringlich an.

»Wie geht es dir?

Der Junge zuckte mit den Schultern.

»Weißt du etwas, das eine Erklärung für den Tod deines Vaters sein könnte?«

»Was sollte das sein?«

»Etwas, das er gesagt hat, und das du damals für nicht so wichtig hieltest, was aber vielleicht doch wichtig war. Zum Beispiel über einen Freund, den er bescheuert fand oder etwas anderes.«

»Er hat nichts in der Art gesagt.«

»Manchmal wollen Erwachsene etwas erzählen, bekommen es aber nicht richtig raus, wenn du verstehst, was ich meine.«

Beatrice verstummte und ließ ihm etwas Zeit. Sie stand auf und schloß die Tür, ehe sie weitersprach.

»Hat er dir manchmal Geld gegeben?«

»Ich bekomme Taschengeld.«

»Wieviel?«

»Fünfhundert Kronen im Monat.«

»Kommst du damit aus? Was kaufst du dir davon?«

»Klamotten und CDs, vielleicht auch mal ein Spiel.«

»Hast du manchmal mehr bekommen?«

»Ja, wenn ich was brauchte und meine Eltern es sich leisten konnten.«

»Hast du im Herbst mehr bekommen? Hattest du das Gefühl, daß dein Vater mehr Geld als sonst hatte?«

»Ich weiß, worauf Sie hinauswollen. Sie glauben, daß Papa irgendwo Geld gestohlen hat, aber er hat Geld verdient wie alle anderen.«

»Er war arbeitslos.«

»Das weiß ich auch. Dieser Sagge hat alles kaputtgemacht, weil er nicht kapiert hat, daß Papa der beste Schweißer weit und breit war.«

»Hast du ihn mal in der Werkstatt besucht?«

»Ab und zu.«

»Kannst du schweißen?«

»Das ist sauschwer«, sagte Justus mit Nachdruck.

»Hast du es probiert?«

Er nickte.

»Sagge hat alles kaputtgemacht, wie hast du das gemeint?«
»Papa ist doch arbeitslos geworden.«
»Hat er sich Sorgen gemacht?«
»Er wurde ...«
»Wütend?«
Erneutes Nicken.
»Worüber habt ihr euch denn so unterhalten?«
»Über Fische.«
»Ich verstehe überhaupt nichts von Zierfischen, und ich habe noch nie ein so großes Aquarium gesehen.«
»Es ist das größte in der ganzen Stadt. Papa hatte unheimlich viel Ahnung. Er hat anderen Leuten Fische verkauft, und manchmal ist er verreist, um Vorträge über Buntbarsche zu halten.«
»Wo ist er dann hingefahren?«
»Zu Versammlungen. Es gibt einen Verein für alle in Schweden, die Buntbarsche züchten.«
»Ist er denn viel gereist?«
»Nächstes Jahr sollte er nach Malmö fahren. Letztes Frühjahr war er in Göteborg.«
»Kümmerst du dich jetzt um das Aquarium?«
»Papa hat mir alles gezeigt.«
»Du bist in der achten. Was willst du später mal machen?«
Beatrice erkannte sofort, daß es ein Fehler gewesen war, das Gespräch auf die Schule zu bringen. Die Miene des Jungen veränderte sich augenblicklich. Er zuckte mit den Schultern.
»Vielleicht kannst du ja mit Aquarien arbeiten.«
»Vielleicht.«
»Hat John nie daran gedacht, sich eine Arbeit mit Aquarien und Fischen zu suchen?«
Der Junge schwieg. Sein anfänglich widerspenstiges Verhalten war einer passiven Traurigkeit gewichen. Die Gedanken an seinen Vater schossen heran wie schwere Stämme, die in einem viel zu engen Flußbett auf einen Damm zutrieben. Beatrice drängte ihn weiter, wollte aber nicht, daß er zusammenbrach. Ihre Erfahrung sagte ihr, daß dies später zu

weitaus schlimmeren Blockaden führen könnte. Im Moment wollte sie Kontakt zu ihm bekommen, sein Vertrauen gewinnen. Jeden Stamm einzeln vorschieben.

»Wenn ich was über Aquarien wissen möchte, kann ich mich dann an dich wenden? Als Polizistin und Mutter wird man oft mit einer Menge Fragen konfrontiert, verstehst du. Man kann nicht alles wissen.«

Justus sah auf und beobachtete sie mit einem Blick, dem sie nur mit Mühe standhalten konnte. Der Junge sah zu klug aus, so als hätte er sie durchschaut.

»Fragen Sie ruhig«, meinte er schließlich und sah fort.

Sie stand auf und öffnete die Tür.

»Eins sollst du jedenfalls wissen«, sagte sie, ehe sie ihn allein ließ, »alle, mit denen wir gesprochen haben, hatten nur Gutes über deinen Vater zu sagen.«

Er schaute ihr hinterher, als sie die Tür schloß.

25

Ola Haver verließ das Polizeipräsidium in bedrückter Stimmung. Auf dem Weg ins Freie hatte er den traditionellen Weihnachtsgruß des Polizeichefs gelesen. Mehrere Kollegen hatten sich am schwarzen Brett versammelt. Einige von ihnen hatten bissige und sarkastische Bemerkungen gemacht, andere hatten nur mit den Schultern gezuckt und waren weitergegangen. Sie waren nicht empfänglich für die Floskeln der Polizeiführung. Das Gerede von einem erfolgreichen Jahr, trotz großer Probleme, klang verlogener als üblich. Ein Kollege, der als Streifenpolizist arbeitete, hatte gelacht. Haver war weitergegangen. Er hatte keine Klagen hören wollen, auch wenn sie berechtigt waren.

Statt nach Hause zu fahren, schaute er noch bei Ann Lindell vorbei. Es war Monate her, daß er sie das letzte Mal besucht hatte. Jetzt wollte er mit ihr reden. Vielleicht hatten die sinnlosen Litaneien seines Chefs die Idee in ihm keimen lassen, sie zu besuchen, vielleicht auch die Sehnsucht, den

Mord am kleinen John mit ihr diskutieren zu dürfen. Sie würde sicher nichts dagegen haben, denn sie sehnte sich nach ihrer Arbeit.

Sie empfing ihn in einer Schürze, mit Mehl auf der Brust und an den Händen.

»Komm rein, ich backe«, sagte sie und schien über seinen unangekündigten Besuch nicht weiter überrascht zu sein. »Meine Eltern kommen über Weihnachten, da muß ich mich ausnahmsweise mal als tüchtige Hausfrau präsentieren.«

»Mit anderen Worten, du wirst unter die Lupe genommen«, meinte Haver und spürte sofort wieder, wie nahe er und Ann sich standen.

Er beobachtete sie, als sie den Teig fertigknetete. Seit Eriks Geburt war sie etwas rundlicher geworden, aber nicht viel. Die zusätzlichen Kilos standen ihr gut. Sie legte ein Handtuch über den Teig.

»Jetzt muß er gehen«, sagte sie zufrieden. »Wie steht's?«

Sie setzte sich Haver gegenüber. Er unterdrückte einen Impuls, sie zu berühren, war verwirrt.

»Du hast Mehl im Gesicht«, sagte er.

Sie sah ihn ein wenig spöttisch an und strich sich mit der Hand über die Wange, was zur Folge hatte, daß sie im Gesicht noch weißer wurde.

»Besser?«

Haver schüttelte den Kopf. Er war froh, Anns vertraute Stimme zu hören. Ihre nackten mehligen Arme erregten ihn. Vielleicht hatte sie das gemerkt, denn sie sah ihn ein wenig verwirrt an. Ihre gemeinsame Verwirrung elektrisierte die Luft zwischen ihnen. Nie zuvor hatte er so für Ann empfunden. Woher kam diese plötzliche Begierde? Sicher, er hatte sie schon immer attraktiv gefunden, jedoch niemals diese aufwallende Hitze und anhaltende Lust erlebt.

Ann wiederum konnte sich keinen Reim auf den Ausdruck in seinem Gesicht machen. Sie kannte ihn so gut, daß sie geglaubt hatte, jede einzelne seiner Stimmungen deuten zu können, aber das hier war etwas Neues.

»Wie läuft es mit dem kleinen John?«

»Wir glauben, daß ein Pokergewinn eine Rolle spielt«, antwortete Haver und erzählte ihr von den Vernehmungen der Spieler und dem angeblichen Riesengewinn.

»Hat er häufig gespielt?«

»Ja, mehrere Personen haben bestätigt, daß er des öfteren mitgespielt hat, aber nie um derart hohe Beträge.«

»Um sich auf eine solche Partie einzulassen, muß man entweder mutig, dumm oder reich sein, oder eine Kombination von allem«, meinte Ann.

Tatsächlich hatten sich Havers Gedanken in ähnlichen Bahnen bewegt.

»Und er muß einen Grundstock gehabt haben«, fuhr Ann fort.

Haver wollte sie sprechen hören. Wie wichtig doch gute Kollegen sind, dachte er. Ann ist das Herz unseres Kommissariats.

»Ja, er scheint ein bißchen was gehabt zu haben. Im September hat er einem seiner Freunde zehntausend Kronen geliehen.«

»Das ist nun keine Riesensumme.«

»Wenn man schon länger arbeitslos ist, dann ist das ziemlich viel.«

»Möchtest du einen Kaffee?«

»Nein, danke. Aber etwas anderes zu trinken.«

Ann holte ihm ein Weihnachtsbier. Sie wußte, daß er gerne mal ein dunkles Bier trank.

»Erinnerst du dich noch, als wir auf dieser Konferenz draußen in Grisslehamn waren?« fragte er, ehe er ein paar Schlucke aus der Flasche trank.

»Ich erinnere mich nur, daß Ryde betrunken wurde und anfing, Ottosson zu beschimpfen.«

»Du hast damals etwas gesagt, das mir seither nicht aus dem Kopf gegangen ist. Etwas über die Bedingungen der Liebe.«

Ann verlor für einen Moment die Fassung, fand aber gleich wieder zu einem leichten Tonfall zurück.

»Wirklich, dann muß ich auch schon ziemlich blau gewesen sein.«

»Du hattest tatsächlich ein bißchen Wein getrunken«, meinte Haver und bereute seine Worte bereits, vermochte jedoch den Strom nicht zu stoppen, der sich in seinem Inneren während der letzten Wochen immer stärker Bahn gebrochen hatte.

»Daran erinnere ich mich nicht«, bemerkte Ann zurückhaltend.

»Damals hattest du gerade Edvard kennengelernt.«

Ann stand auf, ging zur Spüle und warf einen Blick unter das Handtuch.

»Der muß bestimmt noch was gehen«, sagte Haver.

Ann lehnte sich an die Spüle und sah ihn an.

»Ich war damals so verwirrt«, meinte sie, »und so verletzlich, auf der Arbeit und privat, nachdem Rolf mich verlassen hatte.«

»Du hast einfach kein Glück mit den Männern. Faß das um Himmels willen nicht als Kritik auf«, beeilte er sich hinzuzufügen, als er ihren Gesichtsausdruck bemerkte. »Vielleicht konzentrierst du dich nur zu sehr auf den Job und vergißt darüber dich selbst.«

»Mich selbst«, sagte sie schnaubend. Sie ging zur Speisekammer, holte eine Weinflasche heraus und schenkte sich ein Glas ein.

»Ich stille ab«, sagte sie.

»Du trinkst Rioja, wie immer«, erwiderte Haver irgendwie erleichtert.

Sie setzte sich, und sie unterhielten sich weiter über den kleinen John. Ann wollte auch alle Details über den Überfall in Sävja und den Mord in der Johannesbäcksgatan hören. Haver sah ihren Eifer und merkte, daß sein Gehirn zum ersten Mal seit Beginn der Ermittlungen richtig in Schwung kam. Bisher war er darauf fixiert gewesen, alles richtig zu machen. Immerhin trug er formal die Verantwortung für den Fall. Jetzt konnte er den Gedanken freien Lauf lassen, wie er es früher immer in seinen Diskussionen mit Ann getan hatte. Sieht sie mich als einen Konkurrenten, überlegte er, weil ich im Moment ihren Platz im Kommissariat übernommen habe, während sie zu Hause hocken muß? Er glaubte es nicht. Ann ging es nicht ums Prestige, und sie besaß eine natürliche Autorität, die sie sofort in ihre frühere Position bringen würde, wenn sie wieder arbeiten kam.

»Wie geht es den Mädchen?« fragte sie, als das Gespräch über John langsam verebbte.

»Denen geht es gut, sie wachsen und gedeihen.«

»Und Rebecka?«

»Ich denke, es geht ihr ähnlich wie dir. Sie will wieder arbeiten gehen. Glaube ich jedenfalls. Sie wirkt so rastlos, aber vor ein paar Tagen hat sie davon gesprochen, nicht mehr in den Pflegebereich zurück zu wollen. Wegen der ganzen Einsparungen und dem Politikergerede.«

»Ich habe einen Artikel von Karlsson gelesen, dem Landrat. Ich kann nicht behaupten, daß ich beeindruckt war.«

»Wenn Rebecka seine Visage in der Zeitung sieht, flippt sie völlig aus.«

Ann schenkte sich noch ein Glas ein.

»Ich sollte vielleicht zusehen, daß ich nach Hause komme«, meinte Haver, blieb jedoch sitzen.

Er hätte anrufen sollen, es wäre ihm aber vor Ann peinlich gewesen, wenn er Rebecka erklären müßte, wo er sich aufhielt. Es war lächerlich, doch im Moment wollte er nicht an seine Frau denken, nicht an den Stillstand in ihrer Beziehung, eine Art Waffenstillstand, bei dem keine Seite willens war, den Schützengraben zu verlassen oder die Waffen niederzulegen.

»Du siehst bekümmert aus«, sagte Ann.

Plötzlich wollte er ihr alles erzählen, überspielte seine Gefühle dann jedoch und meinte, er habe viel zu tun.

»Na ja, du weißt schon, wie das ist, man rennt und rennt, hetzt hin und her, und die ganze Zeit kommt neuer Mist dazu. Sammy ist völlig frustriert. Seine Arbeit mit den Jugendgangs ist ganz zum Erliegen gekommen. Dabei hatte die Sache so gut angefangen, aber jetzt sind dafür weder genügend Leute noch das nötige Geld da.«

»Wir sollten eine Nachricht an alle Strolche schicken: Wir möchten Sie freundlichst bitten, im nächsten halben Jahr auf Körperverletzungen und Morde zu verzichten, da wir im Moment mit einem Jugendprojekt beschäftigt sind und für anderes leider keine Zeit haben.«

Haver lachte. Er wollte noch einen Schluck Bier trinken, mußte jedoch entdecken, daß seine Flasche leer war. Ann stellte ihm eine neue hin, und er trank, ohne einen Gedanken daran zu verschwenden, daß er noch fahren mußte. Jetzt sollte ich wirklich anrufen, dachte er erneut, und stellte die Flasche auf den Tisch.

»Du hattest Durst«, meinte Ann.

»Ich muß mal kurz telefonieren.«

Er ging in den Flur hinaus und kehrte fast sofort wieder zurück.

»Alles in Ordnung«, sagte er, aber Ann las etwas anderes in seinem Gesicht.

Sie schwiegen eine Weile. Ann nippte an ihrem Wein, und Haver sah sie an. Ihre Blicke trafen sich über den Rand des Weinglases hinweg. Havers unerwartete Lust regte sich wieder. Er tastete nach der Bierflasche. Ann legte ihre Hand auf seine.

»Erzähl«, sagte sie.

»Manchmal habe ich das Gefühl, ich sollte mich scheiden lassen, obwohl ich Rebecka liebe. Ich spiele wie ein Masochist mit dem Gedanken, mich selber oder sie zu bestrafen, ich weiß nicht wofür. Damals, als wir uns kennenlernten, wurde ich von ihr angezogen, als wäre sie ein Magnet und ich ein Eisenspan. Und ich glaube, sie hat es genauso empfunden. Jetzt ist alles so belanglos geworden. Manchmal sieht sie mich an, als wäre ich ein Fremder.

»Vielleicht bist du manchmal ein Fremder«, warf Ann ein.

»Sie bewacht mich, als würde sie auf etwas warten.«

»Oder auf jemanden. Ist sie immer noch eifersüchtig? Du hast so was erwähnt, als wir nach Spanien fahren sollten.«

»Ich weiß nicht. Ich habe eher das Gefühl, es ist ihr ziemlich egal.«

Ann sah, daß Ola immer niedergeschlagener wurde. Sie fürchtete, er könnte seinen Gefühlen freien Lauf lassen. Das würde sie nicht ertragen. Sie mußte versuchen kluge Dinge zu sagen, die mit Sicherheit trotzdem sehr unklug sein würden. Sie hatte Angst vor einer aufkommenden Gefühlsseligkeit, denn diese wäre eine Falle, in die sie vielleicht willig tappen und so zum Opfer werden würde. Nicht, weil sie ihn liebte, sondern weil ihr Bedürfnis nach Nähe mittlerweile so stark war, daß sie fürchtete, ihre sorgsam ausgetüftelte Lebenskonstruktion könnte in sich zusammenbrechen. Seit dem letzten Sommer war sie mit keinem Mann mehr zusammen gewesen. Ich vertrockne, dachte sie immer öfter. Sie liebkoste sich manchmal, kam aber nie zu einem Orgasmus. Sie dachte an Edvard auf Gräsö, tausend Meilen entfernt. Den Griff seiner Hände zu spüren, dafür würde sie alles geben. Er war für immer fort, verloren durch die trunkene Geilheit einer Nacht.

Haver faßte nach ihrer Hand, und sie ließ es geschehen. Das Schweigen schmerzte, aber kein Wort durfte gesprochen werden.

»Ich sollte vielleicht gehen«, sagte Haver mit gebrochener Stimme.

Er räusperte sich und sah sie an.

»Und wie geht es dir?« fuhr er fort, und sprach damit die Frage aus, die sie am allerwenigsten hören und beantworten wollte.

»Man lebt so vor sich hin«, erwiderte sie. »Sicher, manchmal fühle ich mich nicht besonders gut, aber ich habe Erik, er ist ein Schatz.«

Das war die Antwort, die man von ihr erwartete, und manchmal reichte das Würmchen ihr tatsächlich, dennoch pochte in letzter Zeit immer öfter die Sehnsucht nach einem anderen Leben auf ihr Recht.

»Manchmal fühle ich mich nicht besonders gut«, wiederholte sie.

»Du sehnst dich noch immer nach Edvard?«

Hör auf, dachte sie, und wurde plötzlich wütend über seine zudringlichen Fragen, beruhigte sich jedoch sofort wieder. Seine Worte waren nicht böse gemeint gewesen.

»Manchmal. Es kommt mir so vor, als hätten wir unsere Chancen vergeudet, als wären wir niemals im gleichen Takt gegangen.«

Er drückte ihre Hand.

»Du lernst bestimmt wieder einen netten Kerl kennen«, sagte er und stand auf.

Bleib noch etwas, hatte sie Lust zu sagen, schluckte die Worte jedoch hinunter. Sie gingen in den Flur. Haver streckte sich nach seiner Jacke, aber es war, als würde er von allein seine Richtung ändern, er griff nach ihrer Schulter und zog sie an sich. Sie seufzte, oder war es ein Schluchzen? Sacht legte sie ihm die Hände auf den Rücken und umarmte ihn vorsichtig. Es verging eine Minute. Dann befreite sie sich aus seinem Griff, blieb aber ganz dicht vor ihm stehen. Sie spürte seinen Atem, und es war ihr nicht unangenehm. Er streichelte ihre Wange, strich mit den Fingerspitzen über ihr Ohr. Sie schauderte. Er beugte sich vor. Für den Bruchteil einer Sekunde sahen sie sich an, bevor sie sich küßten.

Wie hat Ola Haver geschmeckt, dachte sie, als er gegangen war.

Sie sahen einander nicht an, sondern trennten sich wie auf einer Theaterbühne, glitten auseinander, murmelten beide ein Tschüß, und er schloß vorsichtig die Tür hinter sich. Ann legte eine Hand auf die Klinke, während sie sich mit der anderen über den Mund fuhr. Wie schlecht, dachte sie, bereute den Gedanken jedoch sofort. An ihrer kurzen Begegnung war nichts Schlechtes gewesen. Es war ein Kuß voller Suche und Sehnsucht, Freundschaft, aber auch Begehren gewesen. Sie ging in die Küche zurück. Der Teig quoll aus der Schüssel. Sie nahm das Handtuch fort und betrachtete die schwellende Masse. Auf einmal kamen ihr die Tränen, und sie wünschte sich, Ola wäre noch ein wenig geblieben. Nur noch einen Moment. Sie malte sich aus, daß er gerne gesehen hätte, wie sie das Brot backte. Das hätte ihr gefallen. Die hochgekrempelten Ärmel, der warme, ein wenig klebrige Widerstand des Teiges und sein Blick. Sie hätte gelbbraune Brotlaibe geformt und gebacken. Jetzt lag der

Teig wie ein unförmiger Klumpen vor ihr, den sie nicht berühren wollte.

Ola Haver ging langsam die Treppe hinab, beschleunigte dann jedoch seine Schritte. Sein Magen war in Aufruhr, in seinem Hirn herrschte Chaos, und brennende Reue begleitete ihn auf den Hof hinaus, wo der Schnee einen halben Meter hoch lag. Daß es aber auch so gar nicht aufhören wollte zu schneien.

Er mußte an Rebecka und die Kinder denken und eilte weiter. Als er auf den Parkplatz kam, schaute er die Hausfassade hinauf und suchte nach Anns Wohnung, war sich aber nicht ganz sicher, welche Fenster dazu gehörten. Er überwand den Impuls zurückzulaufen und setzte sich in das ausgekühlte Auto, schaffte es aber nicht, zu starten. Ein Schauer lief ihm über den Rücken, und er erkannte, daß die kurze Begegnung in Anns Flur ihr Verhältnis auf der Arbeit für alle Zeit beeinflussen würde. Konnten sie noch miteinander arbeiten? Haver seufzte schwer und verfluchte seine eigene Schwäche. Ihr Kuß war unschuldig und zugleich hochexplosiv gewesen. Seit er mit Rebecka zusammen war, hatte er keine andere Frau mehr geküßt. Würde sie etwas merken? Er fuhr sich mit der Zunge über die Zähne. Die äußerlichen Spuren sind in ein paar Sekunden beseitigt, aber innerlich setzt sich etwas fest. Er war auf diffuse Art zufrieden. Er hatte Ann erobert, eine hübsche Frau, die nicht gerade dafür bekannt war, leicht verführbar zu sein. Er wußte, dies war ein lächerlicher Gedanke, aber die Kälte daheim in der letzten Zeit hatte den psychologischen Raum für das Triumphgefühl geschaffen, das er widerwillig genoß. Er spielte mit dem Gedanken, ein Verhältnis mit Ann anzufangen. Würde sie das wollen? Er bezweifelte es. Würde er das aushalten? Das bezweifelte er noch mehr.

Er setzte aus der Parklücke heraus. Der Neuschnee lag unberührt, was ihn daran erinnerte, daß es spät geworden war, aber auch an Johns zerstochenen Körper in Librobäck.

»Was ist das Weiße an deinen Kleidern?«

Er sah auf seine Hemdbrust hinab und wurde rot.

»Ann hat gebacken«, sagte er einfältig. »Ich bin wohl an was drangekommen.«

»So, sie hat gebacken«, meinte Rebecka und verschwand im Schlafzimmer.

Er schaute sich um. Die Küche war klinisch sauber. Alles war an seinem Platz. Die kürzlich abgetrocknete Spüle glänzte. Das einzige, was das Bild störte, war eine halb heruntergebrannte Kerze und ein einsames Glas mit einem Rest Wein. Die Kerze hatte getropft und ein eigenartiges Muster auf dem mit Grünspan überzogenen Kerzenständer hinterlassen, einem Erbstück von seiner Großmutter. Haver erinnerte sich, daß seine Großmutter ihn immer an Festtagen benutzt hatte. Das Weinglas war grün, sie hatten es von ihrem ersten gemeinsamen Urlaub auf Gotland mitgebracht. Der Wein war rot und von Haver für die Silvesterfeier mit Sammy Nilsson und dessen Frau eingekauft worden.

Er hörte Rebecka im Schlafzimmer hantieren, hörte, wie die Rollade heruntergelassen, die Kommodenschublade zugeschoben und die Bettlampe eingeschaltet wurde. Er konnte seine Frau vor sich sehen, verbissen und mit etwas fahrigen Bewegungen wie immer, wenn sie aufgebracht war.

Er öffnete den Kühlschrank und nahm sich ein Bier, setzte sich an den Tisch und erwartete den Sturm.

26

Lennart mußte lachen und stand auf. Der Wecker hatte ihn brutal aus dem Schlaf gerissen. Er lachte, weil er sich vorstellte, wie erstaunt seine Bekannten wären, wenn sie den berüchtigten Säufer und Herumtreiber Lennart Jonsson sehen könnten, der sich nun anzog, nüchtern war, die Kaffeemaschine anstellte und die Thermoskannen herausholte. Und das früh halb sechs. Kein Bier, nach dem mit zittrigen Händen gegriffen wurde, kein Suchen nach Kippen auf verdreckten Tischen. Er erinnerte sich an einen Morgen, an dem er davon wach geworden war, daß Klasse Nordin seine eigene Weinkotze trank, die er Stunden zuvor in einer Plastiktüte aufgefangen hatte. Jetzt ist Schluß mit diesen verkaterten Morgenstunden, dachte er ein wenig übermütig.

Wenigstens würde er nicht frieren müssen. Sein Vater Albin hätte ihn um den Helly-Hansen-Arbeitsoverall beneidet, ein Überbleibsel aus der Zeit auf dem Bau. Albin hatte sich oft über die Kälte beklagt. Im Sommer beschwerte er sich dagegen über die Hitze. Es herrschte so gut wie nie die richtige Temperatur, allerdings beschwerte er sich nur selten über etwas anderes. Nicht einmal über Lennart, als er es in seiner Jugend am schlimmsten getrieben hatte.

»D-d-d-du m-m-mußt d-d-dich anständig b-b-benehmen«, hatte Albin manchmal gestottert, deutlichere Worte jedoch selten gefunden.

Es war ungewohnt, aber auch ein gutes Gefühl, früh halb sechs aufzustehen. Er konnte sich beinahe einreden, er wäre ein ganz normaler, strebsamer Arbeiter, der den üblichen Morgenbeschäftigungen nachging, während Schnee auf eine winterliche Landschaft fiel. Er würde heute ein Tagwerk verrichten, mit der Hand auf das Schild zeigen und sagen: Wir räumen hier den Schnee von den Dächern, würden Sie bitte die andere Straßenseite benutzen. Und vielleicht auch noch ein Dankeschön hinzufügen, wenn es eine Frau war, die gut aussah. Am liebsten wäre es ihm, wenn ein paar seiner Saufkumpane vorbeikämen. Nein, lieber doch nicht. Sie würden bloß herumlabern und ihn von der Arbeit abhalten.

Er besaß Stiefel, eine lange Unterhose und eine ordentliche Winterjacke. Dazu noch Fäustlinge von Fosfosor, die für Temperaturen bis minus dreißig Grad geeignet waren. Sie lagen ganz hinten im Schrank. Schwarz, rauh und mit einem filzigen Innenhandschuh. Er war gerüstet.

Die Thermoskanne der Marke Kondor, bei der irgendwer einmal das »r« durch ein »m« ersetzt hatte, war feuerrot, die dazugehörige Tasse grau. Lennart mußte an den Traktorfahrer auf dem Brantings torg denken, in der Nacht, als er auf dem Heimweg von Berit gewesen war. Jetzt ging er selber zur Arbeit wie jeder andere auch.

Lennart blieb am Fenster stehen. Seine Gedanken waren wieder bei John. Es verging kaum eine Minute, ohne daß Erinnerungsbilder an ihm vorbeizogen. Wie lange würde das so weitergehen? Bis der Mörder gefaßt war, und dann für den Rest seines Lebens, ahnte er. Den Menschen zu verlieren, der einem am nächsten gestanden hatte, dessen Existenz so eng mit der eigenen verwoben war, bedeutete einen lebenslangen Verlust. Nie mehr würde er mit John so entspannt plaudern können, so, wie er mit niemandem sonst sprechen konnte. Der Verlust war nicht zu verwinden.

Reiß dich zusammen, dachte er. Du wirst Schnee schaufeln, dann den Mörder suchen. Wenn er erledigt ist, kannst du dich zu Tode saufen. Er lächelte schief. In ihm keimte der Gedanke, daß er wie alle anderen werden könnte. Wenn auch kein Malocher zwischen sieben und vier, dafür war er zu träge. Außerdem spielte sein Rücken dabei nicht mehr mit. Aber vielleicht konnte er eine halbe Stelle in Mickes Firma bekommen. Von Dachblechen verstand er ein wenig, immerhin war er der Sohn des Dachdeckers. Und im Winter fiel Schnee. Mit den Fosforos-Handschuhen konnte er es lange in Kälte und Wind aushalten.

Es gab noch immer Leute, die ihn grüßten, alte Arbeitskameraden von den Baustellen. Einige von ihnen blieben stehen und wechselten ein paar Worte mit ihm, fragten, wie es ihm ging. In Zukunft würden sie natürlich mit ihm über John sprechen wollen, und er konnte schließlich nicht betrunken von seinem ermordeten Bruder erzählen.

Die Suche nach einer Antwort auf die Frage, was sein Bruder gemacht hatte, nachdem er aus Mickes Wohnung gegangen war, hatte Lennart erkennen lassen, wie wenig er im Grunde über John wußte. Wie war er, wenn er andere Menschen traf? Welche Rolle spielte er in seinem Aquaristikverein? Viele hörten ihm zu, wenn er über Fische redete, sie sahen in ihm den Experten. Sie kannten seine Lebensgeschichte nicht, sahen ihn ihm nur einen netten Kerl mit einer Leidenschaft für Buntbarsche. Unter diesen Leuten war John ein anderer Mensch. Auf eine schwer in Worte zu fassende Art empfand Lennart dies als einen Verrat an ihm und dem Leben, das John und er gemeinsam geführt hatten. Bisher hatte er in Johns Interesse an Fischen nur ein Hobby gesehen, das weder besser noch schlechter war als jedes andere auch. Die einen gingen kegeln, andere spielten Schach – deshalb waren sie noch lange nichts Besonderes. Lennart war zwar stolz auf das Aquarium seines Bruders gewesen, hatte einen Teil der Ehre für sich in Anspruch genommen, daß sein Bruder das größte Aquarium der Stadt besaß, doch erst jetzt hatte er erkannt, daß John ein allseits geschätzter Experte auf seinem Gebiet gewesen war, den man angerufen und um Rat gefragt hatte. Es war eine andere Rolle, ein anderes Leben gewesen.

Und dann die Sache mit der Pokerpartie. Lennart wäre nie im Leben auf die Idee gekommen, daß John solche Summen gewonnen haben könnte. Warum hatte er Lennart nichts davon gesagt? Sicher, John war niemand, der solche Dinge herausposaunte, seinem einzigen Bruder hätte er allerdings schon erzählen können, daß er ein kleineres Vermögen gewonnen hatte. Warum diese Verschwiegenheit? Nicht einmal Berit hatte etwas davon erfahren dürfen. Micke war der einzige, der wußte, um wieviel Geld es ging, auch wenn er es nicht zugeben wollte.

Was hatte John vorgehabt? Das hatte sich Lennart in den letzten Tagen gefragt, ohne eine Erklärung zu finden. Er glaubte, daß die Antwort auf die Frage, wer John ermordet hatte, hier lag. Irgend etwas, mit dem sein Bruder sich insgeheim beschäftigt hatte, war ihm zum Verhängnis geworden.

Er hätte seinen Bruder beschützen können. Wenn John doch nur etwas erzählt hätte, dann hätte Lennart ihn rund um die Uhr begleitet und ihm den Rücken freigehalten. Dazu hatte man doch Brüder. John hingegen hatte ihn nicht in seine Pläne eingeweiht, und das schmerzte Lennart doppelt.

Micke stand auf der Dragarbrunnsgatan. Den Firmenwagen hatte er auf dem Bürgersteig geparkt. Als Lennart kam, hatte er den größten Teil der Ausrüstung bereits ausgeladen.

»Eigentlich wäre es besser, wenn man es Sonntag früh machen würde«, meinte Micke und hob ein paar rote Kegel von der Ladefläche.

Lennart erwiderte nichts, sondern half ihm wortlos. Es war Jahre her, daß er seine Winterausrüstung getragen hatte, und er kam sich vor, als wäre er verkleidet. Er konzentrierte sich darauf zu verstehen, was seine Aufgabe sein würde, aber sie war nicht weiter schwierig. Abladen, Warnschilder und Absperrungen aufstellen.

Micke redete mit dem Hausmeister, der ihnen die Schlüssel besorgte und Zugang zum Dach verschaffte. Lennart schaute hinauf. Es war hoch, allerdings nicht so hoch, daß er nicht damit klargekommen wäre, aber Micke würde ihn niemals aufs Dach lassen.

Er litt nicht immer an Höhenangst, das wechselte. Sein Vater hatte ihn auf eine ganze Reihe von Dächern mitgenommen. Damals hatte er keine Angst gehabt. Das war erst später gekommen. Auf den Baustellen hatte er nur ungern auf einem Gerüst oder einem mehrstöckigen Rohbau gearbeitet, aber das hatte er sich nicht anmerken lassen.

Die ersten Stunden ging alles glatt. Der morgendliche Verkehr wurde immer dichter, und Lennart achtete darauf, daß niemand die abgesperrte Zone betrat. Es war gar nicht so kalt, so daß man sich warm halten konnte, indem man die Arme um sich schlug und auf der Straße ein wenig auf und ab ging.

Die Busfahrer nickten ihm zu, wenn sie vorbeifuhren. Eine ältere Frau beschwerte sich darüber, daß die Gehwege nicht gut genug geräumt würden. Ein alter Bekannter aus der Ymergatan ging vorbei, tat jedoch, als würde er Lennart nicht kennen, vielleicht war er in seinem Aufzug auch nicht zu erkennen.

Gegen neun wurde er langsam unruhig. Um diese Uhrzeit versammelten sie sich sonst immer in der Nähe des Alkoholgeschäfts und warteten darauf, daß es öffnete. Glücklicherweise kam Micke zu einer Kaffeepause herunter, und er konnte diese Gedanken für eine Weile verdrängen. Sie tranken den Kaffee im Auto. Die Tassen dampften, und durch ihre Atemzüge beschlugen sofort die Scheiben.

»Wir kommen gut voran«, faßte Micke zusammen. »Wie läuft es mit den Leuten?«

»Kein Problem. Die meisten sind gut gelaunt. Es ist nur ein bißchen langweilig.«

Micke warf ihm einen Blick zu. Vielleicht ahnte er, was in Lennarts Kopf vorging. Er goß sich noch eine Tasse ein.

»Sehnst du dich auf die Dächer hinauf?« fragte er.

»Nein, das kann ich nicht behaupten.«

»Hast du mal mit Albin zusammengearbeitet?«

»Nein, eigentlich nicht. Ich habe ihm manchmal ein bißchen geholfen. Jetzt würde mich kein Mensch mehr rauflassen.«

Die restliche Zeit der kurzen Pause schwiegen sie. Lennart spürte, daß er wieder unruhig wurde. Er sollte den Mörder jagen, nicht auf der Straße stehen und versuchen beschäftigt auszusehen.

Im Laufe des Vormittags verschoben sie die Absperrung mehrmals und arbeiteten sich die Straße herab. Die Eisstücke schlugen mit einem spröden, aber dennoch harten Geräusch auf die Straße. Die Leute blieben fasziniert von der Schönheit der Eiszapfen und der Kaskaden aus zersplitterndem Eis stehen.

Lennart schob Schnee und Eis vom Bürgersteig, während er gleichzeitig nach oben und zu beiden Seiten sah. Er blieb stehen und ruhte sich einen Moment auf die Schaufel gestützt aus. Ein bekanntes Gesicht tauchte auf dem Gehweg auf, eine Frau mit einem Kinderwagen. Lennart ging ein paar Schritte näher. Ihre Blicke begegneten sich.

Die Frau nickte ihm zu und wurde langsamer.

»Hallo, Lennart, Sie arbeiten bei dieser Kälte?«

»Hallöchen, irgendwer muß es ja machen.«

»Wie geht es Ihnen? Ich habe das von John gehört.«

Lennart schaute die Häuserfassade hinauf. Er trat näher an die Frau heran.

»Sagen Sie«, meinte er, »wissen Sie etwas?«

»Ich bin momentan im Erziehungsurlaub, wie Sie sehen.«

»Aber Sie haben doch bestimmt was gehört?«

Ann Lindell schüttelte den Kopf.

»Wissen Sie, ob er gespielt und viel Geld gewonnen hat?«

»Ich habe so was gehört, kenne aber keine Details.«

»Ich könnte Ihnen ein paar Tips geben.«

»Ola Haver leitet die Ermittlungen. Kennen Sie ihn?«

Lennart schüttelte den Kopf.

»Dieser Sammy ist zu mir nach Hause gekommen. Und den mag ich überhaupt nicht.«

»Sammy hat seine Macken, aber er ist ein guter Polizist.«

»Ein guter Polizist«, wiederholte Lennart.

Schnee fiel vom Dach. Lennart machte ein paar Schritte auf die Straße hinaus. Es waren keine Fußgänger in der Nähe. Er kehrte zum Bürgersteig zurück und stellte sich dicht neben Lindell.

»Ich möchte mit Ihnen reden.«

»Ich bin im Erziehungsurlaub.«

»Können wir uns nicht treffen, einen Kaffee trinken gehen? Jetzt geht es nicht, ich muß aufpassen, daß die alten Schachteln nichts abbekommen.«

Lindell lächelte. Sie schaute auf Erik im Wagen hinab. Nur die Nasenspitze und der Mund lugten hervor.

»Ich komme gegen halb sechs zu Ihnen nach Hause. Ist das okay?«

Er nickte. Eine neuerliche Schneewolke regnete herab. Was Lindell tat, war nicht richtig, das wußte sie, aber vielleicht verfügte Lennart über wichtige Informationen. Zu Sammy Nilsson hatte er offensichtlich kein Vertrauen, vielleicht würde er sich mit ihr freier unterhalten. Ihre Sehnsucht, wieder als Polizistin arbeiten zu dürfen, ließ sie die Kollegen übergehen.

»Sie wohnen noch an der alten Adresse?«

Er nickte wieder und kehrte auf die Straße zurück. Mickes

Kopf erschien hoch über ihm. Trotz der Entfernung sah Lennart, daß er ärgerlich war. Lennart breitete die Arme aus und stellte sich demonstrativ mitten auf die Straße.

27

Ola Haver begutachtete das Messer. Es war gut zwanzig Zentimeter lang, hatte einen schwarzen Schaft und eine scharfe Klinge. Wer benutzte ein solches Messer? Haver hatte mit ein paar Kollegen gesprochen, die auf die Jagd gingen und gemeint hatten, daß es für einen Jäger oder Angler viel zu unhandlich war. Das gleiche galt für die Rowdys in der Stadt, denn es ließ sich nicht in der Kleidung verstecken. Es war vielleicht ein Messer, mit dem ein Jugendlicher gerne mal herumfuchtelte, aber keins, das man ständig bei sich trug. Berglund hatte die Vermutung geäußert, daß es eine Waffe sein könnte, die jemand als Tourist gekauft hatte. Vielleicht war die Scheide, die ihnen fehlte, kunstvoll dekoriert gewesen und hatte zum Kauf verlockt.

Er drehte es in den Händen. Er hatte den Jungen noch einmal verhört, der behauptet hatte, das Messer in einem Auto im Parkhaus der Universitätsklinik gefunden zu haben, und glaubte ihm. Haver hatte Angst in den Augen des Jugendlichen gesehen, aber keine Lüge. Mattias war kein Mörder, nur ein kleiner Dieb und auf den Straßen der Stadt sicher eine Geißel. Man konnte bloß hoffen, daß er für sich die richtigen Schlüsse daraus zog, in einen Mordfall verwikkelt zu sein.

Haver hatte Lundin gebeten herauszufinden, wer normalerweise seinen Wagen auf diesem Parkdeck abstellte. Tatsächlich waren es sehr viele, teils Krankenhauspersonal, das auf bestimmten Stationen arbeitete, teils Patienten und ihre Angehörigen. Das Parkhaus wurde täglich von Hunderten Menschen benutzt. Hatte er selber nicht auch genau auf diesem Parkdeck gestanden, als er vor zwei Jahren einen Termin in der Orthopädie hatte?

Sie hatten im Kollegenkreis die Möglichkeit diskutiert, sich einen Überblick darüber zu verschaffen, wer an dem betreffenden Tag etwas im Krankenhaus zu erledigen gehabt hatte, waren jedoch zu dem Schluß gekommen, daß dies zu weit führen würde. Allein die Ermittlung aller Namen würde kompliziert werden und zu viel Zeit in Anspruch nehmen. Das einzige, was sie in der Hand hatten, war die diffuse Erinnerung von Mattias an das Auto, einen Pickup, der eventuell rot war, mit einer weißen Plane. Als sie mit ihm hinfuhren, damit er ihnen den Platz zeigte, wo das Auto gestanden hatte, waren ihm noch dazu Zweifel gekommen, ob der Wagen mit einem aufmontierten oder einem festen Ladeflächengehäuse ausgestattet war. Mit anderen Worten, es kamen ungefähr zehn verschiedene Automarken in Frage. Nur bei der roten Lackierung war er sich nach wie vor sicher.

War der Mörder verletzt gewesen und hatte deshalb die Universitätsklinik besucht? Sie hatten sich bei der chirurgischen Ambulanz umgehört, waren jedoch auf nichts Interessantes gestoßen.

Die Tatwaffe brachte die Ermittlungen oft voran, aber in diesem Fall schien sie in eine Sackgasse geführt zu haben. Das Messer würde erst wieder wichtig werden, wenn es ihnen gelang, einen Verdächtigen zu ergreifen, den sie dann mit der Waffe in Verbindung bringen konnten.

Haver legte das Messer in die Plastiktüte zurück und blieb nachdenklich sitzen, wobei seine Gedanken mal um die Ermittlungen und mal um Ann Lindell kreisten. Ihr Kuß war zu einer Wolke angewachsen, die bedrohlich über seinem Kopf hing. Verunsicherung nagte an ihm. Zum ersten Mal während seiner Ehe mit Rebecka hatte er Zweifel. Die herbstlichen Scharmützel in ihrer Beziehung, die von mindestens ebenso anstrengenden Waffenstillständen mit Schweigen und unausgesprochenen Fragen unterbrochen worden waren, hatten sich nun zu einem offenen Krieg entwickelt. Rebecka hatte seinen Besuch in Lindells Wohnung nicht mehr erwähnt, ebensowenig das Mehl auf seinen Kleidern. Sie hatte ihn nur mit kaltem Blick angesehen und war ihm aus dem Weg gegangen. Den Morgen hatte sie größtenteils im Badezimmer und im Schlafzimmer verbracht. Sie hatten nicht gemeinsam gefrühstückt, und Haver war froh darüber gewesen. So blieben ihm ihre Blicke erspart.

Jetzt fürchtete er sich davor, nach Hause zu kommen. Sollte er sagen, was geschehen war? Sie würde wahnsinnig wütend werden. Sie war eifersüchtig, das hatte er schon früher erfahren müssen, nicht zuletzt, wenn es um Ann Lindell ging. Haver vermied es deshalb zu Hause, über Ann zu sprechen, denn er wußte, Rebecka gefiel es nicht, daß sie ihm so nahe stand. Bisher war ihre Eifersucht grundlos gewesen, aber wenn er Rebecka nun von dem Kuß erzählte, würde die Hölle los sein. Selbst wenn sie eine Erklärung akzeptierte und versuchte, einen Schlußstrich unter die Angelegenheit zu ziehen, würde sie fortan immer mißtrauisch bleiben.

Er beschloß, ihr nichts davon zu erzählen. Aber er konnte nicht leugnen, daß sich in seinem Innern Stolz und Scham darüber, Rebecka betrogen zu haben, auf eigentümliche Weise vermischten. Gleichzeitig hörte er eine schwache Stimme, die ihn ermahnte, sich wieder bei Ann zu melden, weiterzugehen und vermintes Gelände zu betreten.

Es war lange her, daß er sich für attraktiv gehalten hatte. Aber nun hatte ihn jemand berühren wollen. Er hatte sich ihr nicht aufgedrängt. Ann war mindestens genauso schuldig, wenn man überhaupt von Schuld sprechen konnte. Auch wenn es bei einer Umarmung und einem Kuß geblieben war, fühlte Haver doch, daß Ann sich hatte vorstellen können, weiterzugehen, und als ihm dieser Gedanke durch den Kopf ging, wurde er plötzlich wütend auf sie. Sie hatte ihn verführt. Ann wußte nur zu gut, daß es Rebecka gab, und wie eifersüchtig sie war. Die Kollegin hatte seine leicht erkennbare Schwäche ausgenutzt. Nein, so ist es nicht gewesen, dachte er gleich darauf, und sein Ärger verflog so schnell, wie er gekommen war. Sie waren einfach nur zwei erwachsene Leute, die sich nach der Nähe eines anderen Menschen sehnten. Ann war, abgesehen von Rebecka, die Frau, die ihm am nächsten stand. Die Arbeit hatte sie beide zusammengeschweißt, und außer dem gegenseitigen Respekt vor ihren Fähigkeiten als Polizeibeamte hatte es schon immer zwischen ihnen geknistert.

Jetzt war etwas in Bewegung geraten. War es Liebe oder vor allem eine Sehnsucht nach Wärme, der Ausdruck einer Freundschaft, der es schwerfiel, Grenzen zu ziehen?

Er begriff, daß zwischen ihm und Rebecka vieles im argen lag. Die Leidenschaft in Anns Umarmung und die Reaktion seines Körpers, wie ein Rausch nicht nur aus Begehren, sondern auch Vertrautheit, waren Beweis genug für sein jämmerliches Gefühlsleben. Rebecka und er waren unglücklich, so einfach war das, und ein einziger Kuß hatte gereicht, um Haver dies einsehen zu lassen.

Konnte er weiterhin mit Rebecka zusammenleben? Das mußte er. Sie hatten zwei Kinder und liebten einander noch. Er glaubte es jedenfalls.

28

Allan Fredriksson studierte Rydes Bericht über Vivan Molins Wohnung. Nichts Besonderes, überall waren Fingerabdrücke von Vincent Hahn. Das einzige, was sie in einem versteckten Winkel gefunden hatten und was Fredriksson die Augenbrauen hochziehen ließ, war ein Paar Handschellen, die Ryde zusammen mit zwei Pornos und einem Massagestab in einem Schrank entdeckt hatte. Batteriegetrieben mit zwei Stufen, wie Ryde mit einer gewissen Begeisterung vermerkt hatte.

Sie hatten gerade erst damit begonnen, sich einen Überblick über Vivan Molins Familie und ihren Freundeskreis zu verschaffen. Ihre Eltern lebten nicht mehr, sie hatte keine Geschwister. In ihrem Telefonbuch stand eine »Tante Bettan«, die sich jedoch nicht gemeldet hatte, als die Polizei bei ihr anrief. Fredriksson hatte Julius Sandemar, einen jungen Beamten, gebeten, sich noch einmal mit Hahns Bruder in Tel Aviv in Verbindung zu setzen. Er schien der einzige zu sein, der ihnen etwas über eventuelle Verwandte sagen konnte. Außerdem sollte er darüber informiert sein, daß bei seinem Bruder dringender Tatverdacht in einem Mordfall bestand.

Jemand hatte gemeint, Hahn könnte vielleicht das Land verlassen wollen, um seinen Bruder in Israel aufzusuchen, aber es stellte sich heraus, daß er keinen gültigen Paß hatte. Die Kollegen am Flughafen Arlanda waren dennoch informiert worden.

Fredriksson hatte nicht die geringste Ahnung, wo Hahn sich jetzt aufhalten könnte. Seltsam, dachte er, ein Mensch ohne soziale Kontakte. Wohin geht ein so einsamer Mann? In die Kneipe? Es fiel ihm schwer, sich Hahn an einer Theke vorzustellen. In die Stadtbücherei? Schon eher. Sandemar würde mit einem Foto in die Bücherei gehen müssen, um es dem Personal zu zeigen. Gab es in Sävja vielleicht eine Stadtteilbibliothek? Fredriksson bezweifelte es. Die Stadtteilbibliotheken schienen nach und nach alle geschlossen zu werden.

Sie hatten mit den Ärzten in Sävja und mit der Universitätsklinik gesprochen, aber Hahn war nirgendwo registriert. In Ulleråker war er wegen Depressionen behandelt worden, aber das war vor acht Jahren gewesen. Der Arzt, der ihn damals behandelt hatte, war nicht mehr da.

Die Durchsuchung der Wohnung hatte ebenso wenig erbracht. Fredriksson ahnte, daß Hahn früher oder später wieder auftauchen würde, aber tatenlos abzuwarten, bis ein Mörder sich verriet, war nicht nach seinem Geschmack. Er wollte ihn aufspüren, seine Phantasie ließ ihn jedoch im Stich.

Mit den traditionellen Kriminellen hatte man es leichter, über ihre Rückzugsorte und ihren Bekanntenkreis war man in der Regel gut informiert. Ein psychisch kranker Mensch, ein Einzelgänger war dagegen unberechenbar und viel schwerer zu finden. Auf der anderen Seite hatte Fredriksson die Erfahrung gemacht, daß diese Leute, wenn die Sache erst einmal ins Rollen gekommen war, öfter Fehler machten und letztlich leichter gefaßt werden konnten.

Fredriksson war überzeugt, daß sie es mit zwei Mördern zu tun hatten. Im Grunde beharrte nur Sammy Nilsson darauf, daß Hahn mit dem Mord am kleinen John in Verbindung stand. Er vertrat die Theorie, daß Hahn sich für alte Demütigungen in der gemeinsamen Schulzeit rächen wollte. Sammy glaubte nicht an einen Zufall und suchte nach dem Zusammenhang. Ottosson ließ ihn einstweilen gewähren. Sammy hatte begonnen, Klassenkameraden von John, Gunilla Karlsson und Hahn aufzustöbern. Die meisten wohnten noch in Uppsala, und Sammy hatte bereits eine Handvoll von ihnen getroffen, aber bisher war dabei nichts herausgekommen, was dafür sprach, daß Hahn sich auf einem Rachefeldzug befand. Trotzdem konnte sich in Vincents Gehirn ein Ereignis festgesetzt haben, in dem außer ihm kein Mensch ein Motiv für einen Mord sehen würde.

Nachdem er die Wohnung seiner ehemaligen Schwägerin verlassen hatte, war Hahn zur Vaksalagatan gegangen und hatte den Bus ins Stadtzentrum genommen. Die Mütze, die er am Vorabend gestohlen hatte, verbarg die Wunde auf seiner Stirn. Er hatte siebenhundert Kronen in Vivans Wohnung gefunden, das war nun seine gesamte Barschaft. Jetzt gab es nur noch einen Ort, an den er fliehen konnte.

Der Geruch der Menschen im Bus verwirrte ihn und machte ihn wütend, zugleich hatte er das Gefühl, daß die Erinnerung an Vivans Röcheln, als er die Telefonschnur immer fester um ihren Hals gezogen hatte, ihn größer werden ließ. Er konnte sich über die erbärmlichen Menschen im Bus erheben. Sie hatten nichts mit ihm zu tun. Sie waren klein. Er war groß.

Vivan hatte beteuert, sie würde ihn nicht verpfeifen; aber in ihren Augen hatte er gesehen, daß sie log. Er hatte eine gewisse Erregung verspürt, als ihr Körper sich unter seinem schüttelte. Sie hatte versucht ihn zu kratzen, ihn jedoch nicht erreicht. Seine Knie hatten ihre Arme zu Boden gepreßt. Nach zwei Minuten war es vorbei gewesen. Er hatte sie über den Boden geschleift und unter das Bett geschoben und sie dort zum Verrotten liegen lassen. Wenn es anfing zu stinken, würde man sie finden, früher nicht. Dann würde er schon weit weg sein.

Er lächelte still vor sich hin. Die Befriedigung darüber, das Ganze so gut gelöst zu haben, erfüllte ihn mit fast schon quälender Seligkeit. Quälend, weil er das Gefühl mit niemandem teilen konnte. Aber in einer Woche würde er in der Zeitung darüber lesen dürfen. Dann würden die Leute begreifen, daß mit Vincent Hahn nicht zu spaßen war.

Upsala Nya Tidnings Schlagzeile am Bahnhof ließ ihn stutzen. »Mord in Uppsala noch immer nicht aufgeklärt« stand da. Er starrte die schwarzen Buchstaben an und versuchte zu verstehen. War Gunilla Karlsson gestorben? Das war unmöglich. Sie hatte zwar auf der Erde gelegen, aber er selber war dem Tod doch viel näher gewesen. Er kaufte die Zeitung, schob sie in die Jackentasche und eilte weiter. Auf dem Bahnhofsvorplatz wurde etwas aufgeführt. Etwa ein Dutzend Personen, die wie Weihnachtsmänner gekleidet waren, führten eine Art Tanz vor. Die Glöckchen in ihren Händen klingelten. Plötzlich warfen sie sich alle auf die Erde und blieben wie leblos liegen. Fasziniert beobachtete Vincent das Schauspiel. Einer nach dem anderen erwachten die Weihnachtsmänner wieder zum Leben, standen langsam auf und bildeten einen Kreis um den dreizehnten Weihnachtsmann, der noch auf dem kalten Straßenpflaster lag.

»Das ist die Dunkelheit der Weihnacht«, schrie einer der Weihnachtsmänner.

Vincent dachte, daß es sich um eine Art Weltuntergangssekte handeln mußte. Das gefiel ihm. Die Glockenklänge begleiteten ihn die Bangårdsgatan hinab.

Die Bingohalle war ungewöhnlich spärlich besetzt. Er nickte ein paar bekannten Gesichtern zu, aber die meisten waren in ihre Zahlenreihen vertieft. Vincent setzte sich auf seinen angestammten Platz und schlug die Zeitung auf. Das erste, was er sah, war das Bild von John Jonsson. Der Journalist hatte die Ereignisse zusammengefaßt und spekulierte über denkbare Motive. Johns gebrochener Lebensweg wurde hervorgehoben, aber auch die Tatsache, daß er neben seinem brennenden Interesse für Aquarienfische ein professioneller Spieler gewesen sei.

Ein Vertreter des örtlichen Aquaristikvereins hatte geäußert, Johns Tod sei eine Tragödie und ein unersetzlicher Verlust für den Verein und alle Liebhaber von Buntbarschen.

Den größten Raum nahmen jedoch Spekulationen über Johns mögliche Verbindungen zur Unterwelt von Uppsala und illegalen Glücksspielclubs ein.

Vincent las den Artikel mit großem Interesse. Er erinnerte sich noch gut an John. Ein schweigsamer, kleiner Kerl, der sich durch seine Wortkargheit Respekt verschafft, aber auch Unsicherheit erzeugt hatte. Er hatte nicht weit von Vincent entfernt gewohnt, und in der Unterstufe waren sie des öfteren gemeinsam zur Schule gegangen. Vincent pflegte schweigend neben ihm herzulaufen und hatte gespürt, daß John es zu schätzen wußte, wenn er nicht in einem fort plapperte.

Vincent legte die Zeitung beiseite. Er hatte wieder Kopfschmerzen und starrte das Bild seines ehemaligen Schulkameraden an. Wann war er gestorben? War er ein Teil von Vincents Plan gewesen, sich zu revanchieren? Die Quälgeister von damals sollten bestraft werden. Er zuckte zusammen und spürte die Schläge noch einmal. Sein Vater, der über ihn gebeugt stand, das Jammern seiner Mutter in der Küche, die Schläge, die ihn trafen.

»Nein«, schrie er, und die Bingospieler um ihn herum zuckten zusammen und starrten ihn mißbilligend an.

Die Schläge trafen ihn. Er duckte sich. Einmal hatte er zurückgeschlagen, aber dadurch war alles nur noch schlimmer geworden. Jetzt kroch der Vater in seinem Körper herum wie ein parasitärer Wurm. Johns Bild in der Zeitung erinnerte ihn an den Vater, an dessen wortlose Schläge. Warum Vincent? Er war der Kleinste, der Schutzlose, der sich nicht verteidigen konnte. Wolfgang bekam die Liebe und er die Schläge, er wurde erniedrigt.

Hatte er John ermordet? Er betrachtete erneut das Porträt in der Zeitung. Vielleicht war die Zeit reif für eine Revanche. Niemand hatte sich Gedanken um ihn gemacht. Woher kam die Wut, die seinen Vater immer sadistischere Formen der Bestrafung entwickeln ließ? Anfangs hatten ihm noch die Fäuste gereicht, dann benutzte er den Gürtel, und schließlich kam das grauenvollste, das ins Waschbecken gedrückte Gesicht.

Vincent zitterte. Die Kopfschmerzen drohten ihn zu übermannen, ihn in einen kriechenden Haufen aus Haut und Knochen zu verwandeln. Du hast bekommen, was du verdient hast, John. Wenn ich es nicht war, so doch eine Kraft, die das gleiche Ziel verfolgt.

Vincent Hahn schwitzte unter der kratzenden Wollmütze. Es juckte. Er wollte weinen, wußte jedoch, daß seine Tränenkanäle nicht wie bei anderen Menschen funktionierten. Seit er dreizehn war, hatte er nicht mehr geweint.

Er legte den Kopf in die Hände. Er spürte die Blicke der anderen. Er sollte lieber anfangen zu spielen. John war ganz in der Nähe. Ein neutrales Bild ohne Gefühl und Schärfe.

»Du bist gestorben«, murmelte er. Bald ist Janne an der Reihe oder ein anderer. Vincent erinnerte sich nicht mehr an die Rangordnung auf der Liste, die er aufgestellt hatte. Die Gesichter flossen ineinander. Plötzlich hatte er nicht mehr John vor Augen, sondern das Gesicht seines Vaters. Er war viel zu spät aufgewacht! Als er die rächenden Schläge austeilen wollte, war sein Vater bereits in der Krankheit verschwunden, seine Würmer hatten ihn zu einem Skelett abmagern lassen. Vincent erinnerte sich an die ausgemergelte Hand, die nach dem Krankenhausbett griff. Er hatte sie genommen und mit aller Kraft gedrückt. Sein Vater hatte aufgeschrien, ihn aus wäßrigen Augen angesehen und verstanden. Dann hatte er satanisch gelächelt, jenes Lächeln gezeigt, das die Frauen in seiner Nähe verführt, Vincent jedoch vernichtet hatte. Die Leute fanden es charmant, aber Vincent wußte es besser.

Das Porträt seines Vaters lächelte ihn aus der Zeitung an.

Er schlug mit der Hand auf das Foto. Ein Mitarbeiter der Bingohalle kam zu ihm.

»Jetzt müssen Sie aber bitte gehen«, sagte er. »Sie stören die anderen.«

Er klang ganz freundlich.

»Ich gehe gleich«, erwiderte Vincent unterwürfig. »Ich habe nur solche Kopfschmerzen.«

Er nahm die Mütze ab und entblößte den unzulänglichen Verband.

»Was haben Sie gemacht?«

»Mein Papa hat mich geschlagen.«

»Ihr Papa?«

Vincent nickte.

»Mein Bruder auch.«

Er stand auf.

»Ich muß jetzt gehen.«

»Sie sollten einen Arzt aufsuchen«, meinte der Mann.

»Mein Vater war Arzt, glaube ich, oder etwas Ähnliches. Mama hat die meiste Zeit deutsch gesprochen. Sie war Jüdin und er Nazi. Oder vielleicht auch Kommunist. Nein, so war es nicht. Die sind rot. Vater war schwarz.«

»War er ein Neger?«

Vincent wankte auf die Straße hinaus. Die Bangårdsgatan glich einem Windkanal, durch den der Schnee mit einem heulenden Geräusch trieb. Die Menschen duckten sich, zogen Kapuzen, Schals und Mützen enger um sich. Die Geräusche ihrer Füße wurden vom Schnee verschluckt. Ein Krankenwagen fuhr vorbei. Lastwagen mit Waren verstopften die Straße und verdeckten die Sicht. Er wollte weiter sehen können und ging zum Fluß hinab.

29

Lennart Jonsson war völlig erschlagen. Es war halb fünf und draußen wie drinnen war es pechschwarz. Er machte kein Licht in der Wohnung, während er die Kleider auszog, die in einem Haufen auf dem Fußboden landeten. Er roch nach Schweiß, aber das war nicht nur unangenehm. Er fuhr mit der Hand über die behaarte Brust, seine Schulter und den linken Oberarm. Seine frühere Muskulatur war noch nicht völlig verschwunden. Er kratzte sich im Schritt, und Lust keimte in ihm auf.

Er hatte Rückenschmerzen, aber daran war er so gewöhnt, daß er kaum einen Gedanken daran verschwendete. Er hatte noch Schmerztabletten im Haus und beschloß, eine zu nehmen. Auf dem Weg ins Badezimmer registrierte seine Nase einen fremden Duft. Er blieb stehen, schnüffelte. Parfüm, der unverkennbare Duft eines fremden Parfüms.

Er sah sich um. Jemand war in seiner Wohnung gewesen. War der Eindringling etwa noch da? Vorsichtig zog er sich rückwärts Richtung Küche zurück, um sich zu bewaffnen. Es gefiel ihm nicht, nackt zu sein, und er hob seine Unterwäsche vom Boden auf. Irrte er sich? Nein, der Duft war noch da. War es das Parfüm einer Frau oder eines Mannes. Er lauschte aufmerksam in die Wohnung hinein.

Dann schlich er in die Küche, zog vorsichtig die Besteckschublade auf und holte ein Brotmesser heraus.

»Leg das zurück«, hört er eine Stimme sagen, »sonst wirst du es bereuen.«

Die Stimme kam aus der Küche, und Lennart wurde klar, daß jemand am Küchentisch saß. Er kannte die Stimme, konnte sie in seiner Erregung jedoch niemandem zuordnen. Seine Erfahrung ließ ihn den Ernst in der Aufforderung erkennen, und er warf das Messer auf die Arbeitsplatte.

»Wer zum Teufel bist du?«

»Du kannst jetzt Licht machen.«

Lennart zog sich schnell die Unterwäsche an, drehte sich um und schaltete das Licht über dem Herd ein. Am Tisch saß Mossa, der Iraner. Auf dem Tisch lag eine Pistole.

»Du bist das? Was zum Teufel ...«

»Setz dich. Wir müssen uns unterhalten.«

Lennart befolgte Mossas Anweisung. Er ahnte bereits, was kommen würde.

»Ich war es nicht«, sagte er, und der Iraner lächelte hämisch.

»Das sagen sie immer«, meinte er und griff nach der Waffe, »aber dann erzähl mir, wer mir nichts dir nichts zu den Bullen rennt.«

»Ich jedenfalls nicht«, versicherte Lennart. »Denkst du wirklich, ich wäre so bescheuert?«

»Ja«, erwiderte Mossa, »um dich anzubiedern. Du hast geglaubt, die Bullen würden dir helfen. So bescheuert bist du. Ich habe dir vertraut. Wir haben über deinen Bruder gesprochen. Ich mochte ihn, aber dich mag ich nicht.«

»Jemand anderes muß gesungen haben. Jemand, der dabei war.«

Er wollte den Verdacht nicht preisgeben, daß Micke der Polizei von der Pokerpartie an jenem Oktoberabend erzählt haben könnte. Aber wußte Micke denn auch, wer die anderen Spieler waren? John hätte es ihm durchaus gesagt haben können, sehr wahrscheinlich war das allerdings nicht. In solchen Dingen war John immer verschwiegen gewesen.

»Das glaubst du doch selber nicht«, sagte Mossa. »Du hast mich verpfiffen. Die anderen sind mir scheißegal, aber niemand soll mit meinem Namen zu den Bullen rennen, kapiert?«

Lennart nickte.

»Das kapiere ich, aber ich war es wirklich nicht. Ich wollte selber etwas herumschnüffeln, das weißt du. Deshalb bin ich zu dir gekommen.«

»Um etwas zum Tauschen anbieten zu können?«

»Mossa, du hast einen Bruder, den du liebst. Du solltest das begreifen. Ich tue alles, um Johns Mörder zu finden.«

»Laß Ali aus dem Spiel!«

»Er ist ein Bruder. John war ein Bruder.«

Der Iraner verstummte und schien über Lennarts Worte nachzudenken.

»Ich finde, du bist ein Stück Scheiße«, sagte er schließlich und stand mit der Pistole in der Hand auf. »Zieh einen Pullover an. Ich will niemanden töten, der eine nackte Brust hat.«

»Bring mich ruhig um, du dummes Schwein, denkst du, das macht mir was aus?« sagte Lennart stur und sah Mossa trotzig an.

Mossa lächelte.

»Du hast sie wirklich nicht mehr alle«, sagte er.

»Hast du John umgebracht?«

Der Iraner schüttelte den Kopf und hob die Pistole, so daß sie in Kniehöhe auf Lennarts Bein gerichtet war.

»Ich war es nicht«, sagte Lennart, während der Schweiß ihm das Gesicht herablief. In gewisser Weise war er erleichtert. Er hatte diese innere Ruhe schon einmal verspürt, eines Nachts, als er im Suff Herzflimmern bekommen hatte. Damals war er bereit gewesen zu sterben, versöhnt mit seinem erbärmlichen Leben. Er war in jener Nacht aufgestanden und hatte Wasser getrunken, sich im Spiegel betrachtet und wieder hingelegt, während sein Herz unruhig in seinem Brustkorb pochte.

Mossa hob die Pistole noch ein paar Zentimeter höher.

»Du erinnerst mich an einen Armenier, den ich einmal getroffen habe«, meinte er. »Er hatte auch keine Angst vor dem Tod.«

Lennart sank auf die Knie.

»Ziel auf meinen Kopf«, sagte er und schloß die Augen.

Mossa senkte die Pistole, trat Lennart ins Gesicht und beugte sich über ihn.

»Wenn du schon im Leben deines Bruders herumschnüffeln willst, dann solltest du dich lieber mit seiner Frau, dieser Hure, unterhalten«, zischte er und verließ die Wohnung. Lennart, der durch den Tritt umgekippt war, blieb auf dem Boden liegen, bis er vor Kälte zitterte.

Zwanzig Minuten später hatte er eine heiße Dusche genommen und sich in die Bettdecke gehüllt. Seine Lippe war aufgeplatzt, und er hatte sie mit Tape überklebt, so daß es nicht mehr blutete. Als es klingelte, zuckte er zusammen. Er hatte völlig vergessen, daß Lindell ihn besuchen wollte, so daß er auf alles gefaßt war, als er die Tür öffnete, außer auf den Anblick eines Kinderwagens.

»Ach ja, verdammt«, sagte er und trat zurück.

Sie setzten sich ins Wohnzimmer.

»Was ist passiert?«

»Ich bin auf der Arbeit gestolpert«, meinte Lennart. »Die Schaufel ist mir direkt aufs Maul geknallt.«

»Sie haben kein Pflaster?«

»Tape tut's auch.«

Er war am Ende seiner Kräfte. Das frühe Aufstehen, die Arbeit im Schnee, Mossas unerwarteter Besuch und die anschließende heiße Dusche hatten seinen Körper ausgelaugt, so daß er die Augen kaum noch offenhalten konnte. Wenn Lindell ihm nicht gegenübergesessen hätte, wäre er binnen weniger Minuten eingeschlafen.

»Sie haben da etwas von Tips gesagt«, meinte Lindell. »Warum haben Sie nicht mit Sammy Nilsson darüber gesprochen?«

»Wie ich gesagt habe, ich mag ihn nicht. Er ist zu unfreundlich.«

»Das können Sie aber auch sein«, erwiderte Lindell. »Nur daß Sie es wissen.«

Lennart lächelte, doch durch die Verletzung an der Lippe sah es eher wie ein boshaftes Grinsen aus.

»Und Sie sind jetzt Privatdetektivin?«

»Nein, ganz und gar nicht, aber neugierig wird man schon.«

»Warum tun die Bullen so wenig, um den Mörder meines Bruders zu finden?«

»Ich glaube nicht, daß das stimmt. Soweit ich weiß, hat der Fall höchste Priorität.«

»Quatsch! Ihr seht ihn als einen alten Quertreiber, bei dem es nicht so darauf ankommt. Wenn er irgendein hohes Tier gewesen wäre, hättet ihr euch ganz anders ins Zeug gelegt.«

»Wir nehmen jeden Mordfall gleich ernst«, sagte Lindell ruhig. »Das wissen Sie genau.«

»Und was wißt ihr? Er war doch bei Micke und ist anschließend verschwunden. Habt ihr Mickes Alibi überprüft?«

»Davon gehe ich aus.«

»Davon gehe ich aus – ich gehe von überhaupt nichts aus. Ihr wißt, daß John gespielt hat?«

Lindell nickte.

»Habt ihr seine Mitspieler überprüft? Unter denen gibt es bestimmt ein paar krumme Hunde.«

»Ich bin an den Ermittlungen nicht beteiligt, aber es werden natürlich alle unter die Lupe genommen, die mit John zu tun hatten.«

»Mit anderen Worten, ihr wißt gar nichts. Wo ist zum Beispiel das Geld hingekommen?«

»Welches Geld?« fragte Lindell zurück, die sich durchaus bewußt war, daß Lennart den Spielgewinn meinte.

»Er hat doch gewonnen, wußten Sie das etwa nicht?«

Lindell schüttelte den Kopf.

»Das haben Sie mit Sicherheit gewußt«, sagte Lennart ruhig. Er grübelte, wie er sie dazu bringen könnte, ihm etwas zu verraten.

Lindell lächelte, stand auf und ging zum Kinderwagen.

»Und dann Berit, die wie eine verdammte scheinheilige Kuh herumläuft«, sagte er. »Sie redet kein Wort mit mir, spricht nur mit meiner Mutter und Justus. Sie sollte sich lieber mit mir unterhalten, aber sie ist ja so scheißvornehm. Sie sitzt bestimmt auf dem Zaster.«

Lindell beobachtete, wie er seine Hände zu Fäusten ballte.

»Ich bin sein Bruder, und wenn jemand die Sache regeln kann, dann ich, aber ich gehe jede Wette ein, daß sie irgendwas verschweigt.« Er blickte hastig auf und begegnete Lindells Blick. »Einer frischgebackenen Witwe, die nur dasitzt und flennt, stellt ihr natürlich keine unangenehmen Fragen.«

»Ich denke doch«, erwiderte Lindell. »Sie ist verhört worden, das wissen Sie. Auch wenn Sie Johns Bruder sind, ist Berit letztlich die Person, die uns über sein Leben am besten Auskunft geben kann, oder nicht? Warum sollte sie übrigens etwas verschweigen, wie Sie sagen?«

»Sie hat immer ...«, setzte Lennart an, verstummte jedoch. »Auf Weiber ist kein Verlaß«, fuhr er fort, und Lindell konnte nicht heraushören, ob er zu scherzen versuchte oder ob an den halbherzigen Bemerkungen über seine Schwägerin tatsächlich etwas dran war.

»Aber ich krieg es schon noch heraus«, sagte er verbissen. »Ich werde das Schwein finden, das meinen Bruder umgebracht hat, und wenn Berit dabei was abbekommt, ist mir das scheißegal. Sie hat es nicht anders gewollt.«

Lindell setzte sich wieder.

»Wer hat Sie geschlagen?«

»Was zum Teufel meinen Sie?«

»Auf dem Küchenfußboden ist Blut«, erwiderte Lindell.

»Ich habe geblutet, als ich nach Hause kam.«

»In der Küche?«

»Ist das verboten?«

Lennarts gellende Stimme störte Erik, der im Kinderwagen leise wimmerte. Lindell ging zu ihm, schaute ihn an und schaukelte den Wagen ein wenig.

»Ich glaube, daß Sie Besuch hatten«, sagte sie, als Erik sich wieder beruhigt hatte.

»Na und«, meinte er.

»Wenn Sie uns helfen wollen, Johns Mörder zu fassen, müssen Sie schon mit offenen Karten spielen.«

»Sie sind genau wie Sammy Nilsson«, sagte Lennart und stand auf. Das Laken schleifte über den Boden, als er ins Schlafzimmer ging.

Lindell hörte ihn dort herumlaufen, und sie nahm an, daß er sich anzog. Als er zurückkehrte, trug er denn auch eine Hose und ein T-Shirt. Das Tapestück auf der Lippe hatte sich gelöst.

»Sie sollten die Wunde versorgen lassen. Sie muß vielleicht genäht werden.«

»He, Bulle, noch nicht weg?«

Lennarts Blick folgte ihr, als sie den Kinderwagen über die Straße schob und Kurs auf die Bushaltestelle nahm.

»Verdammte Tussi«, murmelte er.

Erst in diesem Moment drangen Mossas Abschiedsworte in sein Bewußtsein. Er hatte Berit eine »Hure« genannt, ein Wort, das dem Iraner nicht oft über die Lippen kam. Er konnte ein harter Bursche sein, aber seine Worte wählte er immer mit Sorgfalt. Wenn er »Hure« sagte, meinte er es auch, in dieser Hinsicht war er nicht wie manche andere, die das Wort bei jeder passenden und unpassenden Gelegenheit in den Mund nahmen, wenn sie über Frauen sprachen. Alle, die Mossa kannten, wußten, daß er Frauen gegenüber höflich auftrat, seine greise Mutter mehr oder weniger vergötterte und stets daran dachte, Grüße an die Schwestern und Frauen seiner Freunde ausrichten zu lassen.

Er hatte Berit eine Hure genannt. Das konnte nur eins bedeuten: Sie war John untreu gewesen. Rede mit seiner Frau, dieser Hure, waren seine Worte gewesen. Die Bedeutung von Mossas Äußerung traf Lennart nun mit voller Wucht. Hatte sie ein Verhältnis mit einem anderen Mann gehabt?

Die Müdigkeit war wie weggeblasen, er zog Strümpfe und Jacke an und war wenige Minuten später auf der Straße. Der Weg, den er nahm, war identisch mit jenem, den er langsam an dem Abend gegangen war, als er von Johns Tod erfahren hatte. Jetzt lief er fast, während Wut und unbeantwortete Fragen in seinem Kopf pochten.

Der Schnee war genauso tief wie an jenem Abend. Auf dem Brantings torg war kein Traktor zu sehen, dafür aber eine Gang von Jugendlichen, die Weihnachtslieder grölten. Er blieb stehen und beobachtete sie. Hier hatte er selber früher einmal gestanden und das Maul aufgerissen, nachdem man ihn aus einem drogenfreien Luciafest im Jugendzentrum hinausgeworfen hatte, vierzehn Jahre alt und stockbesoffen. Er war ausgeschlossen worden, buchstäblich wie im übertragenen Sinne, was ihm noch heute mit einer Mischung aus Scham und Haß geradezu körperlich weh tat. Mein Gott, wie hatte er sie alle gehaßt, ein Fenster der Bibliothek eingeschlagen und mit Fahrrädern um sich geschmissen. Die Polizei hatte ihn festgenommen, und Albin hatte bezahlen müssen.

Er ging zu den Jugendlichen.
»Hat einer von euch ein Handy?«
Sie starrten ihn an.
»Ich muß mal telefonieren.«
»Dann kauf dir doch selber eins.«
»Ich brauch es aber jetzt.«
»Es gibt Telefonzellen.«
Lennart griff sich einen der Jungen.
»Her mit dem Telefon, sonst bring ich dich um«, zischte er dem entsetzten Halbstarken ins Ohr.
»Du kannst meins geliehen haben«, sagte ein Mädchen und streckte ihm ihr Handy entgegen.
»Danke«, sagte Lennart und ließ den Jungen los. »Zwei Minuten«, ergänzte er und ging etwas zur Seite.
Er rief Micke an, der auf dem Sofa eingenickt war und sich verschlafen meldete. Sie unterhielten sich ein paar Minuten. Anschließend warf Lennart das Handy in den Schnee und eilte weiter.

Berit hatte gerade den Fernseher ausgeschaltet. Aus irgendeinem Grund interessierte sie sich seit Johns Tod mehr für die Nachrichten als früher. Sogar Justus saß davor. Vielleicht wollten sie ihr eigenes Unglück an allem anderen messen, was in der Welt passierte, und sehen, daß sie mit ihrem Elend nicht alleine waren. Im Gegenteil, die Gewalt verdoppelte sich und wurde auf dem Bildschirm endlos wiederholt.
Sie warf die Fernbedienung auf den Tisch und legte ihre Hand auf Justus' Schulter. Sie sah, daß er Anstalten machte, aufzustehen, aber sie wollte, daß er noch ein bißchen bei ihr sitzen blieb. Er drehte den Kopf und sah sie an.
»Bleib doch noch einen Moment«, sagte sie, und zu ihrem Erstaunen ließ er sich gegen die Rückenlehne fallen.
»Was sind Tattare?« fragte er.
»Tattare? Nun ja«, antwortete Berit zögernd, »wie soll ich das erklären. Eine Art Volk, weder Zigeuner noch Schweden. Mit dunkler Haut und dunklen Haaren. Es gab Tattare-Familien. Dein Papa hat öfter von ihnen gesprochen. Die

sind doch Tattare, hat er manchmal über Leute gesagt. Er sagte das immer, als wäre damit alles erklärt. Warum fragst du?«

»Einer auf dem Hof hat das gesagt.«

»Und über wen?«

»Über Papa«, sagte Justus und sah sie mit diesem schonungslosen, direkten Blick an, der keine halben Wahrheiten oder Ausflüchte erlaubte. »Er hat gesagt, Papa stamme von Tattaren ab.«

»Das stimmt nicht«, erwiderte Berit. »Überleg mal. Er hatte doch helle Haare.«

»Aber Lennart hat dunkle.«

»Na ja, so was reden Kinder so daher. Heute gibt es überhaupt keine Tattare mehr wie früher. War er gemein zu dir? Wer war es?«

»Patrik«, sagte Justus, »aber der spinnt sowieso. Patriks Vater schlägt seine neue Frau.«

»Was sagst du da?«

»Das weiß doch jeder.«

Sie dachte über die Worte nach. Ihm würde natürlich das eine oder andere zu Ohren kommen, aber sie machte sich deshalb keine großen Sorgen. Er war es gewohnt, sich zu wehren. Justus sah manchmal vielleicht etwas weich aus, aber man irrte sich, wenn man glaubte, daß er sanft wäre. Er erinnerte in der Beziehung an John.

Bei dem Gedanken an John schluchzte sie auf. Justus starrte ins Leere, ehe er seine Hand auf ihren Schoß legte.

»Papa wollte, daß wir umziehen«, sagte er. »Ich will das auch.«

»Wohin sollen wir denn ziehen? Wann hat er das gesagt?«

»Im Herbst. Weit weg.«

»Er hat manchmal geträumt, das weißt du, aber ich glaube eigentlich, daß er sich hier wohl gefühlt hat.«

»›Ich will raus aus dieser Scheißstadt‹, hat er gesagt.«

»Das hat er gesagt?« fragte Berit und starrte ihren Sohn verblüfft an. »Scheißstadt?«

Justus nickte und stand auf.

»Wo willst du hin?«

»Ich muß die Fische füttern«, sagte er.

Berit betrachtete seinen Rücken und Nacken. Er bewegte sich wie John. Die Bewegungen über der Wasseroberfläche des Aquariums waren die gleichen wie bei seinem Vater. Die Buntbarsche näherten sich mit wedelnden Bewegungen, in schönen Schwärmen, so daß das Auge sie wie einen einzigen Körper wahrnahm.

Da klopfte jemand an die Tür, er klingelte nicht, sondern klopfte immer weiter. Justus ließ die Dose mit dem Fischfutter fallen und starrte in den Flur hinaus. Berit stand auf, hatte jedoch das Gefühl, ihre zittrigen Beine würden sie nicht tragen. Sie sah zur Uhr auf dem Büfett.

»Soll ich aufmachen?« fragte Justus.

»Nein, ich gehe schon«, antwortete sie und setzte sich in Bewegung.

Sie ging in den Flur. Das Klopfen hatte aufgehört. Berit legte die Sicherheitskette vor und öffnete die Tür vorsichtig einen Spaltbreit. Lennart stand davor.

»Warum klopfst du denn so?«

Sie erwog, ihn nicht hereinzulassen, aber dann würde er im Treppenhaus einen Höllenlärm veranstalten, also konnte sie ihm genausogut aufmachen. Er schoß herein.

»Bist du betrunken?«

»Komm mir nicht damit! Ich bin in meinem ganzen Leben noch nicht so nüchtern gewesen. Du dreckige Tussi!«

»Hau ab!« rief Berit verbissen und öffnete wieder die Tür, hielt sie weit auf und starrte Lennart an.

»Laß das, ich gehe, wann ich will. Du wirst mir erst so einiges erklären.«

»Justus, geh in dein Zimmer«, sagte Berit.

Der Junge stand in der Tür zum Wohnzimmer, machte aber keine Anstalten, in sein Zimmer zu gehen.

»Man hört da so einiges«, meinte Lennart.

»Justus, geh in dein Zimmer«, wiederholte Berit mit immer schriller werdender Stimme. Sie stellte sich in das Blickfeld zwischen ihrem Sohn und ihrem Schwager.

»Verschwinde«, zischte sie. »Daß du es wagst, hierher zu kommen und rumzubrüllen.«

»Ich habe mit Mossa und Micke gesprochen«, erwiderte Lennart ruhig.

Berit schaute sich um. Der Junge stand noch da, wie versteinert.

»Geh weg, ich bitte dich. Wir können später reden.«

»Es gibt kein später«, sagte Lennart.

Schweigend maßen sie ihre Kräfte. Wenn er wenigstens betrunken wäre, dachte sie, dann wäre es leichter, aber ihr Schwager sah ungewöhnlich gesund und sauber aus, hatte gerötete Wangen und stank nicht nach Schweiß und Alkohol.

»Was ist mit deiner Lippe passiert?«

»Das geht dich einen feuchten Kehricht an. Wir wollen uns hier nicht über meine Lippen unterhalten, sondern eher über deine«, sagte er mit einem Grinsen, zufrieden mit seinem spontanen Scherz.

Berit senkte den Kopf und atmete tief durch.

»Lennart, bitte, denk an Justus. Er hat seinen Vater verloren. Er kann nicht noch mehr verkraften. Es reicht, wir haben genug. Wir ...«

Sie schluchzte auf.

»Jetzt flennst du, aber darüber hättest du früher nachdenken sollen.«

Berit ging zu dem Jungen, legte ihm eine Hand auf die Schulter und sah ihm in die Augen.

»Justus, ich möchte, daß du jetzt in dein Zimmer gehst. Er ist entweder betrunken oder einfach nur verrückt. Er redet so viel Mist. Du brauchst dir das nicht anzuhören.«

»Ich wohne auch hier«, sagte Justus, ohne aufzublicken.

»Sicher«, erwiderte Berit, »aber laß uns jetzt bitte einen Moment allein.«

»Wovon redet er?«

»Ich weiß es nicht«, sagte sie mit leiser Stimme.

»Und ob du das weißt!« schrie Lennart von der Tür. »Es ist gar nicht so schlecht für Justus, wenn er mal bißchen was über seine Mutter erfährt. Du spielst hier scheinheilig die trauernde Witwe und heulst. Wer sagt denn eigentlich, daß du nichts damit zu tun gehabt hast?«

»Nein, jetzt ist es genug! Wenn du hier schon ausflippst, dann denk wenigstens an den Jungen. Justus, geh in dein Zimmer, ich regle das hier schon.«

»Ich will aber nicht«, entgegnete Justus.

»Wir sprechen später darüber. Geh jetzt in dein Zimmer und mach die Tür zu«, sagte Berit bestimmt und schob ihn mehr oder weniger aus dem Raum. Anschließend wandte sie sich Lennart zu.

»Wer verbreitet solche Gerüchte?«

»Erinnerst du dich noch an Dick? Ja klar, seine Zähne hast du bestimmt nicht vergessen.«

»Hör auf, verdammt noch mal!«

Die Wut ließ ihre Stimme ins Falsett steigen.

»Mach die Tür zu«, schrie sie den Jungen an.

»Mir machst du keine Angst mit deinem Geschrei. Es gibt Leute, die meinen, du hättest was mit Johns Tod zu tun.«

Sie starrte ihn an.

»Verdammter Idiot«, zischte sie, »verdammter, verdammter Idiot.«

»Fick dich!«

»Ja klar, aber erst wirst du mir erzählen, wer einen solchen Mist über mich verbreitet.«

»Das ist kein Mist. Micke hat es mir erzählt.«

»Wie bitte, Micke Andersson? Ich habe geglaubt, du würdest mich kennen. Und John«, fügte sie hinzu.

»Stille Wasser sind tief«, sagte Lennart und handelte sich als Antwort eine Ohrfeige ein.

»Es wird Zeit, daß du gehst.«

»Jetzt hör mir mal zu, du verdammte Tussi«, brachte er heraus und packte sie fest am Arm, bevor Justus aus seinem Zimmer stürzte.

»Hört auf, euch zu streiten«, schrie er, »hört auf!«

Berit schloß ihren Sohn in die Arme, aber er riß sich los. Sein Gesicht war vor Wut völlig verzerrt, er schluchzte und starrte sie ohnmächtig an.

»Justus, hör nicht auf Lennart.«

»Gib mir ruhig die Schuld«, sagte Lennart verächtlich. »Mossa hat dich eine Hure genannt, und damit hat er bestimmt recht. Wie du zum Beispiel mit eurem Nachbarn herumgealbert hast.«

»Du meinst Stellan? Der ist doch schwul! Er umarmt ja alle. Das weißt du doch, Justus. Stellan, du weißt schon.«

»Und dann Dick Lindström, hinter dem warst du auch her. Pfui! War es schön, beißt er gut mit seinen Zähnen?«

»Du hast sie doch nicht mehr alle«, entgegnete Berit ruhig. »Du lebst in einer kranken Welt, du, mit deinem kranken Gehirn.«

»Wer ist Dick?« fragte Justus.

»Ein Freund von John, mit dem Berit mal was hatte. Mit dem sie John betrogen hat.«

»Er wollte mal was von mir, hat versucht mich zu begrapschen, aber ich habe mich losgerissen. Du warst doch selber dabei. Ich stand in der Küche und habe gekocht, ihr saßt hier drinnen und habt Karten gespielt. Ich wollte nichts sagen, sonst hätte John ihn umgebracht.«

»Sieh einer an, so klingt das jetzt.«

»Es hat noch niemals anders geklungen. Er hat versucht mich zu begrapschen. Er ist doch so ungepflegt, glaubst du ernsthaft, ich würde …«

Sie beendete den Satz nicht.

»Glaub ihm nicht«, meinte sie zu Justus. »Er ist einfach nur krank im Kopf.«

»Erzähl hier nicht, ich wäre krank«, sagte Lennart.

Der Junge beobachtete die beiden mit ausdrucksloser Miene, dann ging er wortlos in sein Zimmer und schlug die Tür hinter sich zu.

»Bist du jetzt zufrieden, du Schwein«, sagte Berit. »Er hat es auch so schon schwer genug, ohne daß du herkommst und Unsinn redest. Geh jetzt, bevor ich dich umbringe. Und komm nie wieder her. Sonst rufe ich die Polizei.«

»Wenn hier jemand die Polizei rufen sollte, dann ich«,

entgegnete Lennart ruhig. »Wußte John davon? Mußte er deshalb sterben? Wenn das so ist, bist du bald tot.«

Berit starrte ihn an.

»Du Drecksack! Gott, wie ich dich hasse! Dein verdammtes Gelabere und deine Sauferei. John hatte es geschafft, aber du läufst herum wie ein Penner. Du wagst es tatsächlich, hierher zu kommen und mir zu drohen, du große, kindische Ratte. Es ist, wie John immer gesagt hat, du bist nie erwachsen geworden. Er hat dich verachtet, wußtest du das? Er hat dein Gelaber verabscheut, Ymergatan hier und Billard da. Das ist doch verdammt noch mal alles schon eine Ewigkeit her! Was gibt es da noch zu erzählen? Der kleine Ganove, der seine Umgebung terrorisiert hat. Verpiß dich, du Scheißratte! Du denkst, ihr wärt was gewesen, richtige Könige, aber vom Klauen und Schnüffeln bekommt man nur eine weiche Birne. John hatte den Mumm, das alles hinter sich zu lassen, aber du kriechst immer noch in der Scheiße rum. Weißt du, daß John dein verdammtes Gequatsche verabscheut hat, er hat es sich bloß angehört, weil du sein Bruder warst, sonst hätte er dich schon vor Jahren rausgeworfen.«

Berit verstummte und atmete schwer. Lennart lächelte sie höhnisch an, aber sie konnte das Entsetzen in seinen Augen sehen und bekam für einen Moment ein schlechtes Gewissen. Sein Grinsen erstarrte zu einer makabren Grimasse, die sich jedoch wieder auflöste und dem Ausdruck verzweifelter Angst wich. Er zog sich zurück, ins Treppenhaus, immer noch mit erhobenem Kopf, aber dann kam das Zucken, das Berit so gut kannte. Er sog Luft in die Nase, senkte schnell den Kopf auf die Brust, und ein Zittern lief durch seinen Körper. Sein Blick wurde unstet, er drehte sich um und floh mit polternden Schritten die Treppe hinab.

Wie in einem Nebel hörte sie die Haustür zuschlagen. Sie schloß die Wohnungstür und sank zu Boden. Das einzige Geräusch war das Surren der Aquariumpumpe. In Justus' Zimmer war es still. Berit sah auf. Die Angst und die Fragen des Jungen schienen durch die verschlossene Tür zu pulsieren. Sie mußte aufstehen und zu ihm gehen, war dazu aber noch nicht im Stande. Erst mußte sie neue Kraft schöpfen. Sie hatte das Gefühl, ihr Körper würde ihr nicht länger gehorchen. Die Anschuldigungen ihres Schwagers und ihr Gegenangriff hatten Berits letzte Kraftreserven erschöpft. Lange hatte sie sich zusammengerissen und ihre Zeit Gesprächen mit Justus gewidmet. Abends hatten sie dicht beisammen auf dem Sofa gesessen, ferngesehen, sich aber auch unterhalten. Berit hatte sich an Episoden in ihrem und Johns Leben erinnert und Bilder heraufzubeschwören versucht, die Justus im Gedächtnis behalten sollte. Sie hatte Justus von Johns Jugend erzählt, das Schlimmste ausgelassen, berichtet, wie tüchtig und geschätzt er in der Werkstatt gewesen war, hatte von seinem großen Wissen über Buntbarsche gesprochen und darüber, wie sehr er seinen Sohn geliebt hatte. Sie wußte, daß die Toten Seite an Seite mit den Lebenden wandelten. Nun wurde der Mythos John erschaffen, das Bild eines Vaters, dessen ein und alles die Familie gewesen war, dessen Handeln durch seinen Traum von einer glücklichen Kindheit für Justus geleitet wurde.

Am Vorabend hatte sie Justus verraten, daß John bei der Geburt seines Sohnes ein Sparbuch eröffnet hatte, auf das er jeden Monat, egal wie knapp bei Kasse sie auch gewesen waren, hundertfünfzig Kronen eingezahlt hatte. Sie hatte das Buch herausgesucht, und Justus hatte lange mit dem Sparbuch in der Hand dagesessen.

Jetzt drohte Lennart zunichte zu machen, was sie aufzubauen versucht hatte, und die zweifache Trauer zwang sie zu Boden. Wie lange würden ihre Kräfte noch reichen? Mit ihrer Arbeit im Pflegedienst verdiente sie nicht genug Geld, und die Möglichkeiten, eine ganze Stelle zu bekommen, waren begrenzt. Sie hatte keine Ausbildung, keine Beziehungen. Johns Lebensversicherung würde sicher einiges einbringen, sie wußte nicht wieviel, aber sie würden dennoch sehr sparsam leben müssen. Dabei wollte sie ihrem Sohn eigentlich so viel gönnen, vor allem jetzt.

Mit großer Mühe kam sie wieder auf die Beine und stellte sich vor Justus' Tür. Es war totenstill dahinter. Sie klopfte an und öffnete die Tür. Er saß auf dem Bett und nahm keine Notiz von ihr, als sie das Zimmer betrat.

»Du glaubst ihm doch nicht? Er lügt doch nur.«

Justus starrte auf das Bett.

»Er ist einfach nur verwirrt. Er hat irgendwas aufgeschnappt und sucht jetzt einen Sündenbock. Hörst du, was ich sage?«

Er nickte.

»Als hätten wir es nicht auch so schon schwer genug«, seufzte sie und ließ sich auf den Schreibtischstuhl fallen. »Ich bin nie untreu gewesen, habe niemals anderen Männern schöne Augen gemacht. Dein Papa genügte mir völlig, verstehst du? Wir haben uns gut verstanden. Die Leute wunderten sich immer, daß wir schon so viele Jahre zusammen waren, aber für John und mich gab es nichts anderes.«

»Aber irgendwas muß doch gewesen sein«, sagte Justus und sah sie flüchtig an.

»Nichts«, widersprach sie. »Absolut nichts.«

»Und warum hat Lennart das dann gesagt?«

Erneut versuchte sie ihm zu erklären, daß Lennart jetzt in einer anderen Welt lebte, in der Johns Tod alles überschattete.

»Wir können uns an John erinnern und haben einander. Lennart hat nichts.«

»Papa hat Lennart gern gehabt«, sagte Justus sehr leise. »Warum hast du ihm was anderes erzählt?«

Mehr sagte er nicht, aber seine Augen drückten etwas aus, das sie zuvor nicht gesehen hatte. Trauer und einen Haß, der sein Gesicht älter aussehen ließ. Sie verfluchte im stillen ihren Schwager, stand auf, wollte noch etwas sagen, seufzte jedoch nur, verließ Justus und blieb im Flur stehen. Sie hörte, wie er die Tür hinter ihr schloß.

Justus' Bemerkung, daß John hatte umziehen wollen, beunruhigte sie. Sie hatten zwar einmal unverbindlich davon gesprochen, einen Umzug aber niemals ernsthaft erwogen. Sie waren beide in Uppsala geboren, und zumindest sie konnte sich überhaupt nicht vorstellen, in einer anderen

Stadt zu leben. Scheißstadt, hatte er zu Justus gesagt, und sie empfand große Trauer, weil er nur mit Justus darüber gesprochen hatte. Worüber hatten die beiden noch gesprochen, wovon sie nichts wußte?

Ann Lindell betrachtete die Fassade vor sich. Der gelbe Backsteinbau erinnerte sie an etwas, wahrscheinlich an ein anderes Haus in einem anderen Fall. Diesmal war sie auf eigene Faust unterwegs, es war ein seltsames Gefühl. Normalerweise wäre sie nun Teil eines Teams mit einer genau definierten Aufgabe und einem klaren Ziel gewesen. Zwar hatte sie sich auch in früheren Ermittlungen des öfteren vortasten müssen, doch jetzt mußte sie sich jeden Schritt noch genauer überlegen. Sie fühlte sich frei, hatte allerdings ein schlechtes Gewissen.

Sie hatte die Auskunft angerufen und sich Telefonnummer und Adresse von Berit Jonsson geben lassen. Hinter einem der hellerleuchteten Fenster wohnte die Frau. Lindell holte ihr Handy heraus, steckte es wieder ein und schaute erneut die Fassade hinauf. Sie sollte Ola Haver anrufen, aber es war spät, und vielleicht war ihr Gefühl auch völlig unbegründet. Wäre sie im Dienst gewesen, hätte sie ihn natürlich angerufen. Wenn sie es jetzt tat, war sie gezwungen, Ola zu erklären, daß sie auf eigene Faust ermittelte. Sie seufzte schwer, tippte seine Nummer ein und drückte nach weiteren Sekunden des Zögerns auf die Verbindungstaste. Rebecka Haver ging beim ersten Klingeln an den Apparat. Ihrer Stimme war anzuhören, daß sie glaubte, ihr Mann wäre am anderen Ende der Leitung.

»Ich möchte Ola Haver sprechen«, sagte Lindell, ohne ihren Namen zu nennen.

Rebecka zögerte für den Bruchteil einer Sekunde, ehe sie antwortete.

»Er ist auf Arbeit«, sagte sie kurz angebunden.

Schweigen.

»Wer spricht da bitte?«

»Danke, schon gut«, sagte Lindell gezwungen und unterbrach die Verbindung. Idiot, dachte sie im gleichen Moment, sie kann auf dem Display bestimmt meine Nummer sehen.

Ann Lindell schämte sich und verfluchte ihre Ungeschicklichkeit. Er war auf der Arbeit. Sie konnte ihn dort anrufen, aber jetzt schien ihr, sie würde einem Fehler damit einen weiteren folgen lassen.

Das Telefon klingelte, und Berit hob den Hörer ab. Es war eine Frau, von der sie schon einmal in der Zeitung gelesen und über die John gesprochen hatte: Ann Lindell von der Kriminalpolizei. Berit wunderte sich, daß ihre Stimme so müde klang und sie trotz der späten Stunde vorbeischauen und ein paar Worte mit Berit wechseln wollte.

Ann Lindell kam wenige Minuten später. Sie hatte ein Baby im Arm.

»Das ist Erik«, sagte sie.

»Nehmt ihr eure Kinder mit auf die Arbeit?«

»Eigentlich bin ich gar nicht im Dienst«, erklärte Lindell, »aber ich bin trotzdem noch ein bißchen dabei.«

»Ein bißchen«, wiederholte Berit. »Sie haben niemanden, der auf den Kleinen aufpassen kann?«

»Ich bin allein«, antwortete Lindell und legte Erik vorsichtig auf der Couch im Wohnzimmer ab. Der Kleine war wach geworden, als sie Berits Haus erreicht hatten, aber wieder eingeschlafen, als Lindell ihn aufgenommen und die Treppen hinaufgetragen hatte. Berit schaltete die Stehlampe aus, damit ihm das Licht nicht in die Augen schien. Die beiden Frauen standen schweigend da und betrachteten den schlafenden Jungen.

»Was wollen Sie von mir?«

In Berits Stimme schwang Ungeduld mit, vermischt mit etwas, das Lindell als Angst deutete.

»Es tut mir wirklich sehr leid, was passiert ist. Er war ein anständiger Mensch.« Unbewußt benutzte sie Ottossons Ausdruck.

»Aha«, sagte Berit tonlos.

»Ich glaube«, fuhr Lindell fort, »daß er wegen Geld ermordet worden ist, und ich glaube, daß Sie jetzt auf diesem Geld sitzen.«

»Wie bitte, ich soll auf Geld sitzen?«

Berit schüttelte den Kopf. Die Eindrücke und Fragen wurden ihr allmählich zuviel. Erst Lennart, dann Justus und jetzt auch noch diese Freizeitpolizistin.

»Dies würde bedeuten, daß Sie möglicherweise in Gefahr sind«, sagte Lindell.

Berit sah sie an und versuchte die Bedeutung von Lindells Worten zu erfassen.

»Ehrlich gesagt, das Geld interessiert mich nicht. Es gehörte John, und jetzt gehört es Ihnen, aber viel Geld ist immer auch ein Risiko.«

Von Lindells Seite war es ein Schuß ins Blaue. Sie hatte keine Ahnung, ob das Mordmotiv wirklich Geld war, geschweige denn, ob Berit ahnte, wo es sich befand. Nichts an Berits Reaktion deutete jedenfalls darauf hin, daß sie etwas über den Verbleib von Johns Pokergewinn wußte.

»Nehmen wir einmal an, daß er gewann. Hatte er einen Freund, dem er sich anvertraut haben könnte?« fragte Lindell.

»Nein«, antwortete Berit, ohne zu zögern.

Sie dachte an Micke, und Lennarts Worte fielen ihr wieder ein.

»Was ist mit Micke?« meinte Lindell, als hätte sie Berits Gedanken gelesen.

»Was wollen Sie eigentlich von mir?« erwiderte Berit. »Sie kommen spätabends mit einem Baby im Arm zu mir und stellen eine Menge Fragen. Wollen Sie sich wichtig machen?«

Lindell schüttelte den Kopf und warf einen Blick auf Erik, der friedlich schnorkelte.

»Nein«, sagte sie, »mir kamen da nur ein paar Gedanken. Ich habe heute mit einem Kollegen gesprochen und mir eingebildet, daß … nun ja, ich weiß auch nicht recht.«

Sie sah die Frau an, die vor ihr saß. Man hatte gesagt, sie

sei hübsch, und Lindell konnte Berits Schönheit durchaus noch erkennen, aber vieles davon war ausradiert worden. Müdigkeit, Trauer und Anspannung hatten tiefe Furchen hinterlassen; ihre Körperhaltung zeugte von großer physischer und psychischer Erschöpfung.

»Wie geht es Ihrem Sohn?«

Berit schluchzte auf. Wehrlos stand sie vor Lindell, schaute die Polizistin an und weinte. Ann hatte schon viel erlebt, aber Berits Gesicht drückte die tiefste Verzweiflung aus, die sie jemals gesehen hatte. War es die Lautlosigkeit ihrer Tränen, die diese Verzweiflung besonders qualvoll machte? Mit Schmerzens- oder Trauerschreien und dem Scherbenhaufen eines Lebens konnte Lindell umgehen, Berits fester Blick und deren Tränen rührten sie hingegen sehr. Der Junge auf der Couch maulte kurz, und Lindell spürte, daß sie selber den Tränen nahe war.

»Ich muß dann wohl gehen«, sagte sie, strich sich über die Augen und versuchte sich zusammenzureißen. »Es war albern von mir, hierher zu kommen. Ich hatte nur so ein seltsames Gefühl.«

Berit nickte. Lindell hob Erik hoch.

»Sie können ruhig noch ein wenig bleiben, wenn Sie möchten«, sagte Berit.

»Ich kann nicht«, sagte Lindell.

Eriks Wärme und seine kaum merklichen Bewegungen unter dem Overall bestärkten sie in dem Entschluß, Berit und die Ermittlungen hinter sich zu lassen. Es war nicht ihr Fall, sie war im Erziehungsurlaub, und in Kürze würden ihre Eltern aus Ödeshög eintreffen.

»Sie können«, sagte Berit, und Lindell wunderte sich über die Wandlung der Frau. »Ich weiß nicht, warum Sie hergekommen sind, und es spielt auch keine Rolle, aber es war Ihnen wichtig, nicht wahr?«

»Ich weiß es selber nicht«, erwiderte Lindell, »es war ziemlich bescheuert und unprofessionell.«

Berit machte eine Geste, als wollte sie sagen, unprofessionell oder nicht, jetzt war Lindell nun einmal da.

»Also schön, ich bleibe noch, wenn ich etwas zu trinken bekommen kann. Ich habe einen solchen Durst.«

Während Berit ihr eine Cola holte, legte Lindell das Würmchen wieder ab, öffnete seinen Overall und schob ihm den Schnuller in den Mund. Erik schlief. Sie drehte sich zum Aquarium um. Es war wirklich riesengroß. Fasziniert folgten ihre Augen den Fischschwärmen.

»Sie haben unterschiedliche Reviere«, erklärte Berit, als sie aus der Küche zurückkehrte. »Darauf war John besonders stolz. Er hat einen afrikanischen See im Miniaturformat geschaffen.«

»Ist er einmal in Afrika gewesen?«

»Aber nein, wo denken Sie hin, wie hätten wir uns das leisten sollen? Wir durften ein bißchen davon träumen, besser gesagt, er übernahm das Träumen, und ich sorgte dafür, daß alles funktionierte.«

Berit wandte den Blick vom Aquarium.

»Er übernahm das Träumen«, wiederholte sie, »und begeisterte Justus für seine Träume. Wissen Sie, wie es ist, wenn man arm ist?« fragte Berit und sah Lindell an. »Es bedeutet, am Existenzminimum zu leben, sich aber dennoch etwas gönnen zu wollen. Wir haben alles in Justus gesteckt. Er sollte wenigstens ordentliche Kleider haben. John hat ihm im Herbst einen Computer gekauft, und manchmal haben wir uns zum Wochenende etwas Leckeres gegönnt. Man kann sich nicht ständig arm fühlen.«

In ihrer Stimme schwang kein Stolz mit, sie stellte nur nüchtern fest, daß Familie Jonsson versucht hatte, sich eine kleine Sphäre zu schaffen, in der sie sich wohl fühlen konnte, als ein Teil von etwas Größerem, Schönerem.

»Wir haben uns manchmal vorgestellt, wir wären reich, nicht unermeßlich reich, aber doch so, daß wir vielleicht einmal wegfahren, ein Flugzeug nehmen und irgendwo landen könnten. Ich würde so gerne mal nach Portugal fahren, ich weiß nicht, warum ausgerechnet nach Portugal, aber vor langer Zeit habe ich einmal portugiesische Musik gehört, und die klang, wie wir … oder besser gesagt, wie ich mich fühlte.«

Sie sah sich im Zimmer um, als wollte sie begutachten, was sie und John sich im Laufe der Jahre aufgebaut hatten.

Lindell folgte ihrem Blick.

»Ich finde, Sie haben es sehr schön hier«, sagte sie.

»Danke«, meinte Berit anspruchslos.

Eine Stunde später trat Lindell ermattet in die Winterlandschaft hinaus. Die Autos auf der entfernten Vaksalagatan und das Surren einer Straßenlaterne waren die einzigen Geräusche, die sie hörte. Die Menschen blieben in diesen Tagen zu Hause, kochten Weihnachtsschinken und packten Geschenke ein. Sie überlegte, Ola Havers Handynummer zu wählen, erkannte jedoch, daß es dafür schon zu spät war. Wie würde er es aufnehmen, daß sie sich in seinen Fall eingemischt hatte? Was würde seine Frau zu dem Anruf von vorhin sagen?

Sie beschloß, Haver erst am nächsten Tag zu kontaktieren. In den tiefsten Schichten ihres Bewußtseins lauerte der Gedanke, daß sie sich vielleicht sehen könnten. Ihnen blieben noch knapp vierundzwanzig Stunden bis zum Eintreffen ihrer Eltern. Sehen, dachte sie, du willst seine Umarmung. Wenn du ihn nur sehen wolltest, könntest du ihn jederzeit auf der Arbeit besuchen. Nein, du willst ihn bei dir haben, am Küchentisch, wie einen sehr engen Freund, der dich umarmen und dir vielleicht auch einen Kuß geben kann. So sehr lechzt du nach menschlicher Nähe.

Sie freute sich nicht auf den Weihnachtsbesuch ihrer Eltern. Im Gegenteil, sie fürchtete ihn. Im Moment ertrug sie die Fürsorglichkeit ihrer Mutter einfach nicht. Ihr Vater saß die meiste Zeit schweigend vor dem Fernseher, und damit konnte sie leben, aber die immer besorgteren Fragen ihrer Mutter zu ihrem Leben machten sie wahnsinnig. Diesmal konnte sie zwischendurch nicht einmal fliehen wie bei den immer selteneren Besuchen in ihrem Elternhaus.

Zu allem Überfluß sprach ihre Mutter in letzter Zeit immer öfter davon, nach Uppsala ziehen zu wollen. Das Haus in Ödeshög in Schuß zu halten, fiel ihr immer schwerer, weshalb sie es für eine ideale Lösung hielt, eine kleine Wohnung in Uppsala zu kaufen und so in Anns und Eriks Nähe zu sein.

War es richtig gewesen, Lennart und Berit zu besuchen? Lindell blieb im Schnee stehen. Ob sie anhielt, um ihre Arme auszuruhen, weil sie auf dem Bürgersteig nur mühsam vorankam, da die Räder des Kinderwagens tief im nicht geräumten Schnee versanken, oder ob sie erkannte, daß sie unprofessionell gehandelt hatte, spielte keine Rolle. Sie stand reglos da. Es schneite stark, und das war schön, sie fühlte sich geborgen.

Ich bin weiß Gott kein besonders kultivierter Mensch, sagte sie sich innerlich. Ich bin nicht wie diese Kriminalpolizisten im Fernsehen, die sich Opern anhören, sich in der griechischen Mythologie auskennen und entscheiden können, ob ein bestimmter Wein perfekt zu Fisch oder hellem Fleisch paßt. Ich bin einfach ich. Eine ganz normale Frau, die zufällig Polizistin geworden ist, so wie andere zufällig Koch, Gärtner oder Busfahrer werden. Ich will Gerechtigkeit, das ist alles, aber die will ich so sehr, daß ich darüber vergesse zu leben.

Auch ihre Kollegen waren nicht besonders kultiviert. Einige von ihnen kannten wahrscheinlich nicht einmal die genaue Bedeutung des Wortes. Sie rackerten sich ab. Worüber unterhielten sie sich? Definitiv nicht über die Jahrgangsweine eines fantastischen Weinguts in einem abgelegenen Teil der Erde. Wenn es hochkam, verglichen sie anhand der Testergebnisse in den Zeitungen ihre Erfahrungen mit den Tetrapak-Weinen des staatlichen Alkoholgeschäfts.

Sammy Nilsson abonnierte seit vielen Jahren die Zeitschrift »Spektrum der Wissenschaft« und erzählte regelmäßig mit kindlicher Begeisterung Anekdoten über Ereignisse im Weltall oder aus der medizinischen Forschung und verbreitete seine populärwissenschaftlichen Erkenntnisse mit der selbstverständlichen Autorität eines Nobelpreisträgers. Fredriksson ergänzte diese Geschichten, indem er ausführte, wie fantastisch es war, daß in Alunda Rauhfußbussarde überwinterten, oder warum Wölfe zögerten, Eisenbahnschienen zu kreuzen. Das ist unsere Bildung, dachte sie zufrieden.

Fredriksson war der Naturschwärmer, der Probleme mit der Hetze und dem immer brutaler werdenden Alltag hatte. Außerdem zeigte er zuweilen leicht fremdenfeindliche Tendenzen. Mit Unverständnis begegnete er den entwurzelten Jugendlichen der zweiten Generation in Ausländerfamilien, die immer öfter in den Registern der Polizei auftauchten. Sammy wurde rasend vor Wut, wenn Fredriksson eine seiner Generalisierungen von sich gab, und dann kam es zu kleinen Reibereien, die stets damit endeten, daß Fredriksson sagte: »So habe ich das überhaupt nicht gemeint, das weißt du ganz genau.«

Deshalb sind wir gut, dachte Lindell und schob den Kinderwagen ein paar Meter weiter. Wenn wir auf die feine Art gebildet wären, dann wären wir schlechtere Polizisten. Gut möglich, daß es solche Polizisten in anderen Distrikten gab; die Beamten in der geistigen Hochburg Uppsala waren hingegen Leute wie du und ich.

Ann Lindell lächelte vor sich hin. Ihre Überlegungen endeten nicht ohne Selbstzufriedenheit, und sie wußte auch, daß sie damit ihre privaten polizeilichen Ausflüge rechtfertigen wollte. Sie versuchte sich einzureden, daß jeder andere im Kommissariat genauso gehandelt hätte wie sie.

Das stimmte natürlich nicht. Ihre privaten Ermittlungen waren moralisch nicht zu rechtfertigen, das wußte sie. Ottosson würde über ihre Handlungsweise ziemlich betrübt sein, ein Großteil der Kollegen nur den Kopf schütteln. Aber wie hätte sie sich sonst verhalten sollen? Lennart wollte mit ihr und keinem anderen sprechen, da war es doch ihre Pflicht gewesen, sich der Verantwortung zu stellen? Und von Lennart war es nicht weit bis zu Berit.

Lindell wurde nicht recht schlau aus Johns Frau. Es war durchaus möglich, daß sie über Informationen verfügte, die sie der Polizei nicht geben wollte, ganz gleich, wie nett sie sich von Frau zu Frau miteinander unterhalten hatten. Berit wollte in erster Linie ihren Sohn schützen und danach das Andenken Johns in Ehren halten; das waren zwei Seiten der gleichen Medaille. Wußte sie, wo der Pokergewinn war? Hatte sie eine Affäre mit einem anderen Mann? War Eifersucht, eventuell vermischt mit Geldgier, das Motiv für den Mord? Lindell fiel es schwer zu glauben, daß Berit an dem Mord beteiligt gewesen sein könnte oder daß ein verschmähter Liebhaber dahintersteckte, ein Mann, mit dem sie zunächst ein Verhältnis gehabt, den sie dann jedoch abgewiesen hatte. Lindell glaubte an Berits Treue. Sie wollte an sie glauben und spielte mit dem Gedanken, sich noch ein paarmal mit der Frau zu treffen. Berit schien klug zu sein, hatte eine direkte Art und bestimmt auch Humor.

Sie verstaute den Kinderwagen im Kofferraum. Erik wachte auf, als sie ihn im Kindersitz festschnallte. Er sah sie mit großen Augen an. Sie streichelte seine Wange.

30

Er wußte, daß Johns Tod irgendwie mit ihm zusammenhing. Es konnte einfach kein Zufall sein, daß zwei seiner Quälgeister bestraft worden waren. Die Gerechtigkeit nahm ihren Lauf.

An die ersten fünf, sechs Jahre seiner Schulzeit erinnerte Vincent sich nur noch vage. Er war passabel zurechtgekommen. Erst in der Mittelstufe begannen die Probleme. Wie das Gefühl entstanden war, ein Außenseiter zu sein, wußte er nicht, aber es kam oftmals sogar körperlich zum Ausdruck, so als wollten seine Klassenkameraden ihn nicht einmal berühren. Von der Körperlichkeit der Jungenspiele blieb er ausgeschlossen und suchte Anschluß an die Mädchen, war jedoch zu eigen, um voll und ganz von ihnen akzeptiert zu werden. Mit der siebten wurden die Kinderspiele, die Jungen und Mädchen gemeinsam spielen konnten, immer weniger. Statt dessen kam es zu einer Positionierung, einem Suchen nach den Geschlechterrollen. Von der Zeit an paßte

Vincent nicht mehr dazu, er war weder süß noch charmant, und das einzige, was für ihn sprach, war sein Schweigen, das die Mädchen als Kontrast zu den großmäuligen und sprunghaften Auftritten der anderen Jungen schätzten, doch auf Dauer wurde er immer stärker isoliert, ausgeschlossen.

Er hatte versucht sich Gunilla zu nähern. Manchmal hatten sie gemeinsam ein Stück des Schulwegs zurückgelegt. Sie waren keine Freunde, aber Vincent war zufrieden in ihrer Nähe, sie war jemand, mit dem man reden konnte. Meistens trennten sich ihre Wege am Schultor, tatsächlich ging sie bereits schneller, wenn sie am Tripolis um die Ecke bogen und Kurs auf den schmiedeeisernen Zaun der Schule nahmen.

Am Ende einer Freistunde hatte er ihr gestanden, daß sein Vater ihn schlug. Auslöser war ein blauer Fleck auf seinem Hals gewesen, direkt unter dem linken Ohr. Einige seiner Mitschüler hatten behauptet, Vincent habe einen Knutschfleck, andere interessierten sich kaum dafür. Gunilla war zu ihm gekommen und hatte ihn angesehen, aber nicht wie die anderen mit ihren hämischen Blicken, die jederzeit zu einem üblen Scherz bereit waren. Sie hatte den blauroten Bluterguß vielmehr mit Interesse studiert und vorsichtig seinen Hals befingert; eine flüchtige Berührung für die Dauer einer Sekunde.

Da hatte er es gesagt.

»Mein Vater schlägt mich.«

Sie hatte die Hand zurückgezogen und ihn erschreckt angesehen. Für einen Moment hatte er geglaubt, in ihrem Blick noch etwas anderes zu erkennen.

»Vincent bekommt zu Hause Schläge«, hatte sie unmittelbar darauf über den Schulflur gerufen, als gerade alle zusammenkamen, um in die Klasse zu gehen. Alle Blicke waren auf ihn gerichtet gewesen.

»Bist du nicht brav oder machst du ins Bett?« sagte einer der Jungen.

»Armer Vincent«, meinte ein anderer, »kriegst du Kloppe auf den Hintern?«

Gunilla hatte triumphierend zwischen den anderen gestanden. Dann war ihr Lehrer gekommen und hatte die Tür zum Klassenzimmer geöffnet. Vincent erinnerte sich noch, daß in der folgenden Unterrichtsstunde die Amöben behandelt worden waren.

Mit John war es anders gewesen. Er ging in eine Parallelklasse, aber manche Fächer hatten sie gemeinsam. In Hauswirtschaft hatte es angefangen. Weder Vincent noch John fielen weiter auf, die Lehrer mußten sich vielmehr große Mühe geben, um überhaupt etwas aus ihnen herauszubekommen. Sie sollten als Zweiergruppe einen Sandkuchen backen. Unsicher hatten sie nach den Anweisungen des Lehrers die Zutaten verrührt. Unglücklicherweise hatte Vincent dann jedoch die Schüssel umgeworfen, als er noch etwas Mehl unterrühren wollte. Die beiden Jungen hatten wie gelähmt dagestanden und zugesehen, wie der grauweiße Schlabber sich über das Pult ergoß und auf den Boden tropfte.

Der Lehrer war aufgetaucht und aus irgendeinem Grund davon ausgegangen, daß John die Sauerei verschuldet hatte. Keiner der Jungen hatte etwas gesagt, schon gar nicht Vincent, der überzeugt war, daß er sonst Schläge bekommen würde.

John mußte aufwischen. Vincent wurde einer anderen Gruppe zugeteilt. Seit jenem Tag wurde Vincent von John gehaßt. Mit seiner stillen Diplomatie gelang es ihm, Vincents Klassenkameraden anzustacheln, daß sie den Mitschüler mobbten. Vincent war keine graue Maus mehr in der Menge, er wurde zur willkommenen Beute. Danach war alles eine Maschinerie, die sich verselbständigte. Ein einziges Mal hatte er sich bei seinem Klassenlehrer beschwert, was jedoch zur Folge hatte, daß der Terror erst recht eskalierte.

Er wußte, daß John dahintersteckte, obwohl sie nie miteinander sprachen und John sich auch nicht aktiv an seiner Verfolgung beteiligte.

Jetzt war er tot und Vincent zufrieden. Gunilla war zwar nicht tot, aber gründlich verängstigt. Sie würde ihn niemals vergessen. Die Angst würde sie ihr Leben lang begleiten.

Die Verwirrung des Vormittags war einer traumwandlerischen Harmonie gewichen. Er wußte, daß er auf der richtigen Spur war. Die Telefonschnur um Vivans Hals, ihr erschreckter Blick und ihre röchelnden Laute, das alles hatte ihm gut getan. Sie war so schnell verstummt. Ihre Augen, in denen zunächst nur Mißtrauen und dann Panik stand, hatten ihn zum Lachen gereizt. Es war das letzte, was sie wahrgenommen hatte, seinen lachenden, übelriechenden Mund. Er hätte das Lachen gerne noch etwas in die Länge gezogen. Unzufrieden hatte er ihren Körper getreten, ihn unter das Bett geschoben.

John war durch ein Messer gestorben. »Wiederholte Messerstiche« hatte es in der Zeitung geheißen. Vincent ahnte, daß Johns Blick ebenso verängstigt gewesen war wie der von Gunilla und Vivan. Hatte er vielleicht einen Helfer, eine stumme Kraft, die ihn rächte, ohne daß er davon wußte, oder war er selber dabeigewesen? Er wurde immer unsicherer. Auch früher hatte er gelegentlich Gedächtnislücken gehabt, nicht zuletzt in Augenblicken der Erregung. War er dabeigewesen und hatte das Messer in Johns Körper gestochen?

Wie üblich blieb er auf der Nybron stehen und starrte auf das Wasser des Fyris hinab. Trotz der strengen Kälte während des ganzen Dezembers war der Fluß nicht ganz zugefroren. Vincent Hahn verweilte ein paar Minuten, ehe er die Brücke überquerte. Erneut hatte er das Gefühl, nicht in seiner Heimat, sondern in einem anderen Land zu wandern, in dem niemand, dem er begegnete, ihn kannte, wo die Gebäude von fremden Händen errichtet worden waren und sogar die Worte ihm nichts mehr sagten. Er achtete auf die Menschen, denen er begegnete, und versuchte etwas aus ihren Augen herauszulesen, aber die meisten sahen schnell weg oder waren mit sich selber beschäftigt.

Er hob die Hand und überquerte unverzüglich die Straße, ohne sich darum zu scheren, daß es glatt war und die Autos nur schlecht bremsen konnten. Jemand schrie ihn an, mit Worten, die er nicht verstand. Sie waren wütend auf ihn, das sah er. Er zog ein Messer heraus, das er aus Vivans Wohnung mitgenommen hatte. Ein paar Jugendliche schrien auf, machten auf dem Absatz kehrt und liefen davon.

Er wiederholte sein Manöver, trat einfach auf die Straße hinaus. Ein Auto wurde zu einer Vollbremsung gezwungen, rutschte seitlich weg und wäre fast mit einem stehenden Taxi zusammengestoßen. Der Taxifahrer stieg aus und schrie ihm etwas hinterher. Vincent fuchtelte mit dem Messer.

Er ging zum Sankt Eriks torg. Dort verkaufte ein älteres Paar Weihnachtsschmuck und Adventskränze. Er stellte sich an den Stand und betrachtete das glitzernde Zeug. Sie hatten nicht viel Zulauf und sahen ihn erwartungsvoll an.

»Ich habe kein richtiges Zuhause«, sagte Vincent.

»Gucken kostet nichts«, meinte die Frau.

Ihr Mann, der eine riesige Pelzmütze trug, zog einen Lederhandschuh aus, nahm eine Tüte mit hausgemachten Bonbons vom Tisch und hielt sie Vincent hin.

»Ich habe auch kein Geld«, sagte Vincent.

»Nehmen Sie, etwas Süßes wird Ihnen gut tun«, erwiderte die Frau. »Es sind verschiedene Geschmackssorten.«

Der Mann nickte. Seine Hand, mit der er die Tüte umfaßte, zitterte ein wenig. Vincent betrachtete die klobige Hand. Die blauschwarzen Adern auf dem Handrücken bildeten ein kraftvolles Muster. Die Fingernägel waren dick, stark gebogen und ein wenig gelblich.

»Er hat einen Schlag gehabt«, erklärte die Frau. »Er kann nicht sprechen.«

Vincent nahm die Tüte entgegen und stand einen Moment lang schweigend da.

»Das ist das schönste, was ich je bekommen habe«, sagte er.

Die Frau nickte. Ihre Augen waren grünblau und ein schwacher Grauschleier lag auf der Hornhaut. Abgesehen von ein paar Leberflecken auf einer Wange war ihre Haut jugendlich glatt. Vincent dachte, daß sie in ihrem Leben sicher viel gelacht hatte.

Ein jüngeres Paar trat an den Verkaufsstand und schaute sich die gebundenen Kränze an.

»Die haben sehr leckere Bonbons«, meinte Vincent.

Die junge Frau blickte kurz auf und lächelte.

»Wir nehmen den hier«, sagte sie und hielt einen Kranz aus Preiselbeerreisig hoch.

Vincent entfernte sich von dem Stand und ließ sich ziellos – und von einer immer größer werdenden inneren Leere erfüllt – treiben. Er hatte das Gefühl, von einem inneren Wirbelsturm erfaßt und immer weiter in sich selber hinabgezogen zu werden.

Er versuchte etwas zu sagen, und es hallte in seinem Kopf. Von Zeit zu Zeit wurde ihm schwindlig. Er aß noch ein Bonbon und blieb vor einem Schaufenster mit Artikeln für ein erfüllteres Sexualleben stehen. Die Leute gingen ungeniert im Laden ein und aus, schleppten bunte Pakete, schauten ihn an und lächelten.

Wohin sollte er nur gehen? Seine Beine trugen ihn kaum noch. Die Bonbons schenkten ihm zwar ein wenig Energie, aber ganz gleich, wohin er seine Schritte lenkte, er wurde mit immer neuen Hindernissen konfrontiert. Es waren immer mehr Leute auf den Bürgersteigen unterwegs, das Gedränge wurde schlimmer, und er stieß fortwährend mit anderen Menschen und ihren Paketen zusammen. Es kam ihm vor, als würde er in verschiedene Richtungen geschoben.

Als er sich schon entschlossen hatte, den Fluß wieder in östlicher Richtung zu überqueren, begegnete er einem Mann in einem Weihnachtsmannkostüm, der ihn mit dem Angebot einer Schlittentour nach Gamla Uppsala zu stoppen versuchte. Zweihundertneunzig Kronen für eine knappe Stunde. Er nahm einen Werbezettel an und ging weiter. Ihm wurde immer schwindliger. Er lehnte sich an eine Wand; Angst stürmte auf ihn ein. Er schützte sich, hob die Arme vor das Gesicht und rief etwas in den Wind.

Eine Stunde später kam die Polizei. Der Besitzer einer Galerie hatte sie gerufen. Er hatte in seinem Geschäft gestanden, Vincent eine Weile betrachtet und gesehen, wie der Schnee auf ihn herabfiel. Es war ein schönes Bild gewesen. Die Komposition: der dunkel gekleidete Mann an der Wand, die tief hinabgezogene Zipfelmütze, die gekrümmte Körperhaltung, so als fürchte er die Schläge der Passanten, die mit Weihnachtsgeschenken an ihm vorbeiströmten, der Schnee, der sachte fiel – zusammen schufen die einzelnen Komponenten ein Bild von beachtlicher Authentizität.

Der Galerist stand im Warmen, an den Wänden hinter ihm die ausgestellten Miniaturen, Menschen kamen und gingen, Weihnachtsgrüße wurden ausgetauscht.

Gleichzeitig war der Anblick eine Erinnerung daran, wie zeitlos die Not war. Auf dieser Straße waren Tausende armer Menschen vorbeigegangen. Von Norden waren sie in die Stadt gekommen, vor dem Hunger und ihren Herren geflohen, auf der Suche nach einer Linderung ihrer Not. Bei Seuchen waren sie in die andere Richtung gezogen, waren aus ihren ärmlichen Behausungen und dem Gestank geflohen.

Die Szene hätte sich in jeder beliebigen Stadt in der nördlichen Hemisphäre abspielen können. Der Galerist sah in dem Obdachlosen eine Erinnerung an die Grenzen, aber auch die Möglichkeiten der Gegenwartskunst. Für die klassische Malerei war das Motiv ein typisches Genrebild, für den Videokünstler eine Herausforderung.

Das Mitgefühl gewann die Oberhand über die ästhetischen Überlegungen. Er rief die Polizei an, die eine knappe halbe Stunde später auftauchte. Der Galerist trat auf die Straße hinaus. Die beiden Polizeibeamten hatten kein Auge für die künstlerischen Qualitäten der Situation, für sie war es eine Routineangelegenheit, einen Betrunkenen oder vielleicht auch Kranken aufzulesen.

Die Kälte war in Vincents Körper gedrungen. Die bloßen Hände hatte er in der Jacke vergraben, und sein Kopf war auf die Knie gefallen. Der eine Polizist rüttelte an seiner Schulter. Vincent wachte auf, öffnete die Augen und erblickte den Streifenpolizisten. Seine Kollegin wechselte ein paar Worte mit dem Galeristen.

Vincent hatte geträumt, ein Land besucht, in dem der

Schnee das ganze Jahr über meterdick lag. Ein Land aus Kälte und Eis, in dem die Menschen nicht aufeinander spucken konnten, sondern sich mit steifen Grimassen begnügen mußten, wenn sie sich begegneten und ihrem Mißvergnügen Ausdruck verleihen wollten. Im Traum hatte er an einer Straßenecke gestanden und Lose verkauft, die niemand haben wollte. Vergeblich hatte er gestikuliert. Sprechen konnte er nicht, denn dann drohte die Kälte zum Herzen vorzudringen. Und dann war es aus.

»Wie geht es Ihnen?« fragte der Polizist freundlich.

Der Beamte roch keine Fahne, dies war keiner der üblichen Penner.

Vincent bewegte steif den Kopf, versuchte den Traum zu verdrängen und den Polizisten zu fixieren. Langsam drang die Wirklichkeit in sein Bewußtsein. Er sah die uniformierten Beine, hörte die Stimme, spürte die Hand, zog blitzschnell das Messer aus der Jackentasche und bewegte es mit Schwung schräg nach oben. Das Brotmesser traf Jan-Erik Hollman, geboren in Lunde, getauft in der Kirche von Gudmundrå, wo er eine Woche nach Neujahr beerdigt werden sollte, in die Halsschlagader, durchbohrte den Hals und trat auf der anderen Seite wieder hinaus.

Seine Kollegin Maria Svensson-Flygt tat alles, um den Blutstrom zu stoppen, aber ihre Bemühungen blieben vergeblich. Innerhalb weniger Minuten verblutete Jan-Erik Hollman auf dem eisigen Pflaster der Svartbäcksgatan.

Vincent blieb sitzen, an die Wand gelehnt, so als wäre er sich überhaupt nicht bewußt, was geschehen war. Maria sah ihn an. Um ihn herum standen Leute im Kreis. Es herrschte vollkommene Stille. Der Verkehr war zum Erliegen gekommen. Die blutrote Rose auf der Erde wuchs nicht mehr. Marias Hand ruhte auf der Brust ihres Kollegen. Die zweite suchte nach dem Handy. Nach einem kurzen Telefonat streckte sie sich nach dem Messer, das Vincent von sich geworfen oder einfach verloren hatte.

»Sie hat eine Pistole«, schrie ein kleiner Junge.

Vincent schaute Maria träge an. Etwas weiter weg lachte

jemand laut, und ein Taxifahrer hupte gereizt, ansonsten herrschte Stille. Nach einigen Sekunden hörte man ein Martinshorn.

Maria Svensson-Flygt hatte ihren Kollegen sehr gemocht. Zwei Jahre lang hatten sie zusammen Dienst getan. Sie haßte den Mann an der Wand, und ihr wurde klar, wenn sie allein auf der Straße gewesen wäre, ohne starrende Zeugen, hätte sie ihn in den Schädel geschossen.

Sie ahnte, daß es sich um Vincent Hahn handelte, nach dem seit dem Vormittag wegen des Mordes an einer Frau in Johannesbäck gefahndet wurde, auch wenn er dem Foto, das sie von ihm gesehen hatte, nur noch entfernt ähnelte.

31

Im Polizeipräsidium trauerten die Beamten um ihren Kollegen. Einige weinten, andere waren zerknirscht und wortkarg. Ihre Gedanken waren bei Jan-Eriks Frau und seinen Kindern und vermischten sich mit der schwindelerregenden Erkenntnis: Es hätte ebensogut mich treffen können. Doch das sagte niemand, denn es wäre einem geachteten Arbeitskameraden gegenüber unkollegial gewesen. Dennoch war der Gedanke da, unausgesprochen stärkte er ihren Zusammenhalt. Sogar die Worte des Polizeichefs auf der kurzen Versammlung wirkten ehrlich. Als er mit seiner etwas trokkenen Stimme, die normalerweise so uninspiriert klang, das Wort ergriff, entdeckten die Beamten eine ganz neue Seite an ihm. Er sprach leise, ohne große Gesten, und verließ das Podium unerwartet schnell und mit schweren Schritten. Lähmende Stille breitete sich aus.

Ein Mann mittleren Alters, dessen Gesicht vielen bekannt vorkam, trat ans Rednerpult.

Es war der Krankenhausseelsorger, der sich zufällig wegen einer privaten Angelegenheit im Polizeipräsidium aufgehalten hatte, als die Nachricht vom Tod des Polizisten einging. Liselotte Rask, die Pressesprecherin, kannte ihn von früher und hatte ihn gebeten zu bleiben, bis sie eine Krisenbewältigungsgruppe zusammengestellt hatten.

Ola Haver lauschte den Worten des Geistlichen, ließ sie in sein benebeltes Bewußtsein dringen.

Fredriksson saß mit gesenktem Kopf neben ihm, als würde er beten. Da er als erster mit Gunilla Karlsson gesprochen hatte, war er automatisch der Beamte gewesen, der informell die Fahndung nach Vincent Hahn geleitet hatte. Nun war Hahn gefaßt worden, aber zu welchem Preis?

Nach der Versammlung schaltete Haver sein Handy wieder ein. Wenige Sekunden später gab ein Ton ihm zu verstehen, daß jemand eine Nachricht hinterlassen hatte. Es war Rebecka. Haver hörte, daß sie sich Mühe gab, mit normaler Stimme zu sprechen. Sie bat ihn um Rückruf.

Er rief zu Hause an, und Rebecka hob sofort ab.

»Oh, mein Gott«, sagte sie. »Gott sei Dank.«

»Was ist los?«

»Ich habe es im Radio gehört«, erklärte Rebecka.

»Es war ein Kollege von der Schutzpolizei, ich glaube nicht, daß du ihn kennst.«

»Hatte er Frau und Kinder?«

»Ja, ein Mädchen und einen Jungen. Acht und vier Jahre alt.«

»Das ist so beschissen«, sagte Rebecka, die nur selten fluchte.

»Ich muß los«, erwiderte er.

»Du, Ola, bist du auch vorsichtig?«

»Natürlich, das weißt du doch.«

»Ich möchte ...«, setzte Rebecka vorsichtig an, aber Haver unterbrach sie.

»Ich muß los. Bis später«, sagte er.

Er beendete das Gespräch mit gemischten Gefühlen. Einerseits rührte ihn ihre Besorgnis, andererseits war er wütend auf sie. Sie hatten sich heftig gestritten, als er gestern abend nach Hause gekommen war. Rebecka hatte sich darüber aufgeregt, daß Ann Lindell ihren Namen nicht genannt hatte, als sie anrief, aber Haver war klar gewesen, daß dies nicht der eigentliche Grund für ihre Wut war.

Es war recht spät gewesen, als sie endlich ins Bett gegangen waren, und er hatte noch lange wach gelegen. Rebecka hatte sich unruhig im Bett hin und her gewälzt, geseufzt und immer wieder ihr Kissen zurechtgedrückt. Es war so vieles ausgesprochen worden, und doch so viel mehr unausgesprochen geblieben. Um drei war er aus dem Schlafzimmer geschlichen und hatte sich eine Weile in die Küche gesetzt. Die Weinflasche hatte noch auf dem Tisch gestanden. Das sah Rebecka nicht ähnlich, die ihre Sachen sonst immer wegräumte. Haver hatte sich ein halbes Glas eingeschenkt. Er hätte eigentlich schlafen sollen. Er hätte seine Frau lieben und mit ihr schlafen sollen, aber er begriff, daß sie zuerst anfangen mußten, miteinander zu reden.

Haver wählte Lindells Nummer. Nach vier Klingelzeichen schaltete sich der Anrufbeantworter ein. Sein Versuch, sie auf dem Handy zu erreichen, endete mit dem gleichen Resultat. Er sprach auf die Mailbox, daß sie ihn zurückrufen solle.

Warum hatte sie bei ihm angerufen? Und warum ging sie jetzt nicht an den Apparat? Es war ungewöhnlich, daß sie nicht erreichbar war. Ihr Anruf am gestrigen Abend mußte mit der Arbeit zusammenhängen. Sie hätte niemals bei ihm zu Hause angerufen, um mit ihm darüber zu sprechen, was zwischen ihnen vorgefallen war. Was war eigentlich geschehen?

Ottosson wollte, daß sie sich in zehn Minuten zu einer Besprechung trafen. Staatsanwalt Fritzén sollte auch dabei sein. Haver rief noch einmal bei Lindell an und hinterließ eine weitere Nachricht auf dem Anrufbeantworter.

Ottosson begann mit dem, was alle empfanden, sprach über Jan-Erik und die Gefahr, der sie alle sich immer wieder aussetzten, aber auch über die zahlreichen Blumen und Beileidsbezeugungen, die sie von der Bevölkerung erreichten.

Weil Weihnachten vor der Tür stand, schien den Leuten besonders daran zu liegen, ihre Anteilnahme zu zeigen. Liselotte Rask leiste großartige Arbeit, teilte Ottosson ihnen mit. Wie ein Fels in der Brandung stand sie im Foyer, begegnete allen mit einem Blick und Worten, die selbst die aufdringlichsten Journalisten zum Verstummen brachten.

Dann betrachtete der Kommissariatsleiter das Geschehen aus einem anderen Blickwinkel.

»Jetzt können wir erahnen, was Berit Jonsson empfindet«, sagte er, und zumindest der Staatsanwalt stutzte bei seinen Worten ein wenig, aber Ottosson fuhr unverdrossen fort: »Der Tod trifft uns alle, das ist das einzig sichere im Leben. Wenn jemand durch die Hand eines Fremden umkommt, spielt es keine Rolle, ob es sich um einen Dieb auf einer Schneekippe oder einen Polizeibeamten im Dienste der Allgemeinheit handelt. Der Schmerz für die Angehörigen ist der gleiche.«

Haver fragte sich, wie nahe der kleine John Ottosson eigentlich gestanden hatte. Vivan Molin, die erwürgt und dann brutal unter ihr Bett geschoben worden war, erwähnte sein Chef jedenfalls mit keinem Wort.

»Das ist wahr«, unterbrach Berglund den Kommissariatsleiter, und die Augen aller Anwesenden richteten sich auf den Veteranen, der bei ihren Besprechungen nur selten das Wort ergriff. Berglund zögerte einen Moment, sprach dann jedoch weiter. »Wir müssen einfach besser werden«, sagte er. »Wir alle. Niemand sollte so sterben müssen wie Jan-Erik, Vivan Molin oder der kleine John, da sind wir uns einig. Wir produzieren die Mörder.«

Seine Worte wogen schwer. Ottosson hob die Augenbrauen. Fritzén machte ein beleidigtes Gesicht.

»Was wollen Sie damit sagen?« fragte der Staatsanwalt. »Ich glaube nicht, daß jetzt der richtige Zeitpunkt für selbstgestrickte Theorien über die Frage der Schuld und die Unzulänglichkeit der Gesellschaft ist.«

»Dafür muß immer Zeit sein«, widersprach Berglund, nun jedoch in einem ruhigeren Ton. »Es ist unser Job, und wir sind dazu verpflichtet, uns unablässig die Frage zu stellen, was wir hätten tun können, um diese Dinge zu verhindern.«

Der Staatsanwalt machte erneut Anstalten, Berglund zu unterbrechen, aber da meldete sich hüstelnd Lundin zu Wort.

»Ich möchte gerne hören, was Berglund zu sagen hat«, erklärte er.

»Ich war noch mal bei Oskar Pettersson in der Marielundsgatan, der den kleinen John und seine Eltern gekannt hat. Er ist ein kluger Mann«, sagte Berglund und sah Fritzén an. »Wir sprechen die gleiche Sprache. Die meisten von euch sind nicht von hier, obwohl sich die Frage in ganz Schweden gleich stellt, aber darüber hinaus seid ihr auch noch zu jung. Es gibt eine Bildung jenseits von Schule und Universität, für die Menschen wie Oskar Pettersson stehen. Ich glaube, dort, wo John aufgewachsen ist, existierte früher ebenfalls eine solche Bildung, die dem heutigen Wahnsinn entgegentrat. Natürlich gab es auch in den fünfziger und sechziger Jahren Gesindel, aber gleichzeitig einen Widerstand dagegen, an dem es heute fehlt.«

»Was denn für einen Widerstand?« wollte Sammy wissen.

»Zum einen bei den einfachen Leuten, aber auch bei den Regierenden«, antwortete Berglund.

»Schweden ist nicht mehr wie früher«, meinte Riis, »es sind so viele andere Menschen hergekommen. Ist doch klar, daß dadurch Unruhe entsteht.«

Berglund drehte sich um und betrachtete Riis.

»Ich weiß, daß du was gegen Ausländer hast, aber sowohl der kleine John als auch Vincent Hahn sind Produkte unseres Wohlfahrtsstaates. Ich glaube, daß die Einsamkeit die Leute fertigmacht. Es gibt eine derart große Kluft zwischen ihren Träumen und den vorhandenen Möglichkeiten, daß die Menschen leicht einen falschen Weg einschlagen. Wovon haben wir geträumt, wovon hat Oskar Pettersson geträumt?«

Es wurde still im Raum. Selten oder nie wurden solche Fragen aufgeworfen. Der Auslöser war düster, dreitausend

Milliliter Blut auf der Straße, ein Kollege war getötet worden. Berglund spürte, daß es ihm nicht gelingen würde zu formulieren, was er empfand, was er bei dem alten Betonbauer wahrgenommen hatte. Es war etwas in seinen Worten über die Heizer in Ekeby bruk gewesen. Sie hatten Berglunds Gedanken in Bewegung gesetzt. Bei seinem zweiten Besuch hatte Pettersson sich an immer mehr Details um den kleinen John und seine Familie erinnert. Aus einem reichen Fundus an Geschichten schöpfend, hatte der pensionierte Bauarbeiter die schwedische Gesellschaft als eine Utopie beschrieben, die in den Sand gesetzt worden war. Berglund hatte vor allem zugehört, und irgend etwas in Petterssons Redefluß hatte seine Gedanken über das Alltägliche hinausgehen lassen.

»Es geht nicht um Kanaken«, sagte Riis trotzig.

»An dem, was du da sagst, ist was dran«, meinte Sammy Nilsson an Berglund gewandt. »Ich habe das gleiche empfunden. Deshalb glaube ich auch nicht, daß es eine Altersfrage ist oder mit den verschiedenen Gruppen in unserer Gesellschaft zusammenhängt.«

»Ich finde, die Diskussion kommt ein wenig vom Thema ab«, sagte der Staatsanwalt.

»Hör auf«, widersprach Ottosson und sah Fritzén an, »wir müssen so etwas besprechen dürfen. Wir sind Polizisten, keine verkaterten Landwehrmänner, die vor einem überflüssigen Waffendepot im Wald Wache stehen.«

Wie Ottosson ausgerechnet auf dieses Bild gekommen war, wußten sie nicht, aber den meisten gefielen seine Worte. Sogar Riis verzog den Mund zu einem Lächeln.

»Seht euch doch die Jungs in Gottsunda oder Stenhagen an«, fuhr Sammy fort, »wie orientierungslos sie sind. Ich bezweifle immer öfter, daß ich den richtigen Beruf ergriffen habe. Vielleicht hätte ich lieber Boxtrainer oder etwas Ähnliches werden und Kontakt zu solchen Burschen aufbauen sollen, so wie dieser eine Typ vom Fußballverein, der einen Riesenjob mit Jungs macht, deren Nachnamen kein Mensch aussprechen kann. Das wäre gesellschaftsökonomisch sinnvoller. Die Politiker reden über Arbeitslosigkeit und größer werdende Klassenunterschiede, aber sie tun nichts, sie leben in ihrer eigenen Welt.«

»Das stimmt«, meldete sich Berglund wieder zu Wort. »Sie wohnen woanders, sie kennen keine Ausländer, sie haben Angst. Wenn das Pulverfaß dann irgendwann hochgeht, schicken sie uns los.«

Fritzén machte Anstalten aufzustehen, ließ sich aber wieder auf seinen Stuhl fallen.

»Wir sollten öfter über solche Themen reden«, sagte der Kommissariatsleiter in einem Versuch, die Diskussion elegant zu beenden, »aber nun müssen wir uns handfesten Arbeitsaufgaben zuwenden. Ich würde vorschlagen, daß Haver und Beatrice Hahn vernehmen. Er scheint in ziemlich schlechter Verfassung zu sein, wir sollten einen Arzt hinzuziehen. Kannst du dich darum kümmern, Ola?«

Haver nickte.

»Ich habe mit Liselotte Rask gesprochen«, fuhr Ottosson fort, »morgen früh um neun werden wir eine Pressekonferenz abhalten. Die übernehmen sie und der Chef. Ich weiß, was ihr sagen wollt, aber er hat darauf bestanden, dabei zu sein. Uns stellt sich jetzt vor allem die Frage, ob Hahn etwas mit dem Mord am kleinen John zu tun hatte. Ich persönlich kann mir das nicht vorstellen. Es ist wohl eher ein Zufall, daß sie zusammen in die Vaksalaschule gingen.«

»Er hat gesagt, er habe den kleinen John gekannt«, wandte Sammy Nilsson ein. »Und er wußte, daß John durch Messerstiche getötet wurde.«

»Das kann er auch in der Zeitung gelesen haben.«

»Sicher, aber er hat es so … na ja, ich weiß nicht, er schien irgendwie zu triumphieren.«

»Gibt es eigentlich etwas Neues über das Messer aus der Uniklinik?« wechselte Ottosson das Thema.

»Nein, wir haben versucht zu ermitteln, wo es gekauft worden sein könnte«, antwortete Sammy, »sind aber nicht weitergekommen. Es stammt wahrscheinlich aus dem Ausland.«

Riis grinste, und Sammy schaute auf, ließ sich aber nicht provozieren, sondern sprach weiter: »Ich glaube Mattias, wenn er sagt, daß er es aus dem Auto einer Person geklaut hat, die etwas im Krankenhaus zu erledigen hatte.«

»Ist nicht gleich nebenan eine Baustelle?« erkundigte sich Berglund. »Ich meine, wenn es wirklich ein Pickup war.«

»Doch, aber die Bauarbeiter haben ihren eigenen Parkplatz.«

Haver hob reflexartig die Hand, ließ sie jedoch sofort wieder sinken. Ottosson sah ihn fragend an.

»Nein, schon gut, mir ist da nur gerade etwas durch den Kopf gegangen«, sagte er.

»Hatte es was mit dem Krankenhaus zu tun?«

»Ich weiß nicht. Vielleicht auch mit einer Baustelle. Ihr wißt ja, wie das manchmal ist.«

Haver lehnte sich nachdenklich auf seinem Stuhl zurück und versuchte seiner Assoziation auf die Spur zu kommen. Krankenhaus, Parkdeck, Baustelle, Pickup, Messer, er reihte die Worte vor sich auf, aber es waren nur die üblichen Bilder, die aufblitzten, all das, was sie immer wieder durchgekaut hatten.

»Die Verhöre mit den Pokerspielern sind so gut wie abgeschlossen«, meinte Bea. »›Die Lippe‹ ist im November in ein Sanatorium aufgenommen worden und scheint sich seitdem dort aufgehalten zu haben. Die Kollegen in Kalmar werden ihn heute verhören. Jetzt steht nur noch Dick Lindström aus. Wir haben die Holländer gebeten, daß sie uns dabei helfen, ihn zu ergreifen. Im Grunde gibt es nichts, was einen der Spieler mit dem Mord an John in Verbindung bringen würde. Alle haben ein Alibi für den Abend, an dem er verschwand, obwohl zwei, drei von ihnen relativ lange gebraucht haben, bis sie sich erinnerten.«

»Es könnte doch auch eine Auftragsarbeit gewesen sein«, gab Fritzén zu bedenken, »Mord durch einen Boten.«

»Das ist durchaus möglich«, bestätigte Beatrice, »aber solange wir nichts anderes finden, dem wir nachgehen können, wird es schwierig werden.«

»Okay«, sagte Ottosson, »wir verhören Vincent Hahn. Es bereitet uns keine Probleme, ihm den Überfall auf Gunilla und den Mord an Vivan nachzuweisen. Bleibt die Frage, was er über den kleinen John zu sagen hat.«

32

»Der Gerechtigkeit ist Genüge getan worden«, sagte Vincent Hahn mit fester Stimme. Ihr klarer Ton überraschte Beatrice. Sie hatte einen verwirrten Mann erwartet.

»Sind Sie sich bewußt, daß Sie wegen zweifachen Mordes, Hausfriedensbruch, sexueller Nötigung und Androhung von Gewalt in Untersuchungshaft sitzen?«

Vincent antwortete nicht, und Beatrice wiederholte ihre Frage.

»Ja«, erwiderte er schließlich.

»Was wollen Sie damit sagen, daß der Gerechtigkeit Genüge getan worden sei?«

»Ja, begreifen Sie denn nicht? Jetzt kann ich zur Ruhe kommen.«

»Kannten Sie John Jonsson?«

»Ja sicher«, sagte Vincent Hahn wie aus der Pistole geschossen. »Er gehört zu den Truppen.«

»Welchen Truppen?«

»Den Truppen der Bösartigen.«

»Was sagen Sie dazu, daß er tot ist?«

»Das ist gut.«

Haver und Beatrice sahen einander an.

»Haben Sie John Jonsson ermordet?«

»Ich habe mit einem Messer auf ihn eingestochen.«

Bei diesen Worten machte Vincent eine weit ausholende Handbewegung, und den beiden Kriminalpolizisten lief ein Schauer über den Rücken.

»Können Sie uns das Messer beschreiben?«

»Es war ein Messer, ein langes Messer. Er ist ihm nicht entkommen. Immer wieder habe ich zugestochen.«

»Beschreiben Sie es etwas genauer.«

»So eins, das töten kann.«

»Haben Sie es noch?«

Hahn tastete mit der Hand über sein rechtes Hosenbein.

»Nein«, sagte er. »Ich ... Es ...«

»Haben Sie es weggeworfen?«

»Ich weiß nicht. Ich hatte es in der Jacke.«

»Beschreiben Sie uns, wie Sie John begegnet sind.«

»Das war auf dem Vaksala torg, vor der Schule. Er war ganz in meiner Nähe. Ich habe ihn erstochen.«

»Auf dem Platz?«

»Ich weiß nicht. Nicht auf *dem* Platz.«

Zum zweiten Mal schlich sich Unsicherheit in seine Stimme. Er zögerte, schaute weg und beugte sich vor, ehe er weitersprach.

»Er hat gelacht, höhnisch gelacht. Er war wütend. Alle waren wütend an dem Tag.«

»Wann war das?«

»Das war ... Er hielt einen Weihnachtsbaum in der Hand.«

»Einen Weihnachtsbaum? Wollte er auf dem Vaksala torg einen Weihnachtsbaum kaufen?«

»Haben Sie sich unterhalten?«

Beatrice und Haver fielen sich gegenseitig ins Wort.

»John hat nie etwas zu mir gesagt. Er hat mich immer nur verhöhnt.«

»Sie haben gesagt, daß Sie ihn mit einem Messer erstochen haben, wo haben Sie das getan?«

»Mit vielen Stichen.«

»Aber wo genau? Auf dem Platz?«

»Er hat mich dort einmal gejagt.«

»Sie meinen, als Sie zusammen in die Schule gingen?«

»Er war kein guter Mensch. Der andere war auch nicht gut.«

»Welcher andere?«

»Der mit der Mütze. Er hat so laut gesprochen. Ich mag es nicht, wenn die Leute so das Maul aufreißen.«

»War er auch auf dem Platz?«
Hahn nickte.
»Wie sah der Mann aus?«
»Er hat laut gesprochen und John höhnisch gelacht.«
»Können Sie den anderen Mann beschreiben?«
Ola Haver war so ungeduldig, daß er kaum noch stillsitzen konnte. Beatrice atmete tief ein, was später, als sie das Band laufen ließen, wie ein verzweifelter Versuch klang, Luft zu bekommen.
»Er sah aus wie ein Soldat. Ich habe mich in seine Nähe gestellt für den Fall, daß John ihn auch verhöhnen würde.«
Nach diesen Worten verstummte Vincent Hahn.
»Können Sie uns seine Kleidung beschreiben?«
Schweigen.
»Sie wollten ihn vor John beschützen, ist es das, was Sie uns zu sagen versuchen?«
»Jetzt weiß ich, daß ich recht hatte.«
»Recht womit?«
»Damit, mich zu rächen. Für Gerechtigkeit zu sorgen.«
»Was haben der Mann und John dann gemacht?«
»Sie sind mit dem Weihnachtsbaum weggegangen.«
»Wohin?«
Auf Hahns Gesicht legte sich ein gequälter Ausdruck. Er sank auf seinem Stuhl in sich zusammen und schloß die Augen. Haver sah auf die Uhr. Fünfzehn Minuten lang hatten sie mit Hahn gesprochen. Wie lange würde er noch durchhalten?
»Möchten Sie ein Glas Saft?« fragte Haver.
»Sie gingen zur Schule, in die Toreinfahrt«, fuhr Hahn unerwartet rasch fort. »Dort hallte es immer, wenn man schrie.«
Haver war schon einmal in der Vaksalaschule gewesen, um einen Vortrag über Rauschgift zu halten, und erinnerte sich noch gut, wie es dort aussah. Der Eingang der Schule in Richtung Platz bestand aus einer breiten gewölbten Toreinfahrt. Dahinter war der Schulhof. Auf der gegenüberliegenden Seite befand sich der Speisesaal, der zur Zeit umgebaut

wurde. Wieder eine Baustelle, dachte er, und das unbestimmte Gefühl, das ihn bei der Besprechung überkommen hatte, regte sich wieder in ihm. Es mußte etwas sein, das er gesehen oder gehört hatte. Ging es dabei um Baustellen? Eine Baustelle in der Universitätsklinik und jetzt eine in der Vaksalaschule.

»Sie sind den beiden durch die Toreinfahrt gefolgt.«

»Manchmal stank es in der Einfahrt«, sagte Hahn, »dann wollte ich da nicht reingehen.«

»Aber jetzt hat es nicht gestunken?«

Erneutes Nicken.

»John hat mal eine nach mir geworfen.«

»Was?«

»Eine Stinkbombe.«

»Aber jetzt hat es nicht gestunken, so daß Sie hineingehen konnten?«

»Sie warfen den Baum in ein Auto, und ich lief los, um noch rechtzeitig hinzukommen.«

»Haben Sie es geschafft?«

Vincent hob den Kopf und starrte Beatrice an.

»Sind Sie noch hingekommen, ehe die beiden losfuhren?«

Sie bemühte sich, freundlich mit Hahn zu sprechen. Er schwieg. Sein durchdringender Blick machte ihr angst. Dieses Schwein hat einen Kollegen von mir umgebracht, dachte sie. Sie wiederholte still für sich immer wieder: Schwein! Stählte sich und starrte zurück.

Vincent Hahn ließ den Kopf auf die Brust sinken.

»Ich will nach Hause«, sagte er schleppend.

Haver stand auf, schaltete das Tonbandgerät ab und nickte dem Vollzugsbeamten zu, der Hahn am Arm packte. Willenlos ließ Vincent Hahn sich abführen. Haver schaltete das Aufnahmegerät noch einmal an und erklärte das Verhör für beendet.

»Was denkst du?« fragte er Bea.

»Er ist völlig verrückt«, erwiderte sie, »aber ich glaube

ihm, daß er John auf dem Vaksala torg gesehen hat, vielleicht sogar am Tag des Mordes. Das könnte hinkommen. John verläßt Micke Andersson, der in unmittelbarer Nähe des Platzes wohnt, kommt auf die Idee, einen Weihnachtsbaum zu kaufen, oder wenigstens nach einem zu schauen, und trifft jemanden, der ihm anbietet, ihn mit dem Baum nach Hause zu fahren. Der Wagen könnte durchaus auf dem Schulhof gestanden haben. Kann man dort abends aus und ein fahren?«

»Ich meine schon. Es gibt Ausfahrten zur Salagatan und zur Väderkvarnsgatan.«

»Wer war der Mann, der wie ein Soldat aussah?«

»Ja, genau. Wie ein Soldat, was soll das überhaupt bedeuten? War es seine Art, die Hahn an einen Soldaten denken ließ, oder die Kleidung?«

»Was haben wir für Armee-Einheiten in der Stadt?«

»Zwei Geschwader der Luftwaffe«, antwortete Haver, »aber wer von denen trägt schon Uniform, wenn er nicht im Dienst ist?«

»Sollen wir uns verschiedene Typen von Uniformen ausleihen, damit Hahn sie sich anschauen kann?«

»Es könnte auch eine andere Art von Uniform gewesen sein, und er hat nur geglaubt, es wäre die eines Soldaten.«

»Busfahrer, Politessen, es gibt jede Menge Arbeitsklamotten, die in den Augen eines Irren wie Hahn militärisch aussehen können.«

Haver schwieg, spulte das Band zurück und hörte es ab. Hahns Stimme klang metallisch auf dem Band, so als hätte die Aufnahme sein Zögern beim Sprechen ausgelöscht.

»Was sollen wir nur davon halten?« meinte Haver.

Beatrice starrte ausdruckslos die Wand an. Haver merkte, daß er für einen Moment geglaubt hatte, mit Lindell zu sprechen. Es klopfte diskret. Fredriksson, dachte Haver, aber es war Sammy Nilsson, der die Tür vorsichtig einen Spaltbreit öffnete und ins Zimmer lugte.

»Ihr habt ihn schon wieder runtergeschickt«, stellte er fest und trat ein.

Haver spielte das Band ein weiteres Mal ab.

»Ich glaube, er war es«, sagte Sammy, als Haver ausgeschaltet hatte.

»Ein Motiv ließe sich vielleicht noch konstruieren, aber hatte er auch die Gelegenheit?« fragte Haver, der in Gedanken ganz woanders war.

Beatrice betrachtete ihn von der Seite. Er bürdet sich zuviel auf, dachte sie, so als würden die Ermittlungen mit ihm stehen und fallen.

»Und der Transport nach Libro, wie hat er das Problem gelöst?« gab sie zu bedenken.

»Seinem Opfer die Finger abzuschneiden ist so krank, daß Hahn sehr wohl in Frage kommt«, entgegnete Sammy und ignorierte den Einwand seiner Kollegin.

»Der Transport«, wiederholte Beatrice.

»Wenn er den kleinen John auf dem Schulhof niedergestochen hat, er hat doch etwas von ›nicht auf dem Platz‹ gesagt, und den Schulhof kann man ja durchaus auch als einen Platz auffassen«, fuhr Sammy fort, »dann hat ihm vielleicht jemand bei der Tat geholfen, der aussah wie ein Soldat.«

»Das ist mir zu weit hergeholt«, meinte Beatrice, »warum sollte jemand, der Zeuge des Mordes geworden ist, Hahn dabei helfen, die Leiche nach Libro zu schaffen?«

»Vielleicht kannten sie sich.«

Beatrice schüttelte den Kopf.

»Oder aber er wurde dazu gezwungen«, überlegte Haver. »Vielleicht hat Hahn ihn bedroht.«

»Genau«, sagte Sammy und stand auf. »Er ist bedroht worden.«

»Aber warum … Du meinst, daß der Zeuge auch ermordet wurde?«

Sammy nickte.

»Yes«, bestätigte er. »Irgendwo da draußen liegt noch eine Leiche.«

Sie saßen eine Weile schweigend zusammen und versuchten sich dieses Szenario vorzustellen. Keinem von ihnen kam es völlig abwegig vor.

»Wir müssen Hahn noch einmal verhören«, sagte Sammy.

»Ja klar«, schnauzte Haver ihn an. »Was hast du denn gedacht? Ich rede mal mit Ottosson«, fügte er hinzu und verließ den Raum, ehe seine Kollegen reagieren konnten.

»Der hatte es aber auf einmal eilig«, meinte Sammy erstaunt.

»Er ist völlig erledigt«, sagte Beatrice.

33

Ann Lindell hatte Erik gestillt und apathisch die morgendlichen Handgriffe ausgeführt. Die Schlagzeilen der Zeitung hatten den Mord an Jan-Erik Hollman verkündet. Benommen las sie den Artikel über die Ereignisse des Vortags. Sie hatte Hollman als einen netten Kerl in Erinnerung; ein Nordschwede, guter Badmintonspieler und offenbar der Vater von zwei Kindern.

Ann blieb am Küchenfenster stehen. Auf dem Herd stand ein großer Topf. Lindells Mutter hatte ihrer Tochter angeboten, den Weihnachtsschinken zu kochen, aber Ann hatte darauf bestanden, dies selber zu tun. In der Küche roch es schwach nach Gewürzen und Fleischbrühe.

Sie betrachtete erneut die Titelseite der Zeitung. Das Foto von der Svartbäcksgatan mit dem dunklen Fleck auf dem Bürgersteig erinnerte sie an das Bild, das oft in Artikeln über den Mord an Olof Palme abgedruckt worden war. Blut auf der Straße.

Sie ekelte sich vor dem Anblick des großen Schinkens – die grauweiße Schwarte und das Fett, das nach oben stieg. Sie schöpfte etwas Fett und Schaum ab. Es war Jahre her, daß sie ihren letzten Weihnachtsschinken gekocht hatte. Das ist alles so sinnlos, dachte sie. Der Gedanke an ihre Eltern, deren Fürsorglichkeit und bekümmerte Gesichter, löste bei ihr Beklemmungen aus, ein schlechtes Gewissen, vermischt mit Wut.

Das Fleischthermometer zeigte knapp vierzig Grad an.

Der Schinken würde noch mindestens eine Stunde brauchen. Sie drehte die Platte höher, schaltete jedoch unmittelbar darauf wieder herunter. Das Garen eines Weihnachtsschinkens brauchte eben seine Zeit.

Ola hatte angerufen, aber sie war nicht an den Apparat gegangen. Vielleicht hatte er über den Mord an Hollman sprechen wollen, vielleicht auch über das, was zwischen ihnen vorgefallen war. Es kribbelte in ihrem Unterleib. Sie sehnte sich nach Haver, und ihre Selbstverachtung wuchs. Es verwirrte sie, daß sie sich so unerwartet zu ihrem Kollegen hingezogen fühlte. Seit dem Bruch mit Edvard hatte sie keine Lust mehr auf einen Mann gehabt. Doch, vielleicht schon, aber nicht auf diese Art. Ola war verheiratet. Sie würde es sich niemals gestatten, noch einen Schritt zu machen. Sie hatte sich ausgemalt, daß sie ein wenig flirten, vielleicht sogar ein heimliches und schamloses Verhältnis miteinander anfangen könnten. Dann aber hatte sie diesen Gedanken wieder verworfen, beinahe höhnisch über sich selber gelacht und erkannt, wie unrealistisch und unmoralisch eine solche Beziehung wäre. Wie tief war sie gesunken? Nicht genug, daß er verheiratet und Vater zweier Kinder war, er war auch noch ein Kollege, mit dem sie tagtäglich zusammenarbeitete.

Gegen halb neun rief Berit Jonsson bei ihr an. Sie machte sich Sorgen um Justus. Nach dem Frühstück hatte er ein paar Sachen zusammengesucht, was genau, wußte Berit nicht, aber es war so viel gewesen, daß der Rucksack, in dem er sonst seine Schulbücher verwahrte, voll war. Er hatte ihr nicht gesagt, wo er hin wollte, aber das tat er selten.

Es hatte sie nicht gewundert, daß er so wortkarg gewesen war, bloß sein Gesichtsausdruck hatte ihr Sorge gemacht. Verbissen hatte er Haferflocken mit Sauermilch in sich hineingelöffelt und das Geschirr weggeräumt. Dann war er in sein Zimmer gegangen und eine Viertelstunde später mit dem Rucksack wieder herausgekommen. Er hatte sich verabschiedet und die Wohnung verlassen. Da war es kurz nach acht gewesen.

»Tagelang hat er nur in der Wohnung gehockt, dann geht er plötzlich raus«, sagte Berit, »da stimmt doch was nicht.«

»Treibt er Sport?« erkundigte sich Lindell. »Ich meine, vielleicht hatte er ja seine Sportsachen dabei.«

»Nein.«

»Er wird schon wieder auftauchen.«

»Er hat nicht einmal die Fische gefüttert, noch nicht mal nach ihnen gesehen.«

»Hat Lennart wieder von sich hören lassen?«

»O nein, und falls er herkommen sollte, werfe ich ihn raus.«

»Justus taucht bestimmt wieder auf, machen Sie sich keine Sorgen«, sagte Lindell.

Berit würde sie wieder anrufen, falls er in den nächsten Stunden nicht nach Hause kommen sollte. Justus hatte das Handy dabei, aber er war nicht rangegangen, als Berit angerufen hatte.

In ein paar Stunden würden Anns Eltern eintreffen. Die Temperatur des Schinkens war gerade mal auf achtundvierzig Grad gestiegen. Lindell starrte teilnahmslos in den Sud, in dem ein paar Pfefferkörner in kreisenden Bewegungen tanzten.

Plötzlich angeekelt, entfernte sie sich vom Herd. Sie hatte daran denken müssen, wie sie sich fühlte, als sie entdeckt hatte, daß sie ein Kind bekommen würde von einem Mann, den sie gar nicht richtig kannte. Die Hebamme hatte Ann erklärt, warum sie schwanger geworden war: Lindell hatte ein Vitaminpräparat genommen, das unter anderem Johanneskraut enthielt, wodurch die Pille unwirksam geworden war.

Warum verachtete sie sich selber so sehr? Lag es daran, daß sie einen Schinken kochte, nur weil ihre Eltern Weihnachten in Uppsala feiern würden? Ohne ihren Besuch wäre Ann das Weihnachtsfest egal gewesen, sie hätte nicht einmal die Wohnung geschmückt. Die Freude über ein Wiedersehen mit den Eltern wurde ihr von der Vorstellung verleidet, als gute Tochter und Mutter auftreten zu müssen.

Sie fürchtete die Blicke und Kommentare ihrer Mutter. Ann glaubte sich zu erinnern, daß ihre Mutter früher nicht so gewesen war. Angesichts der zunehmenden Kränklichkeit und Passivität ihres Vaters schien es für Lindells Mutter mehr und mehr zur Lebensaufgabe zu werden, die Tochter zu kontrollieren. Als Mutter bekam Ann dabei ein schlechtes Zeugnis ausgestellt. Vielleicht bin ich nicht in der Lage, mich um Erik zu kümmern, das auch nicht, dachte sie. Bin ich etwa regelrecht ungeeignet, allein einen Sohn aufzuziehen?

»Denn allein werde ich wohl bleiben«, sagte sie laut.

Sie ging in Eriks Zimmer, stellte sich an sein Bettchen und betrachtete ihn. Er war gesund und entwickelte sich prächtig. Warum sollte sie eine schlechtere Mutter sein als andere Frauen? Ann erkannte, daß ihr geringes Selbstvertrauen der Grund für ihre Unsicherheit und die vielen Fragen war.

Das Telefon surrte leise. Sie hatte den Klingelton abgestellt, um Erik nicht zu stören. Es war Berit.

»Er hat ein paar Fische geköpft«, sagte sie.

»Wie bitte?«

»Er hat Fische aus dem Wasser geholt und ihnen den Kopf abgeschnitten.« Berit sog Luft in ihre Lungen, so als wolle sie verhindern, daß ihr ein Schrei entfuhr.

»Heute morgen?«

»Ja, ich habe geglaubt, er hätte die Fische nicht gefüttert, was er aber doch getan hat. Außerdem hat er alle Prinzessinnen herausgeholt und umgebracht. Ich begreife das nicht.«

»Prinzessinnen?«

»Die Art heißt so, Prinzessin von Burundi. Die anderen hat er nicht angerührt.«

»Warum gerade die?«

Berit schluchzte laut auf und begann verzweifelt zu weinen. Lindell versuchte Kontakt zu ihr zu bekommen, hatte jedoch den Eindruck, daß Berit sich vom Telefon entfernt hatte, vielleicht auf einen Stuhl oder zu Boden gesunken war. Ihr Weinen schien jedenfalls aus immer größerer Entfernung zu kommen.

»Ich komme zu Ihnen«, sagte Lindell und legte auf.

Sie sah auf die Uhr, lief zu Erik hinein, setzte ihm eine Mütze auf, wickelte ihn in eine Decke und verließ die Wohnung.

Das Fleischthermometer zeigte sechzig Grad an.

34

Karolina Wittåkers Händedruck war verschwitzt und flüchtig.

»Aber da sieht man mal wieder, wie man sich täuschen kann«, meinte Haver nachher zu Berglund. »Sie hat sofort das Kommando übernommen. Ich habe mich gefühlt wie ein Schuljunge. Sie hat über Persönlichkeitsstörungen doziert und …«

»Was hat sie gesagt?« unterbrach Berglund ihn.

»Wir können weitermachen, aber sie möchte dabei sein.«

»Aha«, sagte Berglund schroff und ging davon.

Haver sah ihm erstaunt nach, zuckte dann mit den Schultern und ging zu Ottosson hinein. Der Kommissariatsleiter saß an seinem Schreibtisch, über das Kreuzworträtsel einer Abendzeitung gebeugt.

»Ich mußte den Kopf mal ein bißchen freibekommen«, sagte er entschuldigend und schob die Zeitung zur Seite.

»Die Psychologin will dabei sein, wenn wir Hahn verhören«, sagte Haver.

»Das läßt sich arrangieren. Macht sie einen guten Eindruck?«

»Das tut sie. Fünfunddreißig, hübsch und sehr, sehr bestimmt.«

»Aha, so eine«, meinte Ottosson und lächelte. »Das wird schon klappen.«

»Was ist eigentlich mit Berglund los?«

»Ist was mit ihm los? Meinst du das, was er bei der Lagebesprechung gesagt hat?«

»Er ist so verdammt schroff«, sagte Haver.

»Das sind wir doch alle im Moment. Außerdem ist bald Weihnachten. Für Berglund ist das eine heilige Zeit, in der er seinen Familienclan um sich schart und gut ißt, Puzzles legt und Gott weiß was macht. Ich bin wenigen Menschen begegnet, die so viel Sinn für Familie und Bräuche haben. Er wäre jetzt am liebsten zu Hause, würde Plätzchen backen und Weihnachtsschmuck aufhängen.«

Haver mußte lachen. Ottosson sah ihn freundlich an.

»Du schaffst das schon«, sagte er, »aber vergiß nicht, daß Hahn krank ist. Er hat einen von uns erstochen, doch er ist auch ein verletzter Mensch. Verletzt und Mensch.«

In Ola Haver regten sich gemischte Gefühle. Die herzlichen Worte und das Vertrauen des Kommissariatsleiters taten ihm gut, gleichzeitig war er jedoch auch wütend über dessen verständnisvolle Haltung einem Doppelmörder gegenüber. So war Ottosson eben, verständnisvoll und sanft, das machte ihn zu einem guten Chef, aber im Moment dominierten Trauer und Wut im Präsidium.

»Janne hatte eine Frau und zwei Kinder«, erklärte Haver ungerührt.

»Das ist mir durchaus bewußt«, meinte Ottosson ruhig, »aber es ist nicht unsere Aufgabe zu richten.«

Was ist das für ein Seelsorgergewäsch, dachte Haver.

»Ich weiß, was du jetzt denkst«, fuhr Ottosson fort, »aber vor langer Zeit waren sowohl der kleine John als auch Vincent Arnold Hahn einmal Kinder. Du weißt schon, kleine Jungs, wie man sie auf der Straße sieht. Ich mußte letzten Herbst daran denken, als die Schule wieder anfing. Ich sah die kleinen Jungen am Straßenrand mit ihren Rucksäcken und kurzen Hosen und dachte: Hier geht sicher auch ein zukünftiger Dieb, jemand, der seine Frau mißhandeln wird, ein Drogensüchtiger oder Dealer. Verstehst du, was ich meine?«

»Nicht richtig«, sagte Haver.

»Sie waren auf dem Weg in die Schule, auf dem Weg ins Leben. Was tun wir mit ihnen?«

»Du meinst, daß es ihnen vorbestimmt ist, wer zum Fixer oder Mörder wird?«

»Im Gegenteil«, erwiderte Ottosson unerwartet scharf.

»Aber jeder trägt doch selber die Verantwortung für sein Leben«, meinte Haver.

»Ja natürlich, daran kommen wir nicht vorbei, trotzdem möchte ich, daß du an meine Worte denkst, wenn du Hahn verhörst. Deine Aufgabe, unsere Aufgabe ist es, zu ermitteln und dem Staatsanwalt und der Gesellschaft zu berichten, was geschehen ist, dennoch müssen wir auch die Jungen mit den Rucksäcken sehen.«

Ottosson fuhr sich mit der Hand durch den Bart, sah Haver an und nickte ihm zu. Haver nickte ebenfalls und verließ den Raum.

»Können Sie uns den Mann genauer beschreiben, der wie ein Soldat aussah?«

Vincent Hahn seufzte. Karolina Wittåker saß an der Seite, die Beine so weit gespreizt, wie es der enge Rock ihres Kostüms zuließ. Haver konnte sich nicht verkneifen, einen Blick in ihre Richtung zu werfen. Sie sah Hahn an.

»Er war wütend«, sagte Hahn plötzlich.

»Hat er geschrien?«

»Ja, er hat geschrien und geschimpft. Es sah abstoßend aus.«

Beatrice und Lundin waren in der Zwischenzeit auf dem Vaksala torg gewesen und hatten mit den Weihnachtsbaumverkäufern gesprochen. Sie konnten sich weder an John Jonsson noch an einen Mann erinnern, der wie ein Soldat ausgesehen hatte.

»Warum glauben Sie, daß er Soldat war?«

»Er sah eben so aus.«

»Denken Sie dabei an seine Kleidung?«

Hahn antwortete nicht sofort, sondern wandte sich der Psychologin zu und betrachtete ihre Beine. Sie erwiderte ruhig seinen Blick.

»Wer sind Sie?« fragte er, obwohl sie sich ihm erst vor wenigen Minuten vorgestellt hatte.

»Ich bin Karolina«, antwortete sie und lächelte. »Ich höre

Ihnen zu und versuche mir vorzustellen, wie es auf dem Vaksala torg aussah, wie dieser Mann geschrien hat und Sie Angst bekommen haben.«

Hahn senkte den Blick. Erwartungsvolle Stille legte sich über den Raum.

»Er sah aus wie Hitler«, sagte Hahn und spuckte die Worte regelrecht aus.

»Hatte er einen Schnurrbart?« fragte Beatrice.

Hahn nickte. Haver spürte, wie die Spannung stieg.

»Sprechen Sie weiter«, sagte er, lehnte sich vor und versuchte Augenkontakt zu Vincent zu bekommen.

»Ich habe sie eingeholt.«

»Wie alt war der andere?« fragte Haver.

»Dreiundsechzig«, antwortete Vincent schnell.

»Erzählen Sie uns von seiner Kleidung.«

Hahn antwortete nicht. Dreißig Sekunden vergingen, eine Minute. Haver wurde immer ungeduldiger und wechselte einen Blick mit Beatrice.

»Was haben Sie gefühlt, als Sie hinter den beiden her liefen?« fragte die Psychologin. »Sind Sie außer Atem geraten?«

Hahn blickte auf, sah sie an und schüttelte den Kopf.

»Sie wußten, daß Sie ihnen folgen mußten?«

Hahns Antwort bestand aus einem bejahenden Nicken.

»Glauben Sie, daß John Angst hatte?«

»Er hatte nie Angst. Nicht einmal als der Lastwagen gegen die Mauer gefahren ist und die Lehrerin geschrien hat. Da hat er nur gelacht.«

»Vielleicht hatte er ja Angst, obwohl er gelacht hat«, meinte Karolina Wittåker.

Haver begriff, daß die Vernehmung sich hinziehen konnte. Er war sich nicht sicher, was er von den Einmischungen der Psychologin halten sollte. Er hatte erwartet, daß sie die Rolle einer Zuhörerin spielen würde, aber nun griff sie aktiv in das Geschehen ein und lenkte das Gespräch. Andererseits ließ sich nicht leugnen, daß Hahn jetzt redete. Haver schielte zu Beatrice hinüber, die ihm zunickte.

»Es war ein Paprikaauto. Jede Menge Konservendosen fielen heraus. Diese kleinen mit rotem Paprika. Alle haben sich ein paar Dosen genommen. Ich auch. Zwei Stück. Papa dachte, ich hätte sie gestohlen, aber ich habe ihm gesagt, daß sich alle welche genommen haben. Sie lagen doch auf der Straße.«

»Wurde er wütend?«

»Ja.«

»Wie der Mann auf dem Platz?«

Hahn nickte.

»Was hat Ihr Papa gemacht?«

»Er war ein Nazi.«

»Was war er von Beruf?«

»Er war nichts. Er schrie einem direkt ins Ohr.«

»Sie wollten kein Nazi werden?«

»Ich bin ein Taliban«, erwiderte Vincent Hahn.

Haver lachte und handelte sich dafür einen eiskalten Blick von Karolina Wittåker ein. Plötzlich stand Vincent auf, Haver schoß ebenfalls in die Höhe, ließ sich jedoch wieder auf seinen Stuhl fallen, als Hahn anfing zu reden.

»Er ging schnell. Es war kein schöner Weihnachtsbaum. Warum wollen die Leute so was haben? Das kostet doch nur Geld. Denken Sie mal an das ganze Lametta, die Kugeln. Das habe ich auch zu John gesagt, aber er hat nur gelacht. Er lachte immer. Der andere hat auch gelacht, obwohl er wütend war.«

»War das auf dem Schulhof?« wollte Beatrice wissen.

»Nadelbäume haben im Haus nichts verloren.«

»Hat der Wütende mit Ihnen gesprochen?«

»Er hat mit mir gesprochen. Ich habe ihm gesagt, daß die Tannen nicht geschlagen werden wollen. Dann sind sie gefahren, und ich habe geschrien, obwohl man nicht schreien soll.«

»Was haben Sie geschrien«, fragte Haver.

»Daß die Tannen ihre Ruhe haben wollen. Meinen Sie nicht auch?«

»Doch, das meine ich auch«, erwiderte Haver.

Er selber hatte noch keinen Weihnachtsbaum gekauft. Meistens kam er erst am Tag vor Heiligabend dazu.

»Wir müssen den Mann finden, der so wütend war«, sagte Beatrice, »das verstehen Sie doch. Er hat vielleicht jemandem weh getan. Wenn er so wütend war. Wir müssen mit ihm sprechen.«

Es kam ihr merkwürdig vor, so kindisch zu reden, aber sie hatte begriffen, daß Vincent zumindest teilweise noch ein Kind war. Die Psychologin konnte einem das sicher lang und breit erklären, doch Beatrice spürte auch so instinktiv, daß es richtig war, mit ihm wie mit einem Kind zu sprechen.

»Wie war er angezogen?« fuhr sie fort. »Hatte er feine Kleider an?«

»Nein, keine feinen. Solche wie im Fernsehen, mit Taschen.«

»Militärische Kleidung?«

»Sie schießen.«

»Jäger?« warf Karolina Wittåker ein.

Haver hörte ihrer Stimme an, daß sie genauso gespannt war wie er selber.

»Jäger«, wiederholte Hahn. »Sie jagen.«

Er ließ sich auf seinen Stuhl fallen. Seine inneren Qualen spiegelten sich in seinem Äußeren. Er schauderte und tastete nach der Wunde an seiner Stirn. Haver nahm an, daß ihm die Ereignisse in Sävja wieder in den Sinn gekommen waren. Vincent Hahn murmelte etwas Unverständliches. Haver beugte sich über den Schreibtisch. Hahn sah dem Polizisten direkt in die Augen. Haver fühlte sich seltsam dabei und hatte das Gefühl, daß der Inhaftierte für Momente erkannte, was vorging: Warum sitze ich hier? Habe ich gemordet? Haver glaubte zu erkennen, daß Hahn für Sekunden nach einer Antwort, nach Hilfe und vielleicht auch Verständnis suchte. Dann wich dieser Gesichtsausdruck wieder dem verschlossenen Blick, den sie während des gesamten Vormittags registriert hatten.

Der Kontakt war abgebrochen, und die verbleibenden zehn Minuten des Verhörs antwortete Hahn nur unzusammenhängend auf ihre Fragen. Die Psychologin unternahm noch mehrere Versuche, zu ihm vorzudringen, aber Hahn blieb unerreichbar.

35

Justus Jonsson war unterwegs. Wohin wußte er nicht, aber er hatte einfach nicht länger zu Hause bleiben können. Die Idee, die ihm am Morgen gekommen war, erschien ihm nun längst nicht mehr so selbstverständlich und sinnvoll. Es gab da einen Menschen, dem John vertraut hatte, und Justus wußte, wo er wohnte, denn John und er hatten ihn ein paarmal besucht. Erki war wie ein zweiter Vater für John gewesen. Er, der sich seiner Sache sonst immer so sicher zu sein schien, wurde nachgiebiger, wenn er mit dem Finnen sprach. Johns Selbstgenügsamkeit verschwand in diesen Momenten, und gelegentlich hatte Justus gehört, daß John in Gesprächen mit anderen etwas wiederholte, das von Erki geäußert worden war.

Der Junge hatte die beiden Männer auch gemeinsam in der Werkstatt gesehen und war fast ein wenig eifersüchtig geworden, als er bemerkte, wie reibungslos sie zusammenarbeiteten. Über den Lärm, die scharfen Laute von Blech und Stahl, die schneidenden Maschinengeräusche hinweg und durch den Schweißrauch hindurch hatte sie ihr lautloses Gespräch zu einer Einheit verbunden. Es sah alles so leicht aus, wenn Erki und John arbeiteten. Ein Moment des Nachdenkens, dann wurden die Handgriffe ausgeführt. Justus hatte fasziniert das flüchtige Zögern vor dem Beginn einer Arbeit beobachtet. Die beiden mußten nicht darüber nachgrübeln, wie sie etwas zu tun hatten, sondern schienen vielmehr eine Übereinkunft mit dem Material zu treffen, das sie in den Händen hielten. Auf einen kurzen Blick folgte eine unmerkliche Abwärtsbewegung mit dem Visier und dann der funkensprühende Schein des Schweißbrenners.

Der Finne würde ihn verstehen. Hatte er Johns Plan vielleicht sogar gekannt?

Lennarts Anschuldigungen hatten eine Leere in Justus' Brust hinterlassen. Warum hatte Berit gesagt, daß John seinen Bruder verabscheute? Das stimmte doch gar nicht! Im Gegenteil, Lennart war ein Teil ihres Plans gewesen. Das hatte John mehrmals betont. Gemeinsam würden sie sich ein neues Leben aufbauen. John, Berit und Justus. Auch Lennart sollte dabei sein. Der Frage, ob Justus' Großmutter dazugehören würde, war John stets ausgewichen. Wir werden sehen, hatte er gesagt. Hatte John vielleicht mit der Ausführung des Plans warten wollen, bis sie gestorben war?

Justus kam zum zweiten Mal an Erki Karjalainens Haus vorbei. In der Einfahrt parkte ein altes Auto. Auf der Heckscheibe pappte ein Aufkleber mit der finnischen Flagge. Im Fenster, hinter ein paar Adventssternen, war eine Frau zu erkennen. Sie schaute hinaus, und Justus ging schneller. Hundert Meter weiter endete die Straße in einem Wendehammer und dahinter lag ein Waldstück. Der Junge blieb mitten auf dem Wendehammer stehen. Die schneebeschwerten Fichten erinnerten ihn an einen Ausflug, den er vor zwei Jahren zusammen mit John gemacht hatte. Er fühlte sich müde und leer, aber die Erinnerung an die Freude seines Vaters im Wald entlockte ihm für einen Moment ein Lächeln. Dann kamen ihm die Tränen. Sie hatten einen Weihnachtsbaum schlagen wollen. »Wir sparen mindestens zweihundert Kronen«, hatte John gesagt. Ob der Weihnachtsbaum oder die Freude darüber, zusammen mit seinem Sohn im Wald sein zu dürfen, für Johns ungewöhnliche Ausgelassenheit verantwortlich war, spielte keine Rolle – damals nicht und heute auch nicht. John hatte gelacht, Justus an der Hand genommen, und gemeinsam hatten sie mindestens zwanzig Bäume begutachtet, ehe sie sich für einen entschieden.

Ein Auto näherte sich, und Justus ging an den Straßenrand. Das Auto geriet ein wenig ins Schleudern, als es wendete. Es hatte ein finnisches Nummernschild, und als Justus ihm nachschaute, sah er, daß es vor Karjalainens Garage parkte.

Justus ging in den Wald hinein. Es schneite, und obwohl es mitten am Tag war, wurde es bereits dunkel. Am Waldrand gab es noch Fußspuren im Schnee, aber nach zehn Metern war die Schneedecke unberührt. Er stapfte weiter. Der Rucksack hüpfte auf seinem Rücken auf und ab. Justus spürte dessen Gewicht, aber das machte ihm nichts aus. Als er ein paar Minuten gegangen war, endete das Wäldchen plötzlich, und er stand vor einem kleinen roten Holzhaus. Die Fenster waren hell erleuchtet, auf dem Hof stand ein Strohbock. Justus ging zu ihm. Rote Seidenbänder hielten das Stroh zusammen. Er streichelte den Bock und streifte etwas Schnee ab, der sich auf dem Rücken angesammelt hatte. Wieder kamen ihm die Tränen, obwohl er sich bemühte, sie zu unterdrücken.

Das Haus sah aus, als stamme es aus einem Märchenbuch. Justus kam es merkwürdig vor, daß ein Häuschen wie dieses so nahe an der Stadt lag. Wer wohnt hier? konnte er gerade noch denken, als eine ältere Frau die Haustür einen Spaltbreit öffnete und den Kopf heraussteckte.

»Frohe Weihnachten«, sagte sie, und wenn ihm nicht so schwer ums Herz gewesen wäre, hätte er gelacht.

»Frohe Weihnachten«, murmelte er. »Ich habe mich wohl ein wenig verlaufen«, fügte er hinzu, um zu erklären, warum er auf einem fremden Grundstück stand.

»Das kommt ganz darauf an, wo du hinwillst«, meinte die Frau und trat auf die Eingangstreppe hinaus.

»Das Haus sieht aus wie aus einem Märchen«, sagte Justus.

Seine Hand lag auf dem rauhen Kopf des Bocks.

»Es ist schön, nicht?« erwiderte die Frau. »Bist du auf dem Weg zur Weihnachtsfeier?«

Justus nickte, obwohl er nicht verstand, was sie meinte.

»Geh auf die Straße und dann rechts. Nach einer Weile kommst du zu einem Schild, auf dem ›UKS‹ steht. Da mußt du reingehen. Es ist nicht weit.«

Justus schlug die Richtung ein, die sie ihm gewiesen hatte.

»Frohe Weihnachten«, wiederholte sie.

Nach zehn Metern hielt er inne und drehte sich um. Die Frau stand noch auf der Treppe.

»Du willst gar nicht zu der Weihnachtsfeier, was?«

Er schüttelte den Kopf. Für ein paar Sekunden war alles still. Es hatte aufgehört zu schneien.

»Wenn du willst, kannst du reinkommen«, sagte sie. »Vielleicht möchtest du was Warmes.«

Justus sah sie an, und nach kurzer Bedenkzeit schüttelte er den Kopf.

»Ich muß weiter«, sagte er.

»Ich habe gesehen, daß du geweint hast«, erwiderte die Frau.

Fast hätte der Junge ihr alles erzählt. Ihre freundliche Stimme, das Häuschen, das vom Schnee eingebettet war, und seine Sehnsucht nach Wärme ließen ihn zögern.

»Ich dachte, ich hätte mich verirrt«, sagte er und schluckte.

»Komm herein und wärm dich ein wenig auf.«

Er schüttelte den Kopf, brachte ein Danke heraus, drehte sich um und ging mit langen, entschlossenen Schritten los. Nach einer Weile begann er zu laufen. Hundert Meter weiter passierte er das Schild, von dem die Frau gesprochen hatte. Das Heck eines Autos verschwand auf dem notdürftig geräumten Weg. Ein weiteres Auto näherte sich. Justus lief immer schneller, bis der Atem wie eine Wolke um ihn hing und die Tränen auf seinen Wangen gefroren. Dann blieb er plötzlich stehen, wischte sich die Wangen mit dem Handrücken ab und beschloß, nie wieder in die Wohnung in Gränby zurückzukehren. Er setzte seinen Weg etwas langsamer fort und versuchte sorglos auszusehen, doch weil er so verzweifelt war, spannten sich seine Muskeln wie Stahlseile. Sein Herz pochte heftig.

Ein drittes Auto fuhr an ihm vorbei, und der Fahrer starrte ihn neugierig an. Justus zeigte ihm den Finger und ging weiter. Als die Autogeräusche verklungen waren, sah er sich um. Über den Bäumen stieg eine dünne Rauchsäule auf, die aus dem Schornstein des kleinen Hauses stammte. Dann machte der Weg eine Kurve.

Er wußte, daß all das Furchtbare begonnen hatte, als John aus der Werkstatt geworfen worden war. Bis dahin waren sie glücklich gewesen. Nie zuvor hatte er gehört, daß Berit und John sich ernsthaft gestritten hätten. Erst danach begannen die nächtlichen Diskussionen, von denen sie glaubten, Justus würde sie nicht hören. Die ewigen, halb erstickten Stimmen aus der Küche oder dem Wohnzimmer. Manchmal war kaum zu verstehen, wer von ihnen sprach. Um Geld war es gegangen, er wußte es, weil er leise aufgestanden war und gelauscht hatte. Einmal hatten sie auch über ihn gesprochen.

Justus beschleunigte unbewußt seinen Schritt. Mit jedem Meter wuchs die Sehnsucht nach dem Vater. Wie weit würde er gehen müssen, bis der Schmerz verschwand?

Er gelangte zu einer Kreuzung, an der er einen Moment lang unentschlossen stehenblieb. Ihm war der Gedanke gekommen, das zu zerstören, was seinen Vater kaputtgemacht hatte. Plötzlich schoß ihm durch den Kopf, daß Berit vielleicht an allem schuld war. Wenn es tatsächlich stimmte, daß sie einen anderen hatte. Justus schluchzte, als er an den Schatten dachte, der in der Tür seines Zimmers auftauchte, wenn sie glaubte, daß er schlief. Dann stand sie einfach nur da und sah ihn an. Hatte sie John betrogen? War er deshalb gestorben?

Er wollte das nicht glauben, aber der Gedanke ließ ihn nicht los und schob sich wie ein dunkler Keil in sein Bewußtsein. Hatte er sie bestrafen wollen? War es richtig gewesen, die Prinzessinnen zu töten? Seine Einsamkeit trieb ihn in die Schneewälle am Straßenrand. Die Kälte kroch in seinen Körper; er zog die Beine an und legte den Kopf auf die Knie. Ein Auto näherte sich und bremste ab, doch Justus hatte nicht mehr die Kraft, sich Gedanken darüber zu machen. Der Wagen hielt, eine Tür wurde geöffnet, und das Geräusch des Autoradios strömte ins Freie. Die Schritte des Autofahrers wurden durch den Schnee gedämpft, aber Justus hörte, daß sie näher kamen.

So ist Papa gestorben, dachte er. Er starb im Schnee. Justus wollte sich nach hinten fallen lassen. Eine Hand legte sich auf seine Schulter.

36

Ann Lindell rief aus Berits Wohnung Ola Haver an und erzählte ihm, daß Justus am frühen Morgen weggegangen war und sich seitdem nicht mehr gemeldet hatte. Der Anblick der geköpften Fische hatte ausgereicht, um Lindell davon zu überzeugen, daß dies sonst nicht seine Art war. Etwa zwanzig der Prinzessinnen von Burundi hatte Berit vom Fußboden aufgesammelt und auf einen Teller gelegt.

Ola hatte Ann nicht gefragt, warum sie ihn am Vorabend angerufen hatte, so daß sie nicht wußte, ob er wütend auf sie war. Seine Stimme hatte wie immer geklungen, er würde gleich vorbeikommen, um mit Berit zu sprechen.

Lindell überlegte zu gehen, bevor er kam, wollte Berit jedoch auch nicht allein lassen. Wenn sie ehrlich war, wollte sie Ola treffen. Sie hatte ein schlechtes Gewissen wegen dem, was vorgefallen war, und wollte zumindest versuchen, ihm ihre Einmischung in die Ermittlungen zu erklären.

Er kam nach einer Viertelstunde, nickte Ann zu und gab Berit die Hand. Sie setzten sich in die Küche, und Berit erzählte, was passiert war. Der Teller mit den Fischen stand auf der Arbeitsfläche. Lindell schien, daß sie bereits stanken.

Sie musterte Ola Haver. Er sah müde aus. Die Falten in seinem Gesicht, die sie normalerweise gar nicht registrierte, traten deutlicher hervor als früher. Sie betrachtete ihn auf eine neue Art, so als wäre er ein Mann, den sie gerade erst kennengelernt hatte, und sie dachte, daß er gut aussah. Obwohl gut vielleicht das falsche Wort war, seine Erscheinung war eher angenehm. Die Hände ruhten auf dem Küchentisch, er schaute Berit freundlich an, während sie sprach, und einmal auch Ann, ehe er seine ganze Aufmerksamkeit wieder Berit widmete.

Er beachtet mich nicht, dachte Ann. Er ist sauer, wütend wie eine Hornisse, läßt sich aber nichts anmerken. Er hat sich bestimmt mit Rebecka gestritten, und ich bin der Grund ihres Streits gewesen. Lindell bereute zwar, was vorgefallen war, aber andererseits kribbelte es auch in ihrem Körper. Verbotene Liebe, dachte sie und verzog beinahe ein wenig den Mund, als sie erkannte, wie sehr dies nach den Schlagzeilen in Käseblättchen klang. Berit verstummte, und Ann bemerkte plötzlich, daß die beiden sie anstarrten.

»Entschuldigt«, sagte sie, »aber ich war ein wenig abwesend.«

Ola sah sie fragend an.

»Können Sie mir eine Liste seiner Freunde und anderer Personen zusammenstellen, zu denen er gegangen sein könnte?« sagte er und sah Berit an.

»Ich habe schon überall angerufen«, erwiderte sie. »Er ist nirgendwo.«

»Glauben Sie, daß er etwas über den Mord weiß?« fragte Haver.

Lindell war klar, was sich hinter Olas Frage verbarg. Fühlte Justus sich etwa bedroht? Berit schien sie allerdings nicht so zu verstehen.

»Nein«, meinte sie, »was sollte das sein?«

»Er könnte etwas gesehen oder gehört haben.«

Die Frau schüttelte den Kopf.

»Nein«, wiederholte sie abwehrend, aber der Tonfall ihrer Stimme verriet, daß sie die Möglichkeit überdachte.

»Warum hat er die Fische geköpft?«

Berit zögerte, ehe sie antwortete.

»John hat mich manchmal Prinzessin von Burundi genannt«, sagte sie leise. »Wenn er gut gelaunt war, hat er mir Kosenamen gegeben.« Sie sah bedrückt aus, beschämt, gleichzeitig jedoch auch unschuldig fragend. Ann Lindell ergriff Berits Hand. Sie war kalt. Langsam kamen die Worte, und Berit erzählte von Lennarts Besuch und seinen Anschuldigungen.

Als sie verstummte, sah Lindell, daß ihr Kollege überlegte, welche Frage er als nächste stellen sollte. Es vergingen ein paar Sekunden.

»Sind Lennarts Anschuldigungen in irgendeiner Form berechtigt?« fragte er schließlich.

Berit sah ihn verständnislos an. Sie ist todmüde, dachte Lindell.

»Wir haben uns geliebt«, sagte Berit mit leiser, aber fester Stimme. Sie beließ es bei diesen vier Worten, als ob dem nichts hinzuzufügen wäre.

Lindell hatte den Eindruck, daß es Berit im Grunde völlig egal war, ob die Polizisten ihr glaubten oder nicht. Ihr reichte es zu wissen, daß John dies gewußt hatte.

Haver schluckte.

»Wäre es möglich, daß John an einer anderen Frau interessiert war?« sagte er, und Lindell hörte, wie sehr es ihm widerstrebte, diese Frage stellen zu müssen.

Berit schüttelte den Kopf.

»Ich kannte John«, sagte sie schließlich und atmete tief durch.

Haver warf Lindell einen Blick zu.

»Sie verstehen das nicht«, fuhr Berit fort, »wir hatten doch nur uns.«

Haver sah sie an, schluckte erneut, mußte jedoch weitermachen.

»Justus hat Lennarts Worten anscheinend geglaubt«, sagte er mit seltsam trockener Stimme. »Was für einen Grund hatte er dazu, wenn Sie wirklich glücklich miteinander waren?«

»Er ist ein Junge, der seinen Vater verloren hat«, antwortete Berit.

»Sie meinen, er versucht Erklärungen zu finden?«

Berit nickte.

»Kann er etwas gesehen oder gehört haben, was ihn vermuten läßt, wer der Mörder ist?«

»Nein, das glaube ich nicht.« Ihre Stimme war leise.

»Mehrere Zeugen haben ausgesagt, daß John an einer

Sache dran zu sein schien, einer Art Geschäft, was könnte das gewesen sein?«

Berit sah auf den Tisch.

»Ich weiß es nicht«, sagte sie kaum hörbar. »Zu Justus hat er gesagt, wir sollten umziehen, aber mit mir hat er darüber nie gesprochen.«

»Wo sollten sie denn hinziehen?«

»Das weiß ich nicht. Ich kapiere überhaupt nichts.«

»Okay«, meinte Haver, »wir werden eine Fahndungsmeldung nach dem Jungen herausgeben müssen, aber ich glaube nicht, daß Grund zur Sorge besteht. Er läuft bestimmt nur in der Stadt herum.«

Berit sah entkräftet aus. Lindell stand auf und ging in den Flur hinaus, wo Erik in seinem Kinderwagen schnorkelte. Er würde sicher bald wach werden. Haver und Berit unterhielten sich in der Küche.

Plötzlich fiel Ann der Schinken ein, den sie auf dem Herd hatte stehenlassen. Sie eilte in die Küche und erklärte, daß sie sofort nach Hause müsse. Ola Haver sah sie flüchtig an, sagte aber nichts. Lindell ging zu Berit, um eine tröstende Bemerkung zu machen, fand jedoch nicht die richtigen Worte. Berit sah sie mit ausdrucksloser Miene an. Hoffentlich lebt der Junge, war der einzige Gedanke, der Lindell durch den Kopf ging.

Sie lief zum Auto, während Erik in seinem Wagen heulte. Auf der Windschutzscheibe saß ein Bußgeldbescheid. Sie riß ihn herunter und warf ihn auf den Rücksitz.

In ein paar Stunden würden ihre Eltern auftauchen. Ich werde einen neuen Schinken kaufen müssen, dachte sie und bog in die Vaksalagatan ein. Im gleichen Moment klingelte ihr Handy. Sie drückte auf den Knopf und war sicher, daß es Ola Haver war.

»Ich weiß«, sagte sie, »aber der Schinken wird trocken.«

»Hallo«, sagte eine wohlbekannte Stimme, und sie wäre fast auf den Wagen aufgefahren, der in diesem Moment vor ihr bremste, an der roten Ampel der Kreuzung zur E 4.

37

Justus wußte, wo er hineingehen würde. Es gab ein Loch im Zaun, und die Baustelle machte es noch einfacher. Die Baubuden standen so, daß er von der Straße aus nicht zu sehen sein würde.

Er fühlte sich mächtig. Niemand sah ihn, niemand hörte ihn, niemand wußte, was er vorhatte. Er blieb neben einem Ölfleck stehen, der auf dem weißen Untergrund schwarz und metallisch schimmerte, und sah sich um. Er hinterließ Spuren im Schnee, aber das war ihm egal. Da er genauso zurückgehen würde, konnte er die Spuren dabei mit einem Besen oder etwas anderem verwischen.

Ein Blechstück, das aus einem Container ragte, vibrierte im Wind und erzeugte einen Ton, der ihn nochmals stehenbleiben ließ. Er schaute an der wohlbekannten Fassade hoch und erkannte erst jetzt, wie heruntergekommen alles war. Früher war dies ein Palast gewesen und John der König darin. Hier war sein Vater im Funkenregen zu einem Giganten gewachsen. Mit selbstverständlicher Sicherheit hatte er die schweren schwarzen Stahlplatten bearbeitet, die einen dumpfen Klang von sich gaben und einen seltsamen Geruch verströmten, der tagelang an den Fingern haftenblieb.

Wenn John und seine Arbeitskollegen sich in den kleinen Pausenraum zurückzogen, ruhte die Werkstatt. Justus war dann stets in der Stille herumgegangen und hatte die Schweißnähte abgetastet, die wie Narben über die Platten liefen. Aus dem Pausenraum waren Stimmen und Gelächter gedrungen. Sie hatten Justus hereingerufen, und er hatte Sanddornsaft aus den finnischen Schären und Butterbrote mit schwarzen Daumenabdrücken auf dem Käse probieren dürfen.

Auf der Straße fuhr ein Auto vorbei; Justus schob sich hinter den Container und schlich zur Rückseite des Gebäudes, wo es einige niedrigliegende Fenster gab. Mit einem Eisenrohr schlug er eines von ihnen ein. Er macht sich keine Sorgen, entdeckt zu werden. Ein hoher Bretterzaun begrenzte den Hof auf dieser Seite, und auf der Baustelle war kein Mensch.

Er griff durch die zerbrochene Scheibe, öffnete das Fenster und kletterte über einen Stapel Kisten in den Pausenraum. Dort sah alles wie immer aus. An Johns Platz lag eine Zeitung auf dem Tisch. Justus fegte sie zu Boden. Wo Erki normalerweise saß, lag eine Streichholzschachtel, die er an sich nahm. Aus seinen Bewegungen war nun jede Zögerlichkeit gewichen, so als hätte der Anblick des heruntergekommenen Pausenraums seine Entschlossenheit verstärkt. Er schlug eine Tür auf, die aus einer Sperrholzplatte bestand, und schleppte Kanister mit Öl und Benzin aus dem dahinterliegenden Verschlag, dazu eine Reihe von Dosen und Flaschen mit Chemikalien, die er in den Ecken und Nischen der Werkstatt verteilte. In Saganders Büro goß er fünf Liter Lackbenzin aus.

Anschließend machte er einen letzten Rundgang durch die Werkstatt und sah zu Johns altem Arbeitsplatz hinüber. Von dem Geruch im Raum war ihm schwindlig. Er leerte einen Kanister Benzin in der Werkstatt und im Pausenraum aus, schüttete auch etwas auf die Tische und Stühle und kletterte anschließend aus dem Fenster.

Der Wind war stärker geworden. Justus blieb einen Moment stehen, ehe er die Streichholzschachtel herausholte. Das erste Streichholz ging gleich wieder aus, genau wie das zweite. Er zählte die verbliebenen Streichhölzer und befürchtete, sie könnten nicht reichen. Deshalb kletterte er zurück ins Haus, hob die Zeitung vom Boden auf, tränkte sie mit Benzin und kletterte wieder auf den Hof hinaus.

Bevor er die Zeitung anzündete und hineinwarf, dachte er an John, an etwas, das er über Träume gesagt hatte.

Es kam zu einer Verpuffung, gefolgt von einer Explosion. Ein Fenster wurde hinausgeblasen, und Justus wäre um ein Haar von den umherfliegenden Glasscherben getroffen worden. Überwältigt sah er, wie eine Feuergarbe aus dem Fenster schoß. Dann lief er los. Als er durch das Loch im Zaun kletterte, dachte er an die Fußabdrücke im Schnee. Er zögerte einen Moment, ehe er zurückkehrte und sich nach etwas umsah, womit er die Spuren verwischen konnte.

Die Geräusche kleinerer Explosionen drangen aus der Werkstatt, und ihm fiel das Gas ein. In der Werkstatt gab es jede Menge Gasflaschen, und er wußte, wie gefährlich das war. John hatte es ihm erklärt. Justus griff sich ein Stück Blech und lief wieder zur Rückseite des Gebäudes. Es war unmöglich, bis zum Fenster zu kommen, aber er fegte mit dem Blech, so weit es ging, über den Schnee und schleifte es hinter sich her, bis er auf die Straße gelangte, wo er es zwischen das Gerümpel auf der Baustelle warf und lachend das Weite suchte.

Er lief nach Westen, Richtung Stadtzentrum, bremste nach fünfzig Metern jedoch ab. John wäre ganz ruhig davonspaziert. Das war klüger.

Er grübelte darüber nach, ob er vor dem Fenster Spuren hinterlassen hatte, bis ihm klarwurde, daß die Hitze des Feuers den Schnee um die Werkstatt herum schmelzen ließ. Er hatte Handschuhe getragen, Fingerabdrücke gab es also keine. Der Mann, der seine Hand auf die Schulter von Justus gelegt, ihn zum Aufstehen aus der Schneewehe gebracht und anschließend in die Stadt gefahren hatte, würde niemals auf die Idee kommen, ihn mit dem Brand in Verbindung zu bringen. Er hatte Justus in der Kungsgatan abgesetzt, mehr als einen Kilometer von der Werkstatt entfernt. Justus hatte ihm weisgemacht, er hätte einen Freund besucht, auf dem Heimweg eine Abkürzung durch den Wald nehmen wollen, sich dabei jedoch verirrt.

Der Anruf kam um 14.46 Uhr von einem Autofahrer, der an der Werkstatt vorbeigefahren war. Sieben Minuten später war die Feuerwehr vor Ort. Kurz darauf trafen zwei Streifenwagen der Polizei ein. Die Polizisten begannen augenblicklich damit, das Gebiet weiträumig abzusperren.

»Eine Werkstatt«, sagte der Brandmeister zu dem Polizeibeamten, der zu ihm gekommen war. »Das mit eurem Kollegen tut mir leid. Wir haben auf der Wache eine Kerze angezündet, als wir es erfuhren.«

Der Streifenpolizist blieb einen Moment lang reglos stehen, ehe er sein Telefon herausholte und den diensthabenden Beamten der Kripo anrief. Als erstes war ihm das Schild an der Fassade ins Auge gefallen: Saganders Werkstatt. Er wußte, daß der ermordete John Jonsson dort gearbeitet hatte.

»Ich habe ein Aquarium«, erklärte er Haver später.

Ola Haver erreichte die Nachricht im Auto; fünf Minuten später hielt er an der Brandstelle. Er hatte sich durch die Absperrung an der Björkgatan mogeln müssen.

»Es brennt wie Zunder«, hatte der Streifenpolizist zu ihm gesagt.

Haver, der den Rauch und die Funken aufsteigen sah, war grundlos ärgerlich geworden und hatte den Kollegen angeschnauzt, das sehe er verdammt noch mal selber. Der Polizist hatte ihn nur angesehen und etwas vor sich hin gemurmelt.

Der Wind kam aus östlicher Richtung und trieb die Flammen auf den benachbarten Rohbau zu. Unter einer Plane gelagertes Bauholz hatte Feuer gefangen, war von den Feuerwehrleuten jedoch sofort wieder gelöscht worden.

Haver starrte auf das brennende Gebäude. Gelborange Flammen loderten durch das aufgebrochene Blechdach in die Höhe. In den Gesichtern und Bewegungen der Feuerwehrleute erkannte er Streß und Zielstrebigkeit. Haver konnte nichts tun, und das störte ihn. Er klopfte dem Brandmeister auf die Schulter.

»Was meinen Sie? Ist es Brandstiftung gewesen?«

»Schwer zu sagen«, antwortete der Feuerwehrmann. »Es scheint auf der Rückseite ausgebrochen zu sein, aber das ganze Gebäude brennt wie Zunder.«

»Explosionsartig«, meinte Haver.

»Kann man wohl sagen. Kommen Sie mit, ich zeig Ihnen was.«

Der Feuerwehrmann machte sich mit Haver im Schlepptau auf den Weg. Die Hitze, die das Gebäude abstrahlte, wurde immer größer. Haver mußte sich eine Hand vor das Gesicht halten.

Sie kamen zu dem Loch im Maschendrahtzaun. Haver ging in die Hocke und betrachtete prüfend den Schnee.

»Hier ist jemand gegangen und hat versucht seine Spuren zu verwischen«, sagte er schließlich und richtete sich wieder auf.

Eine Explosion im Inneren der Werkstatt ließ ihn zusammenzucken.

»Ich denke, Sie gehen jetzt besser«, meinte der Brandmeister. »Da drinnen gibt es Gasflaschen.«

Haver sah ihn kurz an.

»Was tun Sie dagegen?«

»Kühlen«, erwiderte der Mann, und nun war seine ganze Aufmerksamkeit auf die Versuche der Kollegen gerichtet, das gewaltige Feuer einzudämmen.

Der Brandmeister ließ Haver stehen, der sich langsam Richtung Straße zurückzog, auf die Baustelle ging und sich hinter einen Werkzeugcontainer aus Stahl stellte. Der müßte einiges aushalten können, dachte er und holte sein Handy heraus. Ryde ging beim ersten Klingeln an den Apparat. Haver wollte ihm erklären, wo er sich befand, wurde jedoch von dem Kriminaltechniker unterbrochen, der zischte, er sei bereits unterwegs.

Noch ehe Haver das Telefon wieder einstecken konnte, klingelte es erneut. Es war Ann Lindell, und Haver hatte für einen Moment das Gefühl, daß alles wieder war wie früher. Ann wollte ihm erklären, warum sie Berits Wohnung so überstürzt verlassen hatte. Sie redete von dem Schinken und ihren Eltern.

»Es brennt in Saganders Werkstatt«, unterbrach Haver sie. »Es könnte Brandstiftung sein.«

Er hörte, daß Ann tief Luft holte.

»Ist der Junge schon wieder aufgetaucht?« fragte sie.

»Nicht, daß ich wüßte.« Er ahnte, was sie dachte. »Was meinst du?« sagte er.

»Es könnte auch ein Zufall sein«, antwortete sie nachdenklich, und Haver hörte ihrer Stimme an, daß Ann angespannt war. »Das Wichtigste ist jetzt der Junge«, sagte sie.

Haver lugte hinter dem Container hervor. Eine weitere Explosion hatte das Gebäude erschüttert, aber er glaubte nicht, daß sie von den Gasflaschen herrührte.

»Es brennt wie der Teufel.«

»Wo liegt die Werkstatt? Besteht Gefahr für die nähere Umgebung?« erkundigte sich Lindell.

»Na ja, es ist ganz schön windig«, meinte Haver und erklärte ihr, wo sich die Werkstatt befand.

»Was glaubst du, wo Justus sein kann?« fragte Lindell. »Es wird bald dunkel, und er ist bestimmt völlig verzweifelt. Ich denke, wir sollten Berits Sorge ernst nehmen.«

»Sicher«, erwiderte Haver schnell.

Ryde näherte sich ihm, gefolgt von einem Feuerwehrmann, der gestikulierte und offenbar etwas erläuterte, aber Ryde schielte nur zu ihm herüber und ging weiter. Haver lächelte und erklärte Lindell, daß er Schluß machen müsse.

»Letzte Frage«, sagte sie. »Habt ihr es bei Lennart versucht? Der Junge könnte bei ihm sein.«

»Da kommt Ryde. Bis später«, meinte Haver und unterbrach die Verbindung. Er winkte dem Mann von der Spurensicherung zu, der aufgekratzt zu sein schien.

»Die reden einen dumm und dämlich«, sagte Ryde, und Haver begriff, daß er den Feuerwehrmann meinte.

»Da drinnen gibt es Gas«, erwiderte Haver.

»War es Brandstiftung?«

Haver erzählte von den Spuren am Zaun, und noch ehe er geendet hatte, ließ Ryde ihn stehen.

»Idiot«, sagte Haver leise.

Er reckte den Kopf um die Ecke und sah, daß Ryde bereits an dem Loch hockte, aus seiner Tasche eine Kamera holte und mit der Arbeit begann. Schneeflocken schwebten herab. Ryde arbeitete schnell. Haver verstand den Eifer des Kollegen, der vielleicht von der Angst vor einer Gasexplosion noch angestachelt wurde.

Wieder klingelte das Telefon, aber ehe er es aus der Tasche

ziehen konnte, verstummte es schon wieder. Er schaute nicht nach, wer angerufen hatte, denn im gleichen Moment hörte er einen ohrenbetäubenden Knall. Haver sah, daß Ryde sich instinktiv zu Boden warf. Der gegenüberliegende Giebel stürzte ein. Fasziniert betrachtete Haver, wie ein Teil des Dachs gleichsam zögerte, ehe es rasend schnell in einem Funkenregen in sich zusammenfiel.

»Ryde, verdammt!« schrie er. Doch sein Kollege kroch bereits durch das Loch im Zaun und lief geduckt auf die Baustelle.

Gott sei Dank, dachte Haver, bis ihm einfiel, daß sich unter Umständen Feuerwehrleute in der Nähe des Giebels aufgehalten hatten. Er sah die Leiter eines Löschwagens herumschwenken, und ein starker Wasserstrahl wurde in den Schlund der Werkstatt gerichtet. Dampfwolken schlugen hoch und verdeckten für Sekunden den hinteren Teil des Gebäudes. Eine weitere Leiter wurde ausgefahren, und im Korb erkannte Haver zwei Feuerwehrmänner.

»Was für Burschen«, murmelte er und hörte die brüllende Stimme des Brandmeisters über den Lärm und das Tosen der Flammen hinweg.

Ryde kam über die Straße. Er blieb unter einer Straßenlaterne stehen und begutachtete seine Kamera. Blut lief ihm über die Wange, aber er schien sich dessen nicht bewußt zu sein. Haver ging zu ihm.

»Was für ein Knall«, meinte Ryde, »aber die Kamera hat nichts abbekommen.«

»Du blutest«, sagte Haver und machte Anstalten, sich die Wunde auf der Wange genauer anzusehen.

»Ich bin gestolpert«, erwiderte Ryde kurz angebunden. »Jemand ist durch die Lücke im Zaun rein und wieder rausgegangen, soviel steht fest. Ob es einer oder mehrere waren, ist schwer zu sagen, aber offensichtlich hat man sich bemüht, die Spuren zu verwischen. Das sieht definitiv verdächtig aus.«

»Irgendwelche Fußabdrücke?«

Ryde schüttelte den Kopf.

»Es sieht ganz so aus, als hätte jemand ein Brett über den Schnee gezogen. Ich werde mir das noch genauer ansehen müssen. Denkst du, es wird noch mal knallen?«

Haver zuckte mit den Schultern. Trotz der Dramatik war er sehr ruhig. Er wußte, daß die Angst und der Schock sich erst später einstellen würden.

Als Ann Lindell in die Küche kam, erkannte sie sofort, daß der Schinken nicht mehr zu retten war. Sie schaltete die Herdplatte aus, zog den Topf herunter und widerstand dem Impuls, den Fleischklumpen in den Müll zu werfen. Er war immerhin eßbar. Vielleicht konnte man noch ein Frikassee daraus machen.

Sie seufzte, setzte sich an den Küchentisch, sah auf die Uhr und dachte an Justus. Wo war er nur? Berit hatte alle möglichen Personen angerufen, sogar Lennart, aber dort war niemand an den Apparat gegangen. Berit wußte, daß er auf dem Display ihre Nummer sehen konnte, und vielleicht wollte er einfach nicht mit ihr reden. Falls Justus wirklich bei ihm war, wußte Lennart, daß sie sich Sorgen machte und würde sicher nichts dagegen haben, sie etwas zappeln zu lassen.

Ann stand auf, schaute wieder auf die Uhr und ging zu Erik. Er hatte etwas zu essen bekommen und schlief in seinem Bettchen. Es war still in der Wohnung, zu still, als daß sie sich hätte wohl fühlen können. Die Sorge um den Jungen ließ sie ans Fenster treten und in die Dunkelheit des späten Nachmittags hinausspähen. Ein Auto fuhr auf den Parkplatz, und ein Mann stieg aus, holte Lebensmitteltüten aus dem Kofferraum und verschwand anschließend im Eingang von Hausnummer 8.

Sie dachte an Edvard, daß er angerufen und ihr frohe Weihnachten gewünscht hatte. Es war ihr erstes Gespräch gewesen, seit sie sich im Krankenhaus von Östhammar begegnet waren. Sie hatte rechts ranfahren müssen, obwohl das haltende Auto ein Verkehrshindernis bildete, aber sie konnte nicht mit Edvard sprechen und gleichzeitig sicher fahren. Was hatte er gesagt? Sie erinnerte sich nicht mehr. Seine Worte waren wie in einen Nebel gehüllt, so als hätte ihre Unterhaltung schon vor Jahrzehnten stattgefunden. Sie hatte sich erkundigt, wie es ihm ging und was seine beiden Söhne machten. Hatte er nach Erik gefragt? Sie wußte es nicht mehr, aber sie hatte aus Edvards Worten zumindest die unausgesprochene Frage herausgehört, wie es ihr und ihrem Sohn ging.

Sie hatten das Gespräch bereits nach wenigen Minuten beendet, weil die hupenden Autos sie streßten. Seine Stimme hatte wie immer geklungen, ein bißchen nachdenklich und herzlich, so wie damals, als sie sich sehr gern hatten.

Bald würden ihre Eltern eintreffen, und Lindell überlegte, ob sie schnell zum Supermarkt laufen sollte, um einen neuen Schinken zu besorgen, aber plötzlich spielte es keine Rolle mehr, was sie dachten. Ihre Eltern würden eben trokkenen Schinken essen müssen.

Kurz vor vier klingelte es.

»Da sind wir«, sagte ihre Mutter ungewöhnlich fröhlich, als Ann die Tür öffnete.

Sie selber freute sich auch mehr, als sie gedacht hatte, ihre Eltern zu sehen. Ihre Mutter trug zwei große Einkaufstüten mit Weihnachtsgeschenken, ihr Vater die Tüten mit den Eßsachen.

»Im Auto ist noch mehr«, meinte ihre Mutter, als sie Anns Blick bemerkte. »Schläft der Kleine?«

Sie hängten ihre Mäntel auf und begannen sich umzusehen. Ann war nicht wohl in ihrer Haut. Erst jetzt erkannte sie, wie sehr sie in den vier Tagen, die ihre Eltern bleiben wollten, festsaß. Sie würde sich ihnen nicht entziehen können. Lindell bekam ein schlechtes Gewissen. Sie waren trotz allem ihre Eltern, die sich seit Monaten auf den Besuch in Uppsala gefreut hatten. Als erstes gingen sie zu Erik. Beim Anblick des Kleinen in seinem Bettchen stiegen Anns Mutter Tränen der Rührung in die Augen.

»Er ist ja so süß«, sagte sie und strich Erik vorsichtig mit der Hand über die dünnen Locken.

Ihr Vater sagte nichts, brummte jedoch, was Ann als Zustimmung wertete.

»Der Schinken hat zu lange gekocht«, sagte sie und brach mit ihren Worten den Zauber. Besser, sie rückte gleich damit heraus.

»Wieviel Grad?« fragte ihre Mutter.

»Neunzig«, antwortete Ann und verließ das Kinderzimmer.

»Neunzig«, wiederholte ihre Mutter.

»Erik hat die ganze Zeit geschrien, und ich habe den Schinken vergessen. Ich glaube, er hat Koliken.«

»Schreit er oft?«

»Doch, schon«, antwortete Ann, »aber meistens nachts.«

Sie ging in die Küche, und ihr kam alles verkehrt vor. Sie starrte den Schinken an, der zu einem schmutziggrauen Klumpen zusammengeschrumpft war. Der Geruch, den er verströmte, ließ sie zurückschrecken. Sie hörte, daß ihre Mutter noch immer bei Erik war. Ihr Vater hatte sich dagegen bestimmt ins Wohnzimmer gesetzt. Sie selber hätte jetzt anfangen sollen, die Eßsachen auszupacken, die ihre Eltern mitgebracht hatten, und entzückte Ausrufe über Sülzen, Heringssalat, selbstgemachte Pastete und eingelegte Heringe von sich geben müssen, aber sie schaffte es einfach nicht.

»Ich muß noch mal los«, rief sie und ging in den Flur.

Ihre Mutter verließ augenblicklich Eriks Zimmer, blieb im Türrahmen stehen und sah sie fragend an.

»Los?«

»Ich muß noch mal raus. Wenn Erik wach wird, füttere ihn mit etwas Brei. Auf der Spüle steht ein Paket.«

»Du willst weg, obwohl wir gerade erst angekommen sind?«

»Ich bleibe nicht lange. Vielleicht kann ich einen neuen Schinken kaufen. Fehlt sonst noch was?«

Ihre Mutter war verletzt, aber auch besorgt.

»Ist es die Arbeit?«

Sie kannte ihre Tochter in- und auswendig.

»Nicht direkt«, antwortete Ann ausweichend und zog den Mantel an. Sie gab vor, kurz über etwas nachzudenken, und versuchte ihre Flucht mit einer freundlichen Bemerkung zu überspielen, aber ihr fiel keine ein. Statt dessen lächelte sie ihre Mutter halbherzig an und öffnete die Wohnungstür.

»Gib ihm nur einen Teller«, sagte sie halb abgewandt. »Wenn man ihm mehr gibt, bekommt er Bauchschmerzen. Du kannst auch noch ein Stück Banane reindrücken«, fügte sie hinzu und war weg.

Lindell rief auf der Stelle Haver an, aber er meldete sich nicht. Sie sah auf die Uhr und beschloß, zu Saganders Werkstatt zu fahren. Vielleicht war er noch da.

Als sie ankam, war von dem Gebäude nicht mehr viel übrig. Der älteste Teil, aus Holz erbaut, war völlig verschwunden. Ansonsten standen nur noch zwei verrußte Seitenwände und ein Giebel. Der übriggebliebene Schnee rundherum war nicht mehr weiß, sondern mit einer dicken Rußschicht bedeckt. Die Löscharbeiten waren noch nicht endgültig abgeschlossen, aber es waren keine offenen Flammen mehr zu sehen.

Sie schaute sich suchend nach Ola Haver um. Erst glaubte sie, er wäre bereits weggefahren, doch als sie schon verzagen wollte, erblickte sie ihn.

Sie ging zu ihm. Er hatte sie nicht bemerkt und unterhielt sich mit dem Brandmeister, den Ann von einem früheren Einsatz her kannte. Er nickte ihr über Havers Schulter hinweg zu, und Ola drehte sich um. Er lachte, als er sie sah.

»Sieh einer an, du konntest es also nicht bleibenlassen.«

»Meine Eltern kümmern sich um Erik. Hast du etwas von Justus gehört?«

Haver schüttelte den Kopf. Er beendete das Gespräch mit dem Feuerwehrmann, der Lindell amüsiert betrachtete.

»Wir haben Sagander angerufen. Wir dachten, er würde herkommen wollen, aber er liegt zu Hause und ist außer Gefecht.«

»Wieso außer Gefecht?«

»Er ist offenbar erst kürzlich operiert worden, und die Wunde hat sich entzündet«, sagte Haver und verzog das Gesicht zu einer Grimasse, so daß Lindell dachte, ihm täte etwas weh.

»Was ist los?« fragte sie und legte ihre Hand auf seine Schulter.

»Die Krücke«, sagte er nur. »Ich wußte doch, daß da was war. Das Krankenhaus«, fügte er hinzu, als wäre damit alles hinreichend erklärt.

»Erzähl«, forderte Lindell ihn auf.

Sie hatte diesen Blick auch früher bei Haver gesehen und begriff deshalb, daß ihm etwas sehr Wichtiges eingefallen sein mußte. Er zog sie etwas zur Seite. Sein Griff um ihren Arm gefiel ihr.

»Sagander ist vor kurzem operiert worden, mit Sicherheit in der Uniklinik. Das Messer ist aus einem Pickup auf dem Parkdeck der Uniklinik gestohlen worden. Vielleicht fährt er ja ein solches Auto. Ist er vielleicht ›der wütende Mann‹ vom Vaksala torg?«

»Das sind ziemlich viele Vielleichts«, meinte Lindell.

»Ich hätte daran denken müssen! Als ich hier war, um Sagander zu vernehmen, saß er die ganze Zeit da, rollte auf seinem Bürosessel herum, und an der Tür stand eine Krücke.«

Jetzt paßte alles zusammen. Sein diffuses Gefühl beim Gedanken an Baustellen fand nun eine Erklärung. Die Baustelle an der Uniklinik und die Baustelle auf dem Nachbargrundstück der Werkstatt. Er erinnerte sich, daß er den Bauarbeitern bei der Arbeit zugesehen und einer von ihnen ihm zugewunken hatte. Als Sohn eines Maurers hatte er den Anblick von Baugruben, Baustellen und Baubuden immer gemocht. Baustelle war das Schlüsselwort gewesen, aber seine Vorliebe für das Bauen im allgemeinen hatte ihm den Blick für den Zusammenhang versperrt.

»Wer ist der Wütende?« fragte Lindell.

Haver faßte Vincent Hahns Aussage kurz für sie zusammen.

»Wenn du recht hast«, sagte Lindell, »könnte Justus dann geahnt haben, daß Sagander etwas mit dem Mord zu tun hatte?«

Haver sah sie nachdenklich an. Lindell vermutete, daß er weitere Zusammenhänge suchte, nachdem die ersten Puzzleteile nun an der richtigen Stelle lagen.

»Ich weiß nicht«, sagte er, verstummte und schaute sich um.

Am Rand des Bürgersteigs hatte sich ein Feuerwehrmann gebückt und rieb sich das Gesicht mit Schnee ab. Er spuckte und schnaubte, richtete sich wieder auf und sah zu dem abgebrannten Gebäude hinüber. Lindell glaubte einen wachsamen Ausdruck auf seinem Gesicht zu sehen, so als würde er jeden Moment ein erneutes Auflodern der Flammen befürchten.

»Die Männer machen einen Riesenjob«, meinte sie und nickte in Richtung des Feuerwehrmanns.

Haver antwortete nicht. Er hielt sein Handy in der Hand.

»Wir sollten Berglund benachrichtigen«, sagte er, »und einen Streifenwagen anfordern.«

Lindell begriff, daß er die Absicht hatte, zu Sagander zu fahren.

»Wo wohnt er?« fragte sie.

»Ich glaube, auf einem Hof in der Nähe von Börje. Ich werde Berglund bitten, daß er nachschaut.«

Er tippte eine Nummer ein, und Lindell trat ein wenig zur Seite. Sie holte ihr Telefon heraus und rief Berit an. Es klingelte mehrmals, bis sich jemand meldete. Berits Stimme klang gedämpft, so als würde sie schlechte Nachrichten erwarten.

»Ich habe nichts von ihm gehört«, sagte sie leise. »Ich habe weiter telefoniert, aber niemand hat Justus gesehen.«

»Wie gut kennt Justus Sagander?« erkundigte sich Lindell.

»Sagge? Warum fragen Sie?«

Lindell überlegte, ob sie Berit berichten sollte, daß die Werkstatt abgebrannt war, verzichtete jedoch darauf.

»Ich dachte, daß …«

»Wissen Sie, unsere Familie hat Sagander gehaßt. Justus würde niemals zu ihm fahren. Warum sollte er auch?«

Daraufhin erzählte Lindell ihr doch, was geschehen war,

und sie hörte, daß Berit nach Luft schnappte. Sie hatte es selber gesagt: Ihre Familie haßte Sagander. Von Haß zu Brandstiftung war es mitunter nur ein kleiner Schritt.

»Sie denken, Justus hätte den Brand gelegt?«

»Nein, ich frage nur«, antwortete Lindell.

»Sind Sie an der Werkstatt? Was sagt Sagge?«

»Er ist nicht hier. Er kann anscheinend nicht gehen. Wir fahren gleich zu ihm.«

»Sie auch? Wo haben Sie denn den Kleinen?«

»Meine Mutter paßt auf ihn auf.«

Lindell verließ in ihrem Wagen das Industriegebiet. Sie holten Berglund im Polizeipräsidium ab, und ein Auto mit drei Kollegen von der Streifenpolizei schloß sich ihnen an.

»Du solltest eigentlich nicht dabei sein«, sagte Berglund, unmittelbar nachdem er in Havers Auto gestiegen war, in dem Lindell bereits Platz genommen hatte.

»Ich weiß«, erwiderte sie, »aber jetzt hat es sich nun einmal so ergeben.«

»Und dein Junge?«

»Meine Eltern sind zu Besuch.«

»Und dann haust du einfach von zu Hause ab?« sagte Berglund. »Unfaßbar. Es ist doch bald Weihnachten.«

»Eben deshalb«, erwiderte Lindell, nur um ihn etwas zu ärgern.

Berglund seufzte schwer auf dem Rücksitz.

»Ich habe nie daran geglaubt, daß Hahn den kleinen John ermordet hat«, sagte Haver, der Lindells und Berglunds kurzem Wortgeplänkel keine Aufmerksamkeit geschenkt hatte.

»Nur Sammy setzt noch einen Pfifferling auf Hahn«, meinte Berglund.

»Das tut er doch nur, um gegen den Strom zu schwimmen«, sagte Lindell und drehte sich zu Berglund um.

Sie fühlte sich wohl in der Gesellschaft ihrer Kollegen.

»Weiß Ottosson, daß du bei uns bist?« fragte Berglund schroff.

Sie schüttelte den Kopf.

»Nicht einmal meine Mutter weiß es«, erwiderte Lindell und schenkte ihm ihr strahlendstes Lächeln. Haver schaltete das Autoradio ein. Lindell warf Berglund einen vielsagenden Blick zu. »I'm so excited« erklang aus den Boxen.

I'm so excited
I just can't hide it
I'm about to lose control
And I think I like it

»O yeaah«, sang Lindell mit.

»Du bist unmöglich«, meinte Berglund, lächelte jedoch. »Mach leiser.«

»Das ist ein gutes Lied«, sagte Haver.

»Ich verspreche, daß ich ganz still sein werde«, versicherte Lindell.

»Ach was«, erwiderte Haver und lachte, aber Berglund und Lindell wußten, daß dies aus Nervosität geschah.

38

Saganders Haus lag auf einer Anhöhe. Wenn der Grund für ihren Besuch nicht so traurig gewesen wäre, hätte Lindell eine Bemerkung darüber gemacht, wie idyllisch es aussah. Es war ein zweistöckiges rotes Haus mit weißen Giebeln und einem Vorbau, der gleichzeitig als Veranda diente, es standen zwei kleinere Weihnachtsbäume darauf. Sie waren mit Lichterketten geschmückt, genau wie die große, sicher acht Meter hohe Tanne auf dem Hof. Zwei Gebäudeflügel, in denen praktisch alle Fenster hell erleuchtet waren, vervollständigten das Bild eines typischen wohlhabenden Bauernhofs in der Ebene von Uppsala.

»Ist er Bauer?« fragte Haver, während sie langsam den Weg hinauffuhren.

»Er hat sicher nur das Haus gekauft«, antwortete Berglund.

Die Auffahrt wurde von Wacholderbüschen gesäumt, die markierten, wo der Weg zu beiden Seiten endete. Kleine Weihnachtsmänner hingen an den Büschen.

»Großer Gott, haben die hier geschmückt«, sagte Haver unzufrieden.

»Also, ich finde es schön«, erwiderte Berglund.

Lindell sagte nichts, hielt aber Ausschau nach einem roten Pickup.

»Kein Auto«, bemerkte sie.

Die anderen wußten genau, was sie meinte, obwohl drei Autos auf dem Hof standen. Haver parkte hinter einem älteren Nissan, und der Streifenwagen hielt hinter Havers Auto. Alle stiegen gleichzeitig aus den Wagen. Sechs Polizisten, von denen fünf im Dienst und bewaffnet waren. Sogar Haver hatte seine Dienstwaffe dabei, was Lindell wunderte.

Das uniformierte Trio wartete auf dem Hof. Ein zottiger Hund lief zu ihnen und beschnüffelte ihre Beine, verschwand jedoch ebenso schnell wieder, wie er aufgetaucht war. Lindell überlegte, ob sie auch auf dem Hof bleiben sollte, aber Berglund bedeutete ihr, sie solle mitkommen.

Eine Frau um die Sechzig öffnete ihnen. Sie bemühte sich, entspannt und freundlich auszusehen, doch die Augen verrieten sie. Sie blickte unstet von einem Polizisten zum nächsten und verharrte für einen Moment bei Lindell, so als versuche sie eine Art weibliches Einvernehmen herzustellen.

»Frau Sagander?« fragte Berglund.

Seine freundliche Stimme, die im Gegensatz zu seiner etwas mürrischen Erscheinung stand, nötigte ihr ein unsicheres Lächeln und ein Kopfnicken ab.

»Ich nehme an, Sie wollen zu Agne?« sagte sie.

Lindell lächelte die Frau an, als sie über die Schwelle traten.

»Ann Lindell«, sagte sie und streckte die Hand aus.

»Gunnel Sagander«, antwortete die Frau und erwiderte Anns Lächeln.

In dem großen Flur roch es nach Weihnachtsgebäck. Lindell sah sich um. Die Tür zur Küche stand offen, und Ann konnte eine ganze Wand mit Kupfergefäßen erkennen, aber der eigentliche Blickfang war der Holzboden im Flur, der aus breiten Fichtendielen bestand, die dank Lackierung und täglicher Pflege glänzten. Eine gigantische Kommode im Bauernstil, zwei antike Östervålastühle und selbstgewebte Teppiche in leuchtenden Farben unterstrichen den Eindruck eines rustikalen Zuhauses.

In einem Fenster stand das hölzerne Modell einer Kirche auf einem Bett aus Watte, umgeben von kleinen dekorativen Weihnachtsmännern. Die Frau registrierte Lindells Blick und erzählte, ihr Vater habe die Kirche und die Weihnachtsmänner in den vierziger Jahren gebaut. Sie wurde eifrig und war offensichtlich froh, über etwas Alltägliches sprechen zu dürfen.

»Weihnachten ist ein herrliches Fest«, sagte Lindell.

Agne Sagander empfing sie in einem Lehnsessel sitzend, seine Beine hatte er auf einem Hocker ausgestreckt. Haver, der ihn bisher nur in der Werkstatt getroffen hatte, fand, daß Sagander in dem gepflegten Raum deplaziert wirkte. Es war dem Mann anzusehen, daß die ganze Situation ihm nicht behagte. Er seufzte schwer, als sie das Zimmer betraten.

»Hier sitze ich herum wie ein verdammter behinderter Idiot«, begann er das Gespräch ohne Höflichkeitsfloskeln.

»Aber Agne«, meinte seine Frau unterwürfig.

»Ist doch wahr«, sagte Sagander.

»Üble Sache, das mit der Werkstatt«, bemerkte Berglund.

»Das ist ja wirklich eine große Delegation«, erwiderte Sagander und sah Lindell an. »Sie habe ich doch schon mal in der Zeitung gesehen. Mord und Elend, macht das wirklich Spaß?«

Lindell ging zu dem Mann, streckte ihm die Hand entgegen und stellte sich vor. Sagander drückte ordentlich zu. Lindell lächelte.

Berglund trat ebenfalls vor und nannte seinen Namen.

»Sie sind Jäger?« fragte der Polizist.

»Ja, den da habe ich in Jämtland erlegt«, antwortete Sagander und betrachtete den riesigen Elchkopf über dem offenen Kamin. »Ein Achtzehnender. Im Tal von Ström. Ich sage Ihnen, da gibt es Elche. Besser gesagt, gab«, ergänzte er mit einem selbstzufriedenen Grinsen. »Jagen Sie auch?«

»Früher«, bemerkte Berglund kurz.

»Nun«, sagte Sagander, »was haben Sie zu berichten? Wie sieht es aus? Es ist doch wirklich beschissen, hier herumzusitzen.«

»Agne hat solche Schmerzen bekommen«, warf seine Frau ein. »Er ist am Rücken operiert worden, und jetzt scheint etwas nicht in Ordnung zu sein.«

»Daran sind diese verdammten Viehdoktoren in der Uniklinik schuld«, meinte Sagander. »Sie schnippeln an einem herum, wie es ihnen Spaß macht.«

»Ich glaube, daß die Wunde sich infiziert hat«, sagte Gunnel Sagander in einem etwas entschiedeneren Ton. »Du solltest in die Klinik fahren.«

»Und über Weihnachten im Krankenhaus liegen, nein danke!«

»Wenn es eine Infektion ist, bekommst du Antibiotika«, erklärte sie. »Möchten Sie eine Tasse Kaffee?« wechselte sie anschließend das Thema und wandte sich an Lindell.

»Danke, das wäre sehr nett«, antwortete Lindell.

Die Frau verschwand aus dem Raum. Sagander sah ihr nachdenklich hinterher.

»Also, die Werkstatt ist völlig abgebrannt«, sagte Haver unbarmherzig. »Da ist nix mehr übrig.«

Es war, als hätte er sich in Ton und Sprachgebrauch Sagander angepaßt.

»Ich habe es gehört«, meinte dieser.

»Sind Sie traurig?« fragte Lindell.

»Traurig? Was ist denn das für eine verdammte Frage!«

»Wir glauben, daß es Brandstiftung war«, sagte Berglund.

»Können Sie sich nicht setzen? Ich komme mir ja vor, als wäre ich hier aufgebahrt.«

Die drei Polizeibeamten ließen sich nieder. Lindell hatte

das Gefühl, einem mürrischen Verwandten einen Krankenbesuch abzustatten.

»Brandstiftung«, meinte Sagander. »Wer soll das denn getan haben?«

»Sie haben keinen Streit mit jemandem?«

»Wenn überhaupt, dann mit dem Finanzamt, aber ich glaube nicht, daß die Brandstifter losschicken.«

»Wir haben uns da so unsere Gedanken gemacht«, sagte Haver und lehnte sich vor. »Neulich ist ein früherer Angestellter von ihnen ermordet worden, und jetzt brennt die Werkstatt. Gibt es da vielleicht einen Zusammenhang?«

Sagander schüttelte den Kopf.

»Was haben Sie am siebzehnten Dezember gemacht?« fragte Berglund.

Sagander sah ihn kurz an, ehe er antwortete. Lindell glaubte beinahe, Enttäuschung in seinem Gesicht zu erkennen, so als wäre Sagander der Meinung, Berglund hätte mit seiner Frage die Kameradschaft unter Jägern verraten.

»Das kann ich Ihnen ganz genau sagen. Da bin ich unters Messer gekommen«, antwortete er und griff sich mit der Hand in den Rücken.

»Dann sind Sie aber ganz schön schnell wieder auf den Beinen gewesen. Als ich Sie am neunzehnten in der Werkstatt besuchte, kamen Sie mir ziemlich fit vor.«

»Ich bin wegen eines Bandscheibenvorfalls operiert worden. Da schicken sie einen gleich wieder nach Hause.«

»Wann sind Sie entlassen worden?«

»Am achtzehnten, an meinem Geburtstag.«

»Was fahren Sie für ein Auto?« erkundigte sich Berglund.

»Den Volvo da draußen«, antwortete Sagander schnell.

Man merkte ihm an, daß er es haßte, Schmerzen zu haben, und zwar weniger, weil es weh tat, sondern vor allem, weil er gezwungen war, halb zu liegen.

»Und wie sind Sie nach Hause gekommen?«

»Meine Frau hat mich gefahren.«

»Mit dem Volvo?«

»Ja, womit denn sonst? In einer Limousine?«

Gunnel Sagander betrat das Zimmer mit einem Tablett, das voller Tassen und Teller, Plunder und Gebäck war.

»Dann wollen wir mal sehen«, sagte sie und wandte sich an Lindell. »Könnten Sie bitte die Zeitungen vom Tisch räumen?«

Die Tassen klapperten auf dem Tablett. Lindell half ihr, den Tisch zu decken.

»Was für schönes Geschirr Sie da haben«, sagte Ann, und die Frau sah sie an wie jemand, der kurz vor dem Ertrinken ist und einen Rettungsring erblickt.

»Ich hoffe, Sie haben die Pfefferkuchen nicht schon über?« sagte sie.

Ich könnte mich hier richtig wohl fühlen, wenn mir Agne Sagander erspart bliebe, dachte Lindell.

»Es dauert noch einen Moment, bis der Kaffee fertig ist«, sagte die Frau.

»Ich habe gesehen, daß Sie so schöne Kupfersachen an der Wand hängen haben. Könnte ich mir die vielleicht mal ansehen?« fragte Lindell.

»Ja, sicher, kommen Sie mit.«

Sie gingen Richtung Küche, und Lindell spürte Agne Saganders Blick in ihrem Rücken.

»Er ist ein bißchen schroff«, erklärte Gunnel Sagander entschuldigend, als sie in die Küche gekommen waren. »Er hat solche Schmerzen.«

»Das sieht man ihm an«, erwiderte Lindell. »Er ist bestimmt ein Mensch, der nicht gut stillsitzen kann.«

Gemeinsam betrachteten sie die Schüsseln und Kuchenformen. Gunnel Sagander erzählte, bei den meisten von ihnen handele es sich um Erbstücke, ein paar habe sie aber auch auf Auktionen ersteigert.

»Agne wird wahnsinnig, wenn ich solche Sachen anschleppe, aber dann findet er doch, daß es schön aussieht.«

»Typisch Mann«, sagte Lindell. »Ich habe gehört, daß Sie ihn im Krankenhaus abgeholt haben.«

»Ja, das stimmt«, erwiderte Gunnel, und ihre Augen verloren ein wenig von ihrem Glanz.

»Das war am achtzehnten?«

»Ja, an seinem Geburtstag, aber wir haben nicht gefeiert. Er war vor allem wütend. Er wollte in die Werkstatt.«

»Daß man die Leute heutzutage aber so schnell wieder nach Hause schickt? Er ist doch nur einen Tag vorher operiert worden.«

»Das liegt bestimmt an den ganzen Sparmaßnahmen. Aber er wollte auch nach Hause. Schlimmer ist es für Leute, die allein leben.«

»Sie meinen, die niemanden haben, der Mädchen für alles spielen kann?«

Gunnel Sagander lächelte.

»Mädchen für alles«, sagte sie nachdenklich. »So habe ich das noch nie gesehen. Ich möchte es eben nett haben, und er ist normalerweise nicht so unmöglich, wie es heute vielleicht den Anschein hat.«

Lindell fand, daß Gunnel Sagander sich für ihr Alter gut gehalten hatte; in ihrer Stimme lag eine Herzlichkeit, die darauf hindeutete, daß die Frau viel gesehen und gehört, aber auch verziehen und sich mit allem versöhnt hatte, was in ihrem Leben nicht schön für sie gewesen war. War sie glücklich? Machte sie aus der Notwendigkeit, eine gute Hausfrau und die Ehefrau eines Griesgrams zu sein, eine Tugend?

Lindell hatte allzu viele solcher Frauen gesehen, die sich bedingungslos unterordneten; zuweilen hielt sie es jedoch selber auch für verlockend, in die traditionelle Frauenrolle zu schlüpfen. Es wäre so einfach, das Verhalten der Mutter nachzuahmen, so scheinbar sicher. Sie hätte gerne mit Gunnel Sagander darüber gesprochen, erkannte jedoch, daß dies nicht der richtige Augenblick für ein solches Gespräch war und daß er vermutlich niemals kommen würde.

In der Kaffeemaschine gurgelte es ein letztes Mal. Gunnel Sagander sah Lindell an, als hätte sie die Gedanken der jüngeren Frau gelesen.

»Sind Sie verheiratet?« fragte sie, während sie den Kaffee in eine große Thermoskanne goß.

»Nein, alleinerziehend mit einem kleinen Erik.«

Die Frau nickte, und sie gingen ins Wohnzimmer.

Lindell sah, daß Haver enttäuscht war. Oder lag es nur an seiner Müdigkeit, daß er wie am Boden zerstört aussah? Er saß schlapp zurückgelehnt in einem Sessel, betrachtete seine Hände und warf Lindell und Gunnel Sagander einen flüchtigen Blick zu, als sie zurückkehrten. Sagander schwadronierte. Berglund lauschte aufmerksam.

»Der kleine John war ein geschickter Schweißer, aber ein Sonderling«, sagte Sagander. »Es war schade, daß er gehen mußte.«

»Aber Sie haben ihn doch entlassen«, wandte Berglund ein.

»Das mußte sein«, erwiderte Sagander kurz angebunden, »aber das versteht ein Beamter natürlich nicht.«

»Natürlich«, sagte Berglund freundlich und lächelte.

»Noch eine Tasse Kaffee?« fragte Gunnel Sagander und hielt die Thermoskanne hoch.

»Nein danke«, antwortete Berglund und stand auf.

Haver schaute zum Himmel hinauf. Die Wolken wurden wie ein Vorhang weggezogen und gaben den Blick auf den Sternenhimmel frei. Er bewegte den Mund, als wollte er etwas sagen, überlegte es sich dann jedoch anders und ging die Treppe zum Hof hinab.

»Vielen Dank für den Kaffee«, sagte er und wandte sich an Gunnel Sagander.

Sie erwiderte nichts, sondern nickte nur. Berglund reichte ihr die Hand. Lindell blieb noch einen Moment stehen.

»Sie kannten doch sicher auch John«, sagte sie.

»Ja natürlich. Er hat viele Jahre in der Werkstatt gearbeitet. Ich mochte ihn.«

»Sein Sohn Justus ist verschwunden. Haben Sie eine Ahnung, wo er stecken könnte?«

Gunnel schüttelte den Kopf.

»Ist er weggelaufen? Der arme Junge.«

Ein Wagen sprang an. Der Streifenwagen rollte davon. Lindell gab der Frau die Hand und bedankte sich für den Kaffee. Haver und Berglund wollten sich gerade ins Auto setzen, als Haver erstarrte. Lindell sah, daß er sich ein paar Meter vom Auto entfernte, in die Hocke ging und Berglund ein paar Worte zurief. Dieser streckte sich in den Wagen und holte etwas heraus.

»Was ist denn los?« fragte Gunnel Sagander besorgt.

»Ich weiß es nicht«, antwortete Lindell.

»Ich hätte da so eine Idee, wo Justus eventuell sein könnte. John und Erki aus der Werkstatt waren sehr eng miteinander befreundet.«

Lindell hatte Mühe, sich darauf zu konzentrieren, was die Frau ihr sagte. Die Hofbeleuchtung tauchte die Stelle, an der Haver und Berglund hockten, nur in schwaches Licht. Berglund schaltete eine Taschenlampe an. Lindell sah Havers Erregung an der Art, wie er sich Berglund zuwandte. Dieser schüttelte den Kopf, sah zum Haus hinauf, stand auf und holte sein Handy heraus.

»Erki war fast so etwas wie ein Vater für John, vor allem am Anfang«, fuhr Gunnel Sagander fort, »als er noch ein wenig unsicher war. John konnte nämlich auch ziemlich hitzköpfig sein, aber das machte Erki nichts aus.«

Lindell streckte den Hals.

»Was machen die beiden da unten? Haben sie was verloren?«

»Vielleicht haben sie was gefunden«, meinte Lindell. »Was haben Sie über Johns Arbeitskollegen gesagt?«

»Daß Justus vielleicht zu Erki gegangen ist. Ich weiß, daß er den Finnen sehr gern hat.«

»Können Sie mir seine Adresse geben?«

»Früher wohnte er in Årsta, aber ich glaube, er ist nach Bälinge gezogen.«

Haver richtete sich auf, griff sich ins Kreuz und sagte etwas zu Berglund.

»Ich kann Agne fragen. Wir könnten Erki anrufen.«

»Fragen Sie Agne, ich rufe Erki dann an«, sagte Lindell.

Gunnel ging ins Haus, und Lindell eilte zu ihren Kollegen hinab. Die Temperatur war spürbar gefallen, es war klirrend kalt geworden. Sie zog den Schal enger um den Hals.

Der Atem hing den Kollegen wie eine Wolke vor dem Mund.

»Was ist los?« fragte Ann.

Haver sah sie an, und aus seinen Augen war jede Spur von Müdigkeit gewichen.

»Abdrücke«, sagte er nur und zeigte auf die Erde zu seinen Füßen. Lindell meinte, ein Lächeln auf seinen Lippen zu sehen.

»Das mußt du mir schon etwas genauer erklären«, sagte sie.

Haver berichtete von der Reifenspur auf der Schneekippe, wo sie John gefunden hatten.

»Du glaubst, es ist der gleiche Wagen?«

Haver nickte.

»Eskil ist unterwegs«, sagte er, und Lindell sah, wie nervös er war.

»Sollen wir Saganders Frau fragen, wer zu Besuch gewesen ist?« fragte sie, und im gleichen Moment klingelte ihr Handy. Es war ihre Mutter, die sich erkundigte, wo sie steckte. Erik war wach geworden, hatte einen Brei bekommen und war wieder eingeschlafen, mittlerweile jedoch erneut aufgewacht.

»Schreit er?« wollte Ann wissen und entfernte sich von den Kollegen.

»Nein, nicht direkt«, erwiderte ihre Mutter, und Ann fragte sich insgeheim, was sie damit meinte.

»Ich komme bald nach Hause«, sagte sie. »Gib ihm ein bißchen Banane, die ißt er gern.«

»Er braucht keine Banane, er braucht seine Mutter.«

»Er hat seine Großmutter«, sagte Ann und bereute ihre Worte im gleichen Moment.

Es wurde totenstill in der Leitung.

»Komm nach Hause«, sagte ihre Mutter schließlich und legte auf.

Ann Lindell blieb mit dem Telefon in der Hand stehen, sah zu Haver und Berglund hinüber, tat, als würde sie das Gespräch auf normale Weise beenden und kehrte zu ihren Kollegen zurück.

»Die Babysitterin?« meinte Berglund.

Lindell nickte und sah, daß Berglund Haver zublinzelte.

Im gleichen Moment näherte sich Rydes altes Auto auf der Straße. Er bremste und schien zu zögern, ehe er in die Auffahrt zu Saganders Haus einbog.

Lindell ging zu Gunnel Sagander zurück, die oben vor dem Haus stand und fror.

»Sollen wir reingehen?« fragte Lindell.

Die Frau schüttelte den Kopf.

»Was ist denn eigentlich los?« erkundigte sie sich und sah Lindell durchdringend an.

»Da sind Reifenspuren«, erklärte Lindell. »Ich muß Sie fragen, wer Sie heute besucht hat?«

Die Frau sah weg.

»Agnes Bruder«, sagte sie trocken. »Ruben. Er ist vor ein paar Stunden hier gewesen. Er wollte auf die Hasenjagd gehen und hat sich eine Schachtel für die Büchse geliehen.«

»Munition?«

Die Frau nickte.

»Hatte er die Waffe dabei?«

»Die hat er eigentlich immer dabei«, meinte Gunnel Sagander. »Er ist ...«

Sie verstummte. Die beiden Frauen sahen den Kriminaltechniker aus dem Wagen steigen, zu seinen Kollegen gehen und sich sofort hinhocken. Berglund schaltete die Taschenlampe wieder an.

»Wo wohnt Ruben?«

»Auf dem Hügel da drüben«, antwortete Gunnel Sagander und zeigte auf zwei Häuser, die einige hundert Meter entfernt lagen.

»Wo das Licht an ist, das Haus mit den zwei Schornsteinen?«

Gunnel nickte.

Lindell ging zu den Reifenspuren zurück. Ryde schaute flüchtig auf, sagte jedoch nichts. Er holte einen Zollstock heraus und vermaß den Abdruck im Schnee.

»Die gleiche Breite«, stellte er fest.

Er holte die Kamera heraus und machte in rascher Folge ein halbes Dutzend Aufnahmen. Das Blitzlicht beleuchtete das Reifenprofil. Haver schauderte. Lindell berichtete, daß es sich wahrscheinlich um den Wagen von Saganders Bruder handelte, und daß der Mann bewaffnet war und ganz in der Nähe wohnte.

Ola Haver sah sie an, aber Lindell hatte das Gefühl, daß er in Gedanken weit weg war.

»Das Messer, das Mattias geklaut hat, lag in einem Auto. Dem Wagen, der zuerst Spuren in Libro hinterlassen hat und jetzt hier«, sagte Haver. »Ruben hat seinen Bruder am Tag nach dem Mord im Krankenhaus besucht.«

»Was für ein verdammter Amateur«, kommentierte Ryde.

»Ruben Sagander«, meinte Lindell, und alle vier schauten nach Norden, zu dem Haus mit den zwei Schornsteinen.

»Er ist bewaffnet«, sagte Haver.

Wie auf ein Zeichen kehrte Lindell zu Agne Saganders Haus zurück. Gunnel Sagander ahnte bereits, was kommen würde, das sahen die vier Polizisten ihr an. Sie zog den Schal enger um den Hals, drückte das Kreuz durch und machte sich bereit.

»Wissen Sie, ob Ruben ihren Bruder am Tag nach der Operation besucht hat?« fragte Lindell.

»Ja, wir sind gemeinsam ins Krankenhaus gefahren.«

»In Rubens Wagen?«

Die Frau nickte.

»Ist es ein rotweißer Pickup?«

Erneutes Nicken.

»Was ist passiert?« fragte Gunnel Sagander, aber Lindell nahm an, daß sie es wußte.

»Kannte Ruben John?« wollte Berglund wissen.

»Natürlich kannte er ihn.«

Sie gingen ins Haus. Haver telefonierte. Berglund sprach mit Agne Sagander, der noch in seinem Sessel saß, wie sie ihn verlassen hatten. Auch Ryde holte sein Telefon heraus. Lindell blieb mit Gunnel Sagander im Flur stehen.

»Könnten Sie mir Erkis Telefonnummer geben?« sagte Lindell.

Sie sollte nach Hause fahren. Der Mord am kleinen John interessierte sie im Grunde nicht mehr. Blieb sie wegen Justus?

Haver beendete sein Telefonat und wollte etwas sagen, als Berglund aus dem Wohnzimmer herauskam und die Tür sorgsam hinter sich schloß.

»Wir müssen einen Krankenwagen rufen und Streifenwagen«, sagte er. »Sagander will sich nicht vom Fleck rühren. Er behauptet, er sei nicht transportfähig.«

Bei Berglund war, im Gegensatz zu Haver, von Eifer nichts zu spüren. Der kurz vor der Pension stehende Polizeibeamte wollte nach Hause zu Frau, Kindern, Enkelkindern und dem Weihnachtsbaum, aber Lindell wußte, daß er, ohne zu murren, selbst am Heiligabend noch arbeiten würde, falls dies erforderlich werden sollte.

Berglund blieb stehen, die Hand auf der Klinke, und sah Gunnel Sagander an, als wollte er ihr sein Bedauern ausdrücken oder vielleicht auch einen Kommentar von ihr über die angebliche Transportunfähigkeit ihres Mannes hören.

»Er ist ein Dickschädel«, sagte sie nur.

»Wie ist sein Bruder?« erkundigte sich Haver.

Sie sahen, daß die Frau zögerte und bemüht war, ihre Worte sorgfältig abzuwägen.

»Er ist in vieler Hinsicht wie sein Bruder, die beiden sind immerhin Zwillinge, aber ich muß gestehen, daß er ein hitzigeres Temperament hat.«

»Ist er gewalttätig?«

»Er hat eine ganz wunderbare Frau«, erwiderte Gunnel Sagander, als wäre dies eine Antwort auf Havers Frage.

Havers Telefon klingelte, er meldete sich nach dem ersten Signal. Lindell sah, daß er schwitzte. Sie mußte an Edvard denken. Es versetzte ihr einen Stich im Bauch, als sie sich daran erinnerte, wie sie sich in dem Holzhaus auf Gräsö geliebt hatten. Eines Nachts war sie kurz vor Sonnenaufgang leise aufgestanden, zum offenen Fenster gegangen und hatte das Mückennetz heruntergehakt, um sich hinauszubeugen. Die Vögel hatten gesungen. Das Meer war spiegelblank und die Luft schon warm gewesen. Als sie sich umgedreht und Edvard im Bett betrachtet hatte, war sie so glücklich gewesen wie nie zuvor in ihrem Leben. Er hatte in der Nacht die Decke von sich geworfen, und auf seinem Bauch glänzten Schweißperlen.

»Wir fahren dann wohl zu Ruben«, sagte Haver und unterbrach ihren Tagtraum. »Zwei Streifenwagen werden jeden Moment hier sein. Ich habe ihnen gesagt, sie sollen ein bißchen Dampf machen.«

»Kann ich mir dein Auto leihen, Eskil?«

Ryde drehte sich zu Lindell um und sah sie an, als hätte er sich verhört.

»Ich muß in die Stadt«, sagte sie verlegen.

»Du kannst meins nehmen«, sagte Haver, um ihr aus der peinlichen Situation zu helfen, und warf ihr den Schlüssel zu.

»Danke Ola«, sagte sie und lächelte. »Ich glaube, ihr packt das«, fügte sie hinzu, eine Wendung benutzend, die Edvard häufig gebraucht hatte.

Sie ging hinaus, faltete den Zettel mit der Telefonnummer auseinander und tippte die Ziffern ein. Es klingelte fünf, sechs Mal, ehe der Finne sich meldete. Im Hintergrund hörte man Weihnachtslieder und schepperndes Porzellan. Sie stellte sich vor, aber noch ehe sie ihm ihr Anliegen erklären konnte, unterbrach Erki Karjalainen sie.

»Er ist hier«, sagte er.

Sie lachte erleichtert auf.

»Haben Sie Berit angerufen?«

»Nein«, antwortete Erki, »der Junge will nicht.«

»Darf ich vorbeikommen?«

»Warten Sie«, meinte Erki, und Lindell hörte, daß er sich vom Telefon entfernte. Sie versuchte sich vorzustellen, wie er wohnte, wie er aussah und wie er mit dem Jungen sprach. Die Zeit verging; Anns Blick schweifte über die Wiesen vor Saganders Hof, den Weg mit den geschmückten Wacholderbüschen hin zum Haus des Bruders auf dem Hügel, ein paar hundert Meter entfernt. Würde Agne seinen Bruder anrufen, um ihn zu warnen? Sie glaubte es eher nicht. Ihr Gefühl gründete sich auf Gunnel Saganders Reaktion. Die Frau wußte, was im Gange war, und sogar, daß ihr Mann Gefahr lief, wegen Beihilfe zum Mord angeklagt zu werden, aber Lindell hatte ihr angesehen, daß sie insgeheim das Eintreffen der Polizei begrüßte. Vielleicht sah es ihr Mann hinter seiner bärbeißigen Fassade sogar genauso. Zwillingsbrüder sind heikel, dachte Lindell und erinnerte sich an einen Fall von Vergewaltigung. Obwohl der Zwillingsbruder des mutmaßlichen Täters die Tat seines Bruders verabscheute, war er erst nach langem Zögern bereit gewesen, durch eine Aussage zu dessen Verurteilung beizutragen.

Erki Karjalainen kehrte an den Apparat zurück. Lindell dürfe kommen, aber nicht Berit anrufen.

»Versprochen«, sagte sie und beendete das Telefonat. Karjalainen wohnte nur zwanzig Minuten entfernt, wenn die Abkürzung durch den Wald befahrbar war. Sie hatte den Weg ein paarmal zusammen mit Edvard genommen. In diesen Wäldern kannte er einige seiner besten Pilzstellen.

Während sie zu Havers Dienstwagen ging, wählte sie Berits Nummer. Sie konnte vor sich sehen, wie die Frau in ihrer Wohnung rastlos auf und ab ging.

»Wir haben ihn gefunden«, sagte Lindell.

Berit Jonsson begann zu weinen, und es verging einige Zeit, bis Ann wieder mit ihr sprechen konnte.

»Es dauert noch etwas, bis er nach Hause kommt«, sagte Lindell, »aber er ist in guten Händen, das verspreche ich Ihnen.«

39

Ruben Sagander trat gegen ein Stück Blech, so daß es im hohen Bogen davonflog. Ein Glück, daß Vater tot ist, dachte er, und versuchte ruhig zu bleiben, indem er durch die Nase einatmete, seine Lungen füllte und die Schultern hochzog. Am liebsten hätte er sich die Wut über das eingestürzte Gebäude vor ihm von der Seele gebrüllt.

Erbaut 1951, niedergebrannt fünfzig Jahre später. Das Schild mit der Aufschrift »Saganders Werkstatt« hatte sich aus der Verankerung gelöst und lag auf der Erde. Ein mobiler Kran der Feuerwehr hatte eines seiner Stützbeine auf das Schild heruntergelassen, so daß nur die Buchstaben »Saga« noch zu lesen waren. Zorn breitete sich in Rubens Körper aus. Er hatte ein paar Worte mit einem der Feuerwehrmänner gewechselt, ihm gesagt, wer er war und daß er und sein Bruder in den fünfziger Jahren angefangen hatten, bei ihrem Vater in der Werkstatt zu arbeiten. Der Feuerwehrmann hatte Rubens Wut für Trauer gehalten und versucht ihn zu trösten. Es bestand kein Zweifel, daß jemand das Feuer gelegt hatte. Zwar würde noch eine genaue technische Untersuchung durchgeführt werden, aber sie hatten bereits Spuren sichern können, die auf Brandstiftung hindeuteten. Jemand hatte offenbar systematisch brennbare Flüssigkeit im ganzen Gebäude verschüttet und sie dann entzündet.

»Aber wer?« hatte Ruben gefragt.

»Das muß die Polizei herausfinden«, hatte der Feuerwehrmann ihm geantwortet.

Jetzt mußte nur noch Brandwache gehalten werden. Ruben sah unter ein paar Balken, die herabgestürzt waren, den Tresor. Mittlerweile wurde darin kein Bargeld mehr verwahrt. Vor einem halben Jahr hatte dagegen noch fast eine halbe Million Kronen dringelegen. Sein Geld. Agne hatte gewußt, daß es Schwarzgeld aus Rubens Firma war, und deshalb gezögert, als Ruben ihn gebeten hatte, das Geld im Tresor zu verwahren.

Jemand hatte den Tresor ausgeräumt, jemand, der die Kombination kannte. Ruben war nie auch nur der Gedanke gekommen, Agne hätte das Geld gestohlen, und gemeinsam hatten sie herauszufinden versucht, wer der Dieb war. Den Arbeitern in der Firma hatten sie nichts von dem Diebstahl gesagt, und sie verhielten sich auch ganz normal.

Schon bald hatten sie John im Verdacht gehabt. Als Mattzon dann beiläufig erzählte, er habe John an einem Sonntag Anfang August vor der Werkstatt gesehen, waren sie endgültig davon überzeugt gewesen, daß John Ruben das sauer verdiente Geld gestohlen hatte. Eine halbe Million, Grundstock für die Renovierung des Hauses in Spanien, wo er und Maj-Britt sich niederlassen wollten.

Rubens Handy klingelte, und er kontrollierte die Nummer auf dem Display. Er meldete sich nicht, da er im Moment keine Lust hatte, mit seinem Bruder zu sprechen. Statt dessen setzte er sich in den Wagen und dachte darüber nach, was er tun sollte. Eine halbe Million war weg, und die Werkstatt lag in Trümmern. Er wollte alles hinter sich lassen, vielleicht auch Maj-Britt.

Johns Schicksal reute ihn nicht. Er war ein Dieb gewesen und hatte die Frechheit besessen, dies auch noch zuzugeben, Ruben direkt ins Gesicht zu lachen. »Du kannst ja mal versuchen, das zu beweisen«, hatte John gesagt und noch mehr gelacht. Dagegen bereute Ruben, daß er so hart vorgegangen war. Er hätte John laufenlassen, ihn beobachten und ihm eventuell drohen sollen, Justus etwas anzutun, um John zu zwingen, das Geld herauszurücken. Jetzt war es dafür zu spät. Ihm blieb nur noch eine Möglichkeit: Berit. Sie würde natürlich abstreiten, überhaupt etwas von dem Diebstahl gewußt zu haben.

Ein letztes Mal betrachtete er die Überreste der Werkstatt. Die aufgestellten Scheinwerfer warfen ein unheimliches Licht auf das Grundstück. Ein paar Feuerwehrleute lachten. Sie waren wahrscheinlich froh, daß es ihnen gelungen war, ein Überspringen des Feuers auf andere Gebäude verhindert zu haben.

Ruben startete den Wagen und bildete sich plötzlich ein, John säße auf der Rückbank und würde ihn auslachen. Er mußte sich umdrehen, aber dort lagen nur das Gewehr und die Jagdtasche. Er ließ die Kupplung kommen und fuhr Richtung Gränby.

Er hatte das Gefühl, an einem Scheideweg angelangt zu

sein. Jetzt mußte sich entscheiden, wie sein Leben weitergehen würde. Er wußte, daß ihm nicht mehr viele Jahre blieben, vielleicht fünf oder zehn. Die Ärzte hatten ihm ein bißchen Hoffnung gemacht, allerdings nur unter der Voraussetzung, daß er fortan wesentlich ruhiger lebte und das Rauchen und Trinken aufgab. Daraufhin hatte er die Firma verkauft und das Rauchen aufgegeben. Den einen oder anderen Kognak würde er sich allerdings auch in Zukunft genehmigen. Seinen Lebensabend wollte er in Spanien verbringen. Vierzig Jahre lang hatte er geschuftet, erst in der Werkstatt, dann als Kranführer auf dem Bau, bis er schließlich ein erfolgreiches Unternehmen mit ungefähr zwanzig Baumaschinen aufgebaut hatte.

Er war stolz auf sein Lebenswerk. Niemand durfte ihm in die Quere kommen, wenn er ein bißchen Geld beiseite schaffte. Der kleine John hatte ihn ausgelacht, aber nun grinste er nicht mehr. Das Geld mußte irgendwo sein. Das einzig Vernünftige war, zu Berit zu fahren und es sich zurückzuholen.

40

Die Waffe auf dem Tisch war wie ein Magnet. Immer wieder kehrte er in die Küche zurück, nur um den Revolver zu betrachten. Nie zuvor hatte er eine Schußwaffe besessen. Messer hatte er oft getragen, aber mit einem Revolver oder einer Pistole durch die Gegend zu ziehen, war nie nach Lennarts Geschmack gewesen.

Der Weißrusse, dem er den Revolver abgekauft hatte, war nicht sonderlich überrascht gewesen. Er hatte davon gehört, was dem kleinen John passiert war, und Lennarts Wunsch verstanden. Lennart durfte die Waffe abstottern, was normalerweise nicht möglich war. »Gib acht, daß du überlebst«, hatte der Russe lakonisch bemerkt, »damit du ihn bezahlen kannst.«

Lennart hatte niemals jemanden töten wollen, aber jetzt

brauchte er eine Waffe. Mit einem Revolver konnte er zeigen, daß er es ernst meinte.

Immer wieder mußte er die Waffe in die Hand nehmen. Sie war schön und beängstigend, Anspannung und Erwartung wuchsen in ihm, so als wäre seine eigene Bedeutung mit dem Revolver gestiegen.

In den letzten sechsunddreißig Stunden hatte er keinen Tropfen Alkohol angerührt. Er konnte sich nicht erinnern, wann er in den letzten Jahren so lange nüchtern geblieben war. Vielleicht, als er das letzte Mal in Untersuchungshaft gesessen hatte. Aber damals hätte er fast gestanden, nur um an ein Bier heranzukommen.

Er fühlte sich wie ein anderer Mensch, so als wäre der alte Lennart aus seinem Körper gestiegen und würde jetzt die Hülle betrachten. Er sah sich in der Wohnung umhergehen, am Fenster stehen und auf den Flockenwirbel hinausschauen, den Revolver in die Hand nehmen und sich anziehen.

Heute abend mußte er Klarheit bekommen. Er war fest davon überzeugt, daß Berit in der Sache drinhing, aber jetzt würde die Wahrheit ans Licht kommen. Gleichzeitig wußte er jedoch, daß er ihr niemals etwas antun würde. Sie war Johns Frau und Justus' Mutter.

Er wollte ihren Unschuldsbeteuerungen nur zu gerne glauben, aber Mossas Worte hallten unaufhörlich in Lennarts Kopf wider. Eine »Hure« hatte der Iraner sie genannt. Er hatte Mossa immer vertraut, und warum sollte er ausgerechnet in diesem Punkt lügen?

War Dick der Mörder? Lennart hatte ihn lange nicht mehr gesehen. Jemand hatte ihm gesagt, er sei in Holland. Das mag sein, dachte Lennart, aber ich könnte ihm hinterherreisen. Wenn er denkt, er kann sich aus dem Staub machen, irrt er sich gewaltig. Wenn nötig, werde ich ihn bis ans Ende der Welt verfolgen.

Stocknüchtern trat er in den Schnee hinaus. Er war ganz ruhig und mußte seltsamerweise an seinen Vater denken. Lag es an dem kurzen Intermezzo als Schneeräumer zusammen mit Micke, daß seine Gedanken immer öfter in die Vergangenheit schweiften? Albin war gut gewesen, nicht nur als Dachdecker, sondern auch als Vater. Zu dieser Einsicht war Lennart im Laufe der Jahre gekommen, vor allem, wenn er John zusammen mit Justus gesehen hatte.

Er seufzte schwer. Wieder stand er auf dem Brantings torg. Kein Traktor, keine grölenden Jugendlichen waren zu sehen, nur große Mengen Schnee. Seine Eingeweide krampften sich im Verlangen nach Alkohol zusammen, als wäre in seinem Körper ein Stahlseil montiert, das ganz langsam um einen zerbrechlichen Kern aus Angst zugezogen wurde. Jeden Moment konnte alles in ihm nachgeben und er nach Hause laufen und einen Schnaps trinken, doch das würde bedeuten, die Jagd auf den Mörder seines Bruders für alle Zeit aufzugeben.

Verbissen stapfte er weiter. Adventssterne und bunte blinkende Lämpchen auf den Balkongeländern säumten seinen Weg. »Albin und John«, murmelte er kaum hörbar im Rhythmus seiner Schritte. Es kam ihm so vor, als wäre sein Vater bei ihm, als wäre Albin von seinem Dach und seinem Himmel herabgestiegen, um ihm beizustehen. Stumm ging der Vater an seiner Seite. Ab und an zeigte er vor einem Haus nach oben, und Lennart begriff, daß Albin auf diesem Dach gearbeitet hatte.

41

Lindell fuhr langsam. Zum einen war der Wagen ungewohnt, zum anderen bereitete ihr der Straßenzustand Probleme. Der Wind hatte den Schnee auf freiem Feld zu schwer überwindbaren, hart gepreßten Wällen zusammengetrieben, und als sie in den Wald kam, war der Untergrund tückisch vereist.

Sie erreichte die Kirche von Bälinge und wußte, daß sie es geschafft hatte. Auf Havers Stadtplan hatte sie die Straße markiert, in der Erki Karjalainen wohnte. Nachdem sie eine

Zeitlang auf den kleinen Straßen in dem dichtbebauten Wohngebiet herumgekurvt war, gelangte sie schließlich in eine Sackgasse. Sie mußte wenden und entdeckte, daß sie trotz des Plans in die falsche Siedlung gefahren war.

Sie wurde immer gereizter, aber auch nervöser. Sie kannte die Symptome. Irgendwo lauerte Gefahr. Justus war jetzt zwar in Sicherheit, aber etwas anderes warf immer noch einen Schatten über sie, wahrscheinlich die Tatsache, daß ein Mörder frei herumlief. Plötzlich begriff sie, daß die Sorge um die Kollegen ihre Nerven so strapazierte. Irgendwo dort draußen in der Dezemberdunkelheit war Ruben Sagander. Er hatte sich von Agne Munition geliehen, um auf die Hasenjagd zu gehen, und war unter Umständen nach wie vor bewaffnet. Haver und Berglund würden abwarten, bis sie Verstärkung bekommen hatten, schußsichere Westen anlegen und sich Saganders Haus mit äußerster Vorsicht nähern. Das wußte sie, aber sie wußte auch, daß Gewalt und Gewalttäter ihre eigene Logik besaßen.

Als sie endlich Karjalainens Haus erreicht hatte und aus dem Auto gestiegen war, blieb sie einen Moment stehen und lauschte, und ihr schien, als könnte sie die Sirenen in der Gegend von Börje, zehn Kilometer entfernt, hören.

Sie holte das Handy heraus und rief zu Hause an. Diesmal ging ihr Vater an den Apparat, was Lindell erstaunte, aber auch freute: Erik war seit einer Stunde wach, und seine Großmutter hatte ihn aus dem Bettchen genommen.

»Allmählich wird er richtig munter«, sagte ihr Vater.

Lindell lächelte vor sich hin, und sie beendeten das Gespräch.

Erki Karjalainen öffnete ihr mit einem verlegenen Grinsen. Er ließ sie wortlos herein, was sie zu schätzen wußte. Nach einleitenden Weihnachtsfloskeln stand ihr im Moment nicht der Sinn.

Justus saß in der Küche. Am Herd rührte eine Frau in einem Topf. Sie sah auf und lächelte. Ein süßlicher Geruch hing in der Luft. Der Junge schaute Lindell kurz an und senkte dann wieder den Blick. An seinem Platz standen ein Teller und ein Glas Milch.

Lindell setzte sich Justus gegenüber. Erki blieb einen Moment im Türrahmen stehen, dann nahm auch er am Tisch Platz. Die Frau zog den Topf vom Herd, schaltete die Platte aus und verließ die Küche. Erki sah ihr nach.

»Meine Schwester«, erklärte er.

Lindell nickte und sah Justus an. Er begegnete ihrem Blick.

»Wie geht es dir?« fragte sie ihn.

»Gut.«

»Schön, daß wir dich gefunden haben. Wir haben uns Sorgen um dich gemacht.«

»Ich bin nie weg gewesen«, erwiderte Justus trotzig.

»Deine Mama hat aber nicht gewußt, wo du bist.«

Lindell fand es schwierig, sich mit pubertierenden Jugendlichen zu unterhalten. Sie waren weder Kinder noch Erwachsene, und Lindell hatte immer das Gefühl, die falsche Sprachebene zu wählen, entweder zu kindisch oder zu erwachsen zu sprechen. Jetzt hätte sie Sammys intuitive Fähigkeit gebrauchen können.

Justus fuhr mit dem Messer über den Teller. Er wirkte zerstreut, aber Lindell ahnte, wie es in seinem Inneren brodelte.

»Hast du gehört, daß Saganders Werkstatt abgebrannt ist?« fragte sie leise und beugte sich gleichzeitig ein wenig näher zu dem Jungen vor.

Er schüttelte den Kopf.

»Du weißt es«, sagte Erki.

Justus schaute ihn kurz an, und Lindell sah für einen Moment die Furcht in seinen Augen, so als hätte er Angst vor Erki, aber dann verstand er offensichtlich, wie lächerlich es war, etwas abzustreiten, das er dem alten Arbeitskameraden seines Vaters gerade erst erzählt hatte, und nickte Lindell bejahend zu.

»Erzähl«, forderte sie Justus auf.

Justus begann zögernd und mit Pausen zu sprechen, aber

je länger er redete, desto flüssiger wurde seine Erzählung. Mitten in einem Satz verstummte er und sah Lindell an.

»Sagge ist ein Idiot«, sagte er streitlustig.

»Er hat deinen Papa sehr gelobt.«

»Er hat ihn aber auch gefeuert«, entgegnete Justus, »da ist ein Lob nicht viel wert.«

»Das ist wahr«, meinte Lindell lächelnd. »Da ist ein Lob nicht viel wert«, wiederholte sie die Worte.

Als Justus seine Geschichte beendet hatte, wurde ihm klar, daß der Brand Erki arbeitslos gemacht hatte. Er stöhnte auf.

»Ist schon gut«, sagte Erki, als hätte er die Gedanken des Jungen gelesen.

»Was willst du jetzt tun?« fragte Lindell.

»Ich weiß nicht.«

»Möchtest du Berit anrufen und ihr erzählen, wo du bist?«

»Komme ich ins Gefängnis?«

»Du bist unter fünfzehn«, antwortete Lindell, »also kannst du noch nicht bestraft werden. Es wird ein paar Probleme geben, aber wir wissen ja, daß dein Papa gestorben ist und du deshalb sehr traurig warst.«

»Da ist noch etwas«, sagte Erki ruhig, und Lindell lernte ihn immer mehr schätzen. »Justus hat einiges Geld dabei. Möchtest du, daß ich es erzähle?«

Der Junge blieb stumm. Erki wartete einen Moment, dann sprach er weiter.

»Er ist mit dem Taxi gekommen, und da habe ich ihn gefragt, woher er das Geld dafür hatte«, sagte er und streckte sich nach einem Rucksack, der an der Wand lehnte. Lindell ahnte bereits, was er enthielt, doch als Erki den Reißverschluß des zerschlissenen Rucksacks aufzog und dicke Bündel von Fünfhunderterscheinen sichtbar wurden, stockte ihr der Atem.

»Wieviel ist es?«

»Keine Ahnung«, antwortete Erki und stellte den Rucksack wieder auf die Erde. »Ich habe es nicht gezählt, aber es müssen ein paar hunderttausend sein.«

»Ich hab nicht alles genommen«, sagte Justus leise.

»Wo hast du das Geld her?« fragte Lindell.

»Es gehörte Papa.«

»Immer schon?«

»Wir wollten nach Afrika fahren«, erwiderte Justus etwas streitlustiger. »Er hat gespart, damit wir eine Fischzucht aufmachen können. Vielleicht in Burundi.«

»Weißt du, woher er das Geld hatte?«

Der Junge schüttelte den Kopf.

»Aber ich weiß es«, sagte Erki. »Es ist aus der Werkstatt.«

»Erzählen Sie«, forderte Lindell ihn auf.

Erki und Justus sahen einander an. Die Gesichtszüge des Jungen veränderten sich. Die Mischung aus Aggressivität und Passivität wich Schritt für Schritt einer weicheren Miene, und Lindell erkannte, daß Justus die sanften Züge des kleinen John geerbt hatte. Er sah Erki flehentlich an. Der Finne ergriff die Hand des Jungen, die völlig in der seinen verschwand. An der Pranke des Arbeiters fehlte ein halber Finger. Erkis und Lindells Blicke begegneten einander, und sie spürte, daß der Mann gerührt war.

»Ich weiß nicht, ob Sie wissen, daß John Fischexperte war«, begann Erki. »Wir haben doch alle unsere Träume, nicht wahr? Unser Leben ...«

Lindell wartete vergeblich auf eine Fortsetzung.

»Woher wissen Sie, daß das Geld aus der Werkstatt stammte?«

»Ich arbeite dort schon sehr lange«, antwortete Erki. »Da bekommt man so einiges mit. Ich wußte es.«

Lindell hakte nicht weiter nach. Die Details würden noch früh genug herauskommen.

»Wußte Berit von dem Rucksack?«

Justus schüttelte den Kopf.

»Ich habe nicht alles genommen«, sagte er. »Sie hat die Hälfte bekommen.«

»Wo ist es?«

»Zu Hause im Kleiderschrank.«

»Und sie weiß nichts davon?«

»Nur Papa und ich wußten Bescheid.«

»Okay«, meinte Lindell, »ich verstehe.«

Sie wandte sich an Erki und fragte, ob sie mal die Toilette benutzen dürfe. Er zeigte Richtung Flur. Lindell verließ die Küche und schloß die Tür hinter sich. Im Flur saßen zwei Kinder auf dem Fußboden. Sie hatten alle Schuhe, die an der Haustür abgestellt waren, zu einem großen Haufen aufgestapelt. Lindell erblickte ihre Stiefel zuunterst. Aus einem anderen Zimmer drangen Musik und lautes Lachen. Lindell hatte das Gefühl, auf Studienbesuch in einem normalen Zuhause zu sein.

Auf der Toilette holte sie ihr Handy heraus und rief Haver an. Er erzählte ihr, daß sie Ruben Sagander nicht zu Hause angetroffen hatten. Seine Frau erwartete ihn schon seit Stunden und hatte auch versucht, ihn auf dem Handy anzurufen, aber er hatte sich nicht gemeldet.

»Was macht ihr jetzt?« erkundigte sich Lindell.

»Wir haben die Fahndung herausgegeben«, antwortete Haver, »und überlegen, wo er sein könnte.«

»Er ist bewaffnet«, sagte Lindell.

»Das wissen wir«, erwiderte Haver.

»Ist er es gewesen?«

»Das können wir natürlich noch nicht mit letzter Sicherheit sagen, aber die Reifenspuren scheinen übereinzustimmen. Er fährt einen rotweißen Pickup und war an dem Tag, als das Messer gestohlen wurde, in der Uniklinik.«

»Habt ihr nach dem Messer gefragt?«

»Seine Frau meint, daß er jede Menge Messer besitzt«, antwortete Haver. »Das ganze Haus ist voller Waffen und Jagdtrophäen.«

»Und das Motiv?«

»Bestimmt Geld«, meinte Haver.

Sie schwiegen einen Moment, bis Lindell in der Lage war, die entscheidenden Worte über die Lippen zu bringen.

»Es tut mir leid, was passiert ist.«

»Ist schon okay«, erwiderte Haver, aber Lindell hörte, daß es ihm nicht besonders gut ging.

»Ich muß zu Erik«, sagte sie. »Justus ist bei Erki und will

noch nicht nach Hause. Ich denke, er kann ruhig etwas hierbleiben.«

Schließlich erzählte sie Haver von dem Diebstahl in der Werkstatt und dem Geld in dem Rucksack. Sie hatte gezögert, ob sie ihrem Kollegen davon berichten sollte. Sie wußte, daß sie es ihm sagen mußte, empfand es aber dennoch als einen Verrat an Justus und Erki.

»Geld«, sagte Haver erneut.

»Ola, sei vorsichtig.«

Lindell unterbrach die Verbindung, nahm ein Stück Toilettenpapier und putzte sich die Nase. Im Flur sangen die Kinder mit gellenden Stimmen auf finnisch ein Lied. Sie wählte Berits Nummer. Als sie abhob, mußte Lindell sich alle Mühe geben, ihre Gefühle im Zaum zu halten. Sie wußte, wie erleichtert Justus' Mutter sein würde.

»Gott sei Dank«, flüsterte Berit.

Lindell konnte sie vor sich sehen und mußte schlucken.

»Da ist noch etwas. Im Kleiderschrank im Zimmer von Justus ist Geld, viel Geld. Es gehörte John. Ich werde Ihnen später erzählen, wie er dazu gekommen ist. Es ist nicht nur der Spielgewinn, soviel kann ich Ihnen schon verraten. Ich schaue kurz bei Ihnen vorbei, damit wir uns unterhalten können, dann kommen meine Kollegen.«

»Aber was ist mit Justus?«

»Er ist in Sicherheit. Geben Sie ihm ein paar Stunden. Ich verspreche Ihnen, daß es ihm gut geht.«

»Was ist das für Geld, von dem Sie da reden?«

»Ich komme vorbei. Okay?«

Sie kehrte in die Küche zurück. Der Junge sah auf.

»Ich habe gerade einem Konzert auf finnisch gelauscht«, sagte Lindell leichthin und versuchte zu lächeln.

»Das sind meine Enkelkinder«, erklärte Erki.

»Kann Justus noch etwas hierbleiben?« fragte sie.

Erki und Justus sahen sich an.

»Natürlich«, antwortete Erki. »Wir rufen Berit an. Ich werde ihn dann später zu ihr fahren.«

Lindell nickte.

»Ich fahre jetzt nach Hause«, meinte sie, zögerte jedoch. »Auf Wiedersehen, Justus. Bis bald.«

Sie schaute Erki an. Langsam stand er vom Tisch auf. Lindell verließ die Küche, der Finne folgte ihr in den Flur.

»Da ist noch etwas«, sagte sie, während sie in dem Schuhberg wühlte.

Erki schloß die Tür zur Küche.

»Ich möchte ... Ich weiß, daß es verkehrt ist, aber da ist noch eine Sache.«

Lindell fischte den ersten Stiefel heraus. Sie drehte sich zu dem Mann um.

»Das mit den Träumen«, fuhr sie fort. »Sind nicht unsere Kinder das Wichtigste?«

Erki nickte.

»Ich habe mir überlegt ... Justus träumt doch von Afrika.«

Erki schaute zur Küchentür und trat näher an Lindell heran.

»Afrika sieht nicht so aus, wie er es sich vorstellt, aber es ist der Traum gewesen, den er zusammen mit dem kleinen John hatte. Was geschieht jetzt mit dem Jungen?«

Ein Haufen Kinder stürmte aus dem Wohnzimmer. Als sie Lindell zu Gesicht bekamen, blieben sie sofort stehen. Sie sahen den Stiefel in ihrer Hand und das Durcheinander von Schuhen auf dem Fußboden. Erki sagte etwas auf finnisch zu ihnen, und sie zogen sich augenblicklich wieder zurück und schlossen die Tür hinter sich.

»Ich möchte«, setzte Lindell noch einmal an, nun jedoch mit festerer Stimme, »daß Sie hunderttausend Kronen aus dem Rucksack herausnehmen. Verstecken Sie das Geld, und wenn sich die Wogen ein wenig geglättet haben, sorgen Sie dafür, daß Berit und der Junge nach Afrika kommen. Verstehen Sie, was ich meine?«

Erki nickte.

»Er muß die Chance haben, sein Afrika zu sehen, selbst wenn es nur für eine Woche ist«, sagte Lindell.

»Aber das ist doch eigentlich nicht erlaubt, oder?« meinte Erki.

Lindell schüttelte den Kopf.

»Ich würde auf der Stelle gefeuert, wenn es herauskäme, aber Sie mögen den Jungen doch.«

Erki Karjalainen lächelte. Lindell merkte, daß sein Atem nach Glühwein roch.

»Nehmen Sie ein Taxi zu Berit und zurück«, sagte sie.

»Aber zu stehlen?« fragte Erki. »Was soll der Junge davon halten?«

»Sagen Sie ihm, John habe es so gewollt.«

Erki beugte sich etwas vor, und für einen Moment dachte Lindell, er hätte die Absicht, sie zu umarmen, aber der Finne sah sie nur durchdringend an, so als wollte er von ihrem Gesicht ablesen, ob sie auch wirklich bei ihrer Meinung bleiben würde.

»Feiern Sie Weihnachten alleine?«

Lindell schüttelte den Kopf, bückte sich und zog den zweiten Stiefel hervor.

»Wir wollen Berit und Justus zu uns einladen«, sagte Erki, »wenn Sie auch kommen möchten, sind Sie herzlich willkommen.«

Lindell schaute sich um, setzte sich auf einen Hocker und zog sich mit konzentrierten Bewegungen die Stiefel an. Sie wollte fort, aber gleichzeitig auch bei Familie Karjalainen bleiben. Sie seufzte schwer und zog den Reißverschluß des zweiten Stiefels zu.

»Meine Eltern sind zu Besuch«, sagte sie, und es gelang ihr, Erki anzulächeln. »Aber trotzdem vielen Dank. Das ist wirklich sehr nett von Ihnen.«

Lindell trat mit einem Gefühl großer Sehnsucht in die Kälte hinaus. Sie sah sich um. Jemand drückte sich die Nase an einer Fensterscheibe platt, und Lindell winkte.

Sie ließ den Wagen wie immer einen Augenblick im Leerlauf tuckern. Als sie den ersten Gang einlegte, fiel ihr ein, warum sie das tat: weil ihr Vater dies auch immer bei seinem Getränkelaster getan hatte. Kurz bevor er sich auf den Weg gemacht hatte, war er stets hinausgegangen und hatte den

Motor angelassen. Anschließend war er dann noch einmal hineingekommen und hatte die letzten Schlucke seines Kaffees getrunken, ehe er zu seiner Tour aufbrach.

Sie rief zu Hause an. Diesmal war der Tonfall ihrer Mutter befehlend.

»Du kommst sofort nach Hause«, sagte sie.

»Es geht um einen Jungen, der in Schwierigkeiten ist«, erläuterte Ann ihr.

»Du hast selber einen Jungen«, erwiderte ihre Mutter schneidend.

»Dem geht es gut«, meinte Ann, obwohl sich ihr schlechtes Gewissen regte.

»Wo bist du?«

»Hörst du nicht, ich komme bald nach Hause! Ich muß nur noch kurz eine Frau in der Stadt besuchen.«

Ihre Mutter legte auf, was Ann nicht weiter erstaunte. Lindell wußte, daß sie zu einer längeren Diskussion mit ihrer Tochter nicht in der Lage war. Dazu war die Distanz zwischen ihnen zu groß geworden.

Sie verdrängte die Gedanken an ihre Eltern und dachte an die Arbeit. War es richtig gewesen, Erki zu bitten, einen Teil des Geldes abzuzweigen? Er hatte moralische Bedenken geäußert, aber im Grunde war es tatsächlich Johns Geld. Auch wenn er mit gestohlenem Geld gepokert hatte, gehörte der Gewinn doch wohl ihm? Wenn man das Geld aus der Werkstatt abzog, würden vielleicht sogar wesentlich mehr als hunderttausend Kronen übrigbleiben und Berit und Justus zufallen.

Sie lächelte vor sich hin. Nachdem sie ein paar Knöpfe gedrückt hatte, bekam sie das Autoradio in Gang. Die ruhige Musik, die das Wageninnere erfüllte, weckte in ihr die Erinnerung an eine andere Autofahrt an einem Sommertag vor mehreren Jahren, als sie in südliche Richtung zu ihren Eltern unterwegs gewesen war. Die Musik und ihre Verwirrung hatten sie damals anhalten, wenden und zum ersten Mal zu Edvard auf Gräsö fahren lassen.

Damals war es Sommer gewesen. Damals hatte sie Edvard

gehabt. Jetzt war eisiger Winter. Plötzlich verbittert über sich selber, ihr tristes Schicksal und die Unfähigkeit, ihr Leben in den Griff zu bekommen, schaltete sie das Radio wieder aus.

42

Ruben Sagander schwitzte und hatte das Gefühl, der Schweiß würde auf seinem Körper zu einem Panzer gefrieren. Er sah zu Berit Jonssons hell erleuchteten Fenstern hinauf, betrat das Haus, machte im Treppenhaus jedoch kein Licht. Er holte tief Luft und begann, die Treppe hinaufzusteigen. Im Hausflur roch es nach Weihnachten. Eine Tür nach der anderen ließ er hinter sich und hörte Musik und Stimmen. Mittlerweile schwitzte er stark, so wie er es immer bei der Jagd tat, wenn ein Elch in seinem Blickfeld auftauchte und er langsam und ohne zu atmen das Gewehr hob.

Noch ein Stockwerk. Vor seinem inneren Auge tauchte das ramponierte Schild der Werkstatt auf, und er erinnerte sich an das Geräusch der ersten Drehbank, die sie darin aufgestellt hatten. Für ein paar Sekunden ging er nur zögernd weiter. Eine Etage unter ihm öffnete sich eine Tür, und er hörte Schritte, die sich entfernten.

»Nimm doch auch die Kartons mit«, rief eine Frau.

Die Schritte hörten auf. Ein Mann murmelte etwas und kehrte in die Wohnung zurück. Nach einem kurzen Wortwechsel lief er wieder abwärts. Ruben Sagander blieb regungslos stehen und war froh, daß der Mann das Licht nicht angemacht hatte. Die Haustür wurde geöffnet. Sagander wartete und fingerte an dem Messer in der Tasche seines Jagdanzugs herum. Zwei Minuten später kehrte der Mann zurück, schlurfte die Treppe hinauf, eine Tür wurde geöffnet, Musik drang in den Flur, und die Tür wurde wieder geschlossen. Sagander atmete durch und ging weiter.

Vor Berits Tür holte er die Mütze heraus, die er aus dem

Auto mitgenommen hatte. Er nahm das Messer aus der Scheide, zielte mit der Klinge und stach zwei Löcher hinein, zog sich die Mütze übers Gesicht und legte die Hand auf die Klinke. Die Tür war nicht abgeschlossen.

Berit saß am Küchentisch und starrte sprachlos den Karton mit den Geldscheinen an. Tausende von Kronen. So viel Geld hatte sie noch nie zuvor gesehen. Sie steckte die Hand hinein und verteilte ein Bündel Fünfhunderter vor sich. Plötzlich begann sie zu weinen.

»Warum nur, John?« schluchzte sie und wischte die Geldscheine mit einer schnellen Bewegung vom Tisch.

Mechanisch begann sie zu zählen, legte immer zwanzig Fünfhunderter zusammen. Als sie fünfzigtausend abgezählt hatte, packte sie die Wut. Er hatte sie hintergangen. Gott, was hatte sie den ganzen Herbst geknausert und sich wegen des Geldes und ihrer Zukunft Sorgen gemacht. Während John gleichzeitig Hunderttausende Kronen vor ihr versteckt hatte. Außerdem hatte Justus noch einiges mitgenommen. Er hatte es also auch gewußt. John und der Junge hatten eigene Pläne gehabt. Sie war zweifach verraten worden.

Plötzlich hörte sie einen Laut, streckte sich und drehte das Radio leiser.

»Justus«, rief sie, »bist du das?«

Lennart sah den Mann zu Berits Fenstern hinaufschauen. Auf dem schlecht beleuchteten Hof und in dem dichten Schneegestöber war es schwierig, Details zu erkennen, aber die Gestalt kam ihm bekannt vor. Konnte es Dick Lindström sein? Er war eigentlich nicht so kräftig gebaut, aber die Winterkleider täuschten. War er etwa aus Holland zurück und geil wie ein Rammler? Lennart fluchte. Jetzt erwische ich euch in flagranti, dachte er. Wie kann er es nur wagen, hier aufzutauchen? Und Justus, soll der arme Junge etwa miterleben müssen, wie es seiner Mutter nur eine Woche nach Johns Tod von einem Schwein mit vorstehenden Zähnen besorgt wird?

Lennart näherte sich dem Hauseingang, zog sich jedoch schnell wieder zurück, als er einen Mann erblickte, der mit Mülltüten und zwei großen Kartons in den Händen aus dem Haus trat. Der Mann ging zu dem Verschlag mit den Mülltonnen, hinter dem Lennart sich verbarg. Er hörte ihn näher kommen, etwas murmeln, sich räuspern und in den Schnee spucken.

Die Tür des Verschlags wurde geöffnet, und die Gerüche aus seinem Inneren drangen in den Winterabend hinaus. Der Mann schlug die Tür wieder zu und ging zur Haustür zurück. Lennart wartete noch eine Minute, ehe er den Fußspuren folgte.

Ruben Sagander starrte verblüfft auf das Geld. Auf dem Fußboden und dem Tisch lagen haufenweise Geldscheine. Sein Geld. Er hatte recht gehabt. Er mußte lachen.

Berit zog instinktiv die Geldbündel zu sich, ohne den maskierten Mann aus den Augen zu lassen. Sie begann, die Scheine wieder in den Karton zu räumen.

»Rühren Sie mich nicht an«, sagte sie und sah sich nach einer Waffe um.

Der Mann lachte, bückte sich und hob einen Geldschein vom Fußboden auf. Berit sprang von ihrem Stuhl auf und versuchte das Brotmesser zu erreichen, das auf der Spüle lag, wurde jedoch mit eisernem Griff aufgehalten. Durchdringender Schweißgeruch stieg ihr in die Nase, und sie spürte die Hände, die ihre Arme gepackt hatten. Der Mann sagte nichts, aber sein Atem ging schwer. Durch die Maske war er zwar nicht zu erkennen, aber er kam ihr dennoch bekannt vor. Sie versuchte sich loszureißen, doch sein Griff wurde nur noch fester und er lachte wieder. Sie trat ihn gegen das Schienbein, aber das schien ihm nichts auszumachen.

Ich will nicht sterben, dachte sie immer verzweifelter und sah wieder Johns angsterfülltes Gesicht vor sich. Erneut versuchte sie sich aus seinem Griff zu befreien, indem sie sich schnell zur Seite warf und dabei mit dem Kopf gegen seinen stieß. Sie hörte ein Knirschen. Für einen Moment ließ er ihre Arme los, und sie stürzte zur Spüle, doch der Mann warf sich sofort wieder auf sie. Sie ging zu Boden, aber es gelang ihr, ihn durch die Mütze hindurch im Gesicht zu kratzen. Ihre Hand wurde feucht, und sie begriff, daß Blut durch die Wolle sickerte. Er brüllte vor Schmerz auf und hob den Arm zu einem Schlag, der Berit an der Schulter traf. Die ungeheure Wucht des Schlags warf sie herum.

Dann war er auf ihr. Bisher war es ein stummer Kampf gewesen, aber nun schrie Berit. Er ließ sie mit einer Hand los und versuchte ihr den Mund zuzuhalten, wodurch sich ihr die Chance bot, ihm das Knie in den Schritt zu rammen. Er krümmte sich vor Schmerz, richtete sich dann halb auf, faßte in die Tasche seines Anzugs und holte das Messer heraus.

Jetzt sterbe ich, dachte sie, als sie das erhobene Messer über sich sah. Dann hörte sie eine gewaltige Detonation und spürte, daß der maskierte Mann zusammenzuckte. Es folgte ein weiterer Knall, die Mütze riß auf und eine grauenvolle Wunde in seinem Kopf wurde sichtbar, als er auf sie fiel.

Die Glieder des Mannes zuckten, alles war still. Das Gewicht und der beißende Geruch des Körpers versetzten Berit in Panik, und sie stieß ihn mit aller Kraft von sich. Blut tropfte auf ihr Gesicht und ihre Brust herab.

Als sie sich befreit hatte, erblickte sie schemenhaft einen Mann im Türrahmen. Sie sah die Waffe in seiner Hand und begriff, daß er ihr das Leben gerettet hatte. Auf den Knien hockend, wischte sie sich mit dem Ärmel das Blut aus dem Gesicht. Jetzt erst erkannte sie, daß dort Lennart stand. Er war leichenblaß. Die Hand mit der Waffe zitterte, und ein Zucken lief durch seinen Körper, als hätte er einen elektrischen Schlag bekommen. Er rang nach Luft und versuchte etwas zu sagen.

»Lennart«, flüsterte sie.

Er zitterte immer heftiger und begann zu schluchzen.

»Lennart«, wiederholte sie.

Er drehte sich um und verließ mit schwankenden Schritten die Wohnung. Sie sah ihm nach und streckte die Hand aus, als wollte sie ihren Schwager aufhalten; aber wo er gestanden hatte, lag nur noch ein Revolver. Berit lehnte den Kopf an die Spüle und begann krampfhaft zu weinen. Angeekelt starrte sie die Wunde im Hinterkopf des toten Mannes an und übergab sich heftig.

Lennart lief. Eine Etage unter Berits Wohnung öffnete sich eine Tür, als er vorbei wollte, und er taumelte mit voller Wucht dagegen, fiel hin, kam schnell wieder auf die Beine und rannte weiter die Treppe hinab.

Er hatte einen Menschen erschossen, einen Menschen getötet. Wer war es gewesen? Dick Lindström jedenfalls nicht. Er hatte kurz überlegt, dem Toten die Mütze vom Gesicht zu ziehen, sich jedoch nicht getraut. Jetzt konnte er nur noch fliehen. Hatte er sich in Berit getäuscht? Der Mann war kein Liebhaber gewesen, sondern ein Räuber. Lennart hatte das Geld auf dem Tisch gesehen und begriffen, daß es der Pokergewinn war. Berit hatte ihn also angelogen, als sie behauptet hatte, sie wisse nichts von der Pokerpartie.

An der Haustür blieb er stehen, holte ein paarmal tief Luft und schlug gegen die Manteltasche, um zu kontrollieren, wo sein Revolver war, bis ihm wieder einfiel, daß er ihn hatte fallen lassen. Ihm war vollkommen klar, daß alles aus war, denn selbst wenn Berit den Mund hielt, waren seine Fingerabdrücke auf der Waffe.

Er öffnete die Tür. Die Kälte schlug ihm entgegen, und im Schneegestöber sah er eine Frau, die sich dem Haus näherte. Ann Lindell. Sie war schon ganz nah, hatte ihn aber offensichtlich noch nicht entdeckt. Er machte kehrt und lief wieder die Treppen hinauf. Mehrere Wohnungstüren standen nun offen und besorgte Nachbarn lugten heraus, aber er scherte sich nicht weiter darum, sondern rannte weiter.

Er wußte, daß er in der Falle saß. Lindell war bestimmt nicht allein. Bald würde es auf dem Hof von Polizisten nur so wimmeln. Auf dem Weg nach oben fiel ihm ein, daß der Speicher mit Sicherheit abgeschlossen sein würde. Einen Moment lang blieb er unentschlossen vor Berits offener Tür stehen, dann lief er wieder in ihre Wohnung.

Er schaute in die Küche. Berit saß immer noch mit ausdruckslosem Gesicht neben dem erschossenen Mann. Sie sah Lennart an und sah ihn doch nicht. Er hielt inne, wollte spontan in die Küche gehen und sich neben sie setzen. Er hätte Berit gerne etwas gesagt, nur ein paar Worte, die alles erklären konnten. Sie war gut für John gewesen, und deshalb mochte er sie sehr. Die Worte waren in seinem Kopf, aber Lennart zögerte.

Er erkannte, daß sein Leben vergeudet war, seine Worte keine Kraft mehr hatten. Er lief ins Wohnzimmer und betrachtete das Aquarium. Er sah John vor sich, lächelnd wie an jenem Abend, als sie es eingeweiht hatten. Lennart streckte die Hand aus, um seinen Bruder zu berühren, aber da war niemand.

Die Tür ließ sich wegen des vielen Schnees, der sich auf dem Balkon angehäuft hatte, kaum öffnen. Lennart drückte sie auf und spähte über das Geländer. Ihm wurde schwindlig. Der Hof war menschenleer, aber in der Ferne hörte er Sirenengeheul.

Er sah zum Dach hinauf, ehe er auf das Geländer kletterte, sich an einem an der Wand festgeschraubten Kleiderhaken festhielt und nach der Dachrinne streckte. Er erreichte sie mit Müh und Not. Sie war kalt und glatt. Schnee fiel ihm ins Gesicht.

Mit einer Kraftanstrengung, die er sich selber nicht zugetraut hätte, warf er sich hoch, stieß sich mit den Füßen von der Ziegelwand ab, schaffte es, einen Fuß auf den Kleiderhaken zu bekommen und sich mit dem Oberkörper über die Dachrinne zu hieven. Seine Beine hingen in der Luft, und er rang nach Atem.

»Ich schaffe das, ich schaffe das«, flüsterte er immer wieder. Er nahm vage wahr, daß das Sirenengeheul näher kam. Sein Kopf lag auf dem Dach, und er spürte, daß seine Kräfte schwanden. Er rutschte bereits nach unten. Lennart drehte den Kopf und sah, daß sich in der gegenüberliegenden Fassade Blaulichter spiegelten.

Anschließend wandte er den Kopf zum First, und sein

Blick fiel auf das verschneite Schneefanggitter einen guten halben Meter vom Fuß des Dachs entfernt.

»Ich bin der älteste Sohn des Dachdeckers«, murmelte er. »Ich bin der Sohn des Dachdeckers.« Er wußte, daß dies seine einzige Chance war, warf die rechte Hand hoch, erreichte das Gitter, streckte die linke aus und fand auch mit ihr Halt. Langsam, ganz langsam zog er sich hoch. Er murmelte vor sich hin, schluckte Schnee, spürte den Blutgeschmack im Mund, besiegte jedoch das Dach, erreichte das Gitter und konnte ein wenig verschnaufen.

»Der Sohn des Dachdeckers«, schrie er triumphierend.

Er hatte einen Krampf im Bein, fror und zitterte, aber er hatte es bis aufs Dach geschafft. Er dachte, daß sein Vater stolz auf ihn gewesen wäre, und schaute in den wolkenverhangenen Himmel hinauf.

»Albin«, sagte er und lächelte. »Papa, Papa.«

Er sah hinunter und bekam Höhenangst. Ihm wurde schwindlig, und er preßte sich mit dem Bauch gegen das Dach. Seine Knie, die auf dem Gitter ruhten, taten ihm weh. Ein kräftiger Windstoß wirbelte eine Wolke aus pulvrigem Schnee auf. Dennoch erschien es Lennart, als hätte der Wind ihm Ruhe gebracht. Er drehte erneut den Kopf und betrachtete die Lichter der Stadt. Es schneite nicht mehr so stark, und er konnte das Schloß und die Türme des Doms erkennen.

»Da drüben bist du gestorben, Papa«, sagte er.

Als er etwas weiter nach Süden blickte, sah er Almtuna, das Viertel, in dem er aufgewachsen war. Haus für Haus, Dach für Dach. Menschen, die das Weihnachtsfest vorbereiteten.

Seine Höhenangst klang immer mehr ab und wich dem Gefühl, über allem zu stehen. Bis hierher hatte er es geschafft. Es gab schlechtere Orte. Es paßte ihm nicht, auf dem Bauch zu liegen, weil es ihm feige vorkam, so als würde er sich unterwerfen, als könnte jeden Moment jemand einen Fuß in seinen Nacken setzen. Also drehte er sich um, streckte sich und richtete sich auf. Er mußte lachen.

»Ich sitze auf einem Dach«, schrie er gegen den Wind.

Er stellte sich breitbeinig auf das Schneefanggitter, versuchte sich gegen die Windböen zu stemmen und schrie seinen Haß über die Stadt hinaus, in der er geboren worden war, beruhigte sich jedoch unvermittelt wieder. Hör auf, so zu grölen, dachte er.

Er hätte diese Worte zu Berit sagen sollen. Sie war die einzige, die etwas weitergeben, die Justus erzählen konnte, daß John und Lennart die Jungen des Dachdeckers waren, daß sie gemeinsam gelacht hatten, daß es Momente des Glücks gegeben hatte. Sie konnte auch die düsteren Kapitel ansprechen, von ihrer kleinen Schwester erzählen, Justus vielleicht Fotos von ihr zeigen.

Er hatte einen unbekannten Mann getötet und war jetzt dazu verdammt, für immer zu fliehen. Sogar das einfachste von allem, seine Rache, hatte er vermasselt. Er spuckte gegen den Wind. Aber er hatte den Mann getötet, der Berit umbringen wollte. Lennart zitterte vor Kälte. Sollte er zu Berit zurückklettern und ein einziges Mal in seinem Leben über etwas Lebenswichtiges sprechen?

Der Wind wehte über den First, am Schornstein vorbei und heulte in den Ritzen und Dachblechen.

»Mein kleiner Bruder«, sagte Lennart, schwankte, kippte nach vorn, schlug mit Wucht auf die Dachziegel und stürzte, sich überschlagend, über die Dachkante.

Auf der Straße stand Ola Haver und sah ihn fallen. Er hörte den Schrei und hob instinktiv die Hand, als wollte er so den Sturz aufhalten. Im gleichen Moment schlug der Körper auf der gefrorenen Erde auf.

Die Blaulichter der Streifenwagen flackerten, und in den Fenstern auf der anderen Straßenseite, zwischen Amaryllis und Weihnachtssternen, standen Menschen und sahen hinaus.

Die Erde war weiß und Lennarts Blut rot. Für einen Moment war es vollkommen still in der Straße. Berglund trat einen Schritt näher an den Körper heran, der unnatürlich gekrümmt im Schnee lag, und nahm seine Mütze ab.